于斯 ◎ 著

大话水浒

中国文联出版社

图书在版编目（CIP）数据

大话水浒 / 于斯著. -- 北京：中国文联出版社，
2024.5
　　ISBN 978-7-5190-5424-3

　　Ⅰ．①大… Ⅱ．①于… Ⅲ．①《水浒》研究 Ⅳ．
① I207.412

中国国家版本馆CIP数据核字（2024）第031845号

著　　者　于　斯
责任编辑　蒋爱民
责任校对　秀点校对
装帧设计　谭　锴

出版发行　中国文联出版社有限公司
社　　址　北京市朝阳区农展馆南里10号　　邮编　100125
电　　话　010-85923066（编辑部）　　010-85923025（发行部）
经　　销　全国新华书店等
印　　刷　廊坊佰利得印刷有限公司

开　　本　710毫米×1000毫米　　1/16
印　　张　20.25
字　　数　380千字
版　　次　2024年5月第1版第1次印刷
定　　价　76.00元

版权所有·侵权必究
如有印装质量问题，请与本社发行部联系调换

写给于斯之《大话水浒》(代序)

麦 家

若你认定施耐庵之《水浒传》是部伟大的、不可挑剔的名著,那这部书——于斯之《大话水浒》——便不值一提,反之不妨读一读。窃以为蛮好读的,节奏明快,风趣十足,个性乖寡张扬。这是个典型的后现代文本,行的是"造反有理"之道,造的正是施耐庵的《水浒传》之反。为何要造此反,作者上场便明言:我不喜欢《水浒传》全体招安的情节。因为一个不喜欢,披时十六七载,洋洋洒洒数十万字,呕心沥血,几易其稿,几乎搭上性命——这叫什么性?诗性;什么命?革命!

于斯出道是诗人,后来写小说,做小说家,恐是歧路。于斯骨子里摆不脱是诗人,得失不顾,分寸不明,意气用事,情字当头,不苟且,不严谨,甚至不逻辑。小说家要有凡俗烟火气,生活的劲道,于斯是没有的,所以写着写着,去小说里找素材了。说到底,是对现世生活的不适、无感——或只有反感。他将自己活成一条金鱼,对水质标准甚高,甚至还要氧气泵。金鱼是诗,不是小说,正如烟火不是柴火。但于斯是尾酷爱小说的金鱼,这是否暗示他命运多蹇?

就算是吧,于斯也不会认的,因为他底性是诗人。诗人只信仰心跳声,心之所至,奋不顾身。这十六七年,他就为一个"不喜欢"和一个"小说梦"奋不顾身,拼死拼活。同时我揣测,从2018年后的某一天起,这梦想又在为他延续生命。你不必说,他在用命写这部小说,这是苦情戏,于斯不爱唱的;他自己说,(今天)这部小说像个样子了,我很高兴,我终于可以去死了。弦外之音是,他感激这种相逢,梦想等到了现实!是有情人终成眷属的仁慈厚爱。

我不想说这句话，但作为事实说也无妨：也许老天不会再给于斯太多时间，但有了这部小说于斯也许又是不死的，它会替他活，替他陪施耐庵之"水浒"，伴我们度过一个个"文学之夜""之梦""之爱"。作为一个标致的后现代文本，它会填上你对施耐庵之"水浒"的种种不满不平；作为一部诗人苦心孤诣的小说，你将在文本里不时看到类似"一道又一道的海浪，缓缓耸起的背脊，泛着微光，翻滚着冲到岸边"这样的"景色"，和"日头很毒，林冲懒得去挤，他在半坡亭外一棵梨树下站着，能看见亭子里顾大嫂、孙新、孙立、扈三娘、王矮虎等人，几乎都是他不想见的人，王矮虎朝他招了两次手，他装没看见，王矮虎朝他走过来，喊他，他只好转头跟王矮虎闲扯几句"这种高级的"起承暗合"。

博尔赫斯说，对一个诗人而言，万事万物向他呈献都是为了转化为诗歌，不幸并非真正不幸，只是赋予诗人的一件工作，正如一把刀是一把工具一样，一切经验（包含不幸）都应被转化为诗歌。马拉美说过相似的话：世间的一切都是为了通往一本书。我寻思，这兴许是于斯爱听的一句话，因为他就是这样一个人，并有了这样一本书。这是他之幸，亦是读者之幸。

2024 年 4 月 6 日急就

我为什么写这个故事

在施耐庵出生100多年前，就有很多宋江团伙的故事，在说书人嘴中流传。如宋代话本中，就有"青面兽杨志""花和尚鲁智深""行者武松"等。元代杂剧中有《李逵负荆》《燕青博鱼》等。元代小说《大宋宣和遗事》中，记叙了杨志卖刀、晁盖等劫生辰纲和宋江杀阎婆惜的故事。

这些故事最早的源头，是历史上真实的宋江团伙犯罪案件，宋江团伙动静不大，比同时期方腊起义动静小多了。从宣和元年到宣和三年二月末，宋江团伙一直在山东一带持续作案，流窜到海州时，被知州张叔夜设计擒获副将，宋江投降。宋江投降后，并没有参加征方腊。同时期童贯征方腊的大军中，确实有一个叫宋江的大将，但那个宋江不是被张叔夜招安的宋江。说书人把两个宋江搞混了，强行合体成一人。

到施耐庵动笔写《水浒》时，一百多年来，一代又一代说书人，已经按照自己的心愿和想象，添盐加醋，捕风捉影，创造和更新了很多宋江团伙故事。这些故事有很多互相矛盾的地方，即使经过了施耐庵加工整理，矛盾和破绽依然存在。施耐庵将宋江团伙故事定型后，七百年来，还不断有不同于《水浒》的宋江团伙故事创作出来。

现在，我们进入了智能手机时代，创作故事、传播故事的成本远远低于印刷时代，每个人都可以成为手机说书人，按照自己的心愿和想象，改写宋江团伙故事，拥有独特版本。施耐庵的《水浒》，只是众多版本宋江团伙故事中的一种。我的《大话水浒》，是另一种。

我为什么写这个故事？跟很多人一样，我不喜欢《水浒》全体招安的情节，我觉得不合理，明明有那么多人反对招安，却都招安了，且大部分人结局悲惨，反对招安的人又不傻，大都杀人不眨眼，怎么那么容易就顺从了招安呢？我觉得招安派和反招安派，应该有更多激烈对抗！

《水浒》原著关于鲁智深形象的塑造，从鲁智深顺从招安开始，几乎都是败笔：大战邓元觉，追杀夏侯成，特别是活捉方腊，使鲁智深走向他早期坚持的"行侠仗义"的反面，变成一个是非不分、好勇斗狠的莽汉。宋江忠义军镇压方腊起义军，本身就是不义之战，每一个参与镇压的人，都有无法洗清的污点！这也是《大话水浒》改变情节，不让鲁智深接受招安的原因之一，让鲁智深等人的价值观和性格保持一致。

《水浒》原著中不少内容富有神魔色彩，使整体叙事逻辑不一致。公孙胜等人既然有那么大法力，黄泥岗劫生辰纲搞得那么辛苦麻烦，有何必要？那么多场冷兵器对战，有何必要？《大话水浒》改写了神魔情节，用致人迷幻的毒烟代替。

《水浒》原著没有对扈三娘转变的描写，扈三娘连句像样的台词都没有，几乎算不上一个文学形象，《大话水浒》给扈三娘增加了大量细节。

《水浒》原著赋予108天罡地煞神话强大的凝聚力量，有深仇大恨的好汉碰面了，往往简单一句原是天罡地煞，就全化解了，成为生死兄弟了。我很难信服。《大话水浒》在向施耐庵致敬的同时，试图在观念上跟《水浒》构成跨时代对话。

本书还演绎了《水浒》很多谜团，比如晁盖是谁射死的？花荣为何成了宋江铁粉？吴用假信错用图章之谜？宋江浔阳楼诗中之谜？玉娇枝之谜？韩伯龙死亡之谜？卢俊义妻子上梁山之谜？扈三娘婚后感情生活之谜……背叛、复仇、梦想、自欺、铁血、反抗、良知，等等主题，在新的故事框架下得到了探讨，若与原著故事对照，或许能听到有趣的回声……没看过《水浒》原著也没关系，本书情节是完整的。

诸位读者朋友，列位《水浒》迷，列位讨厌《水浒》不看《水浒》的朋友，欢迎阅读！欢迎大家参与探讨！

于斯　2023年10月17日

目 录

写给于斯之《大话水浒》(代序)…………………………麦　家　001	
我为什么写这个故事…………………………………………于　斯　001	
第一回　宋江雪天送美女　林冲炉边下围棋……………………………001	
第二回　王英带属下嫖妓　吴用赚林冲参战……………………………010	
第三回　宋江攻打祝家庄　林冲活捉扈三娘……………………………016	
第四回　李逵烧烤唐可儿　头领押送扈三娘……………………………028	
第五回　宋江大摆庆功宴　李逵血洗扈家庄……………………………035	
第六回　宋江囚牢认亲　三娘大闹洞房…………………………………044	
第七回　晁盖划船约林冲　梁山出兵救柴进……………………………057	
第八回　高唐州毒烟迷人　公孙胜五雷震天……………………………066	
第九回　扈三娘回乡葬父　连环马破阵追杀……………………………076	
第十回　公孙胜炼制精盐　聚义厅批斗宋江……………………………092	
第十一回　凌振北门试炮　三娘客店遭查………………………………101	
第十二回　王矮虎夜寻扈三娘　夫妻俩双战呼延灼……………………107	
第十三回　三娘明送秋波　宋江暗陷史进………………………………123	
第十四回　李逵斧劈韩伯龙　花荣潜入曾头市…………………………138	
第十五回　毒箭射中晁天王　林冲暗访曾头市…………………………148	
第十六回　吴用智赚卢俊义　梁山打破大名府…………………………166

第十七回　林冲四处查毒箭　法师盘问史文恭……………… 173

第十八回　林冲夜会扈三娘　高俅攻破梁山关……………… 180

第十九回　三夫妻船厂放火　三娘逼王英招安……………… 190

第二十回　梁山票决菊花会　林冲抓住宿太尉………………… 200

第二十一回　梁山泊宋江受招安　陈桥驿白胜诱花荣………… 214

第二十二回　童衙内麻倒三娘　王矮虎血拼李逵……………… 221

第二十三回　林冲稻田访老军　朱武乡约治难民……………… 235

第二十四回　威房军杀良冒功　扈三娘重回梁山……………… 244

第二十五回　宋江谎报阵亡头领　吴用设计围困梁山………… 251

第二十六回　林冲会见宋公明　花荣箭射鲁智深……………… 259

第二十七回　高俅逼宋江攻山　林冲追花荣索命……………… 268

第二十八回　宋江强渡梁山泊　阮氏大败刘梦龙……………… 279

第二十九回　宋江攻上梁山　林冲退守沼泽…………………… 286

第三十回　三娘突发遗忘症　盐枭掘开黄河堤………………… 293

第三十一回　林冲决战梁山　宋江乘船逃走…………………… 301

第三十二回　东京林冲雇杀手　海岛三娘嫁林冲……………… 309

后　记……………………………………………………………… 316

第一回　宋江雪天送美女　林冲炉边下围棋

林冲没想过宋江会送给他一个美女，他有些犯难了。

昨天夜里下雪，天刚亮雪停了。吃早饭时，林冲想起不久前院子里播下的蜡梅花种，嘴里停了一会儿，才把腌芦笋嚼烂咽下去。整个冬天都没有下雪，播花种的时候，没想到开了春还会有这么一场雪。早饭后，林冲沿着刚从雪中铲出来的路走出院子，他想找个附近扫雪的侍从，帮他把播花种那一片地方的积雪扫开，铺上干草盖起来。这点活儿自己也能干，只是屋里的工具都被侍从们拿出去扫大路了。林冲刚拐上聚义厅西侧的大路，远远看见一个红衣女子，在扫雪的喽啰们中间趔趔趄趄地穿行着。

那女子裹着红头巾，嘴里呼出一股一股白气。她不时张开一只手臂保持平衡，另一只手抓着一根什么东西，被人牵着走。林冲仔细看了看，认出用东西牵着女子的，是二寨主宋江。两人拐来拐去，慢慢地，朝林冲这边走过来。

"但愿不是来找我呀"，林冲想。他赶紧踅回了院子。他担心宋江要他一起去打祝家庄。

这些天，宋江一直在忙要打祝家庄的事。祝家庄是梁山泊北边不远处独龙岗上的一座大庄，为防备梁山人借粮，祝家庄跟东边李家庄、西边扈家庄，结成了同盟，祝家庄前后有六七百佃户人家，祝家庄用顽石筑了两丈高的城墙，挖了护城河、陷阱，修了盘陀路，训练了一万多庄丁，请了一流高手栾廷玉做教头，族长祝朝奉有三个武艺高强的儿子，长子祝龙，次子祝虎，三子祝彪。西边扈家庄扈太公，儿子扈成，女儿扈三娘，也十分了得。东边李家庄李应，更是有名的好汉。祝家庄背后还有官府支持。这么多年来，梁山一直没有碰过祝家庄，往北的势力范围延伸到独龙河就停止了。祝、李、扈三庄的人，也不来招惹梁山，双方从来没有发生过流血冲突。

去年七月，宋江上梁山入伙，从江州带来了十几个头领，一路又招兵买马，梁山人数增长了两倍。刚过完年，寨中缺少钱粮，宋江在头领会议上提出攻打祝家庄，他说："若打得此庄，倒有三五年粮食。"跟宋江比较亲近的头领都齐声赞同："哥哥所言极是！"他们都坐在聚义厅右边，三十多人，纷纷站起来请战。坐在左边的林冲没动，一句话也没有说。跟晁盖比较亲近的头领刘唐、阮小二、阮小五、阮小七、杜迁、宋万、朱贵、白胜等八人，也没有表态。他们都坐在左边。

宋江朝林冲看了两眼，林冲低下头，装作沉思的样子。

林冲认为，大规模攻打祝家庄，会极大地改变梁山发展的方向。

此前，梁山主要收入是，守着周边十几条要道，收过往客商保护费，尽量不杀人。对周边那些愿意把粮草、肉蛋、蔬菜、水果卖给梁山的庄主，比较友好。这条生存策略，是林冲火并首任寨主王伦，扶持晁盖做寨主之后，在头领会议上举手表决定下来的。

近来，山寨人数是增加了很多，粮食有些紧缺也是事实，但应该有不那么引人注目的解决办法。至于这个办法是什么，林冲抓耳挠腮想了几天，没有想出来。但攻打祝家庄，轻易改变梁山的战略决策，是他难以认同的。他相信，跟他一起坐在聚义厅左边的八个头领，也是这样想的。当年表决，他们都举过手。

林冲怀疑，山寨缺少钱粮，并不是宋江攻打祝家庄的主要原因。

去年九月，宋江上山入伙的第二个月，独自回到宋家庄，打算把父亲和弟弟接上梁山，据宋江说，他刚一回到家就被盯上了，他急于逃脱，跑到只有一条路进出的还道村，县衙里的两个督头——赵能、赵得，带着军士举着火把追了上来，他只好躲进九天玄女庙里，揭起帐幔，探身钻入神龛，气也不敢喘，屁也不敢放。赵得将火把往神龛内照时，火烟冲将起来，冲下一片屋尘，正落在赵得眼里，迷了眼。接着神龛里卷起一阵恶风，将那火把都吹灭了。宋江解释，这是九天玄女在保护他，九天玄女派仙童把他接到了仙殿，赐他美酒仙枣，告知了他的前世，还说他是星主，以后要辅国安民，为了帮他达到目标，玄女特授他三卷天书。

很明显，宋江这是在编神话故事，目的是神化自己，骗人帮他实现招安梦想。

招安应该也是军师吴用的梦想，他很快跟宋江站在了一边。吴用也是跟晁盖一起劫生辰纲的六个好汉之一，他是六个好汉中唯一支持招安的。吴用经常跟宋江一起研读天书。差不多有两个月，吴用到处宣讲九天玄女授宋江三卷天书的故事。每次都没忘了强调，宋江是天魁星下凡，他是天机星下凡，以后要招安报效朝廷，这是九天玄女亲口对宋江说的。吴用似乎完全忘掉了，三年前，梁山在表决战略决策时，他举的是自己的手。

前不久，宋江提出攻打祝家庄，吴用率先表示支持。

林冲分析，攻打祝家庄，应该是宋江、吴用实现招安计划的一个重要环节。按照宋江的思路，梁山闹得越大越好，让朝廷重视梁山的实力，招安时才会开出比较好的条件。

林冲不支持招安。他曾是东京八十万禁军教头，太尉高俅的义子高衙内看上了他的娘子，他被高俅陷害，刺配沧州，途经野猪林遭受谋杀，幸亏好友鲁智深护送搭救，才活着到达沧州牢城营，负责看管大军草料场。高俅又派人去草料场放火，企图烧死林冲，烧不死林冲也会因草料场失火而判林冲死刑。林冲一怒之下，杀死了放火的人，在柴进的帮助下，林冲冒着风雪上了梁山。晁盖当寨主后，林冲派人去东京接娘子上梁山，才得知娘子因高衙内逼婚，已经上吊自尽。有这样的血海深仇，林冲怎么可能接受招安再回到高俅手下！

林冲相信，宋江知道他对招安的态度，对于宋江来说，只有两个选择，一个是说服林冲转变态度支持招安，另一个当然是除掉林冲。

这次攻打祝家庄，宋江挂帅，他要除掉旗下某位头领，最好的方式就是借祝家庄之手。这是林冲不愿意参加攻打祝家庄的原因之一。

宋江手握生杀大权，出征的头领和军士，会慢慢习惯听他指挥，如果战胜了祝家庄，自然会削弱寨主晁盖的威望，如果宋江多次统兵下山，攻城拔寨，累积战功，会渐渐成为梁山实际控制人，晁盖会被架空，只是一个名义上的寨主，那时候宋江再推行他的招安策略，就不会遇到什么阻力。

综合起来，迈出实现招安梦想的第一步，才是宋江攻打祝家庄的主要原因。

晁盖应该明白这一点，奇怪的是，在头领会议上，晁盖并没有反对宋江统兵攻打祝家庄。

林冲从晁盖的角度想了想，想出了两条理由：

　　一、祝家庄位于梁山北边的交通要道，限制了梁山去北方用兵，如果梁山周边庄院都像祝家庄这样武装起来，彼此结成联盟，将极大压缩梁山好汉的行动空间，甚至会困死梁山好汉。攻破祝、李、扈三庄联盟，周边的庄园就不会轻易与梁山作对。

　　二、宋江这次带下山的头领，都是宋江的嫡系势力，如果战败，宋江的势力和威望就会被显著削弱，这当然会减轻对晁盖的压力。

　　这样看来，宋江指挥的祝家庄之战，无论胜败，对晁盖都存在有利的一面。

　　但是，前面分析了，长远来看，如果宋江获胜，对晁盖将极为不利。晁盖没有反对宋江统兵下山攻打祝家庄，那说明晁盖在赌宋江会失败。

　　梁山头领和军士没有攻城经验，也没有攻城的重武器，再加上宋江也没有指挥大规模作战的经验，此战应该没有多大胜算。如果郓州官军及时来援，宋江连两成胜算都没有。

　　宋江难道不知道这些吗？当然知道。既然知道，还要行动，那说明宋江在赌自己运气好。

　　显然老大和老二在过招，都在赌，属下最好不要搅进去。林冲告诫自己，尽量不要在宋江眼前出现，以免他要自己跟他去打祝家庄，自己难以回应。

　　林冲站在院子里听了一下，能听到院墙外面铁锹刮过冻硬路面的声音，冰碴儿被皮靴踩裂的咔咔声，扫雪的侍从们跟宋江打招呼的声音。他希望宋江只是路过，去前面刘唐的住所，或者去再前面穆宏兄弟的住所。可是，如果是路过，扫雪的侍从们跟宋江打招呼的声音现在应当越来越远才对——宋江显然朝他门口拐过来了，就算朝他门口拐过来，还有可能是路过——出小寨西门，去土丘下面王矮虎的住所……管他呢，来就来吧。他要找你，躲是躲不掉的。

　　林冲走进厨房，找到一把断了柄的铁锹，一把小扫帚，还有一些干草。正在洗碗的刘安问他要做什么，林冲说，把蜡梅花种上面的雪扫开，铺上干草盖起来。

　　"那哪儿行！"刘安笑了，"我出去拿把好铁锹来。"

"你忙你的，不用管我。"林冲说。

刘安愣了愣，直挠头，似乎没意识到自己手上还有洗碗水。很快，刘安拿着一只撮箕出来帮忙了，他把雪上的几块冰挪开，那几块冰还保持着完整的圆形。林冲告诉他，先铲出一条路，通向窗前播花种的地方。干了几下子，刘安直叫不得劲儿，扔下撮箕跑出了院子。几乎是立刻，院门口传来了刘安通报的喊声：

"林头领，宋寨主来了！"

林冲应了一声，站直了身子。他听出自己回应的那句"啊，宋大哥来了！"声音虽大，没多少热情。但人家毕竟是二寨主嘛。他扔下铁锹，搓了搓手，搓了搓脸，提醒自己准备好笑容。从前在东京当禁军枪棒教头的时候没学会这一套，上梁山头几年，没必要学，现在倒该好好学一学了。

但是，当看见宋江用剑鞘牵着女子走进院子的时候，林冲却忘记把准备好的笑容绽放出来。他的眼神似乎被那把剑鞘粘住了：剑鞘的一端被女子一只手隔着袖子紧紧抓住，另一端握在宋江手里。两个来客被林冲的侍从们簇拥着，说说笑笑地走进了院门。林冲听见刘安问宋江打祝家庄的日子会不会因为这一场雪推迟。

这也是林冲想知道的，他当然希望推迟，甚至取消这次行动。他想，大约老天爷也不想看见梁山人攻打祝家庄吧？他觉得这么大一场雪应该能让宋江推迟行动。

宋江呵呵笑着，"这个嘛，我正想请教咱们林头领哪。"

"宋大哥说笑了，什么时候打祝家庄，大伙都是听宋大哥的。"林冲把来客往屋里迎，"有事让人来叫我嘛，路这么滑。"

"我还行，"宋江说，"是有些为难她那双三寸金莲了。"宋江介绍了女子，名叫宋妙琪，是他兄弟媳妇的使女。

林冲朝宋妙琪笑了笑，招呼上茶上点心。他心想：宋江带兄弟媳妇的使女来这里做什么？他猜不出来。女子模样很俊俏，也很娇弱，似乎还没喘匀气，细眉不时微蹙一下，因为冻，可能也有点累，刚进屋时脸很红，红晕本来渐渐退下去了，听见宋江介绍自己，林冲朝她笑，她忽然脸又红了。

宋江喝了一口茶，靠在椅子上，把自己舒舒服服摊开。"林教头，我上你这儿躲清闲来了！要是早知道打个祝家庄有那么多破事，我就不挂这个帅了。一会儿这个找我要这个，一会儿那个找我要那个，好像我会变东西一样。今天给自己放假，老宋啥也不干了，请你手谈几局，如何？"

林冲曾跟宋江下过一次棋，不小心赢了宋江，赢得太利索了。他相信宋江这次来下棋只是个借口。"好啊！"林冲说，"今天还真是个下棋的好天！"林冲尽量表现出很有兴致的样子，马上让人在火盆边摆上茶几、棋具，他亲自弓腰去拨火盆里的木炭，把火拨旺些。"宋大哥是琢磨出新招法了吧？"

"哪里哪里，我哪琢磨得出来什么新招法，"宋江指了指安安静静坐在一边的宋妙琪，"其实我是来看你跟妙琪姑娘下棋的。嘿嘿，俺老宋有自知之明，特地请了这员女将先出马，杀杀你的威风，然后老宋再慢慢折磨你！"

林冲心里咯噔了一下，没想到这个女子是来下棋的。一个女子会下围棋，并不稀罕，宋太宗赵光义是个棋迷，每年招宫女时，围棋水平高的应征者优先，民间有许多女孩子学棋。林冲吃惊的是，一个会下围棋的女子竟出现在梁山，出现在他的住所里，此事绝不可能是碰巧发生的。

林冲抱拳致意，"宋姑娘，幸会，请多指教！"

他的手却没有去打开装棋子的木盒子。

宋妙琪连忙施礼，"不敢当不敢当，我是来伺候两位大哥下棋的。"

"都别客气啦。"宋江把林冲面前的棋盒打开，扭头对宋妙琪说："你先摆个棋势给林头领看看。"

"是。"宋妙琪立刻伸出涂着红指甲的手指，拈出棋子，摆出了一道棋势（死活题）。

林冲看了一眼，端起茶杯慢慢品着。黑棋白棋各被对方分割成三块，棋形对称，其中一块独眼白棋被围压在边上，只剩三口气，形势非常危急。一旦这块独眼白棋被歼，黑棋被分割的三块棋就连成了一体，再无后顾之忧了。不过，浮在中腹的一片黑棋也很危险，但对杀比气，比压住的独眼白棋多一气。显然，白棋先走才有可能活下来。林冲心中试了两三种方案，解答不出来。

林冲摇摇头，"宋大哥能解开吧，教教我？"

宋江瞅了瞅他，似乎在分辨他是不是在捉弄自己。林冲又诚恳地说："我是真解不出来。"

宋江这才让脸上的笑意一点一点透出来，"她昨天摆给我看，我也一时解不出来。后来听她说，这道棋势是太宗皇帝创制出来的，名叫个什么'对面千里势'，收在大国手、棋待诏李逸民的《忘忧清乐集》中。不是专业棋手，不费点时间琢磨，如何解得开？"

林冲听出点意思了，嗯嗯嗯地点着头。

宋江又说："再摆一道，《忘忧清乐集》中还有一道太宗创制的，叫什么来着？摆出来让林头领欣赏一下。"

"天鹅独飞势。"宋妙琪轻轻答道，随即在棋盘空着的一侧迅速摆了出来。那么多手棋，她居然都是靠食指和中指两根白皙细长的手指，一颗子一颗子拈着摆放出来，不用其他手指帮忙。动作细碎快速，轻灵优雅，一点也不忙乱。

林冲望着棋盘默想了一会儿。跟"对面千里"棋形近似，也是互相被对方分割成三块，不过其中一块被围压在边上的黑棋，眼中被白方点过一子，算是一只较大的独眼。林冲没破解出来，但他相信宋江有一些很重要的话，已经摆在了棋盘上。他心里沉重起来，希望这些把戏尽快结束，希望宋江带着女子尽快离开。他蹲下来又拨了拨盆中的炭火，火烧得挺旺呀，这屋子里怎么就热乎不起来呢？林冲直起腰，不好意思地笑了笑，"还是解不出来。"

宋江跟着笑了，"算了，你以后慢慢琢磨吧，我送一本《忘忧清乐集》给你，你闲下来的时候，爱怎么琢磨都成。这会儿，你高抬贵手让我两子，先让我痛痛快快杀两盘行不？没奈何，棋瘾犯了，这丫头总不肯赢我，每次不多不少仅输一子，比让我输了还难受。吃饭的事先说一下，不要太麻烦，你们平时吃啥就吃啥，不答应我就不在这吃了。"不等林冲开口，宋江又对宋妙琪说："待会儿你去厨房里帮帮忙，这样咱们就不算白吃啦。"

林冲虽然不太乐意留宋江在这里吃饭，也只好赶紧去厨房里吩咐。宋妙琪要跟着他进厨房，林冲客气了几句，但没有阻止她。林冲猜测宋江带她来的原因之一，有可能是喜欢吃她做的菜吧。宋江嘴上说随便吃什么都行，其实饮食上非常挑剔。

回到堂屋，宋江已在棋盘上摆上了两颗黑子。一边下棋，宋江一边闲聊着宋妙琪的来历。

原来这女子父亲是宋江老家宋家庄的私塾先生，打听到宫中要招专门陪皇帝下棋的宫女，他便从小培养女儿下围棋。没想到当今官家即位后，风向变了，主要爱好不在围棋上，官家更喜欢书画、园林、脚球和妓女，去年起不再招下棋的宫女了。

"怎么办？"宋江说，"他父亲托我，看看有没有喜爱下棋的官员愿意纳她作小妾，我的老上司郓城县令时文彬有兴趣，说夫人走了后，送过去看看，合适就留下了。妙琪父亲急着买地，要了我家十亩地，妙琪就这么着，留在我弟媳妇身边临时帮帮忙。后来我出了事，这丫头就没机会给县令送过去了。上次我回宋家庄接我父亲和弟弟家眷，顺便把她也一块接来了。这丫头不光下得一手好棋，还烧得一手好菜，你知道愚兄我嘴馋好吃，哈哈。"

听到这里，林冲有些感觉了，他觉得宋江在试探他对这个女子的兴趣。凭心而论，这女子很有吸引力。他一向对聪慧的女子另眼相看。他那去世四年九个月的妻子张若梅，非常聪慧，虽然舞不动真刀真枪，但能记下十几本刀谱枪谱，而且对其中很多奥妙理解得非常透彻。这宋妙琪的聪慧似乎不在他妻子之下——林冲很快停止了比较，不说话了，棋子落在棋盘上的声音清晰可闻。

双方在左下角缠斗了两个回合，宋江突然举棋不定，问林冲："你在东京时见过官家吧？"

林冲不知道宋江问这个是什么意思，照实说了："我进宫值班见过他几次，但从没说过话。"

"在你看来，他这个皇帝当得怎么样？"

"我看不怎么样，尽用一些不干实事的奸臣，花石纲把江南的老百姓搜刮得很苦，朝廷的赋税一半送给辽国人了。不过，常听蔡京高俅夸他字写得好，画画得好。"

宋江点头："这个人是有很多杰出才艺，却毫无治国理政才能，便宜我们这一代好汉了。你说为了造东京那个大花园，怎么敢把江南搞得那样水深火热？江南可是大宋的钱粮重地呀，江南一乱，大宋朝就要完了！群雄逐鹿的时代又要开始了，林教头觉得我们有没有机会呀？"

林冲有些茫然，"什么机会？我没想过……"

"不想怎么行，难道在这个水泊里当一辈子强盗呀？"

"宋大哥意思是……"

"哦，我是这样想的，咱们不能浪费这千年难得的际遇，得积蓄实力，机会来临时西进中原争夺天下。咱们京东路这一带无险可守，梁山能容纳的兵马太有限了，最好的方案或许是去体制内积蓄力量，像梁太祖朱温那样是比较稳妥的！"

林冲听明白了，宋江又在拐着弯儿宣扬他那套招安的观点。朱温的经历林冲听过一些，一百多年前，朱温参加黄巢的农民军，后背叛黄巢接受了唐僖宗的招安，反过来镇压农民军，积功升至宣武军节度使，被封梁王，势力扩张后又率军进入关中，控制了朝廷，建国号梁，迁都洛阳。不得不承认，宋江以朱温作说辞挺聪明的，招安本来是投降朝廷的可耻烂事，让他这么一说，反倒成胸怀大志的壮举了。

林冲没吭声，没必要公开反驳宋江。宋江不是那种可以轻易得罪的人。林冲能够理解很多人宁可得罪晁老大，也不得罪宋江。得罪晁老大，一般来说没什么大事，晁老大就算心里不舒服，表面上也会绷出一副海量大度的派头来，不会对你怎么样。得罪宋江就不一样了。

江州通判黄文炳，揭发宋江在酒楼题反诗，宋江被判死刑，晁老大亲自带一百多人劫法场救出了宋江，还没脱离险境，宋江却要求进入黄文炳所住的小城去抓黄文炳报仇。黄文炳一家四十多口人都被杀了，房子被烧了，黄文炳被宋江的亲信李逵一刀一刀一小块一小块碎割下来在炭火上烧烤着下酒。

还有，此前宋江在清风山的时候，跟王矮虎花荣等一伙人一起，抓住了前来攻打山寨的青州兵马统制秦明，宋江割断了捆绑秦明的绳子，跪在地上求秦明入伙，秦明拒绝了。宋江假意答应释放秦明，灌醉秦明后，让一个长得像秦明的喽啰穿上秦明的衣甲，拿着秦明的狼牙棒，晚上领着人马佯攻青州城，把城外一个村庄烧成了瓦砾场，把村里男女老幼杀死了几百人，硬是把一桩弥天大罪陷在了秦明身上，不知道青州知府是不是气昏了头，把秦明的妻子和孩子都杀了，还让军士把首级挑在枪上给秦明看。

秦明无处可去，被逼降顺了宋江，宋江当天就把花荣的妹子嫁给了秦明。

毫无疑问，宋江是一个心黑手毒的大魔头，林冲常提醒自己能躲则躲，躲不开就必须小心对待。人世真他娘的艰难，当一个强盗都这么不省心。

林冲感觉到宋江的目光在研究他脸上的表情，他让脸上浮了点笑意。宋江朝他看了一会儿，很快把话题转开了，说了几句山寨粮食不够，夸了一阵林冲带兵有方，又说林冲是星宿下凡，绕来绕去，云遮雾罩的，林冲知道，宋江在等他主动提出参加攻打祝家庄，林冲紧紧闭着嘴，不吭声。

快吃午饭的时候，一盘棋还没下完，花荣来找宋江，两人走到一旁说了几句，宋江稍一思索，朝林冲走过来。

"本来要在你这里躲清闲的，现在我有事，连一顿安稳的饭也吃不成了，你自己慢慢享用吧。"宋江停顿了一下，严肃地说："你是咱们梁山马军大头领，一定要把你照顾好，没有个让我放心的人照顾你不行，妙琪就留在你这里，先试一个月，不合适再给你找一个。"

这个安排真是把林冲吓了一跳。虽然不是一点心理准备没有，但还是有些措手不及。如果宋江事先征求他的意见，他或许有机会想出一些理由来委婉地推脱掉。现在不好办了。

"宋大哥，侍从们把我照顾得挺好的，我倒怕……"

"怕什么？她又不咬人，咬人你也可以跑，她一双小脚又追不上你。"宋江哈哈大笑，"还不快谢谢我。他倒怕上了。"

"我只是……怕照顾不好她。"林冲迟疑了一下，深深作揖，"谢谢宋大哥关照！"

第二回　王英带属下嫖妓　吴用赚林冲参战

从林冲住所里出来，没走多远，花荣回头望望，出来送别的林冲已经回屋了。花荣问宋江："林冲答应参战了吗？"

宋江说："还没，要允许他内心先斗争两下嘛。"

花荣能听出来，宋江是故作轻松。

花荣说："把妙琪送给他，可惜了，还不如送给王矮虎呢。"

"王矮虎又怎么了？"宋江问。

这些天，花荣负责战前整合训练，王矮虎旗下的人马拖拖拉拉的，经常迟到，有时候还找借口不来。花荣几次想动手揍王矮虎一顿，最后关头，都是强压下心中怒火。揍他不解决问题，反而会加快王矮虎投向晁盖阵营的脚步。

去年五月，王矮虎在头领大会上提议盖一所妓院，招一些长驻妓女，也可以联系附近城镇的妓院轮流派妓女上山，报告一递上去，晁盖第二天就批准了，在后山关下马场东北角树林中，给了一块地，盖了个院子。名字虽然不叫妓院——吴用改成了洗衣营——实际上跟妓院没什么区别。山寨专门委派王矮虎隔二十来天个把月，去附近城镇的妓院联系换新人，把王矮虎美得不行！从此跟晁盖他们那边打得十分火热。

王矮虎经常找副军师公孙胜学习房中术，花荣曾提醒宋江注意王矮虎动向，不要再给王矮虎增加人马，王矮虎旗下的六百马军，最好能拨一半出来，宋江鼻腔里嗯嗯了两声，可没过多久，穆弘出资买的四百匹马上了山，宋江却分了两百匹马给王矮虎。花荣弄不清宋江是怎样想的，他问宋江，难道一点也不担心王矮虎会把人马带到那边去吗？宋大哥却说："花荣你武艺够用了，带兵能力也不错，知人用人方面再提高一点，就更好了。"

花荣知道宋大哥对自己期望很高，将来要把更重的担子交给他。这次攻打祝家庄，宋大哥让他负责整训人马，制订作战计划，这是一次难得的锻炼机会。山寨打算投入的总兵力大约六千，花荣以前指挥作战人数最多的一次也没超过六百，花荣读了好几本相关的兵书，又多次向秦明、黄信等人请教，一份作战计划慢慢成形，又讨论修改了两次，总觉得问题还很多，很严重。

离开梁山，首先失了地利。单纯论人数，梁山不占优势，大多数喽啰不见得比祝家庄的庄丁素质更强。穆弘的兵和花荣的兵，大部分是穆弘出资刚刚招上山的，平均时间不到两个月，两个月里还过了一个年节，严重缺乏训练。几乎所有的头领和军士，都缺乏攻城经验。不用说，利用梁山现有的关隘，加强攻坚演习有多重要！

但王矮虎却不怎么配合。

王矮虎原先答应旗下的马军全部出动,昨天下午让他把马军带到大校场演练,却一个人影子也没见到。早晨,花荣派了两个侍从骑上马去找王矮虎询问怎么回事,侍从回报:"王头领说对不起,他记错了时间,以为是今天下午合练。还问你今天下午练不练。"

花荣望望窗外的雪,脑子里一片空白,他咬了咬牙,"练!让他下午把人马拉到大校场来,一个也不能少!"

侍从去了,很快又回来了,"王头领说对不起,下午没法全来,只能出动四百人,还让我转告花头领,打祝家庄也只能出动这四百人。"

"为、为啥?"

"王头领没说。他只是说,花头领要有空的话,请到洗衣营详谈。"侍从停了一下,说王矮虎在洗衣营请部下嫖妓,已经两天了。

花荣大步走出了屋子,真想马上冲进洗衣营去揪王矮虎衣领,搞他个好看。他在雪地里走了几步,停住了,树枝上的雪掉了几片在他脖颈里,他打了个冷战。他知道这样的关键时刻,不能跟王矮虎翻脸。攻打祝家庄是宋大哥改变梁山发展方向的重要行动,一定不能搞砸了。他觉得,要妥善解决王矮虎的问题,只有请宋江亲自出马跟他谈一谈。

宋江听完花荣的抱怨,原地转了一圈,"走,上洗衣营找他去。"

"去洗衣营?那哪是个谈正经事的地方!"

"跟王矮虎谈事,没有比那种地方更好的地方了。"宋江笑道,"再说我不去怎么办?你把他绑到我屋里来?"

"你敢下令,我就敢绑他。"花荣也笑。

"算了算了,我算怕你了。你走吧,我一个人去算了。"

"你以为我想去那种地方啊?"花荣站住说,"可我还非去不可。你放心,我不会跟他干架的。要不当面对质,王矮虎肯定耍赖不认账,跟你鬼扯一通。"

花荣叫侍从备马。他们上了马,出了小寨正门。

经过湖边的时候,风有些割脸。宋江停了一会儿,下马去采了一块冰。花荣有些得意,冰的厚薄他一大早就看过了。昨天晚上他听见雪粒打着窗户纸,看见门缝透进雪光,他就开始担心湖水结冰开不了船,一大早起了床，等不及军士把通往湖边的路扫出来，他让侍从拿长枪在雪地里探路，他骑着马来到湖边。采了一块冰，拿起来一看，松了一口气，冰还没厚到很难敲破的程度，只要气温不再下降，还是可以照原计划出兵的，只是要提前跟水军协调好。别看冰薄，但也需要破冰才能开船过渡兵马。如果协调不好，破掉的冰几个时辰后又会被封住，水军又得再破一次冰。他已经把这个要点记在了小本子上面。他可不希望到时候出岔子，让水军到宋大哥和晁老大面前抱怨他。他还是很希望听到大家夸他一声"能干"的。

不知道为什么，宋江朝白茫茫静悄悄的湖面望了一会儿，叹了一口长气，然后默默上了马。拐过山嘴，看见前面冰装雪裹的树林中升起了炊烟。

走近些，能看见很多喽啰在树林里排队。有好几百人，不断有人跺脚取暖，队伍一直通向喽啰专区的门口，几乎看不出在移动。看见宋江和花荣走过来，有一些喽啰行礼打招呼，带着一些惊讶。也有一些喽啰冷淡地背过身去，有些喽啰跺脚咳嗽吐痰的声音响得有点过分。

两人在头领包间的暖炕上找到了王矮虎。

王矮虎胡乱裹着锦被，正歪在炕上跟两个妓女鬼混，眼睛似睁似闭，似乎很晕乎。花荣有些难堪，觉得这样闯进来实在不合适，应该在门外喊一声的，但宋江制止了通报。宋江揭开帘子走头里，进去后站着，冷冷地看着王矮虎，一声不吭。花荣只好安静地站在一旁。那些妓女开始没觉得有什么，慢慢觉得有些不对劲，终于，有个女子推了推王矮虎。

王矮虎睁眼看了一下，闭上了，很快又睁开了眼，睁得老大，似乎不认识站在面前的宋江一样。

"日亲娘！这不是宋大哥吗！你怎么来了！来了还站着干什么？来来来，快来歪着！"

宋江还是站着不动，也不说话，脸上没什么表情。

王矮虎推了身边的女子一把："还愣着干什么，还不快扶宋大哥过来歪着呀。"

那女子小心翼翼挪过来，试探着伸了伸手，宋江挡开了她。

"不用管我，我没事，就来看看你。"

"光看……能看出啥意思。"王矮虎咧嘴傻笑了一下。

宋江也笑了一下："王贤弟，不好意思，扰你兴致了。花荣说，你部下的马军只能出动一半。我来看看怎么回事。"

"啊,那个啊,感冒了。"王矮虎眨眨眼,开始穿衣服,"这场雪太他娘的突然了,多半的马都感冒了,发烧,流鼻涕。"他转过脸望着花荣,"你瞪着我干什么?不知道马也会感冒吗?"

花荣恨不能冲过去踹他一脚,宋江拉住了他。花荣退到了宋江后面。

"王贤弟,他没瞪你。"宋江柔声说,"他是有点惊讶,他的马没感冒。"

"马跟马能一样吗?再说,他的马待在什么地方!把他的马放在大马棚过一夜试试?大马棚早该翻修了,我嚷破天没人听。"王矮虎笑了笑,"哥哥去看看就知道了,那么多马流那么多鼻涕,我都给吓着了。"他走过来,想扶宋江坐下。

宋江拍拍他的手,"我明白了。给那些马配的兵还能去吗?"

"当然能去,兵又没感冒,就是感冒了兵也得去,哥哥放心,兵和没感冒的马都会尽量去的。"

"多谢你这样说,我真放心多了。你忙吧。"

从离开洗衣营,一直到回到聚义厅小寨,宋江都没有说话。过关的时候,守关的头领杜迁跟他打招呼,他也没说话,只扬了扬手。他一路上发狠打着马,闷闷地狂奔,像是在跟谁搞雪地赛马一样。花荣紧紧跟着,不时抬起臂挡住脸,防止宋江坐骑四蹄刨起的冰碴子打在脸上。

进了小寨正门,宋江才开了口:"去请军师。"想了想,跳下了马,"算了,还是我跟你一起去找他吧。"

"王矮虎那边就那样了?"花荣也下了马,忍不住问了一句。

"就那样了。"宋江把缰绳交给侍从,嘱咐他把马身上的汗擦干净,找件毯子草席子什么的,给马搭着点,别让马感冒了。

"哥哥还真信了他那套鬼话啊?"

"管他人话鬼话,小心点总没坏处。再说我都想开了,他能答应出动一半人马,其实已经不错了。"

"就那样算了?不行。"花荣说,"到了祝家庄,至少要让这枯骨髓的滥污货,当一回先锋。"

宋江望着天没说话。等侍从牵着马走开了,宋江对花荣说:"好吧,既然你这样说了,依你。不过,我可拿不准这样好不好。弄不好,怕更难收拾了。"

走到吴用住所门口，花荣问侍从吴用在不在屋里，侍从回答说："在，要不要去叫吴军师出来？"花荣看看宋江，宋江笑了，吴用已经跑出来了，脚上穿着棉拖鞋。

吴用说："正要找宋大哥呢，宋大哥就来了！去过大哥家里两次，都说不在家。"

"军师有什么好消息要告诉我吗？"

"好消息暂时没有，就是觉得这样的雪天，跟宋大哥一起坐在火炉边读天书，很不错。"他请宋江在火盆边坐下，叫来热水，他拧了条热手巾递给宋江。

花荣特别不喜欢吴用这一点，他找宋大哥肯定有事，看见自己在旁边，就不肯说了。他没接吴用递过来的热手巾，吴用擦擦手，放进盆里。

吴用问："宋大哥找我，是有事吩咐吧？叫人喊我过去就行了嘛。"

"先生是智多星，猜猜看？"

"栾廷玉，这人很难对付。"

"有何良策，擒他入伙？"

"难！可能要用到林冲，宋大哥不是去找过林冲了吗？"吴用问。

宋江低头喝茶不说话。

吴用说："晁盖不点头，林冲是不会下山的。哥哥放心，我已寻思一条计策在肚子里了。"

宋江抬起头望着他。

吴用说："你们还没吃饭吧？一起吃个便餐，边吃边说，如何？"

宋江摆手，指了指花荣："花荣兄弟是个急性子，你要不说完，他吃不下。呵呵。"

"就是。"花荣说。

"放心，放心。"吴用叫人上菜。"林冲会去的。"

花荣看了看宋江，发现宋江也在看他。花荣觉得整个屋子被强光照了一下，林冲要是能去就太好了。

"吃饭！"宋江大声说，"我现在能吃下一匹马！"

坐下吃了几口，宋江扭头望着吴用："愿闻其详。"

吴用说："很简单，吓一吓晁盖就行了。"

"吓晁盖？"花荣问。

"不错。你去告诉他，你最近去一些军营里转了转，军士们都谈论着怎样在祝家庄好好疯一把，具体不用细说，反正就是烧杀奸掠洗荡那些。"

"不少军士还真的是这样说的。"花荣说。

"当然。"吴用得意地笑着，却不解释，接着说，"然后你告诉他，你很担心你约束不住那些军士，特别是老梁山的那些军士。"

"妙！"宋江鼓着掌，"妙啊！妙就妙在是真的，假的还能吓着晁盖吗？妙！"

花荣差点脱口问什么意思，他及时闭了嘴，怕自己再问下去显出浅薄来，既然宋大哥一连赞了五个妙字，他不如老老实实洗耳恭听。

"知我者，果然宋大哥也！"吴用说。

"知晁盖林冲者，吴学究也！"宋江说。

两人一齐哈哈大笑起来，宋江嘴里有饭，笑呛着了，咳了笑，笑了咳。

第三回　宋江攻打祝家庄　林冲活捉扈三娘

梁山泊强盗第一次攻打祝家庄的那个夜晚，下着小雪，扈三娘在扈家庄东北角楼上差不多站了一夜。父亲不许她带兵出庄，令她协助大哥扈成在庄内防守，梁山泊强盗没有来攻打扈家庄，站在角楼上的扈三娘却感觉这个夜晚一刻比一刻难熬。小雪花不时飘来，冰她的脸和眼皮，她努力睁开眼。祝家庄那边大多数时候什么也看不见，什么也听不见，黑沉沉一片，扈三娘的眼光一个劲地往那黑色里钻，好像那黑色里面藏着什么跟她生死攸关的秘密。

祝家庄和扈家庄隔着一道小山岗——柏树岗，有半个时辰，柏树岗林子里亮起了星星点点的火光，火光晃动，扈三娘以为听见了厮杀声，其实听不见，她知道那是祝家庄的伏兵在截杀强盗。按照三庄战前会议约定，扈家庄应该参加这次厮杀，但七叔带兵出庄后，停在了柏树岗下白沙河石桥一带，这个位置可守可攻，扈三娘猜七叔意图，主要是防止梁山强盗冲破柏树岗埋伏圈朝扈家庄攻来。

计划改变了，这不可能是七叔自作主张，也不会是扈家庄战前会议决定，最大可能，是父亲秘密授意或暗示。扈三娘在角楼上急得团团转，跳脚，摔头盔，大骂："都是一些臭狗屎！"

她知道自己无力改变这件事。

扈三娘自从跟祝家庄三子祝彪定亲后，在扈家庄就成了外人，不再负责谍报组，不再参加庄里的决策会议，好像她这个扈家庄大小姐的一切任务都完成了。这大大出乎她意料，她还以为结亲后，她在扈家庄会变得更重要呢。因为她对祝彪并不满意，结这门亲算是委屈自己，给扈家庄做贡献。在常人眼里，这祝三公子是不错，门当户对，长得帅，也勇武，但他太毛躁了，爱斗狠，应该再看看。爹却低声下气说："爹有一块心病，很怕祝家庄和李家庄联手瓜分咱庄，咱抢先跟祝家庄结亲应是上策。"话都说到这份儿上了，那还说什么，定亲就定亲呗。扈三娘清楚记得，定亲前，父母、大哥、伯伯、叔叔都对她亲热得不得了，定亲后，他们差不多全都变了，变成了她从来没见过的人，再也没有几个人跟她说心里话了，庄里有啥大事也没人问她意见。除了随身丫鬟唐可儿（唐可儿多半是要跟着她过门的），帮她打听一些事，谍报组里有几个老部下也还不错，情报上送扈成后，照旧还有她一份儿。

年前年后发生的一些大事，都是他们告诉她的。

"一个月前，三个蓟州来的汉子投宿祝家庄客店，夜里偷偷把店里的报晓公鸡杀了，煮了，吃了。小二发现了，索赔，他们自称是梁山好汉，吃一只鸡算什么，再啰唆要放火。小二一听，这还了得，马上呼天抢地，聚了一帮伙计庄客动手，被三个强盗杀死杀伤了好几个庄客，不过，抓住了其中一个强盗，算是找回一点面子。谁料得着，剩下的两个强盗有一个认识李庄主的管家杜鬼脸儿，杜鬼脸儿带他俩家去，跟李庄主喝了一夜酒，李庄主写信去祝家庄要人，两番要不着，竟带兵去要，这太邪门了，更邪门的是，李庄主手臂竟被咱祝三公子射中了一箭！"说到这里，唐可儿不说了，看她脸色。

扈三娘当然没啥好脸色，这么大的事，由丫鬟告诉她，多丢面子。不过她对唐可儿还是心存感激,要不是可儿东一句西一句说零嘴,然后她再拼起来,她都不知道梁山为啥要来打祝家庄。

不过,她认为这些事并不是梁山强盗打祝家庄的真正原因。梁山强盗一直想来洗劫,有没有这些事,都有可能来。随时都可能来。

倒是李家庄找到了不救援祝家庄的好借口,这祝彪实在太毛躁了,怎么能在这个时候跟李庄主动手呢?还见血了!

李家庄不救援祝家庄,扈家庄也不敢去救援了。为啥?爹跟她解释了几句,"咱现在去援祝家庄,祝扈两庄势必跟梁山拼个三败俱伤,李家就成了独龙岗最后的赢家"。扈三娘又急又气,这种时候,爹和伯伯叔叔们在祠堂里关着门吵的竟是这个!自从探马报告梁山强盗破冰渡湖,爹和伯伯叔叔们就开始在祠堂里关着门吵,吵,吵。据说派出过几个人给州里官军送礼,官军收了礼但行军速度奇慢,强盗撤走前,官军怕是不会来了。

天刚亮,探马送来了消息:昨夜大战,祝家庄赢了!梁山强盗陷入了盘陀路,又遭了埋伏,死伤过千!扈三娘松了一口气。

她想,如果梁山强盗就此退回老窝,她要干的第一件事,就是叫人把祝家庄的彩礼退回去。扈家庄不去救援祝家庄,她过了门怎么活?她跟祝彪的缘分算是到头了。这个念头一起,忽然又觉得有些可惜,那祝彪也还是不错的,过几年就沉稳了,再找一个未必及得上他。算了,先不想这个了,将来还不定怎么样呢。

扈三娘回到闺房,取下头盔,脱掉战靴,草草洗漱一下,跪在观音像前致谢,祷告,求观音继续保佑扈家庄和……祝家庄。饭后,卸了甲,盖上被子躺了一会儿。她做了一个梦,梦见一头豹子追赶她,她跑进芦苇,幸好师娘划着一条小船来救了她,她正要跪拜师娘,唐可儿叫醒了她。唐可儿说探子急报:梁山泊强盗兵分两路,正同时攻打祝家庄前门和后门!

天,这可了不得!强盗只攻前门或后门,祝家庄还可以勉强支撑,前后夹攻就危险了,一定有知道内情的人指点强盗。扈三娘一边披挂一边问:

"我爹在哪里?"

"还在祠堂里跟人吵架。"

"我哥在哪里?"

"听说在前门楼子上。"

"咱庄有没有派兵去祝家庄？"

"小姐别急……"唐可儿哭了。

扈三娘愣了一下，把可儿抱在怀里，拍拍她的背，"好，咱们不急。你去找咱们以前练过的那些兵，问一问，谁愿意跟我出战？不管输赢，我把嫁妆分给他们。抚恤金照旧例加倍。"

不到半个时辰，扈家庄衙门前聚了一百多人，其中一半是女子。扈三娘走出衙门，骑上马，大声说：

"乡亲们！姐妹们！咱们这次去帮祝家庄，也是帮自己，祝家庄破了，强盗绝不会放过咱扈家庄。"

有几个人喊道："小姐，不用多说啦。俺们都懂。出发吧。"

队伍走到前门楼子，守门的庄兵不开门。站在门楼上的大哥扈成说：

"你应该去爹那儿拿一支出庄的令箭。"

"你又不是不知道，爹跟伯伯叔叔关在祠堂里吵，谁也不见。"

扈三娘注意到，门楼上，朝向庄内这一边的女墙垛口，弓兵在悄悄增加，没有搭箭，但箭已经抽出来了。街两边的屋子里有人生火做饭，屋顶上有人被烟熏着了，捂着嘴咳嗽。扈三娘心里又惊又痛，他们早提防着她强闯庄门哩，都防到这地步了。

扈成干笑了两声，说："是吗？我还真不知道，我一直在这破门楼子上傻站着。你应该去劝劝那些长辈，这时候关在祠堂里吵，能吵出个屁结果来，不如照当初三庄协议，让我带兵去祝家庄杀个痛快！"

扈三娘知道这不是大哥的真心话，这是他以为她喜欢听的话，家族里最反对出兵的就是他。

"咱一起去找爹吧，"扈三娘说。

"去就去，你以为我怕。"扈成从门楼子上慢腾腾地走下来。

两人来到祠堂门口，得知族中长辈散了会，爹回房歇息去了。两人快走到爹的房门前，扈成突然抢上前伸开双臂拦住了扈三娘。

"算了，你还是回去吧。别再添乱了，爹给人吵了一夜，肯定刚躺下，你让他睡会儿。"

"不行，我一定要见爹。"

扈三娘试图绕过去，她往左走，哥哥也往左，她往右走，哥哥也往右。

"爹已经派三叔和二弟出门了,又给官军送礼去了,只要官军过了山口,强盗就会退回梁山的。"扈成说。

扈三娘冷笑,"等官军来,祝家庄扈家庄早就变成两片白地了,官军要是能指望,咱还练这么多庄丁干什么?"

"你别以为那些庄丁能指望,李家庄的庄丁,比咱们多,人家为什么不出手?"

"李家庄不出手,咱家就不能出手吗?三庄盟约真成了废纸。"

扈成接得很快:"谁说成废纸了?也该想周全些嘛。大伯、三叔、七叔他们反对出兵,也是有道理的。"

"有什么道理?"

"大伯说,梁山离咱们太近了,不能轻易得罪——"

"强盗打到他家的时候,他肯定希望祝家庄讲信用,不是讲这种歪道理。还从小就教我要讲信用呢!——祝家庄得罪梁山了吗?没有!咱庄昨晚要是参战,说不定已经把宋江抓住了。"

"说什么大话,你敢真枪真刀地干吗?你连人都没杀过,你去就是送死!……"

这时父亲的房门"吱呀"一声开了,父亲走了出来。

"爹。"兄妹俩行礼。

"爹,女儿要去杀强盗!"扈三娘说,"强盗正在前后夹攻祝家庄。"

"爹,不能让她去,三叔他们快回来了。官军也快来了。"扈成说。

"爹,你知道的,再慢一刻,祝家庄就要破了!祝家庄一破,咱家肯定保不住。"扈三娘说。

"爹,咱家不能引火烧身!梁山打破祝家庄,抢够了说不定就退了。"扈成说,"我可以找人去跟梁山沟通一下。"

"爹,绝不能跟强盗勾连!女儿今天一定要去杀强盗。你要不让我带人去,我就一个人去。"

"三妹你不能去。"扈成转过身,面对着扈三娘,"你不能只顾祝家庄,把扈家庄拖进火坑。"

这种话他终于说出来了。

扈三娘也转身面对扈成,尽量说得平静一些:"我才不是为了祝家庄。

大哥要这样怀疑，退亲算了，反正这个亲也不是我要结的。"

这句话一出来，大厅里静了片刻。终于，爹点头同意扈三娘出庄，让她挑了四百名庄丁，几十名马军。

爹说："你知道，庄里真能打的，不到一千人。你和你哥一人一半，各安天命。"

哥哥脸都气青了，转身大步走出了屋。

扈三娘跨上马，带着庄丁抄近路往祝家庄后门赶去。她知道领兵攻打祝家庄后门的是强盗主帅宋江，如果能抓住宋江，战事就结束了。麦苗刚刚淹没马蹄。扈三娘也顾不上心疼麦苗，好几次直接从麦地里穿了过去。

远远地，望见一大群强盗聚集在祝家庄后门吊桥那儿，弓手们正在朝门楼上射火箭，门楼有好几处冒烟起火。扈三娘下令一边逼近，一边擂鼓呐喊。攻打后门的强盗分了一半人马过来迎战。双方在麦地里摆开阵势。不时有战马偷空吃一嘴麦苗。

头一阵跟扈三娘交手的强盗，是一个使点钢枪的黑壮汉。扈三娘长这么大，比武经历了不少次，还从来没跟人真正拼过命，听着震耳的鼓声和喊声，望着黑壮汉挥舞长枪朝她飞马而来，扈三娘心跳得比战鼓还响，喉咙开始发干，夹在马肚子上的双腿开始发软。她发现，自己的身体变陌生了。

她并不是不知道，坐在家里幻想跟强盗厮杀是一回事，强盗真拿着刀枪朝她扑过来是另一回事。但差别这样大，让她很意外。

黑壮汉越来越近，脸越来越清晰。扈三娘有些手足无措，她做梦也没想到自己在这样的时刻，心里居然会冒出一些完全不合时宜的念头："我真要砍这个人吗？我会不会死在这里？我要是弄花了脸怎么办？弄断了手脚怎么办？……"她模模糊糊地听见唐可儿在喊："小姐……小心……"扈三娘举起双刀挡在自己前面。

第一下打击来自点钢枪的枪杆，朝她呼地横扫过来。一声巨响！她差点儿被打下马去。令人毛骨悚然的猛烈撞击从刀身传向虎口、手臂和肩膀，整条手臂震得又酸又麻又痛。要不是她不顾虎口疼痛拼命攥紧刀柄，手中的刀肯定被震飞了。她痛得咝咝吸气，还往手上呵了几口气。人倒是被打清醒了很多，她这才注意到对手的枪杆是铁打的。

黑壮汉擦身而过的时候"咦"了一声，似乎很意外。黑壮汉拨回马头，朝扈三娘笑了笑，又举起点钢枪斜砸过来。这一次扈三娘没有硬接，她已经领教了黑壮汉的力气，退马避开了斜砸。她不明白这黑壮汉使的是枪，为何老用棍法砸人。不过，她心里希望黑壮汉就这样一次又一次砸下去，多消耗消耗力气。黑壮汉却收了枪，又对她笑了一下。

"小娘子，武艺不错呀，谁教的？"

扈三娘没有答话，乘这个机会骤然贴近，一连串地劈刺挑削，黑壮汉立刻手忙脚乱地架隔起来，直叫："停一下！停一下！"

扈三娘停住了。从来没有人教过她，两将交战，一方叫停，另一方是不是应该就此住手。她犹豫了一下，把刺出去一半的刀收回来，勒马退开了一点，问：

"干什么？"

"我不跟你打了，你去叫个男的来打。"黑壮汉说。

"你们这些腌臜强盗，来这里抢粮杀人，人人都该拿刀杀你们！"

"咿呀呀呀，那么凶干什么？你以为我是怕你呀？"黑壮汉笑了起来，"扈家大小姐，你要搞清楚，我王矮虎不跟你打，不是怕你，是不想把你这身漂亮衣裳戳个窟窿，不想把你这双漂亮凤头鞋划破了，不想把你这漂亮脸蛋……"

"贼禽兽，休得胡言，看刀！"扈三娘挥动双刀，直上直下朝黑壮汉砍过去。

"咿呀呀呀，慢着慢着，哥哥舍不得下毒手，妹妹倒是舍得下毒手呀！我不陪你玩了。"黑壮汉一边抵挡，一边策马逃跑。

扈三娘紧追不放，追上了，举刀犹豫了一下，不知道是该剁死他，还是砍伤他，还是活捉他，念头闪了几个来回，决定先伤了他再说。她一刀朝他肩膀砍下去。不料，黑壮汉一闪身，拨转马头给她来了一个回马枪！她左手砍出去的刀还没收回来，黑壮汉的枪尖已经抵近了她的咽喉！扈三娘大吃一惊，心里正在说完了完了的时候，却发现枪尖停住了。

黑壮汉嘿嘿笑着，"小娘子，怎么说？我不杀你，把刀扔下投降吧。"

涌向扈三娘头顶的血迅速落了回来。决不能落到强盗手里。她心里闪过深深的后悔和迷惑——自己实在不该轻敌，把招式使老了！也不该犹豫，错过了剁他脖颈的良机。这个自称王矮虎的强盗太狡猾了，前面使出一连串又笨又臭的招数，让她轻视了他。现在后悔也晚了，算了，死就死吧！她右手挥刀朝自己的脖子砍去。

"咿呀呀呀，别——"王矮虎惊叫着，伸出枪去架扈三娘的右手刀。

这时扈三娘左手的刀几乎是自动反撩上来，撩向王矮虎容易被攻击的左手臂。王矮虎这次露出的破绽太明显了，扈三娘想也没想，刀就撩了上来。刀口快挨着王矮虎手臂的时候，扈三娘让刀转动了一下，她忽然觉得就这样卸掉人家一条手臂，似乎有些不合适，就改用刀背击了过去，王矮虎惨叫一声，钢枪脱了手。扈三娘把右手刀挂了，把王矮虎从马鞍上扯下来扔到地上。扈家庄的庄丁顿时爆发出一阵疯狂的欢呼，拥上来，把王矮虎横拖倒拽捉了去。

祝家庄门楼那边这时也爆出了欢呼声。

两股欢呼声合在一起，像个大浪头把扈三娘抛起来，她浑身轻飘飘的，不仅感觉自己轻飘飘的，连马也是轻飘飘的，四只蹄子似乎离开了地面，悬空踏在麦苗尖尖上……扈三娘完全忘掉了刚才厮杀的过程是怎么回事，欢呼声似乎把她的记忆冲刷得干干净净了。

紧接着，欢呼变成了呐喊，单挑变成了混战。扈三娘带来的四百多个庄丁，跟五百多个强盗混战在一起。祝家庄打开后门，放下吊桥，几百人冲出来跟攻打后门的强盗混战在一起。

扈三娘顿时坠入了噩梦。

此前，扈三娘从来没亲眼见过一个人被杀死，一眨眼的工夫，眼前就横七竖八摆了一大片死尸……一柱柱喷溅的血、一条条断肢、一截截肠子、一颗颗滚落的人头……空气中弥漫着越来越浓的血腥味，喊声、哭声和鼓声混在一起……可以说，扈三娘做过的最可怕的梦也没有眼前这一幕可怕，有那么一会儿，她几乎给吓蒙了。

"三妹，小心！"这时背后有人喊了一声。

扈三娘回头看了看，原来有个强盗正举着大刀偷袭她，一个飞马而来的穿祝字号衣的年轻人掷枪穿透了这个强盗。她吃了一惊，稍稍清醒了些，觉得这个掷枪的年轻人有些熟悉。那人抹了抹脸上的血污，拱手说："谢谢三妹带兵相助！"她才认出是自己的未婚夫祝彪。她本来想问问他是不是头上受伤了，又不好意思问。见他抹掉血污后没有新的血流出来，她稍稍放宽了心。祝彪探身从死尸身上拔出自己的枪，朝扈三娘竖了竖大拇指，又朝强盗帅字旗的方向冲杀过去。

扈三娘想起自己也是来杀强盗的，不是来看热闹的，她觉得应该找个强盗捉对厮杀。四周有好几对紧紧搂着翻滚，有一对还从她的马肚子下面滚了过去，扈三娘探身举刀，却砍不下去——不是不想杀人，是怕伤着自己人。突然，一只手朝她胸脯伸过来，她一刀劈过去，把那手臂劈成两截，却发现是一只早就被谁砍断了的手臂碰巧飞了过来。看看刀，刀上见血了。

扈三娘一点一点亢奋起来。她策马也朝强盗帅字旗的方向冲杀过去。她注意到祝彪那一小队人马被强盗包围了，人数越来越少，但却固执地往敌阵中央红色帅字旗的方向移动。她听见祝彪在喊："宋江在这里，不要放跑了宋江！"她也跟着喊了一声："宋江在这里，不要放跑了宋江！"不断有强盗扑到面前来阻拦，扈三娘挥舞双刀一个一个地砍翻他们。刚开始时扈三娘尽量不杀死他们，但强盗越来越多，也就顾不得那么多了——她根本来不及思索，劈砍削刺等动作就由双手自动完成了。有一会儿，她觉得自己像是被练熟的招式控制了，过一会儿，她又觉得自己被一个鬼魂控制了，再过一会儿，她发现自己是被双刀控制了——她感觉到这一对日月双刀渴望品尝强盗的鲜肉，渴望痛饮强盗的血浆，不断促使她把它俩送进强盗的身体……终于，青骢马把她带到宋江面前不远的地方。

宋江拨转马头就逃。扈三娘在他背后紧追，眼睛盯着宋江坐骑的四个马蹄翻盏撒钹似的起落。追到一座小山坡，眼看就要追上了，山坡上突然冲下了七八十个步军强盗，打头的黑大汉抡两把板斧，浑身脱得赤条条的，露出黑熊般的一身粗肉。黑大汉叫道：

"那鸟婆娘赶我哥哥哪里去！"

扈三娘驱马下田，绕过了使板斧的黑大汉。说不清是因为见了赤条男人害羞，还是觉得冷天不穿衣服的人很邪乎，扈三娘反正不愿意跟这赤条汉交手。她涉过结着一层薄冰的水田，继续追赶宋江。追到一片树林边，树林里冲出了十几骑强盗，打头一个豹头环眼的汉子，手中挺着一支很长的蛇矛。

"兀那婆娘走哪里去！"使蛇矛的汉子喊道。

扈三娘脑子里立刻闪过林冲这个名字。她以前不止一次听说过，林冲是梁山泊第一强手，曾做过东京八十万禁军教头。她挥刀纵马冲过去，跟林冲厮杀在一起。斗了几回合，发现打不过，她勒马往回跑。到了山坡那儿，看见刚才跟着她一路冲杀的几十个庄丁，都被强盗步军挡在了山坡下面，只剩丫鬟唐可儿策马跟着她下了水田，唐可儿大叫小姐别追了，像是快哭出来了。

坏了，太冒进了。扈三娘再次下了水田，挥着刀朝唐可儿喊："别过来，快走开！别过来！"

但这时唐可儿已经退不回去了。那个使板斧的赤条汉子带着一伙喽啰也下了水田，把唐可儿围住了。扈三娘朝黑大汉冲过去，黑大汉左手板斧往头上一遮，身子一矮，哧溜钻到她马肚子下面来了，右手板斧差点砍中了马腿。乒乒乓乓几响过后，扈三娘策马跳出了圈子，想离开水田。但水田四面都是强盗。她跟每一个方向的强盗头领都交了一下手，有一次背上挨了一棒被打下了马，虽没有受重伤，但靴子和一部分衣服湿了，不过没觉得冷。她发现多数头领武艺算不上高明，但帮手太多，斗不了几回合，周围都是举着亮晃晃的刀枪逼过来的喽啰，让她不敢久战。

相比来说，林冲那边人数就算少的。她回到水田中央唐可儿身边，喘着气，告诉唐可儿别乱跑，紧跟着她，"等我缠住林冲，你就杀出去，不要管我"。

唐可儿瘪着嘴，忍住哭，拼命点头。

再次碰到林冲，扈三娘很快被林冲捉住了。

她跟林冲斗了几招，突然双刀莫名其妙被林冲逼住了，林冲把拼武艺变成了拼力气。扈三娘浑身乱颤，张大嘴直喘气。林冲压住她的双刀后，慢慢朝她逼近，嘴里呼出一股一股带着酒味的白气。终于，林冲呼出的白气跟她喘出的白气挨在了一起，扈三娘觉得大脑里变成一片空白了……

等再有了意识，她发现手中的刀没了，自己被林冲挟在胳膊下面，十分熟悉的田野树林翻了个个儿展现在眼前，被阳光普照着。

林冲把她丢在地下。

"好！"站在不远处的宋江喝了一声彩，声音异常响亮。

扈三娘想爬起来逃跑，却感到四肢有些不听使唤，有些地方瘫软，有些地方僵硬。几个喽啰举着亮闪闪的刀枪逼住了她。她决定不挣扎了,尽力控制自己不要喘,不要抖,不要哭。她瞥了林冲一眼,发现林冲也在看她,眉毛拧成一团。林冲直摇头,嘴里像噘鱼刺一样喷了几声,吩咐喽啰把她绑起来,不要弄伤她,然后策马走向宋江,"没伤着哥哥哪儿吧?"

"不曾伤着。"宋江说,"扈家庄这个女将好生了得,捉了王矮虎,一路追我,那么多人都拦她不住,幸亏遇上了你。"

"林冲来迟,哥哥受惊了。"林冲拱手说。

扈三娘转着头四处看,心里很希望看到打着祝家庄扈家庄旗号的兵马冲过来,看到的却是越来越多的梁山旗帜。难道祝家庄扈家庄已经被攻破了吗?她看不到祝家庄和扈家庄,被山丘树林挡住了。这时她才意识到自己追宋江追了多远,快到山口了。如果不是林冲拦住她,再追下去,即使她抓不住宋江,宋江也跑不掉——翻过山口就是山谷,郓州官军正在山谷里转圈。自己运气太不好了,居然在这儿碰上了林冲。

两个喽啰把她双手别到腰后,用绳子绑在一起,手腕子勒得生疼。扈三娘有些后悔绑的时候没鼓点劲,要是鼓了劲,这会儿松了劲绳子也会松一些。她忽然感觉到有人在摸她屁股,她脑子一热,什么也没想转身飞起一脚踢翻了摸她的喽啰。

"咦,小蹄子还敢踢人,给你剁下来!"喽啰爬起来拔出了刀。

"畜牲有本事就来杀我吧!"扈三娘使劲喊道。

"慢着。"这时那个使板斧的赤条汉子押着唐可儿走了过来,他朝扈三娘喝道:"你这鸟婆娘,怕你不死!你想快死,我偏要你慢死。"他把脸凑过来,眉毛赤黄,头发像铁刷,张嘴时露出两排乱牙,神情狰狞。

扈三娘有些发怵,不敢多看,只听赤条汉又说:"回到大营我就细细地割你这鸟婆娘,放在炭火上烧烤下酒。你想要我先割你哪块肉呀?"他嘿嘿笑着,一双大板斧在她身上比画着。

扈三娘没说话,小腹下面胀胀的,有一种要小便的感觉。她听说过强盗烤人肉下酒的事,还听说过强盗用人心做醒酒汤的事。她转过脸不看这个赤条汉子。不知道是害怕,还是衣服湿了感到冷,或许是背上痛?她又开始颤抖起来了。她咬着牙把身体缩得紧紧的,不让自己抖,可是控制不住。

"好了，别吓她了。"林冲走过来，拍拍赤条汉子的肩，"跟我上别的地方去玩吧。"

赤条汉子收起板斧，离开前朝她扮了一个鬼脸，"我还会找你的！"

"快走吧，"宋江也转身走开，挥挥手，"给她弄件袍子披着，换双鞋，押回大营。"

强盗大营在独龙岗下村口河边一大片麦地里，得从祝家庄后门外的小山坡经过。看见祝家庄后门的门楼出现在视野里，扈三娘简直不敢盯着细看。不过，一阵欣喜很快涌上心头，没有烟火，插的还是祝字大旗——祝家庄没破！再看看扈家庄方向，虽然看不见，但也没看见烟子，应该也是平安的！

转到祝家庄前门外的大路，扈三娘看见强盗一边往大营撤退，一边筛锣聚拢被击溃的散兵。不时能看到强盗马军离开大队去接应被追杀的小股步军，把他们接回大队。沟渠边、瓜架下、草垛旁、地头到处都是尸体，大多是强盗的尸体。渐渐地，扈三娘有些明白了，她追宋江的时候，吸引了很多梁山人马，剩下的攻庄强盗变少了，也就容易被击溃了。胸中顿时充满一股自豪感，自己就是死了也值了。

死？

扈三娘猛地摇了摇头，似乎想把这个字从脑子里甩出去。长这么大，她没受过什么真正的伤害，也没生过什么大病，没有直面过死亡问题。这次带兵出庄，自己武艺高强，又有这么多庄丁帮忙，似乎也用不着把自己跟死亡联系在一起。她从来没认真考虑过这个问题。即使是现在，自己成了强盗的俘虏，她还是不相信自己会很快死去。

一个小喽啰从死人身上脱了件皮袍子让扈三娘穿上，没找到合脚的靴子，扈三娘只好穿着一双男人的大靴子往前走。不时有一队喽啰从旁边超过她，好几个喽啰朝她指指点点的，其中有两个喽啰还赌她脚大脚小。也有几个缺腿断手的伤兵挣扎着要过来跟她拼命，如果不是看守俘虏的校尉和喽啰不让他们靠近，扈三娘这一路麻烦不小。

扈三娘、唐可儿还有十几个俘虏被绳索串在一起，被小喽啰推推搡搡地往前走着。她很想找个机会逃脱，却没找到合适的机会。她朝唐可儿使了几次眼色，然后把手朝唐可儿凑过去，想让唐可儿解开她手上的绳子，但唐可儿的手抖个不停，好容易摸着绳结了，指头还在抖，使不上劲去解开。很快被看守发现了，看守几脚踢开了她俩。后来她又想自己用指甲挫断绳子，指甲挫断了，指头磨出了血，一点用也没有。她回头朝祝家庄看了看，很期待看见祝家庄的大门突然打开，吊桥突然放下来，有很多人马追过来救她，但转念一想，又觉得就这么冲过来不是好主意。要救她可不是这么个救法。她反倒有些担心祝家庄的人会冲出来救她。

她听见唐可儿在她身边低声哭泣。扈三娘想安慰她几句，却不知道怎样安慰她，心想，唐可儿一定是预感到什么可怕的事等着她了。自己心中似乎也应该做点准备："他们会怎么凌辱我？那个黑大汉真的会一小块一小块割我的肉烧烤下酒吗？我该怎么办？"以前从来没认真想过被强盗抓住后怎么办，现在不得不认真想想了。想来想去也没别的办法，还是只有找机会逃跑。逃吧，逃不了，也不会更坏，无非被再次抓住。大不了还是一个死字。"死就死吧，祝家庄人和扈家庄人肯定会记着我们！只是哥哥……他会怪我不听他的，可学武不就是为了杀强盗吗？谁也不能把武艺练到高过所有的强盗才出来杀强盗呀。"她告诉自己不要后悔，不后悔，不后悔。起码到现在为止，没后悔。她拿定主意：一会儿要是强盗想污辱她，她就自寻了断，咬舌也好，跳崖也好，撞树也好，绝不让强盗污辱自己！

可没多久，心底又有一个声音冒了出来：别，别泄气，一定会有办法的。无论如何，一定会有办法的。不能就这样完了。

第四回　李逵烧烤唐可儿　头领押送扈三娘

强盗大营扎在祝家庄前五里外的麦地里，白沙河以南，几百顶帐篷排列得整整齐齐的，那种整齐让扈三娘生气。

什么世道！从前强盗都是抢了就跑，没抢着也跑，决不会久留，现在倒好，一连两天把帐篷安安稳稳整整齐齐地搭在庄子前面，扈三娘希望有人射几支火箭过来，烧一烧这些帐篷。只要烧掉一半帐篷，这些强盗晚上不是冻得睡不成觉,就是挤在一起没法睡,明天就得滚回梁山泊去。她告诉自己要留心几条逃跑路线,一旦烧起来了,她和唐可儿就趁乱逃走。

走过河上一座临时搭建的木桥,进了大营,扈三娘和唐可儿被绑在一辆辎重车的轮子上。扈三娘有些泄气,这一路有很多固定岗,游动哨,往祝家庄方向跑根本没希望。也许南边松活些,麦地里有纵横交错的水沟可以藏身,要记好方位,晚上容易转向。

扈三娘的眼光在那些帐篷之间梭巡着,猛地看见一只冒着蓝烟的火盆,在帐篷之间移动,越来越近,停在了唐可儿面前。端火盆的喽啰鼓起腮帮子朝木炭吹气,火燃起来了。唐可儿脸上顿时现出惊慌的表情,她目不转睛地盯着喽啰往火盆上放烤肉架子。喽罗刚走开,唐可儿问:

"小姐,他们不会真的……吧?"

"不会。"其实扈三娘心里也很紧张,但看见唐可儿怕成那个样子,她装也要装出不怕的样子来。

"我听说强盗经常那样的,那个使板斧的强盗也说过。"唐可儿说。

"不会,他是吓我们的。强盗只烤男人的肉吃,女人抓回去做强盗婆,生一窝小强盗。"刚说完,扈三娘后悔了。

果然,唐可儿立刻哭起来了,"那还不如死了算了!"

唐可儿比扈三娘小两岁多,是家里最小的孩子。上面一个姐姐,一个哥哥,她爸爸去西北边关当兵的时候,唐可儿还在妈妈肚子里。她从来没见过爸爸,爸爸在她两岁那年战死了。她妈妈守了十五年寡,侍奉病中的公公婆婆,唐家村里有一座为她妈妈立的贞节牌坊。平时跟扈三娘闲谈,唐可儿经常表示要以妈妈为榜样,保持贞节,决不做伤风败俗的事。可以想象,给强盗抓去做强盗婆这句话,会把她吓成啥样。

扈三娘只是想开个玩笑,让唐可儿绷紧的神经放松一下,不料让唐可儿更害怕了。看来自己真是不经事,才经历人生第一场厮杀,第一场困境,心里就乱成这样。要在平时,她绝不会说这种傻话的。

扈三娘把腿往唐可儿腿上靠了靠,"哎,别哭了,跟你开玩笑的。"

唐可儿半信半疑地朝扈三娘看了看,"真的吗?都什么时候了,小姐还开这种玩笑。你就不怕吗?"

"刚开始有些怕,现在没那么怕了。怕有什么用?强盗不会因为咱们害怕就可怜咱们，相反，他们会故意吓咱们取乐。咱们偏不让这些死强盗得意。"

唐可儿不哭了，"你是说，这些强盗是吓咱们的？"

"是啊。他们把咱们抓起来，其实是想要赎金。等我爹把赎金交了，他们就会放人。再说咱们也抓了他们一些人，应该会交换吧。"

唐可儿脸色好多了，可一转眼，脸色又变得惨白惨白的。使板斧的那个黑大汉来了，手里拎着一坛酒。

一个喽啰四肢着地跪在唐可儿面前，黑大汉坐在喽啰背上。

唐可儿似乎预感到危险，头和肩膀使劲往扈三娘这边靠，但两人的手分别绑在背后车辐条上，上身没法靠近，只有腿能挨着。

"你们俩，谁想先死？"黑大汉问。有个喽啰端来了一盆水。

扈三娘心脏咚咚咚地跳起来，"我今天真要死在这里吗？"她还是有点不相信。

黑大汉指了一下扈三娘，接着指了一下唐可儿，嘴里念着："点兵点将，骑马打仗，不是你死，就是她亡——"扈三娘看着黑大汉的指头晃来晃去，越变越粗，"——就是你了！"黑大汉指着唐可儿。

唐可儿使劲摇头，"不是我不是我……也不是她……"

扈三娘胸中血气翻涌，大叫道："可儿别怕！死强盗，冲我来，本小姐不怕你！"

黑大汉模仿唐可儿使劲摇头的样子，"不行不行，现在你想早死不行。"

旁边有个喽啰割开了唐可儿胸前的衣服，一对白晃晃的乳房弹了出来，唐可儿大叫："小姐！"

黑大汉直皱眉头，嘘了两声，让人塞住了唐可儿的嘴。有个喽啰要对着唐可儿的乳房下刀，被黑大汉喝住了，黑大汉说："这人心都是热血里裹着的，要用冷水泼散了热血，取出心肝来才脆嫩好吃。"说着往唐可儿乳房上泼了一些水，然后一刀割下了左边那只乳房，顺手放在火盆烤架上烤。

一股焦臭味扑进了鼻子，扈三娘哇地吐了出来。像中了邪似的，她抬起头又愣愣地盯着唐可儿胸脯上那个大血洞。她极力想把眼光从唐可儿胸上移开，但就是移不开，傻傻地盯着黑大汉切开唐可儿的肚子，把唐可儿的肠子摊在膝上……她能看见唐可儿的心脏还在那个血淋淋的大洞里跳……她突然大骂起来:"畜牲!没人性的东西,不得好死!"接着一阵乱骂,一串串平时想都不敢想的词从嘴里喷射出来……末了她使劲咬了一下舌头,疼晕了过去。

扈三娘醒来时头有些疼,有些蒙,她觉得自己应该想点什么,一下子又不知道该想什么。她闻到一股药味,是很多味药混一起的那种药味。呃,这是哪里?她睁开眼,发现自己躺在帐篷的一角,是一道布帘子隔成的角落,能听见布帘子另一边还有几个女人一边说话一边忙乎着什么。扈三娘不明白是什么缘故让自己躺在这里。她想爬起来,发现自己的双手和双脚都被捆上了,似乎固定在一张木架子上面。"这是搞什么?"她喊了一下,没听清自己的喊声,她给吓愣了一会儿。她张大嘴提高声音再喊,舌头上立刻爆发出一阵剧烈的疼痛,那个疼啊,差点又把她疼晕过去。

布帘撩开了,有个女子探进胖脸看了一眼,很快缩回去,喊道:"醒了!醒了!快让人告诉宋寨主。"

"还让谁去呀?大娥你快去吧,我们都知道你想去。"

"没你娘鸟兴,让我跑腿就跑腿好了,撕不烂你的嘴!"咚咚咚地跑走了。

布帘再次撩开,走进来三个身穿梁山号衣的女喽啰。扈三娘眼里满是疼出来的泪水,但梁山号衣她还是一眼认出来了,她立刻想起了是什么缘故让自己躺在这里,她拼命挣扎起来。

"别动,别动,别乱来啊,"一个四十岁左右的女喽啰赶紧扑过来按住她的手,"你想跑啊,你没穿裤子,能跑哪儿去呀!"

扈三娘停了一下,两条腿互相蹭了蹭,真是光溜溜的没穿裤子。她心里一惊,该不是已经被凌辱过了吧?她又挣扎起来,想再次咬舌自尽,可舌头一动,疼痛难忍,压根伸不出来。她使劲撞了几下自己的头。

"别管她,菊姐,让她去,兴许她就喜欢光着腚到处跑呢。"一个瘦小的女喽啰站在一边笑。

"她跑出去跑不掉怎么办?只好跑回来,引回来一群色狼怎么办?"第三个女子问。她正按着扈三娘的双脚。

"嗯,那是有些麻烦。"瘦女子板着脸,对扈三娘说:"哎,扈家大小姐,你最好老实点，到现在为止，只有我们几个女的碰过你，你要是不听话乱动，我们按不住你，只好叫男将来了。"

扈三娘停住了手脚，闭上眼感觉了一下，下身似乎没什么异样——这个瘦女子似乎说的是实话。扈三娘张嘴想告诉她们她不挣扎了，但肿大的舌头把嘴巴塞满了，痛得厉害，只好又把嘴闭上了。她夹紧腿一动不动地躺着。

四十岁左右被称作菊姐的女子说："这就对了。你要是答应不乱来，我们还可以给你来点吃的，喝的。"

扈三娘点了点头，眼里又溢满了泪水。这次泪水里不光有疼痛，还有羞愧。她的确想要点吃的喝的。

瘦小的女喽啰端来了一碗熬得很烂的冰糖银耳蛋花汤，微温，送到嘴边喂她。喝着喝着，扈三娘心里突然浮现出家里人吃饭的情景……家里人这会儿吃过饭了吗？饭桌上她平时坐的那个位子，肯定空着，家里人肯定都急坏了，母亲一定会埋怨父亲不该从小宠着她学什么武艺，大哥后悔不该让她一个人带兵出庄……扈三娘给呛了一下，咳了起来，接着她忍着痛，滴着泪，发着狠，一口一口喝下去。无论如何，不吃不喝就没有力气，弄死自己也是需要力气的。每喝一口，就像有人拿铁刷子刷她的舌头一样。喝完了，舌头痛麻木了。扈三娘心里生出一丝对女喽啰们的感激，她们如果给她需要多嚼的东西，或者辛辣滚烫的东西，岂不是要痛个半死！

用盐水漱过口，菊姐给扈三娘换了舌贴，又拿来药包冰块让她含在嘴里，一边劝她："扈家大小姐，你还是个大户小姐，怎么这样傻呀？梁山捉了你，无非是你家里拿点银子赎你，或者打个平手交换俘虏——你不要说话，听着就是了——怎么干这种傻事呢？你要死了家里人该多难过呀！幸好宋寨主仁义，要我们全力抢救你。也算你命大——其实也不是命大，咬舌自尽最难了，别听那些说书的唱戏的瞎糊弄，什么舌头一咬就自尽了，哪有那么容易！还是不要瞎折腾了，要想回家，活下来才有机会。"

扈三娘觉得她说得有理，也不明白自己怎么突然就不想活了。咬舌之前的事有些朦胧，她记得唐可儿被黑大汉杀了，怎么杀的想不起来了，一往细里回忆就费劲、头疼、反胃……不过，她知道并没有人对她怎么样，自己的处境应该还不到要咬舌自尽的地步。太冲动了。她被菊姐说得有些不好意思。

那个叫大娥的女喽啰咚咚咚咚地回到了帐篷里，说宋大哥要见这个小姐。她们给扈三娘穿上了衣服，是梁山号衣，扈三娘没有抗拒，不用说，穿梁山号衣总比光着身子好一些。她们还给她简单梳妆了一下，她张开嘴对着镜子看了看，看见舌头上有一块黑乎乎的膏药，怎么看怎么别扭。不过这样也有好处，可以不用说话，不用担心说错话。她在心里对自己说，一定要冷静，冷静，冷静。

她们把她带到了中军大帐。

宋江正在往一份报告上写什么，见她进来了，宋江放下笔，上上下下打量了她一番，笑了。

"真是抱歉，看来大营里一时找不到又好看、又合你身的衣服，好在你穿什么都好看。"

扈三娘知道自己穿得不好看，那四个女喽啰似乎故意给她穿了这身陈旧灰暗、松松垮垮的衣服。宋江夸她穿得好看，什么意思？是不是不怀好意？看起来不像，这人举止表情，说话的声音，都有一种让人亲近的魔力。扈三娘不知道怎么回事，一见到他，她也想做出一些表示亲近的举止和表情——"可他是强盗头子呀，他带人杀了那么多扈家庄和祝家庄的人呀，你中了什么邪还是要犯什么贱想要讨好他！"扈三娘觉得有一部分自己变得很陌生，陌生得让她害怕。

宋江起身，走到扈三娘面前，扈三娘心里紧张起来，她希望宋江不要走这么近，让她呼吸不畅，仿佛面前的空气都被宋江吸走了。宋江朝她温和地笑了笑，正色说：

"刚才我把李逵狠狠骂了一顿，他确实不该擅自把你的使女杀了。简直就是个畜牲！哦，这句话倒不是骂他，你应该已经看出来了——别看那李逵长得牛高马大的，心智比牛马强不了多少，还是个孩子。我以后再慢慢调教他。我们是仁义之师，决不允许像他这样乱来。"

李逵。李逵。李逵。扈三娘咬牙默念了好几遍，一定要记住这个名字。——仁义之师！呸，呸呸呸——哎哟，真能扯，仁义之师为何来打祝家庄？

"这次教训祝家庄，是因为祝朝奉一家，长期为恶一方，贿赂官府，搜刮百姓，妄图跟俺山寨作对，俺山寨不得不替天行道，为民除害！"宋江说。

扈三娘暗暗有些心惊,"这人怎么知道我心里想什么?"她还没有说出来,他就回答了。

扈三娘思考着该怎么反驳,也许应该说:"祝家人没有搜刮百姓,庄院田产都是祖业!"

她正想着是不是要一支笔,把这句话写出来,宋江瞪了她一眼:"不要以为这些庄主都是什么好东西!小姑娘家不懂这世道,我告诉你:不贿赂官府,不搜刮百姓,只凭勤扒苦做,天下没人能攒下祝家那么大的家产!"

扈三娘心脏被猛烈撞击了一下,她明白宋江连她爹一起骂了,自己当然也被骂了,她平时受惯了别人恭维,觉得自己挺尊贵,想不到在一个强盗眼里,竟是这么不堪。更要命的是,宋江说的其实都是对的,她无从反驳。

"好啦,不说这个。"宋江口气又温和起来了,"我找你来,给你两个选择:一个是马上给家里写信,让你家配合我们打祝家庄。再一个就是送你走,你先上梁山待着,将来是换人还是交赎金,到时候再说。"

扈三娘心里开了锅,正翻来复去地挑着,宋江又挥挥手,"好啦,不为难你,先送你上山吧。"

当天晚上,一小队人马押着扈三娘上了路。这队人马有四个头领,还有两个女喽啰(菊姐、大娥)和十多个男喽啰。四个头领骑着马,扈三娘双手被绑在背后,也骑了一匹马。有几个喽啰轮流给扈三娘牵马。扈三娘腰上还拴着一根绳子,被后面一位姓马的头领牵着。从他们的交谈中,扈三娘知道另外三个头领分别姓穆、张、白。穆头领是这伙人中带头的。扈三娘记得白天跟穆、马两个头领交过手,特别是姓马的,也使双刀,印象比较深。

从大营里出来先往东走,离独龙岗越走越远,冷月下,四周眼熟的景色仿佛充满了离愁别绪,牵扯着扈三娘,扈三娘不敢多看。刚出来那阵子也没法多看,经过独龙岗下几个小村子的时候,强盗拿黑罩子把她的头都罩住了,出了独龙山,强盗才点上火把照路。

天快亮的时候,他们来到梁山泊边。扈家庄离梁山泊虽然只有几十里路，但扈三娘从来没到过梁山泊。哎呀呀！这就是梁山泊呀！她以前只听说过是一个大湖，湖心岛是一座山，现在放眼一看，这湖茫茫荡荡比她想象的大多了，她长这么大从来没见过这么多水，她感到新鲜，心情激动，想要找人说说自己的感受。看一看四周的头领、喽罗，猛然醒悟，她最后把涌到嘴里的那些话，咽回肚子里去。

四个头领都下了马。有个头领取出弓，搭上一支响箭，朝对港的芦苇荡里射过去。没多时，芦苇荡里摇出几只船来，一路叮叮当当敲着冰。两个女喽罗一边一个抓紧扈三娘的胳膊上了船，扈三娘回头朝来路望了一眼，曙光中那条发白的土路弯弯曲曲伸向山坳，一个人影也没有。阵阵冷风掠过湖面上的枯荷吹过来，有一会儿扈三娘想，是不是跳进湖里淹死算了？可又觉得多半淹不死，泡在这么冷的水里白白受一阵罪。

上了岸，穿过一片树林，他们在一座关隘前停了一下。扈三娘留心看了看关前摆着的刀枪剑戟、弓弩戈矛，还有关上的檑木炮石。进了关，只见夹道摆满了营队的号旗。又过了两座关隘，才到达大寨门口。大寨操场上有不少兵马在排演什么阵法，一群群人呼喊着冲来冲去。扈三娘瞄了一圈，地形挺容易记的：四面高山，高山围住一大片洼地，洼地中央一座小山包。走近小山包，发现这里还设了一个小寨，寨门直通一座大房子，大房子正门悬了烫金匾额，上书"聚义厅"三个大字。

第五回　宋江大摆庆功宴　李逵血洗扈家庄

林冲抓住扈三娘的那天上午，他不时感到很累，盔甲靴子比往常沉重，走不了几步就想坐下，这有一点奇怪，跟一个女子斗几回合，怎么会这么累？

他希望天快点黑下来，以便上床休息。回到大营，他走进帐篷小间，放下遮窗布，和着衣甲躺在昏暗里……扈三娘被捉时的表情浮现出来——眼神那样惊恐，脸色那样惨白，喘得那样厉害！这让林冲有些烦心，他不愿意细想这个场景。

　　林冲翻了个身,把腿蜷着,想让自己舒服些,但怎么躺都别扭、硌人。也许解下铁甲,扒掉靴子,脱掉衣服钻进被子里,能好好睡一觉——做梦!那当然是不可能的,身为大将没那样的自由,就这样凑合歇息一会儿吧。他知道其实不关铁甲战靴的事,是心里不安,睡不着,他打算骑马出营转转。

　　侍从刘安提醒他:"早点回来,宋寨主晚上为你摆庆功宴。"

　　"庆功宴,呸,吃屎宴!"他嘟哝道。

　　林冲单骑来到祝家庄后门麦地,沿着扈三娘追杀宋江的路线,慢慢骑行到他跟扈三娘交战的地方,他仔细回忆了一遍交战的过程,还驱马去水田中央站了站:几处田埂还有血迹,薄冰融化了,浅水里倒映的黑云镶着金边,微微波动着,有些模糊。当时非捉她不可吗?林冲回想着:"穆弘、马麟、李逵已经封住了水田三面,扈三娘从你这边突围,你后面是宋江,你当然不可能让她过去。第一次没伤她,只是把她逼回水田,希望别的头领对付她。练武这么多年,如果杀掉了一个保护村庄的女子,你丢不起这个人。"目睹扈三娘在泥水四溅的水田里喊叫着,舞动双刀奋战的情景,他又钦佩又羞愧。他告诉自己,"如果她再冲到我面前来,我一定要想办法完完整整地活捉她"。他知道,这比杀死她危险一百倍,比杀伤她危险十倍。他还知道,这也不算什么好选择,只能说是最不坏的选择而已,如果再次把她逼回水田,她非死即伤。

　　怎么会这样?林冲问自己。他怎么会陷入这种境地:只能在坏和更坏之间选择?更重要的是,这是偶然碰巧的,还是有人设计的?

　　林冲在麦地和水田之间的小路下了马,捡了些树枝、小石头、螺丝壳,在小路上摆着二打祝家庄时众头领的位置,他发现,宋江被扈三娘追杀时,最自然的逃跑路线应该是往南,因为南边祝家庄前门一带,分布着梁山主力,能打过扈三娘的头领加上能打平她的头领有好几个:花荣、石秀、穆弘、杨雄……但宋江不往南,偏要往北,北边有林冲带着二十多名马军,负责把守山口,阻击官军。李逵和七八十名步军是临时机动过来的。

　　李逵真的是临时机动过来的吗?至少战前会议排兵布阵时,没明确李逵的位置。马麟赶到水田不奇怪,他本来就有保护宋江的任务。但穆弘那么快赶到水田,就有点疑问,他怎么知道宋江要往水田这边跑?如果不知道,他到水田这边来干什么?他的任务应该是攻打祝家庄前门。似乎有两套作战方案,一套是在大会上宣布的,一套是很小范围内传看的。

两套方案应该均由宋江和花荣策划。林冲不是宋江小圈子的人,看不到小范围的方案。不过,以实际战况反推小范围传看的这套方案,没啥大难度。

这应该主要是为扈家庄增援祝家庄准备的后续方案,俗称围点打援。这时攻破祝家庄已由主要作战目的,变成了佯攻;主要目的变成围歼援军,让扈家庄以后不敢再援祝家庄。

如果围歼援军的目的也达不到,就退兵诱杀或诱捕扈家庄一两名大将。这样至少可算平局,保住了宋江的面子。宋江自告奋勇当诱饵,他知道自己马快,一般人轻易追不上,况且他事先在逃跑路线上有了安排。

宋江的面子有这么重要吗,以至于他甘愿亲自冒险?是的,有这么重要。这是宋江试图改变梁山战略的第一次大规模作战,无论如何,不能惨败。

这次来打祝家庄的绝大多数是招安派,林冲和白胜除外,他俩是晁盖派来监军的,不受宋江指挥,两人可视情况自主决断自己的行动。林冲跟宋江商定,他不参加攻打庄院的厮杀,但会救援梁山人马。二打祝家庄作战会议之前,宋江征求他的意见,问他可否在北边山口狭窄处阻挡官军,只需阻挡半个时辰,然后可自主退往梁山。林冲意识到这是还宋江人情的时刻,年前,宋江给他送来一个会下围棋的美女,他得帮帮宋江,去看过山口地形后,答应坚守山口半个时辰。宋江给他的人马虽少,但山口陡窄,提前准备滚木和大石头,抵挡半个时辰问题不大。没想到,防守工事搞好了,官军没来,朝他冲过来的是宋江和扈三娘。

这是偶然碰巧的,还是有人设计的?

说有人设计,林冲没有证据,但直觉和分析告诉他,这事就是设计的,是宋江和花荣两人设计的。林冲猜想,设计时没有针对特定的敌将,无论是哪个敌将,只要敢追杀宋江,宋江都会把这人引向水田,引到林冲枪下。对这人,林冲无论是活捉、杀伤、杀死,招安派都能达到目的。假设一下,晁盖听说是林冲活捉了扈三娘,会怎么想?晁盖显然会把这件事,跟年前林冲接受宋江送来的美女这件事,放在一起考虑,他还会像以前一样信任你林冲吗？给你的任务很明确，你下山就是做监军的，主要任务是监督军士，制止他们烧杀奸掠洗荡普通老百姓，"别让他们把梁山这块招牌弄臭、弄烂了，将来说书的说起梁山，唱戏的唱起梁山，没一点光彩"。晁盖话里虽然没有明说不要帮宋江出力，但那些暗示你是明白的。

林冲觉得有必要写封信跟晁盖解释一下。

怎么解释？说你不是有意的，是事情发生得太快，你未及深思？

不，不要找理由，直接承认你做错了，很后悔，希望有机会弥补。

林冲回到大营，写完信，正寻思着找谁回梁山送信，白胜来了。白胜说："宋寨主要我参加押送扈三娘上山，不到半个时辰就得出发。""嗯，好，正好帮我给晁老大捎封信。"林冲说。

"我就猜你要给晁老大带话，我聪明吧？"

"聪明，聪明。我欠你一个人情，回梁山请你喝酒。"

"好嘞！"

白胜收好信，挠了几下头。"还有事？"林冲问。

"要是晁老大问起扈三娘……我该怎么说？"

"哦，照实说，信中提到了。"白胜咧开嘴笑了。

白胜是黄泥岗劫生辰纲的七个人之一，是晁盖心腹，他和戴宗一起负责情报组。他显然意识到林冲捉扈三娘这件事，会有损林冲在晁盖眼里的形象，但他又不能不向晁盖如实报告。他先跟林冲打个招呼，这事就不算背后打小报告了。林冲当然不会让他为难。

快到晚饭点的时候，宋江派了戴宗来接林冲。其实没什么必要来接，林冲的帐篷离宋江的中军大帐不远，隔着十几座帐篷。似乎接这么一下，礼节就变隆重了。林冲对宋江办的庆功筵席有些恶心的感觉，但他知道自己必须参加。宋江话已放出去了，宴会也准备好了，你林冲就是今晚宴会的主角，你要是不去，那无异于塌了宋江的戏台子。

帐篷与帐篷之间的路已被踩成烂泥，刘安把马牵过来，要林冲骑马过去。林冲看了看戴宗脚上的靴子，糊满了泥，他觉得自己骑马不妥，到了中军大帐前，反正也得下马，靴子上还是会有泥巴，他决定跟戴宗步行走过去。

转过几个拐角就能看见宋江大帐前燃起的两盆炭火。走近些，发现宋江和众头领都等在帐篷外面,每人都是一脚污泥。宋江花荣迎上来,要把林冲夹在中间走进帐篷,林冲不肯,坚持把宋江夹在中间,三人并排往帐篷里走,后面跟着众头领。走着走着,宋江老是有意落后半步,突出林冲,林冲只好也落后谦让,结果一行人走得很迟缓,众头领好一阵子才入帐坐定。

中军大帐里灯火明亮,五张桌子烘托着主桌,都已摆上了花色冷盘。宋江亲手给林冲斟酒,其他头领都端着酒,站在自己座位那儿等着。宋江斟得很慢,很小心,似乎想让酒水高出碗沿子堆起来,结果碗沿子上微微鼓起的酒吸收了灯光烛火,一圈亮灿灿的。

"好功夫!"众人喝彩。

宋江放下酒坛,笑眯眯地来了几句祝酒词:大家辛苦啦,感谢大家,特别感谢林冲捉了扈三娘,等等。听见宋江提到自己名字,林冲当然要说:"谢谢宋大哥,这是属下应该做的。"他发现宋江心情似乎很不错,这人还真有些过人之处——接连打了两场败仗,五个头领被对方生擒了,自己只擒了对方一员女将,他居然能借此由头把筵席办得喜气洋洋的,一扫两连败的颓气。

宋江讲完,双手捧着他斟满的酒碗,屁股撅着,腰弯着,齐眉端着,敬给林冲:"此酒略表愚兄相敬之礼,感激之心全在酒碗里啦——敬林教头!"

众人轰隆一声:"敬林教头!"如此殊荣,林冲当然知道自己不得不喝下去,他慢慢喝着,强忍着恶心。那恶心,仿佛有人朝这碗酒里吐过痰。

林冲饮了半碗,剩下半碗酒搁着。坐在他身边的花荣满脸堆笑劝他多喝一点,得意劲儿溢于言表,花荣把林冲的酒碗斟满,学宋江的样子敬酒,祝贺他活捉了扈三娘,"最重要的是,救了宋大哥——敬林教头!"

林冲没有伸手去接酒碗。

他往脸上搁了一点笑意,"不急,今天身体有点不舒服,老是反胃,我先吃点东西压一压。"他拿起筷子去碟子里夹了几颗炸蚕豆,放进嘴里嘎嘣嘎嘣嚼着。

花荣像是被人施了定身法,定在那儿。林冲知道花荣有些难堪,也知道自己有些失礼,但花荣那副得意劲儿他实在看不下去,"这厮可能以为俺林冲不知道被他算计了，哼哼，嘎嘣，嘎嘣，"你要是接过酒碗喝下去，天知道这小子还会得意成什么样子。自己也不能太配合了"。

林冲能想到花荣不是主谋，没办法，拿捏不了主谋，只好让你受着了。林冲注意到花荣的脸在迅速变红，那个姿势捧着酒碗，时间稍长一点，应该不太舒服。花荣额头似乎泛起汗光了。帐篷里很安静，估计每个人都能听见他嚼炸蚕豆的声音。

嘎嘣。嘎嘣。

宋江呵呵笑了，接过花荣手上的酒碗，放在桌上，"你呀，人家又不是要灌醉你，把牙齿咬得那么响干什么？"

李逵急忙探头说："不是咬牙齿，是嚼蚕豆！"

众人大笑，林冲也笑了，"可能是受了点风寒，一碗酒就有点顶不住了，不吃点东西压一压，吐出来就不好看了。抱歉我得先告退了。"

"喝碗醒酒汤再走吧？"宋江还想留他。林冲直摇手，说再不走怕是真要失态出丑了。

"那就请便吧。"宋江把愠怒掩藏在微笑里，掩藏得很彻底，把他送出帐篷，拱手道别。

林冲回到帐篷里，早早躺下。他希望赶紧睡着，却睡不着。那半碗酒开始在肚子里闹腾，他想吐出来，探出身试着往盆里吐了两下，干呕着，却什么也没吐出来。侍从们惊慌地涌进来，林冲挥挥手把他们赶出去。下次再想吐，干脆忍着。

两天后，白胜回到了大营。押解扈三娘的另外三个头领一同回来了。让林冲惊讶的是，军师吴用带着阮氏三兄弟和几个招安派头领来了，还带来了五百人马。

白胜找到林冲："晁老大听说你身体不太好，明确说，你要是愿意的话，可提前回山寨。当然，你也可留下，随你。"

林冲沉吟一下，"晁老大还有什么吩咐没有？"

"没有啦，你知道的，他本来就话少。"白胜说。

林冲有点不明白了。宋江两战两败后，晁盖应该把大军召回山寨呀，借机整顿一下指挥系统，让大家知道老大就是老大，老二就是老二，怎么反倒派嫡系人马来帮宋江呢？

白胜在帐篷里转了转，说："我知道你想问晁老大对战况的反应，他确实没反应，听完汇报像什么也没听见一样。呃，我倒是有些看法，就这么打下去挺好。"

这下林冲听明白了，挺好，只从消耗招安派实力的角度看，挺好，其他没啥，挺好的，或许这才是晁盖的真实想法。林冲摇头，晁盖应该把重点放在及时重新掌控梁山走向上，而不是消耗招安派的实力。宋江败了，实力自然大减。如果宋江胜了呢？就会更强大——宋江个人威望更高，钱粮财物更多，能招更多喽啰买更多马。

林冲没说话。他觉得晁盖失去了一次扭转局面的好机会。——居然还放出了吴用三阮来帮宋江，这是一个错误，错上加错！

中午，宋江派戴宗请林冲去参加欢迎新头领的宴会。戴宗说，有几个登州人来投梁山，其中一个叫孙立的，自称是祝家庄教师栾庭玉的师弟，愿意带着这帮登州人扮成官军进庄做内应。

林冲一听孙立打算出卖同门师兄以求进身，那股反胃的感觉又来了。他要戴宗回去帮他请辞，"这几天不知道怎的，胃老是不舒服，对不起了！"戴宗刚走，白胜进来了。白胜说："扈三娘的哥哥扈成来了！在你帐篷外面。这些日子，我的人一直在跟扈成的人接触，谈得差不多了，我们把扈三娘放回去，扈家庄愿意每年纳粮。"

林冲问："这事找我干什么？"

白胜说："是扈成要见你。他说，他听说书人讲过你的故事，对你很钦佩，他们扈家庄人都觉得你是大英雄，希望托你照顾照顾扈三娘。他有礼物要送给你。""我不要他什么礼物，你让他去见宋寨主吧。"

"人来都来了，见见又何妨。你若能跟他敲定纳粮的事，怕不是大功一件！"白胜说。

林冲听懂了白胜话里的话，若是宋江跟扈成敲定，以后扈家将都是宋江的人了，林冲敲定就不一样了。按理说，林冲是晁老大派出的监军，扈三娘又是他捉的，他也可以跟扈成谈。但他现在不能这么做。他还不清楚晁盖心里究竟把宋江放在什么位置，晁盖经常说，宋江是他的救命恩人，若不是宋江飞马报信，他们劫生辰纲的七人都完了。宋江也经常说，晁老大竟亲自去江州劫法场救他，他这辈子做牛做马都感激不尽。但招安派与反招安派的不和，大伙也看在眼里。

林冲问白胜："扈三娘被送到山寨里去了，扈成知道吗？""当然知道，他们也不是吃素的。"

林冲点点头，走出帐篷。

白胜向扈成介绍林冲："扈少庄主，这就是林冲，你妹妹幸好是落在他手里，一点伤也没有。"

扈成说："多谢林头领大恩大德，小妹不知天高地厚，冒犯了林头领，请林头领多多饶恕！"

扈成要下拜，林冲拦住了。扈成这番话让他听上去不是滋味。他往林冲手里塞金条，林冲不接。林冲说可以带他去见宋江，如果不把金条收回去，就不带他去了。

扈成说，那就恭敬不如从命，一路上都在恭维林冲，看得出来，扈成不是一个惯于做表面功夫的人，他虽然极力掩饰，但还是能让人感到他的愤怒、憎恨又不得不讨好的心情，某一瞬间，他的眼光猛地变得锐利起来，似乎想穿透每一顶帐篷，看清里面有多少人。

进了宋江大帐，吴用也在，林冲给扈成都介绍了，扈成对宋江一拜再拜："小妹年幼不省事，一时粗鲁误犯威颜，乞请将军宽恕。小妹已经许了祝家庄，但实不该奋一时之勇。如蒙将军饶放，需要什么用物，当依命拜奉。"

这段话很可能是某个老先生写好让扈成背熟的，难得他流利地背出来了，声音里还加进去了一些悔意。

宋江请他起来坐着说话："祝家庄那厮好生无礼，平白欺负俺山寨，因此行兵报仇，本来与扈家庄无冤。只是令妹引人捉了我们的王矮虎，因此还礼，拿下令妹。你把王矮虎放回还我，我便把令妹还你。"

扈成没有站起来，低头说："实在对不起，这个好汉已经被祝家庄接去了。"吴用插嘴："王矮虎真的在祝家庄？"

扈成朝吴用拜了一拜，说："确实在祝家庄，小人不敢去取。"

宋江说："你不去取王矮虎还我，如何能够让令妹回去？"

吴用说："兄长别生气，依小生一言。"他走到扈成面前，"今后祝家庄有啥动静，你们扈家庄切不可再去救护。如果祝家庄有人投奔到你庄上，你可绑起来,送来换令妹回贵庄。"

扈成立即点头:"断然不敢再去救应祝家庄。他庄上如果有人来投奔,一定绑来奉献将军麾下。"

宋江笑了:"你果真如此,那比送我金帛还强。现在我就想放还令妹,只是她不在本寨,前日已使人送上梁山了,奉养在我父亲那里。你放心,她不会有事的。"

扈成拜谢后,引人回去。林冲不知他为何没有跟宋江谈纳粮的事,有可能是白胜偷偷劝阻了他。

林冲把扈成送出营门,送到河边临时搭建的木桥上,一路上两人都没说话,林冲心里沉重,扈成站在桥上道别,走了几步,又走回到林冲面前,扑通跪下叩了一个头,"林头领,求求你千万照顾一下我妹妹。我母亲自从她被擒,这几天粒米未进。"

林冲上前伸出双手,"少庄主请起,你若信我的话,放心回去吧,我会照应你妹妹的。"

第三天晚上,林冲在北山口接到战报,孙立等人占领了祝家庄前门吊桥,梁山军冲进去,祝家庄破了!

林冲留下二十名马军,继续监视官军,他带着五六骑进了祝家庄。部下反复大喊:"林监军在此,不准随意杀害庄户,不准抢劫,不准强奸妇女,不准放火烧房,违者,军法从事!"

林冲查到草料场时,穆弘正要下令放火烧草料堆,林冲发现草料堆里藏有一些妇女和孩子,还有一些伤兵。伤兵不时射一箭出来,不让他们靠近。林冲制止了穆弘,说没有必要放火,又劝伤兵不要放箭,放下兵器投降,可以得到救治。伤兵扔出兵器,一个接一个走出来了。

这时白胜飞马而来,报告林冲:李逵和他的人正在扈家庄杀人放火。林冲觉得有什么东西塌下来了,像燃烧的屋顶那样塌下来,林冲的头被狠狠砸中,一些燃烧物埋住了他,他奋力爬出来,他知道自己已经面目全非。

林冲带着他的二十名马军赶到了扈家庄,扈三娘一家四十多口人差不多被李逵杀光了,只跑掉了扈成一个,到处都是尸体,房顶烧塌了,门窗烧掉了,瓦砾堆缝隙里还有青烟冒出来。有人向他报告,李逵带着抢劫的财物,回大营去了。林冲朝自己脑门砸了一拳,他觉得自己太无能了,他是什么狗屁监军！晁盖想要树立的替天行道，行侠仗义的形象，被李逵砸了个稀巴烂。

林冲不相信这是李逵自作主张，背后一定有人指使他。一定要抓住李逵，把背后指使的人审问出来。李逵不说，就杀了他，以正军纪。

翻脸就翻脸，反正不是一路人。他清晰地认识到，自己没法跟这些畜生魔鬼共事，他和他的弟兄，应该另找出路。

林冲赶回大营，李逵不在他帐篷里，也不在宋江大帐里。

林冲举着火把，一顶帐篷一顶帐篷搜查过去，他大喊："李逵，李逵，出来受死！"

第六回　宋江囚牢认亲　三娘大闹洞房

扈三娘被关在聚义厅后一座深院里，第三进，北墙没有窗，晚上能听见后院里传来幼儿的哭声，估计后面还有一进或两进。现在不着急，总会弄清楚的。只有把地形岗哨都弄清楚，才能考虑下一步怎么走。

扈三娘手上脚上拴着铁链子，必须想办法让他们打开，即使打开了，也不要轻举妄动，要等合适的时机。她担心扈家庄，担心祝家庄，要担心的事情太多了……她骂自己冒失、愚蠢，声音不大，骂得舌头痛……夜里偷偷哭，睡不安稳，梦里也哭，醒来要愣好一阵子…然后给自己打气：强盗三天还没回梁山，说明遇到麻烦了，要攻破祝家庄、扈家庄没那么容易！还有，官军毕竟离这不远……说不定这几天就会交换俘虏的，或者家里拿钱把她赎回去。有时候她希望从窗户射到地上的阳光移得快些，到了晚上又希望天亮得早些。

有个戴绿宝石项链的丰满女人带着两个使女来看过她几次，送来热水和吃的。听使女介绍，这个丰满女人是宋江的弟媳妇。"叫我吴美姝好了，"女人脸上浮起假笑，"我比你大十岁，本来想让你叫我吴姐的，可是……"她停住了，脸上的假笑忽然多了深长的意味。

"多谢吴姐关照！"扈三娘立刻说。舌头上的伤虽然好多了，但还是有些痛。说假话的时候，更痛。

"哎哟，没把你照顾好，"吴美姝说。

两人闲聊了几句，院子里突然传来孩子的哭声，吴美姝匆匆离开了。守在门前的男喽啰、女喽啰几乎不跟扈三娘说话，扈三娘倒希望吴美姝多聊会儿。

吴美姝第二天来的时候，除了热水和吃的，还给她带来了换洗衣服。扈三娘有些惊讶，这些衣服都是新缝制的，很合身——没量过呀？她不知道吴美姝是怎样得知尺寸的。吴美姝没解释，只是说，缺什么尽管告诉她。扈三娘不客气地要她拿几本书来，随便什么书，没人聊天时，可以看看书，以免老去乱想扈家庄、祝家庄，还有她自己会不会发生什么可怕的事。

吴美姝让一个叫妙琪的女子送来了几本书。扈三娘谢了妙琪，她不知道这个叫妙琪的女子到底是什么身份，像一个使女，又不像一个使女。不过，她觉得这女子心眼挺不错的，妙琪离开前帮她支起了窗子，屋里亮堂多了，空气也新鲜多了。

吴美姝第三次来，是抱着孩子来的，她一边奶孩子，一边夸宋江，"将来招安了，我大哥肯定当大官！"扈三娘刚想问招安是怎么回事，吴美姝却把话题转到宋江该娶亲上了。"我大哥早就该娶一门好亲呀，我这个做弟媳妇的，不能不为他操心，又没法为他操太多心。我常盼着他娶一个像你这样的——大户人家，知书达礼，人好看，武艺好——要是娶个没教养的，我可合不来。"吴美姝说。

扈三娘恨得牙痒痒的，现在当然不能跟吴美姝结怨，好在聊这个话题她不用往脸上堆笑容，也不用搭讪，只需要低着头做害羞的样子就行了。扈三娘早就想到宋江有可能会逼她当压寨夫人，她心里准备好了对策——他敢娶她，总有一天她要豁出去把刀架在他脖子上，用他当人质开路。

第五天，扈三娘正在看书（其实也没怎么看进去），外面突然一片喧闹，锣鼓、唢呐、鞭炮和欢呼混杂在一起，不少人在奔跑。起先，扈三娘没听明白强盗们在欢呼些什么，很快，小院里也有人在喊，她听明白了，她真希望自己没听明白。

"宋大哥回来了！"

"祝家庄破了！"

房子似乎震动了一下，扈三娘第一个想到的是扈家庄怎样了？家里人没事吧？太阳穴那儿有条血管怦怦跳着，她朝支起的窗子走过去，但是她无法靠近窗子，手上脚上的铁链子拖住了她，铁链另一头拴在横梁上。

扈三娘心里存着一丝侥幸，或许扈家庄没事，就像哥哥说的那样，梁山强盗破了祝家庄抢够了就满足了……她的五脏六腑被紧紧揪着。

扈三娘在焦急害怕中煎熬了不知道多久，宋江来了。

宋江说："扈家妹子，让你受委屈了。"

"我家里人怎样了？"扈三娘脱口而出。

宋江叹了口气，"我就怕你问这个，你走后，你家里出了一些事。"宋江脸上的表情有些凝重，"你离开大营第二天，你大哥扈成牵牛担酒到大营来赎你，我告诉他：'你把王矮虎还我，我就把令妹还你。'你哥说，王矮虎被祝家庄押走了。我说：'令妹已经送上了梁山，不会受什么苦，不用担心。你什么时候把王矮虎送过来，我就还你妹子。'你哥去祝家庄要王矮虎，结果怎么样你肯定猜得到，对了，祝彪把你哥打了一顿——伤得很重，说不出话来。祝彪带人把你哥送回扈家庄，守庄的人见了你哥和祝彪，放下吊桥，开了庄门，就这样祝家庄人马冲进去，把你家里人都杀了，几十颗人头悬在门楼那儿。"

扈三娘听蒙了，像有人突然把她脑袋里的血抽空了，完全不能思维，突然，她朝宋江笑了笑，大喊："不可能！不可能！你胡说！"

"我倒希望是我在胡说。"宋江招招手，两个喽啰各抱一只木匣子走了进来。"其实我是不想让你看见这个的，但我知道你不亲眼见到，你绝不会相信我的话。"

他又做了个手势，喽啰在扈三娘面前打开了木匣子，扈三娘闻到了一股奇怪的香料味和隐隐的臭味。她朝匣子里茫然望了一会儿，头似乎被人重重砸了一锤，差点没昏过去。

一只匣子里装着的是她父亲的人头！另一只匣子里装的是祝彪的人头！

"这不是真的！"扈三娘大声说。她忘了舌头上的伤还没有痊愈，伤口裂开，鲜血有一些流到喉咙里，呛得她咳嗽起来，她吐了几口血。

宋江说："我也不希望这是真的，"宋江抬起衣袖拭了拭眼角，轻轻说，"最可恨的是，祝家庄杀了人还没完，还写文书往郓州衙门里送，告你家暗通梁山——这倒没有诬告，你哥确实也有跟梁山结盟的意思，只是还没有来得及谈妥每年纳多少粮，他就没了——但告这状太可恨，屠了满门，还要把你家亲戚后代踩进泥巴里，以后想考科举都办不到，太过分了！祝家庄派出了三个信使，各骑一匹快马，其中一个在北山口被我们的人截住，另外两个跑掉了。"

宋江从衣袖里抽出文书，递给扈三娘。扈三娘哆哆嗦嗦地接过来，刚展开一半就掉到了地上。宋江上前两步，想要捡起来，瞟了一眼扈三娘，又退回到安全距离。

扈三娘在文书上踢了一脚，"这不是真的……"

宋江说："我就知道你不信，不过现在信不信也没什么要紧，要紧的是，大仇我们已经替你报了，祝氏三兄弟和家里人，都给杀得一个不剩！你家人的遗体也都清出来了，除了你父亲的头在这，其他都用柏木棺材葬在你家坟地里。你祭过父亲后，接下来要怎么安葬？你告诉我，我叫人去办。"

"这不是真的……"扈三娘说。

她原地转了一圈，想钻进一个黑暗的洞穴藏起来。她浑身直抖，把铁链抖得叮当响。她抓着铁链走到墙边，吊着铁链不让自己倒下。

"这不是真的……"扈三娘说，声音轻得自己都听不清。

她突然想起，祝家庄的文书图鉴，她见过好几种，她迅速捡起地上的文书，举到窗口附近看，图鉴没错！这时她开始相信，家里遭了灭门大祸，可能是真的。在危险时期，父亲是不会独自离开扈家庄的，父亲的头既然被人砍走了，也就意味着扈家庄被攻破了。凶手是谁？她知道不能完全相信宋江的话，但她一时找不出宋江话里的破绽……蠢货！灾星！她在心里直骂自己。要不是她去救祝家庄被擒，就不会出这样的祸事。逞能，莽撞，骂了一阵后，又为自己辩护——灭门之祸主要不是自己引起的，她没做错什么，是她哥哥那个蠢货！她爹也蠢——老谋深算的蠢，背信弃义的蠢……如果一直跟祝家庄同心协力对抗梁山，怎会有这样的祸事？埋怨了一阵哥哥和父亲，她还是很内疚，一种说不清理由的内疚把她的心揪得紧紧的。胸腔里一阵阵摧肝裂胆的疼痛。

"你别太难过，节哀顺变。"宋江说。"按理说，你家里已愿意跟梁山结盟，应该给你除掉这锁链，可你这样子，还得再委屈一下，等你冷静下来再说吧。"

扈三娘没注意到宋江和喽啰是什么时候离开的，她感到屋顶在转动，双腿越来越软，实在站不住了，她蹲在墙角。她拿头碰墙，扯自己的头发，眼泪止不住地往下流着。前两天觉得这屋子太小太暗，现在觉得太空太亮了！

扈三娘蜷着身子在床角一动不动躺了几个时辰，一句话不说，一点东西不吃。许多往事翻涌出来，她想得最多的是母亲，母亲吃斋念佛多年，希望佛祖保佑全家平安。一个只知道吃斋念佛的老太太怎么会有人杀她？佛祖当时在哪里？！她想起有一天母亲劝父亲卖掉田产庄院，去郓州城里做生意。"眼睁睁看着梁山泊越弄越大，越来越让人担惊受怕！"母亲说。父亲不同意，对母亲说："你以为去城里做生意容易？梁山强盗来了还可以跟他拼命，做生意被官府盘剥，只好干瞪眼。"以前扈三娘不太领会父亲这句话的含义，经历了这次送礼求官军援助的事，才知道官军真是比强盗厉害……家族里的亲人挨个从她眼前走过，七叔、大哥、二哥、几个孩子……宋江真把她的亲人都安葬在家族坟地里了吗？

扈三娘想象宋江为她家举办了一场盛大的葬礼：成千上万的人赶到扈家庄来送葬，祭棚一座挨着一座，鼓吹、幛幡、灵牌、铭旌、孝灯、漫天纸钱……出殡时浩浩荡荡，白色的队伍连绵数里……这么一想，她觉得身上的悲伤似乎减轻一些了。

扈三娘开始琢磨仇人究竟是谁。照宋江的说法，是祝彪偷袭了扈家庄。这是很有可能的，扈家庄的人跟梁山大营来往频繁，不可能不引起祝家庄的怀疑，先下手攻打扈家庄也是有可能的。但是，以她对大哥的了解，他单骑去祝家庄索要王矮虎，不太可能，就算是去了，他也应该不会闹到要动手的地步。大哥绰号飞天虎，那不是浪得虚名，应该不会轻易被人抓住……但也不一定。这些理由，不足以排除祝家人是灭门凶手。

另一个不能排除的，当然是把父亲的头拿到她面前的梁山人。真相很可能是梁山人先骗扈家庄签约，孤立祝家庄，攻破祝家庄后，梁山人顺手洗荡了扈家庄！宋江编了那么一个祝彪偷袭扈家庄的故事，大约是想让她忠心耿耿地做他的压寨夫人,死心塌地为这伙强盗卖命……但是,这只是猜测,一点证据也没有。

无论如何,仇人就是祝家、梁山两者中的一个。扈三娘决定不惜一切代价活下去,把真相弄清楚,然后复仇。当压寨夫人就当压寨夫人吧。当宋江的压寨夫人,应该有利于调查和逃走。她若轻生,这血海深仇便一笔勾销了,太便宜仇人了!

把该想的都想清楚了,扈三娘坐了起来。外面马上有人喊了一声:"扈家小姐起来了!"然后咚咚咚地跑开。听上去像是大娥的声音。

很快,宋江走过来看她,亲手给她端来了一碗煮得很软的肉沫面条。扈三娘头疼欲裂,脑袋像给夹板夹过。她看到食物就恶心,仿佛盘子里的食物是谁呕吐出来的东西,但她决定吃下去,统统吃干净。

看见她要吃东西了,宋江叫人打开了她的锁链,说她就那样一动不动躺着,可把他们吓坏了,问她有什么打算没有。

扈三娘一边忍着舌痛吃东西,一边说:"我有个姑姑在成都,我想……"

"嗨,成都!别瞎想了!"宋江挥手打断了她,"现在满世界都知道你家里交结梁山,通缉你的海捕文书贴得到处都是,你能到哪里去?以后就留在梁山一起打拼好了。要是你愿意的话,我想认下你这个妹子。你家里惨遭灭门之祸,我也有一些责任,没把你家保护好,就让我为你的将来出一点力吧。"

扈三娘有点怀疑自己听错了,面条还有半截没吸溜进嘴里,她抬脸望着宋江,宋江要认她做妹子?不是要娶她做压寨夫人吗?做干妹子显然比做压寨夫人好多了,这个不难判断。

"你意下如何?"宋江问。

扈三娘使劲点点头,双膝一软,跪倒在地,"大哥在上,请受小妹一拜!"

"好,好,妹子,起来,起来,今后就是一家人了。"宋江说。

扈三娘坚持行完了认干兄的大礼,磕满了三个头。

接下来要到宋太公屋里行礼,宋江领着她走出屋子,小院里阳光像冰水。扈三娘东倒西歪地走着,双腿像在深水中移动,太累了,把腿抬起来的力气都没有。沿路有人恭喜兄妹结义,大多是女人,扈三娘尽量微笑致意。她好容易把自己送到宋太公面前，就像走到一条长路的尽头一样，把力气都耗完了。

扈三娘向宋太公行完礼，跟宋江的弟弟宋清两口子也行过了礼。她看见吴美姝华服盛妆，脸上的假笑一扫而空，容光焕发。院子里突然传来孩子的哭声，吴美姝小跑着出去了。扈三娘站着有些摇摇晃晃的，大娥走过来把扈三娘搀到一张椅子上。听不清宋江跟宋太公低声说了些什么，只见宋太公一个劲地摇头叹气。

宋江笑了笑，走到扈三娘面前，说："今日你认义我父亲了，我父亲很高兴，他命我替你好好挑一门亲事。我兄弟王矮虎，贤妹打过交道，虽有武艺，不及贤妹。不过他是头领中很有本钱的一位，统领着三四百马军。日后若受招安，必是一位将军，定能博得个封妻荫子。哦，对了，明天就是良辰吉日，贤妹与王矮虎结为夫妇吧。"

"咔嗒，"扈三娘脑子里响了一声，她知道自己的嘴巴半张开着，可是，没有声音出来。想说的话很多，到了嘴边一句也没出来。她完全没料到宋江会把她嫁给他的下属，她的手下败将。她还以为自己逃过了一劫，不用做什么压寨夫人呢——婚姻大事，父母之命，父母不在了，义父做主也说得过去——可是，就算嫁给谁不由她选择，让她丧期没过就拜堂成亲还是人吗？！不用说，这种话一出来就带着火星子，对抗是不对的，真要动起手来，这会儿她可是一点力气也没有。她低着头不说话。

宋江又笑了："贤妹放心，梁山人都很实际，明天能不能活下来都不知道，没人会在乎守孝三年那些礼制，不会有人说闲话的。"

王矮虎挥着点钢枪飞马而来的身影，在扈三娘眼前闪了一下。短短几天，扈三娘的世界天翻地覆，一件大事接着一件大事，转折变故太大、太多、太快了，她的脑袋这会儿有点反应不过来，要麻木了。不过，她还是费力地思考着："这里毕竟是强盗的世界，有些事肯定不循常理，就算宋江不用义父义兄的名义挟制你，你其实也没更多的选择，除非不想活了——不，一定会有办法的！身负血海深仇的人没什么委屈受不了，嫁给一匹马也没什么了不起！况且，这王矮虎武艺比你低一些，虽说拿刀挟持王矮虎逃走不一定行得通，但他也不能轻易把你这个宋江的干妹子怎么样吧？"

"贤妹意下如何？"宋江问。

扈三娘低着头，说："一切由义父和大哥做主。"她听见自己嘴里发出的声音既熟悉又陌生，就像有人在学她说话。

"好，明天摆喜酒。"

"有劳大哥费心了！"

扈三娘觉得自己再多说一句话的力气都没有。她希望眼前这一套快点结束，给她一点时间让她好好睡一觉。她需要力气。她知道，只要让她好好睡一觉，再吃上一顿饭，力气就会有的。

宋江拨了十个女喽啰服侍扈三娘，其中有大娥，大娥是这个侍从小队的队长。女喽啰们簇拥着扈三娘进了一间客房，服侍她洗澡。

扈三娘泡在一个大木桶里，有一会儿，王矮虎和祝彪同时出现在眼前的水汽中，她有一股冲动——想拿这两人比较一番，但很快抛开了这个念头。她并没有打算真嫁给王矮虎，对祝彪也不知道是该恨还是该哀悼，拿这两人比较干什么呢？况且，她对这两人都不是很了解。什么都不要想了。

扈三娘泡在木桶里迷迷糊糊的，有一会儿，她听见吴美妹在院子里逗孩子，"宝宝今天真开心呀！宝宝怎么这么开心呀！啵啵啵啵啵，嗯好开心呀！"声音越来越飘，然后她睡着了，父亲那颗糊着血污、粘着沙子的头颅，朝她滚了过来，吓醒了她……没多久，不可抗拒的疲倦又淹没了她……她脑子里有一部分还醒着，知道自己被抬到了床上，可另一部分感觉似乎还留在大木桶中轻轻晃荡，像在一条温暖的河流中顺水漂浮，突然往下一跌，跌进了一个黑暗的深潭里。

扈三娘一早起来梳头，把侍从们难住了。按照习俗，给新娘梳头的人必须是一个夫妻生活美满、儿女双全的女人，这样的人侍从里一个也没有，救护营也找不出来。侍从们商量了一阵，认为最好还是请宋寨主的弟媳妇吴姐来梳，虽然吴姐只有一个女儿，没有儿子，但吴姐或许算得上是山寨里生活最美满的女人了。

吴姐笑着来了，边唱边梳，侍从们都夸她梳得好，唱得更好——"一梳梳到头，富贵不用愁；二梳梳到头，多子又多寿；三梳……"

"哎呀哎呀！"大娥突然惊叫了一声。

扈三娘从镜子里看见菊姐朝大娥使眼色。菊姐说："瞎咋呼啥？谁每天不掉几十根头发？"

大娥嘟囔："一掉一把呀，太吓人了。"

"唉，我手重了，再轻一点。"吴姐似乎有些不好意思，其实她梳得够轻慢了。

"吴姐梳得好，挺轻的。"扈三娘说。

扈三娘知道吴姐、菊姐怕她因为掉头发的事难过，她自己倒没怎么放在心上，掉两把头发有什么，掉光又如何！有那么一阵子，扈三娘只希望她们快点弄完。接下来开脸，更衣，佩戴，都是挺麻烦的事。又想了想，还是慢点好。多用拖字诀，进洞房的时间越晚越好。

开过脸，快到正午了，菊姐建议扈三娘吃点东西，扈三娘点了点头。她知道新娘子在喜筵上是没法从容进食的。她吃了一些用米粉和作料拌的芦苇笋子，一块用盐和红曲腌的鱼，一块枣糕。舌头允许她嚼东西了，芦苇笋子很新鲜，如果只是白灼一下，她可能还会多吃一些。按照计划，晚上得跟王矮虎过招，她可不希望到时候饿得一点力气也没有。

更衣时，扈三娘提了一个要求，她让大娥去找一套孝衣来，她要穿在婚服下面。大娥的眼珠子似乎要掉出来了："这、这不吉利吧？"

菊姐叹了口气，劝她不要闹小姐脾气，最好顺顺利利把这事过了。扈三娘一句也不反驳，只是不肯穿婚服。她端坐在梳妆台前，把梳好的发髻打开，慢慢梳着自己的头发。大娥只好去报告宋江，来来回回跑了几趟，终于把孝衣拿来了。穿戴完毕，扈三娘觉得浑身不舒服，她埋怨头上的凤冠太重，身上的佩饰太多，脸上的妆太厚，重新折腾一遍，觉得轻松一些了，才罩上红盖头，准备出门。

喜筵摆在聚义厅里，花轿把扈三娘抬到了聚义厅大门前。听大娥说，宋太公已经等在门口。扈三娘下了轿，她转了转脑袋，像沉入了血海似的，除了眼前一片红色，什么也看不见。大红绸缎做的盖头把她的头罩得严严实实的。扈三娘不知道这习俗是怎么来的，她以前很讨厌这种蒙蔽女人、让女人受罪的盖头习俗，但是这天，她觉得应该感谢这习俗，她可不想让那么多梁山人看她，她也不想看那么多梁山人，其他也没什么非看不可的——还不如面对一片红色。

扈三娘跟着宋太公慢慢走进了聚义厅。厅里的人静了一下，马上又响起了很多人压低嗓子议论的声音，扈三娘一句也没听清。她本来想集中精力听一听这些人都在说些什么,但胃里涌起了一股不适的感觉,她不清楚从哪里涌来了这么多气味——烤羊肉的气味,卤肉的气味,煎炸的气味,姜葱被炒焦的气味,炖牛腩的气味,没洗净的肥肠的气味,炙猪皮的气味……这些气味跟酒味、汗臭、口臭、脚臭,混合在一起,像急流冲过来淹没了她,弄得她胃里翻江倒海,差点把刚吃下去的那点东西吐出来。不过,没多久,她不再能细细分辨那些气味了,也就不再那么难受了。

扈三娘被人搀着,慢慢往前走,猛地听到有人在叫王矮虎,有几个人似乎正要灌王矮虎喝酒。好啊,喝吧,喝吧,最好全喝倒。把王矮虎灌倒了,至少,今天晚上省事了。

听到耳边叫"晁大哥""宋大哥"的人越来越多,扈三娘明白自己被带到了主桌。刚站定,就听宋江说:"王矮虎兄弟,我当初在清风山时,许下你一头亲事,悬悬挂在心中,不曾完得此愿。今日我父亲有个女儿,招你为婿。"接着走到扈三娘面前,"贤妹,我这兄弟王英,是我当初曾许下他一头亲事,一向未曾成得。今日贤妹你认义我父亲了,众头领都是媒人,今朝是个良辰吉日,贤妹与王英结为夫妇。"

"谢谢宋大哥,谢谢各位头领。"王矮虎说。

扈三娘不知道说什么好,就没开口。她还没喝开口茶,不开口也没人怪罪她什么。只听近旁有个头领说:"宋大哥不计前嫌,以德报怨,是为有德;兑现对兄弟的承诺,是为有义。宋大哥真是有德有义的贤士啊!"

"对,对,有德有义!军师所言极是。"一片附和的声音。

扈三娘差点骂出声来,丧期未过就逼婚,有什么德有什么义?她紧紧闭着嘴,告诉自己别较真,就当是演一场戏好了。

"接下来请晁天王说几句。"这是宋江的声音。

"我没什么好说的,只对王矮虎夫妇说一句,好好过日子。对大伙也说一句,今天晚上大伙都别去闹什么洞房了,让人家早点休息,你们都在这陪着我喝酒,不许离开,不醉不归!"

"好,不醉不归。"只有很少的人附和。

扈三娘多少松了口气,心里对晁天王有了一丝好感,她不喜欢闹洞房这种污风陋俗。

"谢谢晁天王,谢谢各位头领。"王矮虎说。

"哎，林冲呢？请林冲说几句。"这是宋江的声音。

有人回答："林冲的贺礼来了，人没来，他不舒服。"

"哦，不舒服算了，拜堂吧。"宋江说。

一挂鞭炮放完，司仪宣布："拜堂开始！"

有人把红绸子同心结塞到扈三娘手上，她接下了。王矮虎呵呵笑着站在她身边，带着一股酒气和粗重的喘息。

司仪开始念开场白了，扈三娘注意到又有人在压着嗓子议论什么事，但听不清议论的是什么。气氛有些奇怪。不过，司仪似乎也没受什么干扰，他嗓音洪亮，继续拿腔拿调说他的。短短几句开场白，把"之、乎、者、也"凑全了。

拜过天地，拜过义父，拜过晁盖和宋江，夫妻对拜，扈三娘不停拜着，人家叫她拜她就拜，跟皮影戏里的人偶一样。

行结发礼的时候，扈三娘的盖头被掀起了一角，她瞅见盘子里有把剪刀。她很想把剪刀偷到手。她不知道跟王矮虎比拳脚功夫怎么样，洞房里回旋余地小，万一被王矮虎按住了，只凭力气恐怕没法挣扎。菊姐站在她背后剪下了她一小绺头发，"咔嚓"一声，听上去很响。趁着盖头放下来的机会，扈三娘顺手把一侧的盖头拉起来了一点点，以便能看见托着盘子的大娥脚上穿着的绣花鞋。她看见那双绣花鞋画着外八字走到了香炉旁边，把盘子放在了一张靠屏风的小茶几上。

扈三娘正琢磨着怎样挨近那张茶几，王矮虎走了过来，说到了该挨桌敬酒的时候，他们得去敬敬各位头领了，他压低声音："让他们多喝点，你要是不能喝就别勉强，没人会逼你的，放心。"

扈三娘没吭声，她很顺从地跟着王矮虎走走停停。

敬酒陪喝都是王矮虎的事，扈三娘什么也不用干，只是陪着站在一边，有人祝福的时候礼节性地回答一两声"谢谢"。每到一桌，王矮虎都要央求人家别来闹洞房，许诺日后请喝好酒。有好几个头领揶揄他，"去闹一小会儿都不行？你小子等不及了吧？"有人惋惜："马上了嚼子，不能像兄弟这样痛快啦。"不过还是祝福了几句，答应不去闹。有的人羡慕王矮虎运气好，要他多珍惜。有的人则说："我们兄弟在一起快活着呢，谁稀罕你那个什么鸟洞房啊？"

王矮虎倒一直乐呵呵的，东一桌西一桌海喝一气。有一桌的桌子下面躺着两个头领，搂在一起亲嘴，把扈三娘吓了一跳，她赶紧转到王矮虎的另一侧。

敬完一小圈酒回到主桌，扈三娘往茶几那边瞄了一眼，盘子里那把剪刀还在，依然跟打了结的头发放在一起。扈三娘有点拿不定主意，不知道要不要在众人注视下偷走这把剪刀。不过，她没犹豫多久，从放剪刀的盘子边经过时，她心一横，把水袖飘起来遮住别人视线，拿起剪刀藏进了袖子里。

王矮虎还要去敬酒，宋江把他叫住了。

"王英兄弟，你们还是先回吧，不要喝多了。"宋江说。

"大哥放心，我没喝多。"王矮虎说，脚步有些不稳。

"我知道。"宋江说，"不只是担心你喝多了。你们在这，谁喝多了都不好。回吧。我这还有点事，让宋清送你们过去。"

"好嘞！"王矮虎说。

宋江来到扈三娘面前："贤妹放心跟王矮虎去吧，在一起好好过。王矮虎若欺负你，你告诉我，我扣他的钱粮。"

"怎么会欺负她！大哥说笑呢。"王矮虎笑了。

"多谢大哥！"扈三娘说。

从聚义厅走出来，空气清新多了，但扈三娘还能闻到身上沾的大厅里充斥的那些气味。那些气味混合在一起，说不清是什么味，有些难闻，得赶紧洗掉才好。可是，今夜是不会洗的了。

耳边突然响起了一片鞭炮声，鼓吹声，还有很多人噢噢噢的欢叫声。大娥告诉扈三娘，小寨门口有几百名马军来迎亲。大娥搀着扈三娘上了一辆马车。马车跑动了，前后左右立刻响起了密集纷乱的马蹄声。车轮辚辚，扈三娘不知道车轮下这条路有多长，她希望能够长一些，再长一些，最好长得没有尽头。

马车到了王矮虎营寨，宋清等人告辞，扈三娘被搀进了洞房。她喝了开口茶，按照风俗，她得坐在床沿上等着王矮虎来挑盖头。

大娥等侍从退出去了，扈三娘听着王矮虎关门插闩的声音，接着听见了自己心跳的声音。她深呼吸了两次，让心跳缓下来一点。王矮虎朝她走过来了，呵呵笑了两声，说：

"今天难为娘子了，娘子早点歇息吧。"

王矮虎动手来掀盖头，扈三娘借势把盖头扬起来干扰王矮虎的视线，迅速伸出剪刀指向王矮虎脖颈，王矮虎挡了两招，扈三娘很快把剪刀尖抵在了王矮虎喉咙上。她低声说：

"对不住王头领，小女子重孝在身，居丧期间，请恕小女子不能跟王头领同房。王头领若不答应，我先在王头领脖子上戳几个窟窿，再自寻了断。"

"咿呀呀呀！莫乱来，莫乱来，有话小声说，"王矮虎连连摆手，"有话小声说呀！"

"好，你听着！"扈三娘压低了声音，"你若敢违我意愿，对我用强，我一定杀了你，白天杀不了你，晚上你睡着了再杀你！"

"好说，好说，听你的。"王矮虎打了两个酒嗝，"容俺也说两句，你的要求很合理，今晚开始，俺跟你一起守灵，我若乱来，你杀，你杀，你随便杀，我绝不还手。我这里已搭好灵堂，你先把那玩意儿收起来，去看看灵堂合适不？"

这太意外了！

灵堂？他要干什么？

今夜，扈三娘当然需要一个灵堂，可是，这人要耍什么花样？扈三娘没有收起剪刀，她押着王矮虎打开帐后一道隐蔽的小门——还真有一座小灵堂！她有些不相信自己的眼睛。

灵堂虽小，但搭得很精致。牌位、供桌、点着香的香炉、孝饭、水果、鲜花、莲花灯、幛幡、挽联、跪垫，肃穆隆重的气氛，该有的都有了。

扈三娘收起剪刀，这儿看看，那儿摸摸，还嗅了嗅正燃着的那几炷香，她心中不由得涌起了一股感激之情和一点点愧疚。

扈三娘脱下婚服，在跪垫上跪了下来。王矮虎也陪着她跪下来。两人磕过头，扈三娘跪在那儿哭，把蓄积已久的泪水全倒了出来。王矮虎爬起来，找了条手巾递给她，"小姑奶奶，捂着点，别让人听见。"

扈三娘接过手巾，捂着自己的嘴巴鼻子，哭了一阵，拜了王矮虎一拜，"多谢王头领费心！"

王矮虎慌忙回拜，"该做的，该做的，做得还不够，实在对不住你。"

这天晚上，两个人睡在祭桌前的草席上。扈三娘没脱孝服，王矮虎后来也穿上了一套孝服。遵照守灵规矩，两人身上各自盖了一领草席。

头几夜守灵，王矮虎还算安静，没碰她，说话也正正经经的，就是翻身多了点，翻得草席子籁籁响，起夜多了点，往夜壶里尿得哗哗响，话多了点，好在多数话也只是关心她：冷不冷？要不要加床被子？生上火吧？睡着了吗？今天吃好了吧？明天想吃点什么？都是这一类，明显没话找话。虽然有些烦，但扈三娘还能接受。

扈三娘明显比王矮虎睡得少一些。王矮虎那边稍稍有点动静，她就会把藏在袖子里的剪刀握得紧紧的。有一夜扈三娘有点受不了，让王矮虎回卧房里去睡。王矮虎不干，望着灵位理直气壮地说："这也是我爹呀！这都是我亲人呀！我怎么能走开呢？"非留在灵堂里守灵不可。

扈三娘只好告诉他，他老翻身，她睡不好。王矮虎解释，他新换一个地方睡觉不习惯，没别的意思，过几天就好。可又有好几天过去了，头七都过完了，王矮虎还是老翻来覆去的。有一次王矮虎突然打了他自己一耳光，打得还挺响。还有一次王矮虎半夜里跑出去蹦跳了好一阵，舞了一回枪，搞得扈三娘没法睡。

扈三娘拿他没办法，转过头一想，王矮虎只要不骚扰她，陪她睡在灵堂里也有好处。装着父亲脑袋的那只木匣子就放在灵堂里，她还是有些害怕。如果父亲完整地躺在棺材里，她可能还没这么害怕。

有几天扈三娘老做噩梦，梦见自己上阵厮杀，有一次吓醒了，发现王矮虎正抱着她，说："没事了，没事了，别怕，你只不过是在做梦。"扈三娘感到安慰多了。王矮虎硬要留在这，就留在这吧。王矮虎现在这样子，已经很难得了，她想。

第七回　晁盖划船约林冲　梁山出兵救柴进

在畜生魔鬼横行的世道里，怎样做一个有良知的人？

林冲父亲是东京兵器库军官，给林冲找了很多师父学武艺。母亲担心林冲学了武艺欺压别人，从小就教林冲学习《孟子》。林冲七岁就会背诵："孟子曰：人之所以异于禽兽者几希，庶民去之，君子存之，舜明于庶物，察于人伦，由仁义行，非行仁义也。"母亲翻成了大白话："孟子说：人和禽兽的差异就那么一点儿，一般人抛弃它，君子却保存它。舜明白一般事物的道理，了解人类的常情，于是从仁义之路而行，而不是为行仁义而行仁义。"

良知，就是知道做人的底线在哪里，突破了那条线，就不再是人，是畜生魔鬼。

林冲不在乎自己在世人眼里是个强盗，他认为，强盗守住了做人底线，还是一个人，甚至可能是一个侠盗，如他的兄弟鲁智深。像高俅那样受世人尊敬的太尉，毫无底线，莫要说他不是人，你说他是畜生都拉低了畜生的下限，他是畜生不如的魔鬼！高太尉为了满足义子想霸占林冲妻子的兽欲，竟派陆谦等三鬼火烧草料场企图置林冲于死地，林冲一怒杀掉了陆谦等三鬼，同时也杀死了那个留恋皇粮官位的自己。一个新的林冲在血泊中诞生，在他眼里，什么上九流（帝王、圣贤、隐士、童仙、文人、武士、农、工、商），什么下九流（巫、娼、大神、梆、剃头、吹手、戏子、衙差、卖糖），这样的等级结构都是扯淡，一个人是否值得尊敬，跟从事的行当无关，林冲只看他站在底线哪一边。

像李逵这样替大魔鬼干脏活儿的小魔鬼，早就该有人把他除掉，李逵屠杀扈家庄当天夜里，他若被林冲抓住，脑袋一定会跟身子分开。

白胜告诉林冲，李逵杀了扈家庄那么多妇女孩子后，根本不知道自己犯下多大罪孽，他一身血污地跑到宋江大帐里去请功，宋江问他是怎样杀那么多人的。

李逵说："我砍得手顺，往扈家庄赶去，正撞见扈三娘的哥哥，押着那祝彪出来，被我一斧砍了，只可惜走了扈成那厮。他家庄上，被我杀得一个也没了。"

宋江喝道："你这厮，谁叫你去来？你也知扈成前日牵牛担酒，来投降了，如何不听得我的言语，擅自去杀他一家，违了我的将令？"

李逵说："你忘记了，我可没忘记。那厮前日教那个鸟婆娘赶着哥哥要杀，你今却又做人情。你又没有和他妹子成亲，思量什么阿舅、丈人。"

宋江喝道："你这铁牛，休得胡说！我如何肯要这妇人？我自有个处置。你这黑厮，拿得活的有几个？"

李逵说："谁鸟耐烦，见着活的便砍了。"

宋江说："你这厮违了我的军令，本来要斩首，且把杀祝龙、祝彪的功劳折过了，下次违令，定行不饶。"

李逵笑道："虽然没了功劳，也吃我杀得快活。"

宋江笑道："他还快活哩，待会儿林教头来找他，我是救不了的，你们也别管。"

戴宗求情，说他愿意把李逵送去沧州柴进庄上"避一避风头"。宋江没吭声，吴用挥挥手，戴宗赶紧领着李逵出了大帐。

李逵进柴进家那天，柴进收到高唐州叔父寄来的一封信，说高俅表弟高廉妻舅殷天锡要夺占柴家的花园。柴进带着李逵去了高唐州，争执中，李逵这闯祸精一拳打死了殷天锡，柴进下了大牢。李逵逃回了山寨。

白胜把这些事告诉了林冲，说："晁老大问你有啥打算。"

林冲明白晁老大问的是两件事，一是李逵回来了，怎么办？一是柴进下了大牢，怎么办？

晁老大问这些，除了有尊重林冲的意思，很可能晁老大也觉得这两件事棘手。晁老大知道，要杀掉一个宋江嫡系的人，困难重重，杨雄、石秀就是一个前例。杨雄、石秀这两个畜生残杀了犯了道德过失，罪不至死的杨雄之妻，还和石迁一起偷吃祝家庄的报晓鸡，引发了一场血战，刚上梁山时，晁盖就曾下令杀了他俩，当即被宋江阻拦了。那时杨雄石秀跟宋江还没啥交情，只不过是他小圈子里的戴宗介绍上山的。而李逵，在江州舍命救过宋江，谁要杀李逵，宋江肯定会拼命保护。

在祝家庄林冲抓捕李逵时，李逵被送到沧州去避风头，那不过是宋江不愿意跟林冲起冲突而已，他们还想利用林冲。其实林冲当天夜里把李逵抓住，也未必杀得了。

当然杀了更好，杀了李逵，柴进起码不会下大牢。比起怎样处置李逵，眼下显然救柴进的事更紧急。

林冲觉得自己应该亲自去救柴进。

六年前，林冲杀掉火烧草料场的陆谦等三鬼后，在柴进庄上藏了很多天，柴进把他杂在打猎队伍里混出关卡，介绍他到梁山入伙。这份再造之恩，林冲一直放在心上，现在有这么个机会可以回报，林冲当然不会放过。

问题是，高唐州离梁山一千里，而且拥有大宋第一支毒烟葫芦兵，梁山派五千人出战，未必能够取胜。五千人攻打高唐州府？这有违晁盖的"小打小闹，不刺激朝廷"的战略。晁盖会怎么想？

林冲觉得应该跟晁盖敞开心扉好好谈一谈。也许晁盖的大战略到了该调整的时候了，无论晁盖是否愿意，打破祝家庄、洗荡扈家庄以后，梁山已深深刺激了官府，还想安安稳稳过小日子，怕是不可能了。现在最重要的事，应该是防止梁山走到招安那条路上去。

这就必须有压制招安派的实力。

不要幻想跟招安派谈判，跟魔鬼谈判无用，魔鬼要是可以谈判，那就不是魔鬼了。只有用魔鬼听得懂的实力来说话。

自从吴用倒向宋江，公孙胜回家探母，反招安派的实力越来越不如招安派。

要迅速改变这种弱势格局，由林冲领兵攻打高唐州应该是一个可行的选择。不用说，高唐州钱粮，远非独龙岗三庄可比。救出柴进，不仅可获柴进财力支持，更重要的是，柴进广交天下好汉，短时间就可将反招安派的头领扩到百名以上。

有了远远强过招安派的实力，如果招安派放弃招安的想法，那自然相安无事。如果招安派执迷不悟，那就找机会把他们赶下山去。

林冲觉得，晁老大应该对这个设想感兴趣。

前几天从祝家庄回山，林冲在鸭嘴渡见过晁盖一面，晁盖和一些留守山寨的头领来迎接他们，当时晁盖对他很冷淡，礼节性地握握手，说："改天闲了聊。"

林冲当然明白冷淡的缘故，打算过些日子，等晁盖气消一些，再找他详谈。

这天白胜来喝酒，林冲对白胜说："我近来闲得慌，快闲出病来了，请老弟去问问晁老大，哪天他方便，我想找他好好聊聊。"

白胜拍掌："好呀！我估计晁老大最近心里也很乱，他也想跟你好好聊聊。我去问问他，有答复就回你。"

白胜刚走，戴宗来了。戴宗两个侍从拎着水果、点心、大礼盒。

戴宗说："宋大哥听说你最近身体不太好，他想来看看你，可这几天太忙，命我代他过来。"

"谢谢！谢谢！"林冲让脸上的笑容尽量多一点，"其实我没啥大碍，谢谢宋大哥惦念，有劳戴院长啦！"

"俺没啥，俺最喜欢跑路了，"戴宗寒暄几句，说："宋大哥让俺顺便问问你，过几天他领兵去高唐州救柴大官人，不知林教头是否愿意出马扛起先锋大旗？"

原来戴宗找他目的是这个！林冲深吸了一口气。他娘的，又被他们算在了前面。晁盖阵营失去吴用，损失开始明显了。

"谢谢宋大哥看得起我，只是，我恐怕得问问晁大哥。也许，晁大哥更愿意让我单独领兵，让宋大哥好好休息一下。此去高唐州，途经数个州界，宋大哥也没必要冒这么大风险。"林冲说。

"不妨事，那些州府，只要你不去打他，他轻易不会出兵的。"戴宗说。

"听说高唐州那个鸟知府高廉，会什么妖法，怕是不容易对付。"

"不妨事，玩法术，天下有几个妖玩得过俺们的公孙胜大师！俺和李逵明天就动身，上蓟州恭请公孙胜法师。"戴宗干笑了一下，"哦，李逵回来了，宋大哥说，如果你愿意当先锋，可以把李逵拨到你旗下。"

林冲有点意外。这就是说，宋江他们愿意把李逵交给你，这是拿李逵的人头做交易呀，宋江知道整个反招安派，都想让李逵人头落地。一个不错的筹码。林冲突然又可怜起李逵来，这厮为宋江拼死拼活，啥脏活儿都干，太不值了。

林冲说："还是让李逵跟你去蓟州吧，要我当先锋的事，明天问问晁大哥再说如何？"

"没问题，"戴宗说，"既然林教头这么照顾李逵，不如干脆多照顾一下，请林教头跟旗下打声招呼，不要把李逵洗荡扈家庄的事，告诉扈三娘。这也是宋大哥的好意，他怕扈三娘知道了，李逵和扈三娘两人都会没命。"

"我明白，"林冲压住愤怒，"林冲遵命。"

第二天吃过早饭，林冲来到阮小七水寨，晁盖约他钓鱼，这是个好主意，两条船在湖上挨着，说话吵架不受打扰，别人也偷听不着。

　　水军把船划过来交给林冲时，太阳还没有出来，薄雾还没有消散。两条小船上，钓具和弓箭都准备好了。见晁盖站在栈桥上跟阮小七说话，林冲先下了船。

　　离栈桥不远的一处浅滩，淤泥里钻出了几支褐紫色的芦苇笋子，林冲把船荡过去，他目不转睛地看着，不由得想起去年这时候，他在芦苇地里找笋子——走走停停，发现一枝笋子，就蹲下抓住，掰断（"手掰比刀割好，刀割的地方明年不发笋，手掰的地方发。"这是他第一次找笋子时，刘安告诉他的）。林冲喜欢芦苇笋子的鲜、嫩、甘、脆——凉拌，清炒，干锅，跟仔鸡或黄腊丁焖在一起，都好吃得不得了！可惜每年只有不到半个月的时间适合采收。今年怕是没闲工夫去掰笋子了。

　　林冲有些日子没跟晁盖一起划船钓鱼了。他刚得知妻子过世那段日子，常闷在屋里不出门，晁盖怕他闷出病来，经常约他下湖，有时候强拉他——划船、钓鱼、射野鸭子，玩过几次后，林冲还真有些喜欢上了这些活动，明媚阳光下，两人各划一条小船穿行在芦苇港汊中，欣赏芦苇拔节出水，欣赏大片大片疯长的芦苇随风摇荡，欣赏雪白芦花缓缓飘飞，划累了，停在草墩边，支好钓杆，有时候话语不断涌出来，滔滔不绝，有时候半天不说一句话，就那么互相默默陪伴……梁山泊有很多发呆的好地方，能让人忘掉一切忧心事。同时，不知不觉中，肩部、前臂、胸肌、腰背部及髋关节肌群都得到了锻炼，比其他打熬筋骨的法子有趣多了。

　　这天照例一人一条船，比赛看谁先划到湖心草墩。晁盖力气似乎比以前更大了，林冲跟上他有些费劲。不一会儿，跟在后面的侍从和水军划的两条船落下一大截。但晁盖仍没有减速，两人很快从最后一道港汊里划出来，宽阔的湖面展现在眼前，金色日光射进了薄薄的白雾，似乎把雾射散了。

　　直到接近了湖心草墩，晁盖才收起桨，让船滑行。

　　"哈哈，这回我又赢了！"晁盖喘着粗气说。

　　"你一身蛮力，谁划得过你！"林冲说。

　　"承让承让，"晁盖笑了，"还是跟你一起划船痛快。"晁盖望着水天相接的远处，"有时候真想就这样一直划下去，划进黄河，划进大海，划到谁也找不着的地方去。"

"那可不行，无论你藏在哪里，大伙都得把你揪出来，想躲清闲，想都别想。"林冲将船舱中放着的一根铁钎拿起来，插进草墩，将两条船的缆绳系在铁钎上。

"林老弟，你好歹附和两句行不，让我过过嘴瘾嘛——也罢，说正事吧。"晁盖没碰钓具，他朝远远跟过来的侍从船挥了挥手，让他们不要靠近。他们停住了。

林冲说："晁大哥，你知道柴进于我有再造之恩，我想请你允许我去高唐州救他。"

"怎么救？"

"我想带五……五千人马过去。"

晁盖皱着眉头望着他，"我们这边一共就五千来人，你都带走了，这边有点事怎么办？"

林冲知道他说的"有点事"，是指什么：宋江他们的确坏如魔鬼，但林冲觉得，最近这两年，他们应该还不太可能公开搞事。按照宋江想法，要跟朝廷大战几场，然后再商谈投降招安的事。要跟朝廷大战，那就还需要晁盖阵营的人马同心协力。

"眼下？他们还不至于吧？"林冲说。

"不至于？"晁盖呵呵笑了两下，"信不信，你要是把我们五千人都带出去了，打高唐州输赢先不论，你再也回不来这个老窝啦，也见不到我了，信不信？梁山泊是块宝地，你当年把它交给我，我可不能轻易让人给抢走了。"

"那柴进怎么办？"

有一会儿晁盖没说话，他拧着眉头，望着水天相接的远处，仿佛那里写着一行密语。他转过脸，望着林冲，认真说：

"救柴进，不一定非带兵不可，带金银去救，说不定更容易。你可以和白胜先带十万两黄金去试试。"晁盖开始给钓钩上饵，这就是说，他要钓鱼了，这个话题结束了。

林冲也给自己的钓钩上饵，他还是有些不甘心。他说：

"我听戴宗讲，宋大哥过几天要带兵去高唐州。"

"他不听我的呀，这几天为打不打高唐州，我跟你宋大哥吵了好几架。我觉得你应该能明白这其中的利害关系吧？打祝家庄、扈家庄，已经够糟糕了，但那还只是刺激了郓州府，若打破高唐州，那就会震动朝廷。高唐州知府高廉又是高俅的堂弟，这马蜂窝能捅吗？朝廷大军一来，我们就不得不跟宋江他们绑在一起了，一起对抗官军，一起走上死路——官军一批批来，梁山迟早会打输被剿灭，这是死路吧！如果侥幸打胜几场，让朝廷知道梁山有实力，有利用价值，发一道招安圣旨，你们去打别的强盗吧，天下强盗那么多，咱们到死也打不完，这还是个死路。我就不明白这么明显的死路，怎么会有那么多蠢货，要跟着他宋江去送死！"

林冲心里跳了一下，幸好没跟晁盖提宋江请他做先锋的事，否则晁盖就不屑跟他这个蠢货往下谈了。他想了想，问晁盖："如果宋大哥执意去打高唐州，咱们还有没有生路呢？"

晁盖说："有！不过，不愿意投降朝廷的人得团结起来，坚持自己的想法。否则，单个单个的，很容易被宋江他们绑架裹挟。"

林冲点头："是这样的。"

晁盖笑了笑，"我知道你是明白事理的人，拿定主意的事，不会轻易改变。公孙胜就很滑头。头天夜里我跟他商量好了，要斩杨雄、石秀，阻止天下的魔鬼畜生纷纷上梁山，他支持。结果怎么样呢？你都看到了，宋江一反对，他就屁都不敢放一个了。吴用、戴宗都开口支持宋江，咱们左边一带没一个人说话。"

林冲低下了头。晁盖对公孙胜的判断，他不太认同。公孙胜当时没开口支持晁盖，并不是耍滑头。此前有很多天，宋江一直到处讲九天玄女救他的故事，还经常跟吴用一起研读九天玄女授他的三卷天书。要知道，九天玄女是道教的高阶女仙，是精通术数兵法的正义之神，照宋江说法，九天玄女现在跟宋江直接接上头了，还很看重军师吴用，这等于废掉了梁山职业法师公孙胜。晁盖开口维护公孙胜了吗？没有。公孙胜威信扫地，在公开场合开口支持晁盖，不再有影响力。当公孙胜感觉到晁盖对他有意见时，他选择了回大辽蓟州，探望母亲。

太阳晒着林冲的脸和耳朵，有些发热。林冲知道晁盖也敲打了他，他接受，他当时也没有开口支持晁盖，应该让晁盖出这口恶气。

晁盖朝他扔过来一个梨，"你别多心，我不是说你，我想杀杨雄石秀，事先没跟你商量。我太冒失了，没想过这会是难办的事。"

"我也有错，当时我的确应该开口支持你。以后我会跟你站在一起，一起寻找生路。"林冲说。

"好兄弟，我知道！"晁盖说，"宋江他们执意要去打高唐州，那就让他们去，咱们的人都不要乱动，各安天命。"

林冲知道晁盖还是那个想法，那是一个执念：宋江喜欢玩大的，总有一天会栽个大的。攻州掠府，不怕你成功十次，只要败一次，就会一败涂地。高唐州很可能就是宋江的葬身之地。那高廉的葫芦兵，没有公孙胜，宋江肯定对付不了。宋江知道，只要林冲愿意跟他去高唐州，公孙胜就一定会出手相助。林冲不跟他去，戴宗恐怕连公孙胜的面都见不到。这可能也是晁盖不愿意让林冲跟宋江去高唐州的原因。

晁盖愿意拿10万两黄金去高唐州救柴进，应该说，晁盖挺慷慨的。林冲知道，宋江打破祝家庄，血洗扈家庄后，八百里梁山泊几乎没啥客商经过，晁盖收不到保护费。晁盖这几年也没有攒下啥家底。

林冲说："好，我听晁大哥的，后天就和白胜带着金银下山。可是这样下去，你很快要吃芦苇了。"

"老晁有办法弄到饭吃，你放心。"晁盖把钓饵甩到远处，"等你们回来我跟你们合计合计贩私盐的事。"

"贩私盐？"林冲看见晁盖的钓饵落水时，整个湖面抖了一下，林冲赞道，"这主意好呀！"

林冲跟私盐贩子打过交道，知道官府垄断专卖的官盐质次价高，私盐的价钱仅官盐一半，还纯白不杂，老百姓喜欢购买私盐。而梁山这个地方做私盐库房窝点是再合适不过了。

更重要的是，贩私盐分的是官府盐税，参与的人不会有损良知。

"我在东溪村当保正时，每天都要看到几个小私盐贩子，可惜不认识大盐枭，不急，我还有些关节没摸透，容我摸透了，再跟你商量。"晁盖说。

"好嘞！"林冲说。

第二天晚上，众头领在聚义厅吃酒筵，宋江明天领军去打高唐州，大伙为宋江饯行。林冲发现戴宗坐在宋江身边，笑眯眯的。酒筵进行到一半，宋江说，有个好消息要告诉大家，这次戴宗请公孙胜立了大功，公孙胜师父正在传公孙胜五雷天罡正法，这是专门克制高廉的大招，如果不学这招，公孙胜跟高廉法术不相上下，用不了几天，公孙胜学完后，会直接从二仙山去高唐州。

"好！必胜！必胜！"很多头领拍桌子，敲碗，喝彩。

林冲看看晁盖，晁盖没啥异常反应，很平静地吃肉喝酒，不时朝某个头领点头微笑。

宋江要戴宗跟大伙说说，他是怎么请动公孙胜法师的。

戴宗说："刚开始，公孙胜的师父罗真人不同意公孙胜跟我走，李逵半夜里摸进松鹤轩，找到正在练功的罗真人，一斧劈下去，把罗真人的头劈成两半。返回路上，又杀了一个喊叫的道童。第二天，我们再去观中请辞，没想到罗真人完好无损，我知道大祸临头，只好承诺打破高唐州后，送十万两黄金到二仙观维修宫观。罗真人说：'高廉这个教中败类，我早就听说过他的劣迹，夺人房屋田产，强抢民女，欺行霸市，二仙观早就想为民除害。'罗真人要我先行回梁山，他要传五雷天罡正法给公孙胜，公孙胜学成后很快赶到高唐州。"

众人夸赞戴宗机智，没人追问李逵下落。林冲猜，李逵肯定被罗真人扣下受罚。

酒筵散后，晁盖把林冲叫到一边，说："我想了一下，你可以去给他们当先锋，白胜和金银还是带上，双管齐下。如果柴大官人顺利救出来了，能说服他支持我们更好，如不能，请务必让他不要支持招安。"

林冲一下子不知道说什么，"晁大哥真是太仁义了，我一定尽力说服柴大官人不要支持招安"。

第八回　高唐州毒烟迷人　公孙胜五雷震天

大军出发去打高唐州，晁盖率留守山寨的头领出关送行，金沙滩渡口装船很慢，人、马、车辆、攻城器械、旗帜、鼓……挤成一堆。晁盖在栈桥上拉着宋江、吴用的手，说个不停。日头很毒，林冲懒得去挤，他在半坡亭外一棵梨树下站着，能看见亭子里顾大嫂、孙新、孙立、扈三娘、王矮虎等人，几乎都是他不想见的人，王矮虎朝他招了两次手，他装没看见，王矮虎朝他走过来，喊他，他只好转头跟王矮虎闲扯几句。王矮虎把他拉到亭子里，要大家挤个位子出来，请林冲坐下。

王矮虎转头对扈三娘说："这山上我最敬佩的，就是林教头！喜筵那天，林大哥身体不舒服。改天请林大哥到家里来补上。"

扈三娘点了点头，脸上浮起了笑意，"正是呢，改天请林大哥到家里来补上。"

这话让林冲有点意外。不过他马上明白了，扈三娘眼下急需在梁山多交几个朋友……不过，他不想去王矮虎家，他怕扈三娘向他打听扈家庄惨祸，他不愿意跟宋江一起骗她，近期也不宜告诉她实情。另一方面，她是他捉来的，他还答应她哥要照顾她，总像陌路人似的也不行。这么多纠结，坐在酒桌上怕是难得自在。

林冲暗中观察过扈三娘两次。他从西山马军大营回到聚义厅小寨的路上，要经过一片小山坡，他能看到坡下王矮虎的院子。一次他看见扈三娘在院子里晾衣服，另一次他看见扈三娘在屋后空地上练双刀。嗯，情况似乎没他想象的那么糟。不过，他不是很相信这些外表现象。他相信扈三娘半夜一定会在别人看不见的地方哭泣，她心里痛、乱，他帮不上什么忙，她只有自己扛过去。

"好，好，回来后拜访！"林冲对扈三娘说。

这时顾大嫂探身，瞧着林冲，"林教头，听说你以前是东京八十万禁军教头，前些时扈三娘和我组建了女营，你得常来女营教枪法呀，不许推脱哦。"

成立女营的事，晁盖、宋江都跟林冲提过。宋江的意思是，现在有了两位女头领，正好可以把山寨里的女人集中起来训练一下。救护营、制衣营、洗衣营（除了临时上山卖春的女子）、聚义厅厨房……加起来有四百多人，各位头领的夫人，头领住所里照顾生活的女人，自愿参加。女营主管扈三娘，副手顾大嫂。除非朝廷重兵围剿，攻上山寨，女营不得不参加战斗外，一般的厮杀，不会让这些女人上阵。头领轮流教课。林冲觉得这主意不错。

林冲笑着对顾大嫂说："没问题，说好了，不许哭鼻子。"

"哼，小瞧我们！小心我们学会了，把你打一顿！"顾大嫂说。大伙儿都笑。

林冲也笑，"没问题，没问题，只要打得着。"他站起来朝栈桥看看，晁盖宋江吴用都不见了，"我得走了！"

"得胜回山！得胜回山！"大伙儿跺脚喊道。

"谢谢！"林冲拱手作别。

渡湖前，林冲就已派出白胜和刘安，带着金银先混进高唐城，最好能买通狱吏救出柴进。在离高唐城五十里的河边，林冲让前军停下扎寨，他要等白胜的消息，还要等公孙胜到来。

这天半夜，白胜、刘安回来了。白胜很得意的样子："嘿嘿，有门道啦，柴大官人运气不错。"

"找到人了？"林冲给他拉了一只凳子。

白胜一屁股坐下，"找到啦，谢丙阳，当牢节级。"

"他收下了？"

"当然，他不收我怎么能回来呢！"白胜接过侍从递给他的茶水，喝了一气，又说："我俩找到谢丙阳家，一拍门，正巧，谢丙阳就在家里。我叫刘安等在外面，我先进去说清楚名字和来意，然后告诉谢丙阳，如果帮忙，佛眼相看，没什么好东西赠送，先给五百两黄金薄礼定金，事成再给一千两黄金，上下要花钱，另外支使，事不成，但有半点儿差错，不日大军破城，眼睛认得人，兵器认不得人。那谢节级吓坏了，说了一大堆不着调的话，我催促他给个痛快话，他才说谨遵吩咐谨遵吩咐，我出门叫过刘安，取了黄金，递到谢节级手里，唱个诺便走。"刘安点头，证实了白胜的说法。

"好！"林冲大赞。"贤弟辛苦了，先去好好歇息，明日我有好多话要跟你聊呢。"

白胜走了，这一夜林冲几乎没合眼。开局不错，下几步棋应该好走多了。他想象着跟柴进把酒相聚的情景。他相信柴进见了他也会很高兴的。

吃早饭时，探子报告，高廉的人马出了城，正奔林冲大营而来。按理说，在城外野战，自然比攻城省事，这应该是林冲求之不得的，但林冲知道高廉厉害，打算后退三十里，在一条小河边扎寨，等待公孙胜和中军宋江。计划飞马报到宋江手中，宋江不准，命林冲就地等待，布阵迎敌，宋江中军到达后，一起朝高廉迎上去。

宋江到后，对林冲说："天赐良机，岂能错过！高唐城坚固难攻，他以后要是不出城，咱们必定大费手脚。"

林冲问："他那些毒烟葫芦兵怎么办？"

宋江说："九天玄女娘娘赐我天书，上面什么都有，路上我和吴用看了几夜，第三卷上写着'回风返火破阵'之法，咒语密诀我都记熟了，整点人马，五更造饭吃了，明天一早迎战高廉！"

第二天上午，两军在一片松林前相遇，各把强弓硬弩射住阵脚，擂鼓，吹角，鸣金，摇旗呐喊。林冲横丈八蛇矛，跃出门旗，厉声高喊：

"姓高的贼，快快出来！"

对面门旗打开，三十余个军官拥着一个骑白马、戴高帽的人，出阵排列。戴高帽的人骂道：

"你这伙不知死的叛贼，怎敢犯俺城池，你等在梁山泊窝藏，我早晚要来剿灭，今日倒来就缚，此是天教我成功！"

林冲喝道："你才是害民的官贼！我早晚杀到京师，拿着你那厮巨贼兄弟高俅，碎尸万段！"

戴高帽的人挥了挥手，左边奔出一名使大刀的军官，林冲见了，挺矛纵出，近了，认出是统制于直，两人在东京西校场比过武，林冲轻松胜他。

林冲往一旁闪了闪，避开了于直劈过来的第一刀。于直勒转马头再战，林冲朝于直挥了挥蛇矛："你最好走开，你不是对手，不要替这些贪官污吏白白送命，叫高廉亲自来战。"

于直举起刀，吐了一口，"呸！我家知府大人何等尊贵，要他亲自动手，你们这些腌臜强盗也配！"

"你这奴才冥顽不化，死也要做奴才鬼，成全你，来吧！"

于直涨红了脸，一声不吭扑了过来。

两马相交，战不到五回合，林冲突下重手，朝于直心窝里猛刺一蛇矛，矛尖被胸甲阻了一下，林冲手心一震，他握紧矛杆，加力推进，矛尖终于从甲片缝隙穿透过去，刺进了于直的胸膛。于直两眼暴睁，翻筋斗撅下马去。林冲拔出滴着血的矛，吼道："还有谁想纳命的，出来！"

对阵军官队里奔出一个骑黄骠马、使长枪的统制官，"你爷爷温文宝来了，快来受死！"

林冲正要策马交战，秦明大叫："哥哥稍歇，看我立斩此贼。"

林冲勒住马，收了点钢蛇矛，让秦明出战。他立在门旗下，把刚才拼斗于直的细节在心里过了一遍，蓦然警醒：首战虽然胜了，但招法太过冒险，失掉了严谨。还是应该按照以往惯用的策略，先试探十回合之上再下重手。以后切不可如此急躁，一定要等待对手露出真实的败象，留好退招后，才下杀手。

阵前秦明与温文宝已经斗了十几回合。两个探子向林冲报告：左翼林中发现少量怪异敌军，有三五十人，个个头披乱发，戴着面具，身穿掩心铠甲，背着会冒烟火的铁葫芦，这会儿已经点燃了一些像药材的东西。林冲扭头看了看，左边的树林里虽然冒起了烟子，但没有腾起明火。他注意到有好几匹战马扬起了脖子，鼻翼扇动，呼吸似乎变短变浅了。接着，林冲闻到了顺风飘来的烟味，微微有点呛，但也有点香，不算难闻。林冲命吕方向中军宋江报告，命杨林带一百马军去驱散林中那些戴面具的高唐兵。

吕方、杨林走了，林冲再看秦明时，秦明已逼得温文宝手忙脚乱。秦明突然放开门户，让温文宝把枪搠进来，手起棍落，打碎了温文宝半个天灵，温文宝死于马下，那匹马跑回本阵去了。林冲正要率军冲阵，对阵却响起了画角，一道道黑烟升起，前面十余排兵往两旁移开，冲出几百名戴着面具的兵来，乱头发，掩心甲，背着会冒烟的铁葫芦。这股烟子跟西边的烟子在林冲的阵中会合了，呐喊的喽啰纷纷咳嗽起来。

吕方飞马奔来大叫："稳住，稳住，不要惊慌！宋寨主正在斗法！"

果然，一阵风从背后刮来。林冲回头一看，上百台巨大风播，被马拉着，被军士推着，从后军往前军缓缓推进，把那些毒烟吹回高廉阵中。不一会儿，高廉阵中也出现巨大风播，毒烟打着旋儿又来到了梁山阵中，林冲觉得地面和天空开始摇晃起来……随着烟气越来越浓，马也惊得乱窜咆哮……林冲仿佛跌进了飞沙走石、虎啸狼嚎的噩梦里。

林冲赶紧下令："往树林撤退！"

那些面具兵和官军却紧紧咬住，一路追杀过来，赶得林冲等军马星落云散，七断八续。一路上树枝幻化成天兵神将伸手来抓他们，用古怪兵器刺他们，吓得他们哭天喊地，呼兄唤弟，觅子寻爷。五千军兵，折了一千余人。幸好有孙立的后队提前守着桥头退路，林冲的人马直退了五十里下寨。很快，宋江中军也败退回寨。宋江的剑也跑掉了。

林冲坐在帐篷里喝水休息，毒烟真他娘厉害！他想起政和五年（1115）七月石碣湖之战：晁盖、公孙胜、阮氏三兄弟和十几个庄客渔民，完胜追捕而来的五百名官兵，应该主要靠的就是公孙胜的法术。公孙胜先在断头沟芦苇中准备了几十堆掺了药粉药草的柴堆，然后让阮氏三兄弟把官军的船引入断头沟，再用十几只载着柴草的火船封住出口，点燃柴堆，燃起毒烟，那些官兵多数都被毒烟熏得心智错乱，大叫神呀鬼呀，纷纷往船外跳，一半淹死了，一半在烂泥地里给戮死了。"戮他们的时候，几乎没什么反抗，"晁盖说，"可不戮也不行，烟一停，用不了多久他们就清醒了。"

这几年林冲没忘记这个故事，这次亲身体验了一把，越发感觉到公孙胜的重要性。当天下午，接到探马报告，公孙胜快要到了。

宋江令吕方郭盛引一百余马军出寨五里迎接公孙胜。公孙胜快到大营的时候，宋江又带吴用林冲等头领出寨门迎接。林冲看见一队人马疾驰而来，中间一匹马上坐着一个穿道袍的大汉，被众人簇拥着越来越近，林冲不眨眼地盯着他看。公孙胜多次朝他点头致意。

进了中军大帐，摆过接风酒，宋江对公孙胜说："法师远来辛苦！本该请你好好歇息一下，但军情紧急，只得劳烦法师。法师需要什么药石物什，请尽管开口吩咐。"

公孙胜说："我往日所学，跟高廉差不多，幸好这次出门前，师父传了我五雷天罡正法。不过，这五雷天罡正法实施起来，所需药石又多又贵……"

宋江打断他，"先生不要担心金银的事，要多少尽管说。"

公孙胜笑了，"现在还不好说，我得先看看那些铁葫芦里装的什么药，然后再算一算。"

宋江让白胜把抓住的那几名葫芦兵，连同身上所有装备，送到专为公孙胜搭建的帐篷里。

林冲陪着公孙胜去审问那几个葫芦兵。问完后，公孙胜拿过一副面具翻来覆去看，从面具里扯出一条药布一样的东西嗅了嗅，又打开铁葫芦嗅了嗅，接着打开自己的行囊，把一些五颜六色的瓶瓶罐罐拿出来。林冲看见他那十根花花绿绿的手指头灵活地忙乎着，一会儿往一只空瓶里倒出一些药粉和药水，一会儿又把铁葫芦里的药倒进去。隐隐能听见瓶中冒水泡的声音。瓶口不断有白汽冒出来，但闻上去没什么特别刺激的气味。

公孙胜倒出一点在酒碗里，尝了尝，闭了一会儿眼，突然睁开："成了！"把酒碗递给林冲："你也尝尝？"

林冲心里跳了两下，连连摇手："赶紧办正事，柴大官人还在死牢里呢，说不准什么时候头就砍掉了。"

公孙胜哈哈大笑："看把你吓得！你怎么知道我不是在办正事？其实这东西贵着咧，就这么几滴，恐怕得十几两银子，一般人我还舍不得给他喝呢。"转手递到白胜面前，"好兄弟，想不想过一天神仙日子。"

"想，想，想，想，想……十个想，拿来！"白胜把酒碗接过去，一口全喝下去了。

林冲和公孙胜都盯着白胜看，只见白胜眼白一翻，身子慢慢软下去了，脸上浮出林冲从来没有从白胜脸上看到过的一种满足的笑容。

林冲有些担心，"他没事吧？"

公孙胜摊摊手，"他喝得太急了。"公孙胜微笑着，望着林冲，"你和晁老大都还好吧？"

"还好。你这次怎么回去这么久？晁老大多次派人去接你也不回来。"林冲埋怨道。

公孙胜说："我师父不放我下山。这次戴宗许诺十万两黄金维修宫观，师父才勉强答应我帮梁山最后一次。师父嘱我破城后，赶紧回观修炼。"

林冲说："兄弟你可不能走，没有你，梁山事业就完了。"

公孙胜叹口气："林兄，不瞒你说，我在山上，也没什么大用。"

"哪能呢！"林冲急忙说，"这些日子，晁老大好好反省了一下。他打算救出柴进后，迅速扩张咱们的实力，广邀天下好汉。同时，他打算把贩私盐的网络搭建起来。"

"贩私盐！这个有点意思。大宋财政一半靠盐税，咱们随便分一点，养十万人没问题。"

林冲说："正是。我也觉得大有可为。"

公孙胜点头，"这件事先到这儿，回头再慢慢寻思，这里面名堂很多。今夜先防着高廉劫寨，眼下药石不太够，不知能否压住高廉。军士只能先用一些简单的防护，等药石准备齐全了，再跟高廉算账！"

"好，听你的！"林冲说。

按照公孙胜安排，准备几十口大缸，倒上清水，放入盐和一些药粉，搅拌均匀，命每个士兵准备一条手巾，手巾两头钉上系带，去水缸里浸湿，略拧一下，不要拧得太干，放在随身携带的小皮包里备用。

"这是没办法的办法，"公孙胜说，"只能勉强抵挡一阵，拖太久了怕扛不住。"

吴用说，那还是把人马撤出来，留他一个空寨更安全。在附近藏一些伏兵，赏他们一阵乱箭。

公孙胜说："如此也好，众头领听得一声霹雳，看寨中火起，一齐进兵。"

宋江说："好，就按军师和法师说的办！"

传令完毕，军士们在营中大吹大擂饮酒，看看天色渐晚，众头领暗自分拨开去，四面埋伏已定。晚上高廉果然杀入寨中，葫芦兵点火放出毒烟，公孙胜站在高处，请花荣射一支火箭到中军大帐，只见火焰冲天而起，上下通红，接着听见一声霹雳，四面伏兵呐喊着杀出来，口鼻都用手巾捂着，高廉急忙引军撤退，后背被杨林射中一箭。高廉带箭伏鞍奔逃，林冲率军急追，高廉人马还没有全部进城，吊桥就升起来了。林冲在城下把留下的葫芦兵和军士，都捉了个干净。

第二天，高唐州城门楼高挂免战牌，高廉在府中调养箭伤。夜里，林冲带着刘安，跟在白胜后面来到城边僻静处，趁月亮钻进云层，白胜爬上城墙，扔下细绳，林冲捆在腰上，用尖刀插入砖缝，贴着城墙爬了上去。刘安留在城下原地接应。

两人穿街走巷，来到谢节级屋外，白胜轻轻敲了几下窗户，谢节级打开门，两人闪了进去。林冲提出今夜带走柴进，谢节级扭捏犹豫了一会儿，白胜再三追问，他才回答说，今天高廉派了个军官和几个军士进监狱，专职看守柴进。柴进单独监押在后院一间小屋里，他恐怕见不到柴进。

林冲说："先带我们去看看。"

谢节级给两人换了衣服，扮作随从，进了监狱。拐进后院一间堆放杂物的小房子，从窗纸破洞看出去，看到了两个军士坐在一间房子门口。房子门窗紧闭，里面黑乎乎的。隔壁房间亮着灯，窗纸上人影晃动，似乎有人在喝酒，两个女子陪酒。

林冲对白胜说："一会儿你不要管别的事，别的事都交给我和谢节级。你只管带柴进出城。"

谢节级带两人朝门口军士走过去，军士马上站起来，挺枪不许靠近，谢节级说："好兄弟，快把家伙收起来，监司来人，要连夜提审柴进。"

谢节级从袖中掏出一张纸递过去，一个军士接在手中走到有灯光的地方细看，谢节级挥手割断了他的喉咙，从他身上摸钥匙。另一军士被林冲飞刀扎中额头。门开了，白胜进屋说了声："柴大官人，快跟我走！"

"你是谁？"柴进问。

白胜说："我跟林教头来的，林教头在外面。"柴进走到门边看，林冲正跟一名军官打成一团，两个女人尖叫不已，很多人提着灯或举着火把奔过来。林冲说："柴大官人快走，我随后就来。"

"好！小心！"柴进跟在白胜和谢节级后面连跃几道矮墙。跑了一会儿，在一条过道的尽头停下，谢节级掏钥匙开门，身后不远处转出三条黑影，堵住了退路。房上还有几个人端着弩。

其中一条黑影说："谢节级，别忙乎了，那锁我刚换了。"他晃了晃手中的钥匙。

谢节级拱手："原来是黄节级，你想怎样？"

"见者有份，你不能吃独食。"

"你要多少？"

"梁山人找我开价，活的，一万两黄金，死的不值钱。跟你要一千两，不多吧？知道你身上没有，把人交给我，明天城外土地庙，拿金子换人。"

谢节级没有犹豫，对柴进说："跟黄节级去吧，不要挣扎，他要是喊起来，我们都走不了。我会跟他一起安排妥当的。"

"好"，柴进说。

谢节级从黄节级手中接过钥匙，打开门，放白胜出去。外面是一条冷清小街，白胜拐了几拐，找到回去的路，城墙上还留着绳索，白胜溜下去，林冲接着他，问："柴大官人呢？"白胜把刚发生的事说了一遍。三人只好回营。

第二天，林冲派刘安带几个人到土地庙去看了看，连个鬼影子都没有。这在林冲的预料之中。他知道这不是谢节级骗了白胜。其实，谢节级让柴进留下，让白胜离开，这应该是保护白胜和谢节级自己。救柴进的事，只能过几天再说了。

高廉出城跟公孙胜决战这天，宋江派林冲、花荣各领一支人马，分头去东昌、济州方向，阻击两州增援。

林冲明知这是宋江有意调开自己，他不得不从命。他领军在东昌城外一片树林子里歇息，两个时辰后，接到战报：公孙胜用五雷天罡正法炸死高廉，梁山军冲入高唐城！

林冲迅速带着人马进了城，直奔监狱寻找柴进，但没找到柴进。

白胜说："谢节级也找不到了，家里人说他两天没回家了。那个黄节级被人杀死，沉在监狱粪坑里。问了很多人，没人看见柴进被带出监狱。"

林冲说："搜！仔细搜！"

说话间，宋江、戴宗、李逵都到了。戴宗带着人直奔后院，在枯井边探着身子，喊了几嗓子："柴大官人！柴大官人！"

林冲冷冷地问："你怎么知道柴大官人在这个井里面？"

戴宗说是一个名叫蔺仁的小牢子告诉他的。这小牢子是黄节级的心腹，黄节级昨天出去办事，把柴进交给他，吩咐说："我要是天黑没回来，你就把柴进杀了，尸体丢进枯井里面。"天黑了，黄节级没回来，蔺仁提着刀去关押柴进的地方，柴进劝他多留自己三天性命，每天给他一千两黄金，就这样蔺仁把柴进藏在了大牢后面的枯井里。

"蔺仁呢？把他叫过来。"林冲说。

"被李逵剁成了肉酱。"

林冲转身找李逵，看见李逵坐在箩筐里，军士用绳子吊着箩筐慢慢往下放。过了一刻钟，军士把箩筐拉上来，柴进软绵绵地蜷缩在箩筐里，一句话也说不出来。

"柴大官人！柴大官人！"林冲扑过去喊道。

柴进的眼皮动了动，嘴里没有声音。

第九回　扈三娘回乡葬父　连环马破阵追杀

王矮虎一进门，就嚷嚷："都听说了吧？打高唐州，果然打出大祸来了！"

扈三娘正在洗头，没吭声。朝廷大军要来了，这几天在梁山流行这话题，餐桌上，操场旁，茅厕里，女营宿舍被窝中……这话题带着若有若无的血腥味，直往人耳朵里钻，让人吃不好，睡不好……连环马被越说越玄乎，人披重铠，马带铁甲，每骑外露很少——四蹄，两只马眼，两只人眼，啊呀，箭头刀枪都很难造成损伤。这支万人大军的主帅，来历也很吓人：呼延灼——先祖是开国名将呼延赞！洗衣营和小酒馆里充满了面红耳赤、喷着酒气、互托后事的小头目和喽啰。

这就是人们通常所说的危机感。扈三娘记得师娘曾说过："危机，危机，有危险，必有机会！"扈三娘外表漫不经心，实际上，她暗中留心着逃出梁山泊的机会。

梳妆后，她换上刚熏过的衣服，披挂一番，出门和王矮虎一起骑马去聚义厅参加战前会议。

王矮虎对扈三娘说："这种会，我们带上耳朵就行了，把舌头留在家里，千万不要多嘴多舌。"

扈三娘没吭声。

"生气啦？"王矮虎扭头问。"你是不是以为昨晚俺骗了你？昨晚真的帮晁大哥运盐去了。这个月再不挣点银两，弟兄们的饷银都发不出去。不信你一会儿问问晁大哥。"

扈三娘还是没吭声。

王矮虎说："不是俺小心眼，宋大哥最近真的有点小气，打完高唐州回来，只给俺分几百两银子。昨晚带车队给晁大哥运盐，黄金两锭，白银一千两到手，这个月饷银总算是能对付过去。马上要跟官军厮杀了，一会儿宋大哥派俺们任务，一定不要轻易答应。"

扈三娘依然没吭声，王矮虎去了哪里，拿了多少金银，她根本没放在心上，不吭声是最好的回答，反正王矮虎自己会巴拉巴拉说下去。

聚义厅两侧各种了一排杨树，每棵杨树上都钉了头领的牌子，王矮虎先找到扈三娘的牌子，在树上踢几脚，震走了鸟，把扈三娘的马拴上，然后才拴自己的马。

走进聚义厅，找自己位子坐下。

昨天军师吴用已经做过了敌情通报，今天宋江主要说他的作战计划：作战地点选择在头道梁和二道梁。在头道梁外面开阔地，用五支人马轮流冲击官军，疲劳他们。第五支人马佯败引诱官军翻过梁口追击，进入河谷，预先在河谷里多挖陷马坑，银杏黄叶做记号，再撒上些浸过油的枯草，河谷两边山坡上藏好礌石滚木，官军进来后，把头道梁口和二道梁口都堵住，只管往马群里射火箭，把他们的连环马变成烤马肉！

一阵鼓掌。拍桌子。叫好。

"必胜！必胜！"

吴用问："哪些兄弟愿意带领这五支人马？"

聚义厅里马上安静下来了，窗外树上乌鸦的叫声清晰可闻。

宋江说："秦明，你带个头。"

"遵命！"秦明站起来说。

又是好一会儿没人说话。

"第二阵，请林教头出马如何？"吴用问。

林冲沉默了几个呼吸的工夫，看了看晁盖和公孙胜，站起来说："得令！"

扈三娘要站起来，被王矮虎拉住了。

"你干什么？"扈三娘压着嗓子问。

"你干什么啊？坐下。"王矮虎压着嗓子回答。

"我打第三阵。"花荣站起来说。

又是好一会儿没人说话。

李逵突然跳出来,叫道:"他奶奶的!平时一个二个能得不行!这会儿怎么啦?都被鸡腿塞住嘴啦?都别动!俺铁牛带五百弟兄去剁他奶奶的——"

宋江喝住了李逵,"你步军如何去冲阵?你和刘唐已有安排,去两边山坡,推石头推滚木。第四阵需要一位马军头领。"

"我去!"扈三娘说,她站了起来。王矮虎两手抱头哀叹,两个肘支在膝盖上。

大厅里静了一下,然后是一阵低声议论。

散了会,宴席摆上来了。吃过饭,两人走出聚义厅,王矮虎说:"你爱吃的酱菜没了,宋清刚从东京回来,估计又买了酱菜,我去找他要一坛。你先回吧。"

扈三娘猜他是去找宋江说情,要求撤销她做第四阵主将的命令。

扈三娘冷冷地说:"我干什么,用不着你管!"

"咿呀呀呀,这是什么话?除了你夫君,还会有谁为你操心嘛?告诉你,这事凶险得很!都想耗对方的实力。你看今天两边联手对敌,好好的,早晚两边得杀将起来!"王矮虎说。

扈三娘知王矮虎是好意,她对山寨里这一派那一派的情况一抹黑,人与人的复杂关系确实有赖王矮虎指点。但这一次,她有自己想法,在大厅里不方便告诉王矮虎。扈三娘把王矮虎拉到两匹马中间,低声对他说,头道梁、二道梁在扈家庄西北几十里,她想拐回扈家庄,把父亲的头带回去重新安葬一下。

王矮虎盯着她的嘴,听得很仔细,说:"这倒是件大事!平时没机会专门跑一趟,这次跟着大军走也比较安全。但这事还是得提前跟宋大哥打招呼。我去说吧。"

扈三娘点点头,抱着他的手臂摇了摇。

"别摇啦,"王矮虎说,"我已经够晕乎啦。"

晚上,扈三娘正在洗脚,王矮虎凑过来要一起洗。扈三娘说:"去去去,我洗完了你再来。"

"下午找宋大哥说你回扈家庄的事,舌头都说拧了,没功劳有苦劳嘛,一起洗个脚都不肯。"王矮虎说。

侍丛小红另提了一桶热水，"咚"地放在王矮虎面前。

王矮虎竖起大拇指，"还是小红妹子好！哎，我跟你说，宋大哥家里的厕所，真漂亮，真干净，真香，你们对俺好一点，我就照着宋大哥家的样儿，在屋后给你们盖一座豪华厕所，咋样？保管你们走进去，尿不出来，屎也拉不出来！"

"王头领说什么呀？我不要听！"小红说。

扈三娘说："小红你歇息去吧，剩下的事我们自己弄。"

小红刚走，王矮虎又凑到扈三娘跟前来，"唉，你们女营这几天，训练辛苦吧，找谁教枪法不好，找林教头，苦死你们，他太认真了。来来来，俺帮你按摩按摩脚。"王矮虎把手伸进桶里去，扈三娘马上把脚抽出来。

"大伙儿都夸我手法好咧！试试嘛！"

扈三娘说，"不要。"

她擦干脚，穿上拖鞋，抱起她的卧具往灵堂走。

王矮虎光脚丫赶上她，"哎哎哎，你在小灵堂里守了小一年，现在天凉了，就在这大床上睡吧。"

"你又要干什么？"

"你好歹可怜可怜我嘛！这小一年我是怎样过的，又是怎样对待你的？要是这次你被呼延灼……哎，呸呸呸——求求你了，你给我留点念想好不？"

"呸，一年守孝没满，就要……畜生！"

"是，我是畜生。"王矮虎啪地给了自己一嘴巴。"你就让我畜生一回行不？就一回！"他又赶上去，拉她的袖子。

扈三娘挣了一下，没挣开，"放手。"又挣了一下，还是没挣开，她瞪他："放手！"

"得令！"王矮虎放开了手。

扈三娘走进小灵堂，听见背后王矮虎嘟哝了一句，"他奶奶的我太傻了，今晚我自己睡大床，跟你睡一屋活受罪！"

扈三娘没搭理他，关上了门。

扈氏家族墓园，坐落在独龙岗柏树村西北斜坡上，北依独龙山，南向独龙河，离扈家庄大约五里路，平时由四伯扈德一家看管。扈四伯十年前在东平府做教谕，因顶撞上面派来的提学官，被提学官污陷他泄露考题，扈四伯在牢里关了七个月，家人曾断粮六天。扈三娘的父亲花钱把扈四伯救了出来，为四伯在柏树村建了房子，开了塾馆，让他家三个儿子轮流住进家庙中照管墓园。扈三娘这次去墓园，如果能见到四伯一家，谁血洗了扈家庄的疑问应该可以解开了。

这个疑问在扈三娘心头悬了大半年，上梁山后，她没有一天不想回扈家庄看看。说起来她也是个头领，而且还是宋江的干妹子，可实际上行动并不自由。没有令牌，她出不了关，走到哪儿都有人跟着。除了王矮虎，她没法跟人单独说话。她有一次在湖边摘荷花，刚跟一个水军小校搭上话，那小校立刻被一个水军头领叫走了。曾经请林冲来家里吃过一次饭，王矮虎宋妙棋却跟林冲寸步不离。女营的那些女兵也不怎么跟扈三娘聊天，她们更愿意跟顾大嫂凑成一堆。有一次在聚义厅门外看见李家庄的庄主李应，她老远喊了一声"李叔叔"，李应却像没听见一样，掉转头匆匆离开了，此后一直回避她。扈三娘不知道李应怎么也上了梁山，她曾问过王矮虎，王矮虎说梁山上到处都是秘密，秘密里都藏着仇恨，大伙很忌讳打听别人的事。扈三娘想：祝彪射过李应一箭，莫非李应顺带恨上她了？不应该呀……时间一天天过去，眼看要入冬了，家里的事什么也没打听出来，也没能发现逃走的机会，找条船过湖很难，扈三娘越来越灰心。没想到，时来运转，她竟然能下山回扈家庄了！幸好没有轻举妄动。

梁山大军在西岭松树坡扎了营，扈三娘将本部人马交给顾大嫂，她和王矮虎赶一辆马车，带了十几个侍从，匆匆往独龙岗方向赶，景色越来越熟悉，她的心越跳越快，她很怕突然在什么地方碰到一个熟人，又很希望碰到一个熟人。有那么一会儿，她还有些担心春天那场厮杀波及了柏树村——扈四伯一家不会有事吧？她真恨不能生出双翅，立刻飞到柏树村去。

葬礼用品都是王矮虎准备的，放在马车后厢里，王矮虎一副车夫打扮，戴着一顶压得很低的大檐帽。扈三娘戴上面纱，抱着木匣子，坐在王矮虎身旁。

马车在布满车辙的土路上跑得很快，也许是太快了，颠得扈三娘的腰很难受，胃里也难受。她不时指点一下去柏树村的路。经过了两个小村子，都空无一人。

快到柏树村村口的时候，马车忽然停下了，王矮虎说好像车子出了点毛病，得修一修。天知道王矮虎打哪里弄来这辆车，居然坚持到这里才出毛病。一路这么颠簸，没散架算不错了。扈三娘下了车，看了两眼王矮虎和侍从们修车，然后打量着附近的房舍、树木、草垛……一切都有些熟悉（她去年清明节来过），但不是很清晰。附近没有别的行人，扈三娘撩起了面纱。村口大柏树上张贴的榜文很快引起了她的注意。

扈三娘走过去，发现那是通缉她的榜文，上面画着她的头像，虽然经历过风吹雨打，有些破旧，但字迹清晰可辨：

"案犯扈三娘，年十九，系梁山贼寇头目王矮虎之妻，亦为贼寇头目，如有人停藏在家，与犯人同罪，若捕获告官，赏钱一千贯。"

一千贯？是多还是少？扈三娘不知道。她只是觉得，宋大哥和王矮虎都说得不错，这个地方很危险！扈三娘放下了帽檐的面纱，村舍树木草垛立刻朦胧了，像布满了杀气。

"别看了，看自己的通缉告示挺有意思是不是？"王矮虎喊道。"快上车走吧！"

扈三娘重新上了车。不一会儿，马车驶进了村中大道。扈四伯家在村西头，马车从大道拐向西，扈三娘撩开面纱一角，看见扈四伯家的烟囱在冒烟，她感觉有什么东西在心里轰轰烈烈烧了起来。扈三娘摸了摸腰间双刀，告诉自己要冷静些，冷静些，冷静些。

扈三娘给王矮虎指点了位置，王矮虎把马车停在了扈四伯家门前。扈三娘下了马车，一只手按在刀柄上，一只手抱着木匣子。她注意到骑马壮汉散开占据了附近的几个路口，她心里迅速盘算着从哪条路冲出去最容易，一会儿要是扈四伯家的人告诉她，血洗扈家庄的人是梁山人，她很可能不得不立刻抽刀厮杀一场。这里离宋江大营不太远，她还得兼顾扈四伯一家，所以必须尽快结束拼杀，尽快离开——不要轻举妄动。

扈三娘刚下车，四伯母从屋里走了出来。扈三娘叫了她一声，撩开面纱让她看。四伯母认出她后，哭了起来，赶紧把她拉进屋里，两人抱头哭了一阵，扈三娘把回来葬父的事告诉了四伯母。王矮虎拿出一些礼物送给四伯母。扈三娘没看见扈四伯，三个堂哥和他们的妻子小孩都没看见，她赶紧问："四伯不在家吗？聪儿和义儿呢？"

"你四伯病了,在里屋床上躺着。聪儿义儿跟着他们的爹娘走亲戚去了。你九哥在看墓。"

扈三娘心里多少轻松一些了。人越少越好。如果孩子们都在家,她或许不得不放弃打听是谁血洗了扈家庄。

"四伯什么病?不要紧吧?"扈三娘问。

四伯母又哭起来了,"他舌头被人割了……"

"被谁割的?怎么回事?"扈三娘望着四伯母。

四伯母说:"是那个天杀的祝彪造的孽!他把你全家都杀了……第二天,你四伯带人把你家里人的遗体都清出来,用车拉到墓园里,祝彪却带人赶到墓园里,不许埋。你四伯就骂他们,这些畜牲打伤了他,还割了他舌头……幸好有一队梁山好汉杀过来了,不然,你四伯怕是命都保不住。"

扈三娘没想到她要打听的事情这么快就有了结果,她感觉自己忽然裂成了两半:一半的她,有一种放下了千斤重担的感觉;另一半的她,心里愤恨、难过和内疚纠结在一起。她很想把祝彪痛打一顿——人为什么只能死一次呢?她真希望能把祝彪挖出来,再杀一次。

扈三娘让四伯母领她去看看四伯。四伯母犹豫了一下,说还是不要看了,看了更难过。"我还是领你到坟上去办正事吧。"四伯母说。

到了墓园,扈三娘见了九哥。有一辆拉东西的马车停在墓园里,王矮虎他们从车上卸下了铁锹、绳子、门板、供桌、香炉、幡旗、灯笼火把,等等。有几个壮汉抬来了一副新棺材,带来了几个道士。

开坟前,道士们击鼓、焚香、烧纸、跳舞……忙了一阵子。扈三娘和王矮虎披麻戴孝,跪在一边。开棺时,四伯母让扈三娘用布巾捂着鼻子,扈三娘摇了摇头。她看见两个用布巾把嘴巴鼻子都捂得严严实实的壮汉,把撬棍钉进棺材盖下面的缝隙里,接着身体压在撬棍上,使劲往下压,扈三娘听见棺盖下的长钉吱吱响着,忽然一股恶臭冲出来,好几个人马上吐了。臭味冲进了扈三娘胸腔里,像长了爪子一样把她的肠肠肚肚都搅翻了,她忍不住爬起来跑到一边吐了一阵。

再回来时,扈三娘看见父亲的遗体已经从棺材里抬出来了,在木板上躺着,道士把父亲的头接了上去,击鼓、念经、跳舞……扈三娘扑过去大哭了一阵,才放手让他们把父亲放进新棺材,重新下葬。

封好墓，天已黑透了。告别了四伯母和九哥，扈三娘和王矮虎带着人往回赶。车轮辚辚，随从手中的火把呼呼燃烧着。

在一个岔路口，扈三娘问王矮虎："能不能绕到扈家庄看看？"

王矮虎说："去看看也行，不过，那儿真没什么好看的，看了伤心，都拆成了平地，种上了菜，还是别看了吧？这么多弟兄跟着辛苦了大半天，不如让他们早点回去休息，你明天还有一场恶战呢。"

"那就回营吧。"扈三娘说。"今天你们都辛苦了！"

扈三娘是诚心诚意地感激王矮虎，感激王矮虎为她做了这一切。这一趟，要不是王矮虎准备那么多东西，请来那么多人，重葬父亲肯定不能做得这样顺利圆满。

"没什么，应该的，应该的。"王矮虎说。

王矮虎狠劲甩了一个响鞭，马车比来时跑得更快。扈三娘望着星空下旋转的田野山岗，心想：还可以再快点吗？她觉得这路似乎也没那么颠。

回到大营里，王矮虎去宋江那里销假，扈三娘吃了点东西，倒头便睡。本来新到一个地方应该睡不习惯，但这天晚上扈三娘睡得特别香甜。

她好久没睡这么香甜了，做了一个梦，梦见自己的青鬃马不肯踏上跳板上船，四蹄像钉在栈桥上一样。扈三娘望着跳板下面的雾气和湖水发愁，宋江拿着一块黑布条过来了。宋江把黑布条蒙在马眼上，王矮虎在前面用一把黄豆逗引着马，青鬃马终于上船了。过了湖，下了船，扈三娘把马头上的黑布条解开，青鬃马像很久没见过她一样，使劲喷着响鼻，拿脸蹭她，还舔她的手，她哭了起来……就在这时候她被大娥摇醒了。

扈三娘懵懵懂懂地看着大娥，大娥有些模糊，扈三娘擦掉眼泪，大娥才清晰起来。

"快要出发了！"大娥说。接着告诉扈三娘："王头领正在给你备马呢，他不让我们备。"

扈三娘快速穿衣、梳头、洗漱。她走到帐篷外面拴马的地方，没看见王矮虎。她把坐骑的笼头、脚蹬、三条肚带都检查了一遍，无可挑剔。就算是自己亲手备马，也不见得更妥帖。今天是她上梁山后第一次上阵厮杀，生死未卜，有人这样关心她，她当然有一些感动，可同时又有一些压力，她不知道怎么回报王矮虎。这成了一个必须考虑的问题。

此前，家仇为大，在弄清仇人是谁之前，她不得不忍耐着，跟王矮虎维持表面上的夫妻关系。现在仇人弄清了，家仇已经报过了，她可以考虑自己此后的日子怎么过了——跟王矮虎过一生？不！绝不！她宁愿独自亡命天涯。如果没有跟王矮虎拜过堂，她或许可以留在梁山上。现在，没别的选择了。她打算完成诱敌任务后，找一个机会悄悄逃走。

"王头领呢？"扈三娘问照看坐骑的侍从小红。

"巡哨去了。"小红说。

扈三娘心里略感惆怅。无论如何，应该跟他好好道一个别的。他帮了她那么大的忙，虽然她能为他做的事情不多，但多说几句好听的，多笑几下，应该是不难办到的。

吃过早饭，扈三娘带兵离开营地。往前走了没几里，过独龙河石桥的时候，她看见王矮虎和几个侍从站在桥头杨树下。她心里一喜，告诉自己："这次对他态度要好一点，无论你此战是生是死，这很可能是你们俩最后一次见面。"

扈三娘让队伍继续行进，她走到王矮虎面前，微笑着，看着他。

"你怎么在这儿，不是巡哨去了吗？"

王矮虎说："我想来想去不放心，有两句话得跟你说清楚。"

扈三娘继续微笑着，看着他。"说吧。"

王矮虎说："第一句，呼延灼八千人马中，有三千重装连环甲马，你知道吗？"

扈三娘摇摇头。她似乎在敌情通报会上听宋江提过，但具体情况不是很清楚。她只知道自己的任务是斗将诱敌，不用斗阵。

王矮虎一脸沮丧，"那第二句就有点啰唆了，麻烦你耐着性子听一听。这么说吧，宋大哥安排你们五个前锋搞车轮战，只是扰敌、疲敌、诱敌之法，不是让你带人冲进敌阵里去厮杀的，你要见好就收，千万别被官军黏住了，要是黏住了，连环甲马冲过来，你这一千人是神仙也救不了的，不过呢，你也不能不冲上去打，谁要是临阵怯战，你这一千人马里，至少有二十个弓弩手是专门执行军法的。"

扈三娘马上明白了，王矮虎是怕赔了夫人又折兵！"真是太不了解本小姐了。本小姐虽然并不喜欢上阵跟男人厮杀，但这次跟官军厮杀，是不会轻易退缩的。想当初，要不是那些拿了银子的官军不救援祝家庄和扈家庄，扈家庄怎么会遭那样大的劫难！再说宋大哥带人帮我报了血海深仇，我也应该尽力回报。本小姐可不是个不讲信用的人。不过，也不是个傻子，明知不敌，怎会冲进敌阵白白送死？当然王矮虎也是好意，王矮虎的任务是远哨，他为了提醒你，不惜冒着受罚的风险偷跑过来。"

"嗯，我知道了，谢谢关心！"扈三娘说。

"你先别忙谢，我还没说完咧，"王矮虎说，"现在这些事你都知道了，你打算怎么做呢？"

扈三娘想了想，说："按军师的安排，先阵前斗将。我打得过就打，打不过就跑呗。"

王矮虎直摇头："不成，不成，其实军师的意思，只是让你在官军面前露个脸就行了，显示一下咱梁山有你这位女将，哪是真让你去斗什么将！等你发现打不过想跑的时候就晚了，很难跑掉了。"

"那我该怎么办？"

"上去比画两下就走！"

"哦，这样啊？"扈三娘笑了，"就照你说的办吧。"

王矮虎咧嘴笑了："那……我走了。"王矮虎拨转马头，"娘子千万小心哪！"

扈三娘点点头："你也要小心。"

她尽量往脸上堆满笑，转身的时候还朝他挥了挥手。

王矮虎也挥了挥手，调转马头走了。扈三娘回头望望，发现王矮虎也正在回头望她，而且几步一回头，朝她回望了好几次。忽然，王矮虎又调转马头追了上来，越过她，追到队头，跟郭传基等几个小校拜托了一番，直到那几个小校都拍胸口，发誓会下死力保护好"嫂夫人"，王矮虎才策马离开。

行军不到一个时辰，扈三娘部来到了两座小山包夹着的谷口。

扈三娘听见谷口外传来阵阵鼓声和呐喊声，她知道那是前一拨人马跟官军交上手了，她发现自己手心在出汗，祝家庄后门外那一场血战的片段，不时在眼前闪现：一柱柱喷溅的血，一条条断肢，一截截肠子，一颗颗滚落的人头……空气中弥漫着越来越浓的血腥味，喊声、哭声和鼓声混在一起……麦地里横七竖八摆着死尸……这些在噩梦中反复出现的情景，不时从眼前闪过，让她喉咙发干，四肢止不住颤抖起来。为了不让属下发现她在害怕，她纵马率先出谷，在小山坡上找了个地方勒住马，观望两军阵前的厮杀。

正在阵前厮杀的两员大将，一个是梁山的花荣，另一个是官军的彭玘。扈三娘是从兵器上认出彭玘的——探报说，彭玘使的是三尖两刃四窍八环大杆刀。花荣还是像往常一样使枪。扈三娘看了四五个回合，发现花荣明显占上风——彭玘的大杆刀已经慢下来了，攻防转换也有些乱，如果没有别人帮忙，花荣应该能把彭玘拿下来。扈三娘不想这时候冲上去——那太像是抢功了。

看着看着，扈三娘感觉自己放松了一些。如果官军大将都是彭玘这般武艺，那斗将没什么好紧张的。扈三娘在心里给自己鼓劲。她让本部人马在花荣所率的人马后面列阵，自己则紧紧盯着对方门旗下的主将呼延灼，如果呼延灼出马帮助彭玘，她将出马截住呼延灼。

"我不怕他"，扈三娘对自己说，"我不怕他。我一定要回报梁山和宋大哥，决不能被人看成是一个忘恩负义的胆小鬼。"看见呼延灼的马动了，他正挥鞭奔向花荣，扈三娘心一横，出阵大叫："花将军少歇，看我捉这厮！"

花荣又斗了两三回合，退出战圈，带着本部人马从右边转到山包后面去了。

呼延灼看了扈三娘一眼，没跟她斗，退回到门旗下面。彭玘迎上扈三娘，把大杆刀上的八个铁环舞得当啷啷当啷啷地响，攻势如狂风骤雨朝扈三娘压过来。扈三娘有些慌乱，频频后退，不时抵挡几回合。她蓦地双刀分开，拨转马头便走，彭玘纵马赶来，扈三娘把双刀往马鞍鞒上一挂，从袍底下取出红绵套索，等彭玘的马追近了，扈三娘扭过身躯，把套索往空中一撒，圈套张得圆满，带着二十四个铁钩闪着光点往下坠落。

彭玘措手不及，直愣愣地给套中了！扈三娘双腿夹紧马腹，发力猛拽，把彭玘拖下了马。梁山军爆发出一阵欢呼。这时第五队孙立到了，孙立喝教军士上前，把彭玘捉了。

呼延灼飞马来救彭玘，扈三娘见孙立没有出战的意思，她急忙取双刀在手，去拦呼延灼。斗了十来个回合，扈三娘发现呼延灼腹前露出一个破绽，顺手攻了进去，却扑了个空，立刻意识到呼延灼在诱她。她收刀要退，却发现双鞭已盖了下来，一阵恐惧袭上心头，脑子里差点变成一片空白。千万不能空白，千万不能空白，扈三娘一发狠，索性不撤攻进去的刀，反手往上撩，去削呼延灼的下巴。呼延灼略往后仰了一下身子，扈三娘的刀没削着呼延灼的下巴，正好迎上了打下来的那一鞭。鞭打在刀口上，铮的一声响，火光迸散。扈三娘一只手震麻了。

双方各退了退，扈三娘乘机拨马跑回本阵。孙立舞起双鞭去斗呼延灼。扈三娘看见自己的部下和孙立的部下有不少马军抬身站在镫子上朝她看，有些人还大声喝彩：

"扈三娘，好样的！"

半年前曾充满扈三娘身体的那种轻飘飘的感觉又来了，那是在祝家庄后门外麦地里，坐骑四蹄腾空，悬在麦苗尖上……真是一种奇妙的感觉——轻飘，又似乎有无穷力量……不过，扈三娘这次克制住了继续投入厮杀的欲念，她引着本部人马，转到山包后面，折回了山谷。

通过二道梁埋伏区后，扈三娘的人马跟梁山大队人马汇合在一起，在预定地点排成进攻阵形，准备再次向官军冲杀。

扈三娘觉得这个位置不怎么样，面前是一大片刚刚播种的麦地，后面是一大片刚刚收割过的黄豆地，无险可守。选这里的唯一理由，可能是因为离伏击区较近，一旦官军被滚木礌石火箭重创，梁山主力肯定能在官军重新组织起来之前杀到。问题是，如果出现意外，官军通过埋伏区后损失不大，梁山主力就得在这一大片平地上跟官军连环马硬碰硬地交锋。

果然，扈三娘担心的事情发生了。

第五队孙立的人马刚退进谷口，呼延灼的连环马队就追了上来，孙立的人马边打边退，在伏击区与官军混战。埋伏在两边山坡上的梁山步军没有把滚木礌石放下来，连箭也很少射——不只是怕误伤自己人，是射中了官军用处也不大：呼延灼那些重装马军都是马戴马甲，人披铁铠，马戴甲只露马脚，人披铠只露眼睛，箭射过去射不透。官军远则箭射，近则使枪，每三十匹马用铁链连在一起，卷起尘土横冲直撞。

孙立的马军很快放弃了步军，向梁山主力这边跑过来，背后腾起的灰尘里不断传来哀号惨叫。不一会儿，连环甲马冲过了伏击区，像山洪暴发一样冲了过来。前面的人马拦挡不住，乱窜逃生。

宋江传令全军撤回梁山。花荣秦明等十几名大将拥护着宋江，沿河谷朝梁山泊方向狂奔，他们旗下的马军跟在后面，步军则很惨，多数没跑掉，不是被官军杀死了，就是被连环马撞倒活活踩死了。

扈三娘不忍抛下自己的步军先走，正急得团团转，林冲飞马过来，告诉她后面不远处有条小路通向山里，要她带着步军从小路撤走，他的马军负责断后。扈三娘找到了那条小路，她令五十名步军爬上路旁的小山头，"多准备石头，等我们的人通过后，看到摇旗信号，你们就往下滚石头封住路口。"

小路很窄，一边是陡坡，一边是深涧，慌乱中有一些军士被挤下了深涧。为了给步军走上小路多争取一点时间，林冲带着马军跟官军连环马顽强缠斗。林冲身中数箭，换了三次坐骑，依然吼叫着策马在连环马队与马队之间的缝隙里游走搏杀。他多次跑到一队连环马的一侧，拿蛇矛去伤最外边那匹马的马蹄，只要最外侧这匹马跑不利索了，整队连环马的行动就不利索了。扈三娘脑子一热，夺过一名小校的长柄大刀，也要去断后，她被小校和几名侍从拦住了，郭传基苦苦哀求要她先走。

正争执着，一队连环马冲了过来，身边的人逃的逃，拼的拼，扈三娘学林冲的样子，策马跑到一队连环马的一侧，砍倒最外侧的官军骑手后，她探身拿大刀去砍最外边那匹马的马蹄——成功了！马蹄被砍下后，那匹马倒了下来，被马队拖着往前走，慢多了。可惜大刀太重，扈三娘使不了多久，就累出汗来。

"别过来，你快走！"尘雾里林冲朝她喊道。

扈三娘看见步军大都已沿着小路进了山，回了一声："好，你也快走！"

扈三娘调转马头，跑到路口，停住，等着林冲过来。

林冲旗下的马军通过了。终于，林冲过来了，浑身血淋淋的。一队连环马解开铁链，变成单骑追赶他。林冲朝扈三娘大叫："快走！别停下，快走！"

扈三娘跑上了小路，回头看了看，让人挥旗给山上的步军打信号，石头不停滚落下来，阻断了大部分追来的官军。已经追过路口的几骑官军停下了，林冲用蛇矛指了指涧水，那几名官军滚鞍下马，自己跳进了涧里。

扈三娘让人把官军的马牵了过来。

拐过一处山嘴，扈三娘和林冲追上了自己的队伍。林冲突然从马上栽了下来，幸好侍从刘安眼快手快，接住了他。扈三娘赶紧喊郎中，喊来喊去没找着合适的人。

原先救护营配属过来的七个人，多数被连环甲马踩死了，剩下两个都受了伤，一个受了刀伤需要救治，另一个轻伤，嘟嘟囔囔说取箭头不是随便一扯那么简单，他不会治箭伤，而且他正在前面照顾一堆重伤号，"什么药都没有，不知道怎么办"。

大娥自告奋勇，说要是有人帮着打下手，她或许能把箭头取出来，然后想办法止住血。扈三娘在扈家庄曾负责训练女人救治伤员，没说的，只好上了。

队伍停在了一片银杏林边上。山风阵阵，金黄树叶不停飘落。大娥吩咐侍从找来一堆树枝点燃，用头盔烧开水，顺带把刀烧红，又教把几面大旗围成一圈挡风，另将一面旗撕成布条裹伤。扈三娘让刘安选了四个壮汉过来抓住林冲四肢，她掰开林冲的嘴，让他咬住一块折叠的干净布条。大娥先割开林冲胸前的甲衣，然后颤抖着下刀割开林冲胸上的皮肉，扈三娘把头扭向一边不敢看……谢天谢地，胸上这支箭头取得还算顺利！林冲苍白的额上不停冒出豆大的汗珠，一片落叶粘在了他额上，扈三娘轻轻取下了落叶……谢天谢地，林冲臂上的那支箭取得也算顺利……大娥取林冲大腿上那支箭时却很犯难，箭头有些碎片镶在了骨头上，得刮干净，扈三娘听见大娥的小刀在林冲腿骨上刮出窸窸窣窣的声音，她觉得自己的大腿也疼了起来，她真想扔掉手上的东西，捂住自己的眼睛，塞住自己的耳朵——她当然不能那样干，她得拿布条按着林冲胸前和臂上的两个出血口。虽然林冲大腿根部用布条捆紧了，但腿上的血还是滴滴答答往下流着，把靴子灌满了……可怜的林冲……箭头终于都取出来了，大娥用酒冲洗了伤口，把烧红的刀面按在林冲大腿伤口上，一直昏迷的林冲痛醒了，在一阵青烟中挣扎着要坐起来，扈三娘赶紧俯身紧紧摁着他的双肩。幸好这时林冲很虚弱，也幸好他又痛昏过去了。

给林冲裹好伤，扈三娘抬眼看看，太阳正在落山，到处一片血红。扈三娘下令找一座村子宿营。他们找到了一座小山村，空无一人，也没有牲畜家禽。军士在附近山沟里找到了几头牲畜和几袋粮食，不够吃，宰了几匹受伤的马，又去菜地里拔了些萝卜，大伙才饱餐了一顿。

当夜一千多人挤在小山村里睡觉，每间屋子都挤得满满当当的，连牛棚猪圈都睡满了人。

为了方便大娥随时查看林冲的伤情，林冲、扈三娘以及两人的侍从，住在村东头两座相邻的房子里。灭灯后房子里安静了一会儿，没多久，扈三娘听见隔壁河莲、毛毛、小玉、山红她们在小声议论。她们都压着嗓子说话，有时候分不清某一句话是谁说的，只听其中一个说："今天真是吓死人了！幸好林头领断后，但愿他平安无事。"

另一个说："就是，我可不想被马踩死，死相太难看了。"

"别净说好听的，想想怎么回报人家林头领呀？"

"以身相许呗，你先去呀。"

"花痴呀！"

"哎呀呀，叫你发现了……别赌我，我还真想去，可惜没派我去照顾他。"

"这话可不能让妙琪听见。"

"听见又怎么样？她在林头领家里住了大半年，跟林头领一次床都没上过，要换了我，哼哼哼！"

"你不行，你跟我一样，就是丫鬟命，换咱们扈头领才叫般配呢。"

"就是就是，说不定林头领早就看上扈头领了，不然为什么别的头领都跑了，他却不顾危险替我们断后呢？他旗下又没有步军……"

大娥爬起来跑过去骂了一句："没你娘鸟兴，嚼啥舌头，都给我闭上逼嘴睡觉。"

屋子里立刻没声了。渐渐地，鼾声此起彼伏。

扈三娘蜷成一团躺在床上，好一阵子睡不着。她望着床前的月光，心里乱七八糟的，有很多念头在打架。侍从们说的那句她跟林冲很般配的玩笑话，让她心里跳动了一下，但她告诉自己："别想多了！……你决不能跟任何一个梁山头领有瓜葛！你最该做的事，是找机会离开这帮梁山人。"

今天官军连环马冲过来的时候，一片混乱，她应该有好几次机会逃走，为何没有逃走呢？扈三娘有些困惑。她不仅没有离开，还帮着组织撤退步军，参加断后，抢救林冲——但愿以后不再发生这样的事。有机会就走。她回报梁山已经回报够了，抓了一个官军大将，保住了旗下的步军……该为自己忙乎了。

扈三娘翻了一个身，接着思想离开梁山人以后怎么生活——"首先是，别去找任何亲戚，他们没理由不把你卖给官府领赏银。先往南跑得远远的，然后买一套男装，幸好你身材高挑……到处走走，别在一个地方久停……谁知道哪个地方有个什么故事在等着你呢？"想着想着，她睡着了。

早晨，林冲醒了过来，居然可以跟扈三娘一起坐在桌前吃早饭。

探子进来报告：昨天官军主力沿着河谷官道追杀梁山溃军，一直追到湖边，梁山一部分人马被水军接应上船，另有一部分被赶到水里淹死了。眼下呼延灼大营扎在枯树滩附近路口。

林冲跟扈三娘商量，应该走哪条路回山寨，显然，走枯树滩那边不合适，只有绕大弯。往南绕，从白石滩上船回寨。

"从白石滩回去也有一个担心，"林冲说，"白石滩离济州不太远，我担心济州的官军会赶过来配合呼延灼，我们的伤号太多了，不能跟官军遭遇。要是济州官军来突袭，那麻烦就大了。"

"派人去察看一下？"扈三娘问。

林冲点头，"此事责任重大，能不能请扈头领亲自走一趟呢？"

太好了！扈三娘心想。

"行啊。"扈三娘说，语气很平淡。

林冲看了她一眼，苍白的脸上浮起了一个意味深长的微笑。他建议她带够银子，挑一个侍从，别带太多人，以免引起注意，还建议她们都换上男装。扈三娘都同意了。

林冲最后跟扈三娘约定：扈三娘一直往济州走，没碰上官军不要回头。扈三娘或侍从没有消息来，林冲就当济州官军没出动，他会放心往白石滩走。假如扈三娘到了济州城下还没有看见官军出来，就顺便进城打探一下济州官军下一步的动向。

"好。"扈三娘说。

第十回　公孙胜炼制精盐　聚义厅批斗宋江

　　林冲率军从白石滩上船，穿过芦苇港汊，芦花白茫茫一片，不断有鸟惊起，扑扑飞过。他估摸着，扈三娘这会儿快到济州了。

　　他希望这女子永远不要回来，走得远远的。他能帮她的只有这么多，以后只有靠她自己了。

　　昨天早晨，在山村里吃早饭，有那么几个时刻，林冲很想把李逵屠洗扈家庄的事告诉扈三娘，但他很担心她会回梁山报仇，李逵也许会死掉，但她也会死——不用说，还是让她活下来更好。另一方面，此事也牵扯到林冲自己，那时候他在梁山也会待不下去，他离开梁山，很有可能让反招安派的事业半途而废……芦花纷飞，很像林冲的心绪……波光透着凉意……

　　战船划过宽阔的湖面，快要到金沙滩码头了，老远看见五颜六色的营旗在摇动，近些，岸上船上的呼喊声混成了一片，有些人在呼兄唤弟，有些人在喊丈夫喊情人，有些人在找朋友找老乡。晁盖、宋江带着寨中头领站在栈桥上招手，身边拥着很多校尉军士，还有一些救护营、制衣营、洗衣营的女子。军士们上了岸，不少人抱在一起，边说边哭，也有些人哭了又笑，笑了又哭。

　　晁盖迎上来，咧着大嘴，笑容里有一丝不易觉察的快意，这不只是看见林冲活着归来的快意，还有别的。宋江站在他身边，一脸灰暗。林冲跟两位寨主和头领们都见过礼。公孙胜附耳说："我有好消息要告诉你！有空我再找你。"他提前走了。

　　众头领到亭子里坐定，宋江叫郎中赶紧检查一下林冲的身体。

　　喝过三碗接风酒，林冲向两位寨主简要汇报了一下这两天的情况，扈三娘去济州侦查的事也说了。

　　宋江皱眉说："贤弟有所不知，我这位妹子，江湖经验几乎没有，她住进黑店怎么办？小偷偷了她银两怎么办？有人往她饭菜里下蒙汗药怎么办？"

　　晁盖打断了他，"两位贤弟不要过于忧心，我看扈三娘挺机灵的。"

　　宋江点头称是，转身吩咐侍从，"让王矮虎赶紧去济州，务必把扈三娘找回来。叫戴宗通知济州线人,配合王矮虎。"转身对晁盖说,"会议是不是挪到下午,让林贤弟歇息一会儿。"

林冲赶紧问:"什么会,要紧不?我不要紧,上午可以参加。"

宋江说:"批斗我的会。"他吐了吐舌头。

"走吧,"晁盖搂着林冲的肩,"我陪你歇会儿。"

路过公孙胜家附近,林冲说:"法师刚才告诉我,他有好消息。"

"啊,对,我也正要告诉你,咱们的大法师,搞出世上最纯的盐啦,哈哈哈!"

"哇!太邪乎了!在哪?快让我尝尝。"林冲嚷道。

进了公孙胜家,公孙胜正在指挥一个小道士用木棍捣铁桶中的木炭,把炭块捣成粉末。打过招呼,林冲祝贺公孙胜的发明,说待会儿去晁大哥家一定要好好喝一坛,庆贺庆贺!然后问捣木炭干什么,公孙胜说造一个过滤盐水的箱子。

林冲说:"不明白,太神奇了!"

晁盖说:"你快给林教头一勺盐,堵住他的嘴,不然的话,他有一箩筐问题烦死你,他吃过一勺好盐,保管啥也不问了,哈哈!"

公孙胜递给他一小勺。

林冲先用舌头舔了一下盐,缩回舌头,停在嘴里细品,"嗯,不错!不错!一点苦味没有,好吃!你究竟是怎么弄的?能不能教教我?"

公孙胜笑道:"就跟没吃过盐似的。"

林冲又回味了一下,说:"真是好吃,好盐!好盐!我估计官家都没吃过,放啥菜里都好吃。"

"行啦。"

公孙胜打开木箱,箱子中有几个隔层,打底铺了一层包着芦花的布包,第二层铺碎石子和沙子,最上面一层铺了木炭粉末。

公孙胜向林冲介绍,"关键是竹炭!"公孙胜把箱子搁在水槽里,往箱子里淋水,很快,箱底流出了黑乎乎的水。林冲猜箱底一定钻了不少小洞眼。慢慢地,从箱底流出来的水越来越清。公孙胜解释说,一会儿要化几盆盐水,倒进这个箱子过滤,然后再把过滤后的盐水倒进铁锅煮干,留在锅里的盐就会少很多杂质。"煮盐时,控制水温的变化,滤掉一些杂质,最后加豆浆，即时除去泡沫，盐的纯度就会更高。"

林冲摇头："这些窍门，我想破脑袋也想不出来。"他擂公孙胜一拳，"好你个大法师，真不是人！这么复杂的东西，你是怎么想到的呢？"

"一样一样试呗，有效果就留下。"公孙胜咧着嘴笑。

晁盖说："真是难为咱们大法师了！这下好了，咱们要发大财喽！我就不信那些盐枭还不肯跟我们合作！"

公孙胜说："让谁跟我们合作，不让谁合作，应该好好挑一下。不是随便哪个盐枭都跟他合作。"

"对对对，"晁盖说，"你都有些什么想法？"

公孙胜说："我建议先跟这一片的第二大盐枭合作，也就是罗子兴，咱们跟他合作，他应该会很快超过老大褚震海。"

"为什么不直接跟老大褚震海合作呢？"林冲问。他知道晁盖曾在河口镇请褚震海吃饭，褚震海推病没来。眼下有精盐，要是褚震海肯合作，那就一下子解决问题了。

为什么现在反而不找褚震海？公孙胜笑而不语。

"行，就找罗子兴，"晁盖拍板。"马上安排人带上一小包盐找罗子兴联系。一见面，啥也不说，先让他吃一勺盐！"

三人去了晁盖家，晁盖早已叫人去聚义厅厨房端了菜，从地窖里拎出几坛好酒。

下午有会，他们不敢喝多了，饭桌上，公孙胜把这次伤亡情况，跟林冲简单说了说：宋江那边共出动十六员马步头领，近七千人，死亡加失踪三千六百人，受伤头领五人，受伤军士上千人。他们这边出动一千五百人，林冲的马军阵亡两百人，从刘唐营中调出去配属给孙立的步军五百人一个也没有回来，一共折了七百人，受伤头领一员。"下午总结，找找原因，这么大伤亡，不找找原因说不过去。还有，我们要把梁山以后行使兵权的规矩，确立下来。"

林冲明白了，宋江说得不错，下午要开批斗他的会。或许，这就是晁盖一直在等待的时刻。可是……现在合适吗？如果没猜错的话，呼延灼下一步就要封湖了，如果呼延灼把梁山泊周边大庄的庄丁组织起来，在所有交通要道设检查站，一把面粉、一棵菜也不准运进来，梁山军只有活活困死——如何破局？聪明做法是，应该趁呼延灼还没有完成布局，就把他击溃或赶走——这就需要山寨两派团结起来，如果现在内斗，弄不好发展成火并，那就是灭顶之灾。

可是，如果晁盖和公孙胜都认为现在应该批斗宋江，剥夺宋江、吴用、花荣擅自决策作战方案的权力，他又怎么能反对呢？

下午看看会议情况，再说吧。

午饭后，稍事休息，林冲跟着晁盖、公孙胜，来到聚义厅。多数头领已经到了。李逵、石秀等几个头领座位空着，值班小校报告说，这几人受伤不轻。王矮虎、扈三娘座位空着，两位没回山寨。柴进没来。被扈三娘生擒的彭玘也在座，林冲注意到，彭玘座次排在扈三娘前十位，他为扈三娘感到不平，不过那是他们右边的事，不必放在心上。

会议由晁盖主持，他首先请宋江介绍二道梁作战情况。宋江把作战经过简单讲了讲，把马军、步军伤亡数字念了一下，然后开始赞扬林冲随机应变及时把兵带到小路上，减少了损失，最后，宋江自责了一通，深深一揖，"这是梁山从未有过的大败，主要责任在我，我对不起大家，这几天我会住在鸭嘴滩小寨，那里清净，我要天天反省，思过！"

聚义厅里的空气好像有重量，压在每个人身上。林冲注意到，绝大多数头领跟平常开会不一样，没人交头接耳，没人东倒西歪，连平时喜欢盘脚的头领这会儿都把脚规规矩矩放在椅子前面地上。林冲还注意到晁盖朝他使眼色，要他发言，他朝晁盖笑了笑，转头不再看他。

刘唐站了起来，拱了拱手。宋江朝刘唐鞠了个躬，刘唐还了礼。刘唐说："能不能请宋大哥讲具体一点，到底什么地方失误了？我们以后好吸取教训。"

刘唐平时很少发言，他的话在聚义厅里激起了嗡嗡嗡的议论。

穆弘站了起来，"嘿嘿，奇怪！宋大哥已经说了，他要去鸭嘴滩小寨思过，人还没去，就是还没想透嘛，你着什么急！以前打祝家庄，有过失败的时候，刘头领没要求吸取教训。打高唐州，也有过失败的时候，刘头领也没要求吸取教训。这一次对呼延灼，刚刚开打，刘头领这么急急忙忙要吸取教训，什么意思啊？"

穆弘平时也很少发言，一开口，话就一排一排地涌过来，有理有据的，肯定有人教他。这就是说，他们那边已经研究过批斗会的对策了。

刘唐说："前两次你们吃败仗的时候，没回梁山，我要及时吸取教训不方便嘛。"

穆弘冷笑了一声，"那你可以带兵来支援嘛，坐在山寨里说大话，算什么本事！"

空气里开始迸火星子。

"扯鸟淡！"刘唐正色说，"你说我可以带兵下山，我就带兵下山了？我最听不得这种没规矩的话。再说哪一次我没派兵支援你们？你们每次让我的步军损伤巨大，我连要求吸取个教训，都不行吗？"

林冲听得一愣一愣的，刘唐以前嘴皮子从没这么利索过，估计也有人教他，八成是昨晚公孙胜把话编好了，让他演练熟了。

穆弘不屑地说："你损失那点步军算什么，跟我们比，零头都算不上。"

"那你更应该吸取教训啊，"刘唐声音高起来了。"我那五百人虽然不算多，但每个人都是有名字、有老小的人啊，给人胡乱一安排，全阵亡了！你们不心痛，我能不心痛吗？"他在"胡乱安排"四个字上，加重了语气。

这次二道梁伏击战的预案是花荣搞出来的，宋江、吴用拍板，没有经过晁盖同意。花荣呼地站了起来，脸红到了脖根，"我怎么胡乱安排了？你说清楚！"

"不是安排的问题，是装备不行，挡不住连环马。"秦明说。

孙立站了起来，说："连环马、装备，都不是主要原因，是没计算好。"

"怎么没计算好？"花荣转过头，盯着孙立，眼光如利箭。

孙立转身朝着花荣，一根一根掰着手指头，"山包前面到埋伏区有多远？步军能跑多快？马军能跑多快？步军跑多远会被连环马追上？这些你都算清楚了吗？不算清楚就排兵布阵，有点说不过去吧？你如果把埋伏区再往谷口挪一百五六十丈，我的人就能跑过埋伏区了"。

这一番话让林冲对孙立刮目相看。

首先是专业水平，明显超过了花荣，花荣可能根本没算过，或者不懂怎么算，一拍脑袋，觉得差不多，就报给宋江了，宋江、吴用更不会去算这个。结果，这个失误给孙立造成很大损失，在伏击圈到黄豆地一带，孙立他们登州派损失过半，还把刘唐调配的五百人差不多折光了，回寨的人马不满三百。

按理说，登州派势力大幅削弱了，孙立应该尽量低调一点，没有！林冲没想到孙立竟站出来痛批招安派的人，而且直击痛点。这比专业水平更重要。林冲觉得，应该找机会跟孙立好好谈谈，或许孙立能支持反招安派。

花荣像被口水呛着了，咳嗽了几下，开始狡辩："这只是算数的问题吗？你怎么知道连环马什么时候出动？就那么个浅逼山谷适合埋伏，你能把路程缩短一点吗？有时候不得不赌一把。"

"赌一把可以，"白胜站起来了，"但不应该拿别人旗下的人马去赌。赌错了，自己跑得比谁都快，就更不应该了！"

"你他娘的从哪钻出来的？厮杀的时候没有你，耍嘴皮子的时候你能得不行。"穆弘转身望着白胜。

"你白爷爷这次运气好，没有被稀里糊涂安排上。"白胜歪着头望着屋顶，"这次给我的教训就是，以后谁跟你们下山谁是大傻鸟。"

穆弘朝白胜吐了一口，"含鸟鼠辈！"他往中间通道上走了两步，"越说越能了！你下山屁用也不顶！可该让你下山的时候，你还是得夹着两根老鼠尾巴，乖乖下山，敢说半个不字，看老爷踩不死你！"

"你踩你娘的大花逼，"白胜也往通道中间走了一步，"你他娘的也就是一个混沌败家子！不会讲理，去茅坑里待着去！"说完也朝穆弘啐了一口。

"鸟人你敢啐我？"穆弘一拳打在白胜嘴上，把白胜打倒了，然后用脚踩。"你娘的一只小老鼠，踩不死你！"

林冲站了起来，朝坐在上首的晁盖、宋江、吴用、公孙胜看了看，这四人都没吭声，都很镇静地喝着茶，林冲坐下了。

但是，接下来白胜抹了一把嘴角的血，抽出了一把刀，穆弘抄起了一张椅子，林冲再也坐不住了，他站起来大步走过去吼了一声："够了！"

他伸手把两个人分开了。

阮小七夺掉了白胜手上的刀，让军士把白胜送到救护营去。秦明抢下了穆弘举起的椅子。

林冲说："有劲，留着打官军吧。大敌当前，各位还是拧成一股绳的好。连环马就在泊子边上，怎么破？请大伙赶紧出出主意，想想办法！"

说着，他捂了捂胸口，刚才一吼，伤口可能迸裂了，有些痛。腿上的箭伤也有些痛。

他忍着痛，继续说："咱跟官军耗，耗不起，耗一个月，呼延灼把梁山泊周边大庄的庄丁组织起来，在所有交通要道设检查站，一把面粉、一棵菜也不准运进来，我们只有活活困死。"

宋江立刻放下茶碗，站了起来："林教头说得对，各位兄弟有何良策破敌，宋江洗耳恭听。"

众头领议论起来，有人主张挖陷阱，有人主张布火阵，明显都不是良策，上次就是这么干的，作用不大。

林冲说："下一仗应该让公孙法师挂帅，再用一次五雷天罡正法，炸他奶奶的！"

"好是好，"吴用摇头，"就是药石不易买，还贵得要命！上一次在高唐州，买药石把山寨的金银都花得差不多了。"

新来不久的头领汤隆，站起来说："用钩镰枪！小可是祖代打造军器为生，先父曾用钩镰枪，帮老种经略相公破过辽军的连环马，但我只会打造钩镰枪，却不会使。我有个表哥在东京禁军当教头，名叫徐宁，会使钩镰枪法，小可愿去东京赚他来入伙。"

宋江大喜，"好！好！太好了！"宋江让吴用赶紧跟汤隆一起商量计策，然后安排几个头领随汤隆去东京赚徐宁入伙。

林冲心里一阵纠结。这个徐宁，是林冲在禁军当教头时的同事。徐宁在金枪班，林冲在枪棒班。林冲早就想到了徐宁的钩镰枪，他没提徐宁，是怕宋江这帮人为了逼徐宁入伙，又使出什么下三烂的手段来害徐宁。徐宁家里有妻子孩子，小日子过得不错，他有些不忍心让徐宁上梁山。可是，徐宁要是不来帮梁山，吴用又不肯多花钱，梁山人又有什么好法子战胜呼延灼的连环马呢？

散席后，林冲跟公孙胜并排走出聚义厅，等旁边人走过去了，公孙胜批评了林冲几句，说他心太软，没认识到宋江比官军危险，"不过，你说得对，还是先把呼延灼赶走，更重要。批斗宋江，这只是个开始。以后还会有机会的。"公孙胜转移了话题，问他："你知道柴进情况吗？"

林冲说："不知，从高唐州救出柴进到现在，我还没跟柴进说上话呢。"

去二道梁前，林冲去看过柴进两次，一次是去宋江家里，柴进都卧病在床，神智不太清醒；一次去柴进家里，侍从说柴进还在床上养病，郎中已吩咐过了，最好不打扰。

"你这几天去看过柴进吗？"林冲问。

"去了，"公孙胜说，"跟晁老大一起去的，吃了闭门羹。"

"兴许他是真的在养病。"林冲说。

"我不信。他们只有拿准了柴进，不会支持我们这一边，才会把他放出来。"

"我得去看看他。"

"我陪你去。"公孙胜说。

两人穿过操场，月光如霜。

到了柴进住所门口，公孙胜让侍从进去通报，特地嘱咐一句："别忘了说是林教头来了。"

不多时，侍从出来了，说："柴大官人头疼了好几个晚上，刚睡着。"

"那就不要去打扰了。"林冲问侍从："这几天柴大官人吃东西还行吧？"

"回林头领，柴大官人吃东西好着咧。"侍从说。

"嗯，柴大官人醒了，告诉他，公孙法师和我想见见他。"

侍从答应一定转达。

两人往回走。林冲问公孙胜："柴进不会是吃错什么药了吧？这么久还没好！"

公孙胜想了想，说："我知道你的意思，不过，也不要过于担心。咱们倒是应该做好他倒向宋江的准备。别老上门为难他了。"

"这个不大可能吧？"林冲说，"柴氏子孙个个都背负着亡国之恨，做梦都在想着怎么推翻朝廷，怎么可能赞成宋江搞招安那一套？"林冲忽然心中一动，"莫非……他气我杀了王伦？"

公孙胜笑了："不会不会，这个肯定不会，你就不要瞎折磨自己了。你拿着柴进的信上梁山的时候，王伦并不买柴进的账。柴进要生你的气，也只会气你没早一点废了王伦，自己做寨主。"

"这时候你还有心思开这种玩笑，我算服你了。"林冲说。

"我可不是跟你开玩笑，"公孙胜说，"柴进广交配犯，蓄养门客，资助王伦、杜迁等人创办山寨，为的是等待机会复国对不对？王伦妒贤忌能，把人才拒之门外,柴进当然早就想废了他。不过,现在这些事都不重要了。重要的是,柴进能否帮我们招揽好汉?我看是没什么指望了。柴进经过这一场大变故,复国梦碎了,江湖义气他也不相信了,心灰意冷……其实我说的这些,你应该看得出来。你只不过把你跟他的情谊看得太大,把其他真相都遮住了。"

林冲没吱声。他不是一个随便怀疑别人的人,他知道公孙胜也不是。如果事情真像公孙胜说的那样,柴进决定帮宋江了,那晁大哥面临的压力可不小。宋江真能把柴进改变成另一个人吗?他阻止晁盖公孙胜追究宋江的责任会不会犯下大错?他要是能从这两难中脱身出来就好了。

林冲胸中有一些憋闷。这事眼下没什么更多好说的,那就到此为止吧。哪天见过柴进再说。

公孙胜把林冲送回住所,两人又聊了几句私盐网络,公孙胜说,这个主要由刘唐、阮氏三兄弟、白胜负责,"你要是想知道具体情况,伤好了以后,可以跟着我们的盐走一趟。我眼下要想的是,我们的精盐,怎样扩大生产规模"。

"对!"林冲说。"精盐肯定大受欢迎!"

"肯定大受吃盐人欢迎,其他贩盐的,恨死我们了。"

"哪个环节不畅通,我会支持你!"

"好嘞!"公孙胜说。

公孙胜走后,侍从刘安走进来,关上门,轻轻说:"刚才林头领跟法师说话时,妙琪端着茶盘,在门边站了好一会儿。"

林冲点点头,"知道了,不要告诉别人"。

这个女子现在变成了烦心事。她在他身边大半年了,不多事,不多话,问题是,她把这个屋子里从前温暖融洽的气氛改变了,侍从们不跟她接近,煮饭烧菜等事都不让她插手。她有时候诱惑林冲跟她亲热,林冲明白,不能亲热,她若声称怀孕,不管真假,都很麻烦。首先是晁盖公孙胜再也不可能信任他了,反招安派肯定分裂了。更重要的是,他一个强盗,他不想要孩子。退一万步讲,要孩子也不能跟一个贴身监视自己的线人生孩子。

妙琪提着一桶热水走了进来,林冲赶紧过去接着,"这事让刘安做嘛"。

"多少帮点忙,就不算白吃饭啦。"

林冲仔细看了看她,她的模样在灯下看上去,更俊俏了。

妙琪给林冲脱衣,把他身上擦洗了一遍,水里能看见若有若无的血污。

"一会儿我们下盘棋,好久没下棋了。"林冲说。

妙琪瞅了瞅他,浅笑了一下,没吭声。

林冲问:"你是不是有别的事?"

妙琪媚了他一眼,说:"没有,我还以为你忘了我会下棋呢。"

"哪能忘了呢。"林冲说。

第十一回　凌振北门试炮　三娘客店遭查

扈三娘和小玉换上男装,赶着马车,行驶在通往济州的官道上。郭传基从村子里找到了一辆破车,修理了一下,套上青骢马,拼成了一辆马车。一路上落叶衰草,没见到官军。

离城门两里,小村路口,有个妇人抱着孩子,压着嗓子喊:"凭由,凭由。"扈三娘让小玉看车,自己跟着妇人走。

拐过屋角,扈三娘问:"怎么又要凭由了?"

"没听说官军跟梁山厮杀吗?这里是战区,临时加强了检查。"女人头也不回。

扈三娘跟她进了家门,窗边桌前坐着一个没有双腿的男人,是她丈夫。丈夫收了银两,问了凭由上写何处地址(郓城县独龙岗柏树村),姓名(扈新),多余一个字没有,很麻利做完了工。

城门附近有座寺,铁槛寺,背后一排客店。扈三娘照着哥哥扈成教她的经验,挑了一家靠近住家的客店,走进去查看厨房,水清米白,薪菜酒食,样样都有。"只剩楼上一间,"小二说,"因为有窗,客人怕东西被偷,所以剩下了。"扈三娘要买的都是些女子日用杂货,没太贵重的东西,不怕偷,就去柜台登了记,去楼后塌房交付了车马。

小玉下楼寻了只净桶。两人更过衣,进城去街上乱逛。灯光下拣热闹的地方走，充耳都是箫鼓丝竹歌笑的声音，小吃摊上飘起团团蒸汽和食物的香气，水果摊五颜六色，时令蔬菜新鲜诱人，梁山寨子里一年四季缺蔬菜水果，头领约半个月能分到一点新鲜蔬菜水果，喽啰们经常吃的就是腌白菜、腌黄瓜、腌豆角等，猪羊鸡鸭等肉类也是咸肉居多。水军稍好一点，隔几天会打一次鱼，给马军步军兄弟友情表示几筐，一人一筷子都不够分的。见到平时难得见到的食物，扈三娘和小玉一个个摊子吃过去，两人撑得弯不了腰，买刷牙子的时候还在打饱嗝。赶在城门关闭前出城，回到客店，洗洗睡了，扈三娘听见小玉睡着了还打了个饱嗝。

扈三娘吃得太饱，好一会儿睡不着，她寻思往下该怎么走。有那么一会儿，扈三娘想到了教她武艺的教师温元化、师娘耶律思云，这对神仙伴侣，爱游名山大川，没银两了，便去当地武馆教学生。"眼下要是能跟着师父师娘走就好了。记得师娘计划在江南乌镇住半年，然后去大理国。大宋通缉本小姐，待在大理国最合适了。"

扈三娘走到窗边，望着月亮，她希望月亮能告诉她，师娘在哪里。"傻，你也去乌镇不就结了！乌镇找不着师娘，就去大理。路上没银两，教学生呀，对，就这么着！"

小玉怎么办？扈三娘想过带小玉一起行走江湖，好歹有个照应，不过，她觉得这想法太过冒险。她对小玉不了解（对其他九个侍从也一样不了解，她们都不怎么跟她说心里话），她选小玉陪她出来，仅仅是因为小玉看起来比较胆小。如果小玉不愿意跟她一起走，比较容易甩掉，坏事的可能性比较小。扈三娘打算这两天了解了解小玉，如果小玉确实不合适一起走，就给小玉留点银子，然后自己悄悄走掉。万一给小玉看出来了，吓唬她几句，相信小玉不会自找麻烦。

早上梳洗完毕，在城门边早点摊上吃了豆腐脑、油旋、大虾面，进城去商街乱逛，听说书，看起轮。好看的衣服鞋帽插头佩饰真多呀，把人眼睛忙坏了。扈三娘几乎忘掉了要去乌镇、大理的事，希望就这样一直逛下去。经过一间礼品店时，小玉问扈三娘，她可不可以买些小东西，回山寨里送人。扈三娘说，买吧，给了她一些银两。扈三娘已买了好几包女人用的小玩意儿，扈三娘若独自离开上路去南方，这几大包肯定都留给小玉了，小玉有几百个朋友都够送。但这会儿扈三娘不好跟小玉说不买。

下午太阳烤脸，扈三娘说想回客店歇会儿。小玉往包袱里放的东西太多，背起来没走几步，就哗啦啦散落一地。扈三娘让她多打几个包，叫个挑夫，自己懒得等她，先走了。这女孩明显不合适做伴，昨夜在客房里也是东西丢了一地，起夜时差点绊倒。扈三娘回到客店，收拾了自己的东西，给小玉留了些金银，打算独自上路。

小玉回来了。

小玉把东西放下，把挑夫打发走。她走近扈三娘，轻声说："街上都在传朝廷派来了一队炮军，最近几天要去配合呼延灼攻打梁山泊。炮手叫什么轰天雷凌振，各色火炮如何如何厉害，最远的能打十四五里，火炮落处，山崩石裂！"小玉问扈三娘，"我们怎么办？"

扈三娘脑子里乱了一阵，问："知不知道炮军驻扎在什么地方？"

"北门小营。"

"走，上北门看看去，"扈三娘说。

两人刚赶到北门小营，听见街上喝道："凌统制回营，回避！"两人靠边站着。迎面走过来一支队伍，前队摆着二十对缨枪，二十对刀牌，接下来四五个人骑着战马，都弯弓插箭。又有三五对哨马，中间拥着一个拿枪的将军。背后的认军旗上绣着一个斗大的"凌"字。旗后是十几辆大车，车上拉着炮架子、绳索和箱子。再往后是三百多马军，六七百步军。

"凌统制又去试炮了。"扈三娘听见旁边有人说。

"你怎么知道？"另一个人问。

"昨天一个同乡领我去靶场看了。瞧见车上拉的炮架子了吗？那炮架子竖起来，比三层酒楼还高。梁山贼寇这次死定了！先是被呼延灼的连环马杀得落荒而逃，死了好几千人。现在又多了这些炮——风火炮、金轮炮、子母炮，只要打中一炮，一栋房就塌了，嘿嘿，梁山贼窝子怕是要粉碎了！"

扈三娘听了这话，赶紧带着小玉回到客店，她让小玉把货放上车，捆好，她坐在窗前发呆。天黑了，要吃晚饭了。晚餐吃的什么，她没注意。"跟宋大哥报个信吧，他对你那么好。梁山越早做好对付朝廷炮军的准备，越有机会取胜。你下次还会有机会离开梁山。不一定吧。天知道回梁山又会有什么变数，有可能再也走不了。"她眯着眼，看见两拨人在戏台上拔河，一边是师父和师娘，一边是宋江、王矮虎和一串面目模糊的人……她身上一阵撕裂的疼痛，原来，两边是捆着她的手腕在拔河。

就在这时，扈三娘听见门外有很大响动。

"咚咚咚！"

"开门开门，查店！"

"其他人不准出来，否则格杀勿论！"

小玉正在梳头，手一抖，玉梳子掉在地上，断成两截，扈三娘在嘴边竖一根手指，"快收拾东西！"两人以前商量过了，这种情况，主要由扈三娘出面应答。

扈三娘把头上饰品摘下来，戴上帽子，把露出来的头发塞进去。

小玉在胸前擦手，原地转圈。

"你再磨蹭，公人就进来了。"扈三娘说。

"我不是磨蹭，我腿软……"小玉说。

扈三娘把自己的小包放在窗台上，看见外面院子里有两个公人举着刀枪和火把。她走到门边听了听，有人踩响楼梯，"吱呀吱呀"的声音传了过来。

进来了三个公人，中间那个拿着登记本，旁边两个挎着腰刀。

"姓名？"

"扈新。"扈三娘说。

"你？"

"扈小六。"小玉说。

"你俩啥关系？"

"这是我六叔。"

"这是我侄子，帮我照看生意。"

"家住哪里？"

"郓城县独龙岗柏树村。"扈三娘说。

"到济州来做什么？"

"进货。"

"进什么货，打开！"

小玉把包裹打开，让他们查验。

"都是些妇人用的小玩意，为何不在郓城县进货？"

"济州齐全、便宜。"

"货运回去，要打堆？还是零卖？"

"打堆卖给走乡串村的小货郎，不零卖。"

"凭由拿出来。"

扈三娘把凭由拿出来，示意小玉把包裹收拾好。

公人接过凭由，举到光亮处。

"假的！"公人转过脸，眼光凶狠。

"村里保正给我的，我不知真假。"不要慌。不要慌。他可能是诈你的。

"你们真是独龙岗柏树村的？"

"是。"扈三娘说。四面墙壁似乎会移动，向中间挤压、收缩，房间越来越小。

"独龙岗……"公人用登记本轻敲额头，"年初扈家庄发生了啥事？"

"听说被祝家庄洗了。"

"错！是被梁山洗了，你肯定不是柏树村的，跟我们走一趟。"

"大人，冤枉！我没亲眼看见，只听人这样说，我无罪啊。"扈三娘说。

公人突然抓下扈三娘的帽子。

"为啥扮男的？"

扈三娘不吭声，脑子正在变成空白。不能变成空白。

公人嘿嘿笑了两声："你要敢说你不是女的，我可要扒胸衣了。"

扈三娘不吭声。她像条鱼，被冲到沙滩上，被烈日暴晒，大脑不时闪过空白。不能空白。

"告诉你，你做假凭由的时候，我们就盯上你了。你女扮男装我们也知道，你在西门小营打听火炮的事，我们也知道。你这个梁山臭密探，还有何话可说！老老实实跟我们走吧！"公人说。

扈三娘扑通跪下："大人，是我错了！大人听禀：以前是小女子的丈夫扈新打理生意，前些时他不幸染病过世，小女子生活无着，只好接着他的生意做下去。去西门茶楼寻丈夫以前一个做批发的朋友，看见火炮，好奇多嘴问了几句。我确实不是密探。"

"你这婆娘好生了得，死到临头，还嘴硬！走，到了大堂，上了夹板，再分辩不迟。"

公人伸手来抓扈三娘手臂，扈三娘肩膀一沉，反抓公人手臂，拧倒了他。她从被褥下抽出双刀，去抢包袱，那个公人不放，扈三娘一刀挥断了他的手腕。公人痛得大叫："哎哟！抓贼！"楼道里顿时有很多人响应："来了，来了，不要让贼跑了！"响起杂乱脚步声。

小玉跑到窗边："走这里。"

"别跳，"扈三娘说，"抓住我。"

扈三娘舞动双刀，一阵乒乒乓乓，把公人逼到门外，她转身扑到窗边，右手刀交左手，右手从腰间抽出红绵套绳，扔出窗，套住后院里一棵大槐树的断枝。绷了劲，双脚一蹬窗台，往外荡，小玉早抱住她的腰，一起荡了出去，越过两个举火把的公人，落在塌房前马槽上。小玉解开缰绳，扈三娘赶了马车，往门外冲。有人射箭，小玉举起包袱挡箭，小腹中了一箭，扈三娘听见她哼哼了一声。

"小玉，不要紧吧？坚持一会儿！"

"我没事，快走！"

一气跑了三十里，后面没有追兵。扈三娘在河边停住车，把小玉抱到水边。小玉浑身乱颤，"好冷……好冷……"她说，要扈三娘抱紧些。扈三娘挪开小玉胸前包袱，一只断手还紧紧抓着包袱，扈三娘把断手扯下来扔进河里，借月光察看小玉伤势，又点灯细看，箭射得挺深，扈三娘不敢拔箭，对小玉说："再坚持一会儿，到梁山就给你找郎中。"

"扈头领……对我真好，没扔下我！"小玉喘着气，轻轻说。

"我怎么会扔下你，别说话，我们赶紧上路。"

小玉摇头："报应……刚才那公人说、扈家庄，是真……是真……"

扈三娘的手伸出去，轻捂她的嘴。不知道怎么回事，手自己伸出去捂她的嘴，扈三娘给吓了一下，赶紧把手拿下来。

"嘘，别说话，留点力气，撑到梁山。"

"别回……梁……"

扈三娘感觉她温软的身体慢慢停止了颤抖，头歪向一边，断了气。

阵阵冷风吹着小玉的头发。

突然，马蹄声传来，冷月下发白的官道上，几骑快马飞奔而来。扈三娘把小玉放到车上，一脚踢飞马灯，马灯落在官道上，砰一声碎了，燃起一摊火。扈三娘抽出双刀,左刀在前,右刀在后,拉开架势迎战。

几骑马从黑暗中浮出来,越来越大,越来越大,河水越来越响。

第十二回　王矮虎夜寻扈三娘　夫妻俩双战呼延灼

梁山人马被官军连环马冲溃那天,王矮虎站在鸭嘴滩迎接的人群中,踮起脚尖,望着那些下船的残兵败将。他脚尖踮痛了,小腿绷抽筋了,最后一条船上的人马都下来了,没看到扈三娘,扈三娘旗下的人也一个没见到。反复跟人打听,终于有人说在二道梁下面不远的地方,扈三娘带着人拐到一条小路上去了。

落日染红了湖水,旁边有人哭,有人笑,王矮虎眼前的景物模糊了一会儿。他叫王二虎回去取两坛浮玉春,两坛中和堂,带着去阮小七水寨。他想要条船,把他渡过湖,无论如何要找到扈三娘,活要见人,死要见尸。

阮小七直叹气,"看来你还真上心了,一个庄主小姐,究竟有什么好?"

王矮虎说:"我也说不全,知书达礼有教养,生个娃儿能当好妈呗。我祖上几代不识字,到我这一代,该变一变了。"

"有志向!行,我就帮你这一回,要是给抓住了,你得承认这条船是你偷的。过湖后,把船推到汉子里去就行,我的人会找到它。"

王矮虎带了几个人过湖,在二道梁下面找到了一条小路,路口有不少死尸,手下点起火把,一具一具翻看。坡下涧里有死尸,有的给石头卡住了,王矮虎摸到涧边,翻了几具尸体,没找到扈三娘。

沿着小路,一直寻到扈三娘宿营的小村,在一间卧室里找到了扈三娘的衣服,衣服上有血迹,但没有破损。王矮虎放在鼻前闻了闻,熏过香,王矮虎熟悉那味道,不会有错。他多少有些放心了,到小村这儿还没死,没受重伤,那多半还活着。他判断扈三娘会大宽转,去梁山东边某个渡口。他把扈三娘的内衣收在腰间,带着同伴,往东赶去。

在东南边白石滩酒店，梁山头领李立告诉他，林冲的人马刚上船不久，估计快拢岸了。"没见到扈三娘，听说她上济州侦查去了。"李立说。李立给他端来了份例酒食，王矮虎顾不上吃，打了包，挂在马鞍旁，带着同伴往济州赶去。

路上，王二虎飞马赶上他，"宋大哥说，务必找到扈三娘，把她带回梁山。还让济州线人帮你。"

天擦黑，王矮虎一行进了济州城，住进梁山线人钱胖子开的客店，吃过晚饭，他们分散去找扈三娘。没找到。王矮虎躺在床上，翻过来翻过去睡不着，把扈三娘的内衣放在枕头边，很快睡着了。

跟扈三娘成亲这段日子，王矮虎一直相信自己得到了不该得到的女人，她年轻美貌、武艺高超、读书识字，几乎啥都比自己强，自己没理由不珍惜她。错过了扈三娘，再也没这好事了。穆弘、穆春兄弟俩有一次在酒桌上嘲笑他，说一朵鲜花插在马粪上。王矮虎恨不能敲掉半边酒碗，用破碗割这俩小子的喉咙。但他告诉自己，别冲动。别人羡慕，嫉妒，是应该的，他自己都羡慕自己，以后还会有很多这样的事。他打了个哈哈，"马粪堆有营养，鲜花也算插对地方了，你说是不是？"穆春说："是，我承认我眼红，可我也真诚为你担心哪，在床上你能怎么样呢？听说你们夫妻俩切磋了一次，你好像没占上风吧？我有一种催情药粉，天竺制的，放进汤里，女人喝了会主动要你，一夜要好几次哟，"穆春抬起了下巴，"你好好求我……"这时候，马麟走过来轰穆春："去去去，你们瞎操心什么！"

王矮虎后来还真跟公孙胜要过催情药粉，公孙胜劝他："最好不要这样，你们是要做长久夫妻的，你这样搞一次，人家要恨你一辈子。人心都是肉长的，你贴着心对她好，她迟早会感动的。"王矮虎觉得有理。

但现在王矮虎觉得还是应该买一包迷情药备用。

快一年了，王矮虎尽心尽力对扈三娘好，他这辈子从来没这么对别人好过，但一直没从扈三娘身上得到什么实际回报。要是这次找不到扈三娘，那他这一年算是瞎忙活了。

有时候他怀疑宋江收扈三娘做干妹子，然后嫁给他，是故意折腾他。宋江早知是这样的结果。折腾了你，还要让你觉得欠他大人情……但是，就算是这样，王矮虎还是感激宋江给了他这种做梦都想不到的机会。那些折腾，他心甘情愿。

这天晚上，王矮虎梦见跟扈三娘做爱，醒来大腿根湿乎乎的。意犹未尽，动手找补了一下。

第二天在街上转了一天，王矮虎上药店买了一包迷情粉。

吃晚饭时有了消息，一个线人说，有几个公人今晚去城外某客店，抓两个装扮成男人的女子。

王矮虎立刻放下筷子，"哪个客店？"

"不知道，没听说。"

"出哪个城门？"

"也没听说。"

王矮虎跟钱胖子商量，借几副皮甲穿在罩袍里面，调几个好手来帮忙，两人一组，分头去四门外的客店察看，发现公人正在抓扈三娘，不要轻举妄动，回来报告，聚齐了，看时机再决定是否行动。很快，有人回话，一队公人出了东门。

王矮虎带人来到东门外铁槛寺后面，看见一家客店门前站了两个挎刀持枪的公人，楼上楼下闹哄哄的，不知道有多少公人。通向后院塌房的大门前，也站了两个公人，院里还有两个公人持枪，举着火把。王矮虎说："想办法引开他们，然后脱身，不要纠缠。"

正说着，听见客店楼上喊："抓贼！抓住梁山贼寇！"一辆马车轰隆隆冲出后院大门，门口的公人朝车上的人虚戳了一枪就闪开了，取下弓放箭，客店里涌出十几个公人，大喊："抓住梁山贼寇！"也有人放箭，有人去寺旁小街里骑马。

有七八骑追击马车，王矮虎策马跟着跑了一阵，有个公人扭头问他："你跟着干什么？"

王矮虎说："不干什么，看看。"

公人说："衙门办事，闲人闪开！"

王矮虎说："不就是抓两个女人吗？有什么了不起的。"

两个公人把他夹在中间："停下！你是什么人？凭由拿出来！"

王矮虎去马鞍袋子里摸了摸，摸出一把短刀，公人大叫："这个也是贼！"挥刀劈过来，王矮虎蹬里藏身，坐骑猛地立起，转身往回跑，两个公人收不住马蹄,绕了一圈回来抓他,王矮虎的同伴赶上来,一阵乱刀,公人大喊:"救我!"

前面的公人一齐调转马头,朝王矮虎几个人冲过来。王矮虎朝附近村子里跑过去,两个同伴中箭,王矮虎飞刀扎中一名弓手,绕到官道上,探身从公人死尸旁捡起一支枪,一阵急追,追到河边,看见扈三娘举刀站在马车旁,王矮虎大喊:"傻站着干什么,还不快跑!"

扈三娘跳上车,驶上官道。后面不断有箭射过来。

他们跑到白石滩李立酒店,伙计都拿着家伙跑出来,有人往芦苇荡里放响箭,湖面上立即出现了几条快船,快船上有人举着火把呐喊,有人张弓搭箭。公人都转身往回跑,很快不见影儿了。

渡过湖,扈三娘、王矮虎去宋江家里汇报朝廷炮军的事,宋江说已经接到了济州线人的报告,不过,还是夸奖了扈三娘几句:"放心,我们拟好了对付炮军的方案,明天水军就会执行。过几天会展开对呼延灼的决战,希望你们俩能参加,先回去好好休息一下。"

"好嘞!"王矮虎说。

宋江把两人送出小寨,忽然举头朝明月望了好一会儿,吟道:

"月明星稀,乌鹊南飞,绕树三匝,何枝可依!"

王矮虎拍手,竖大拇指:"宋大哥就是学问大!说的什么,我一句也听不懂,宋大哥能不能教教我。"

宋江点点头,"我刚才念的是曹操的诗,名作,意思是,月光明亮,星星稀少,这个好懂吧?乌鹊向南飞,这个没什么不懂的吧?绕树飞了三圈,却没有收翅膀落下来,哪里才是它们的栖身之所呢?每句分开看,都没什么难懂的,可放在一起,却让很多人不明白"。

王矮虎摇头,"操心乌鹊会落在哪里!还名作!啧啧!"

宋江大度地笑了,"当然不是真的操心乌鹊,乌鹊只是他打了个比方,其实他忧虑的是自己的归宿"。

王矮虎说:"越说越不懂了,他干吗不直接说忧虑自己的归宿,却说不相干的乌鹊呢?"

宋江点头,"好,不说乌鹊,我们说说我们的归宿。你们俩考虑好自己的归宿没有?"

王矮虎心里紧了一下,他明白宋江在问什么。这段时间他跟晁盖的人来往密切,两次出动旗下车队帮晁盖运盐。宋江在怀疑他对招安路线的忠心。

王矮虎说:"我们有啥考虑的,肯定跟着宋大哥走呗,支持招安呗。"

扈三娘一直认真听着,这时突然插话:"招安是什么意思?"

王矮虎说:"这个我懂,就是投降朝廷,朝廷给咱个官当当。"

扈三娘又问:"那我们为什么还要跟官军开战呢?"

王矮虎摸了摸脑袋,"这个我也不懂,得请教宋大哥。"

宋江说:"让朝廷知道我们的厉害,你把官军打得越狠,以后朝廷给我们封的官越大。所以大伙厮杀起来,要勇敢向前,不为别的,为自己的前途。"

扈三娘轻呼:"啊,有这样的事?当强盗还有前途!朝廷不是在鼓励造反吗?"

宋江微笑,"招安政策,不是今天才有的。朝廷早开出条件来,劝造反的绿林好汉归顺朝廷。是头领的,朝廷一般都会给个官做,比如节度使、统制、团练什么的。喽啰愿意当兵的,继续当兵吃皇粮,不愿意继续当兵的,给钱遣散。本朝有十位节度使曾是绿林丛中出身,招安后一步步升上来的。比如:河南河北节度使王焕,上党太原节度使徐京,颍州汝南节度使梅展,江夏零陵节度使杨温,云中雁门节度使韩存保,等等等等。所以,不要以为都是穷得揭不开锅才造反的。不过,想招安也得有这个实力,人少了做不成,很容易被官府灭掉了,得有很多人马,朝廷围剿要付出很大代价,这样朝廷才会想到不如招安,然后利用这些绿林人马去守边境,或者去剿捕别的绿林好汉。"

扈三娘拍手:"这么说,很有道理呀,我怎么从来没有想到呢!"

王矮虎看出她有点激动,心里一阵疼痛,她还是太天真了。本朝是有几个先当强盗后招安当官的,但是,招安成功的很少,成功后活过十年的几乎没有,都死在战场上了,或莫名其妙病死了。得找个机会劝劝她。

宋江笑了,"你不想没事,我不为弟兄们着想,不行啊。一天到晚打打杀杀,可谁见过白头的强盗?不能一辈子干这个嘛。招安后为国家出力,青史上留得一个好名,光宗耀祖,为子孙找条好出路,才不枉为人一世。

可是，并不是每个头领都赞同，有些鼠目寸光的人，总是想办法反对。"

"大哥，我会一直支持你的！"扈三娘说。

这天，王矮虎偷听到扈三娘祷告，她请求族中先祖在天之灵保佑宋大哥，招安成功，自己大小也做个官，洗脱强盗污名。

王矮虎有些头大了，他嘴上支持招安，实际上他觉得晁盖贩私盐的策略更可行，起码安全多了。可是，如果扈三娘要跟宋大哥走，他怎么办？半夜里做了一个什么噩梦，惊醒了，撩开窗帘一角看了看，夜色里，军器库铁匠铺那边一下一下闪着红光，他知道这是铁匠营在彻夜打造钩镰枪。这会儿起床太早了，睡又睡不着，王矮虎披着被子，斜倚床头想心思。

上午，宋清来通知，全体头领去聚义厅参加欢迎新头领的会议，中午有宴会。

王矮虎问："又欢迎谁啊？"徐宁上山后，他们夫妻的座位又都往后挪了一位。不知道这次是哪路神仙。

宋清说："凌统制。天快亮的时候，李俊、张横带着水军，把船停在汊子里，嘴含打通的芦苇秆，潜水靠岸，突然爬上岸，把官军的炮架子推翻到湖里，凌统制带着一千人赶过来，李俊带人退到芦苇荡里，凌统制一个劲地追，就这样被捉了。我大哥解开索子，拜了三拜，说他是天上的某某星宿下凡，他便归顺了。"

王矮虎明白了，这把戏宋江不止演过一次，每次都灵验，真神了。

到了聚义厅，王矮虎发现他们夫妻的座位又往后挪了两位，被扈三娘活捉的那个彭玘也归顺了，位次领先快十位了。

回家的路上，王矮虎对扈三娘说，"真他娘的不公平！"

扈三娘说："我知道你嘀咕什么，别这么斤斤计较，我都不计较，你计较什么。这里排什么座位不重要，将来朝廷排什么位子才是应该争取的。"

"是是是，娘子说的有理！"王矮虎说。

梁山以钩镰枪大战官军连环马这天，王矮虎和扈三娘率一队步军，被安排在主战场北边三四里外的丘陵树林里。主要任务是阻击官军退往青州，也有阻止青州官军来增援的意思。这一天主力都手持钩镰枪，去芦苇荆棘枯草中埋伏着。

王矮虎这队步军约五百人，一部分是制衣营来的女喽啰，一部分是王矮虎旗下的马军改成的步军。战斗结束后，女喽啰要参加打扫战场，所以很多女喽啰挑着大箩筐，准备把从尸体上搜到的金银财物挑回梁山。

　　大娥问扈三娘："她们要我请教扈头领，要是搜身的时候，人还没死怎么办？"

　　"你说怎么办？自己好好想想。"扈三娘说。

　　"想了，我不知道。死尸突然动弹，我会吓个半死。"

　　"去问王头领。"

　　王矮虎咳了一声，"嗯，这个问题嘛，其实很简单，就是杀了他们。这次把你们女营拉上战场，除了搜集财物，还要练练你们胆气"。

　　几个女喽啰吓得脸都白了，"我们没杀过人呀"。

　　"知道，知道。啥事都有头一回。"王矮虎说。"我可跟你们讲清楚，别看官兵受了伤很可怜，你不杀他，他还是有可能杀了你的，很危险。"

　　大娥说："都听清了？其实他们受了伤，你杀了他也算帮了他，山寨可没那么多药治他们。有一些也根本治不好。"

　　"听清了。"女喽啰们嘟哝着。

　　"大家准备吧，再检查一下手中的兵器。"扈三娘说。

　　大战开始前，王矮虎耳朵贴在地面上听了听，没听出啥动静。他确信还没有开始。一旦开始，那些重装骑兵弄出的动静，耳朵没问题的人都能听出来。

　　王矮虎趴在地上好一会儿没起身，心里默默地求土地爷千万别让呼延灼到这边来。

　　一般来说，呼延灼撞到这儿来的机会很小。树林前面是一片起伏不大的丘陵地，埋伏着两队钩镰枪手，穆弘、穆春引一队，解珍、解宝引一队。再往前是主战场，布满荆棘灌木，埋伏着六队钩镰枪手。杨雄、陶宗旺引一队，邹润、邹渊引一队，燕顺、郑天寿引一队，薛永、马麟引一队，杨林、李云引一队，刘唐、杜迁引一队。按照计划，诱敌的队伍把官军引进主战场后，埋伏的军士但见马到，一搅钩翻，配对的挠钩手便搭住人拖过来捉了，或者杀了。

　　战斗开始，王矮虎贴着地面的那只耳朵没听到明显的马蹄声，朝着天空的那只耳朵听到了炮响和呐喊。王矮虎爬起来,看到了升到半空的灰尘。

一个时辰后,大群的乌鸦越过他们头顶,朝主战场那边飞过去,乌鸦遮住了太阳,把阴影投在他们身上。一粒鸟屎落在了大娥头上,大娥连着呸了好几下,直嚷晦气。

"别闹,官军来了,"扈三娘说,"准备厮杀!"

王矮虎踮起脚尖,看见了一面大旗的上半部分。接着,整面大旗露出来了,旗上绣着一个大大的"呼"字。一队官军朝树林这边跑过来了。

王矮虎头皮开始发麻。他娘的,这灾星怎么跑过来了?穆弘、穆春,解珍、解宝两队步军怎么没拦住他们?王矮虎刚刚还以为这次捡大便宜了,没把他安排在主战场上,他以为是宋江照顾他们夫妻俩,给了个收集财物的肥差,没想到——不用说,拦截逃命的敌人,是最凶险的任务。

扈三娘下令摆开阵形,擂鼓、摇旗呐喊,那一队官军调头钻进了东南的小山沟,没多久,又回来了,大约百来人。

"截住他们!"扈三娘抽出双刀。

王矮虎犯难了。他和扈三娘带的这一队步军虽然人数占优,但大部分是女人,真打起来怕是不顶事。况且那是呼延灼本人亲自带队,跟呼延灼拼斗,太不明智了。不如放他们过去。

他把扈三娘叫到一边,低声说:"那是呼延灼……"

"呼延灼怎么了?"

王矮虎说:"逞什么能呀你!那呼延灼的武艺,不在林冲之下。真不知道你出的是什么风头!"

扈三娘说:"怎么是逞能出风头了?宋大哥帮我家报了仇,我能不尽力吗?你莫管我。"

王矮虎愣了一下,口气软下来了,"不是管你,是担心你。"

"不要再啰唆了!不用你担心!"

"反正也拦不住他,不如放他过去算了。"

"不、害、臊!"扈三娘眉毛拧成一团,"你一边待着,看我擒他!"她率先跃出了树林,朝呼延灼冲过去。

王矮虎傻了眼。他知道扈三娘步战功夫远不如马战,这一去跟送死差不多。果然,扈三娘跟呼延灼战不到五回合,手里只剩下一把缺口的刀,如果不是女营的长枪阵掩护,她怕是早就被呼延灼的钢鞭打烂了。她勇猛倒是不减,换了刀,还往上扑。情急中,王矮虎端着枪跳了出去。

"来来来,跟你王爷爷过几招,欺负女人算什么本事!"

呼延灼真的丢开扈三娘,奔王矮虎来了。王矮虎斗了几回合,往旁边的矮树丛里钻去,王二虎赶紧组织盾阵保护扈三娘和王矮虎。扈三娘拨开盾阵还要找呼延灼拼斗,呼延灼却从她头上跃了过去,从盾阵中撞开一条口子,钻进林中小路消失了。呼延灼的随从被截下了。

扈三娘夺了匹马,要去追呼延灼,王矮虎伸枪拦住她:"算了,算了,还是见好就收吧。"

"走开,再不走开,我斩了你。"

两人过了几招,王矮虎一枪刺中了马腿,然后跑开了。扈三娘下了马,察看了马腿的伤势,一连跺了好几下脚。王矮虎哈哈大笑:"又想谋杀亲夫咧,真是不识好人心!"

"丢人,丢人!"

"丢人比丢命强。你干吗那么卖命!差不多就行了。"

扈三娘没吭声,扫了他一眼,牵着马走开了。王矮虎从她脸上看出了鄙夷。

这天女营的喽啰从死尸身上搜到了一百多担财物,有些还在喘气的伤兵,都被她们戳死了。没受伤的好马,牵上山喂养。把受了伤的战马剥去皮甲宰掉。芦苇荆棘中,一些缺腿的马哀鸣着,此起彼伏,循着声音很容易找到它们。乌鸦聚在一起争抢肠子,弄不清是马肠子还是人肠子。十几船马肉运回了山寨,作了晚上庆功宴的主菜。

这天梁山大破官军连环马,山寨里张灯结彩,敲锣打鼓放鞭炮,一片喜气洋洋。晁盖宋江两位寨主心情都很不错,没人批评王矮虎。宋江还表扬了王矮虎夫妇,说:"虽然没能拦住呼延灼,但他那一百多个随从拦下了,功劳也不小。"

见自己也得了奖励,王矮虎心里有些高兴,也有些不踏实。

庆功宴上,王矮虎跟马麟邓飞他们坐一桌。邓飞跟他碰了一下酒碗,打听呼延灼是怎么逃走的。

"被我打跑的呗。我跟他大战了三百多回合,他占不着便宜,逃跑啦。

可惜我没骑马,追不上他。"王矮虎把酒喝下去,擦擦嘴。

邓飞嘴里的酒笑喷了,桌上笑歪了好几个。

酒宴后,宋江派人把王矮虎叫过去。进了书房,宋江把门关上了,脸上的表情凝重起来。

宋江说:"王英老弟,你是我妹夫,公开场合,我不能不护着你。现在你说说,你究竟是怎样放跑呼延灼的?"

"主要是马,呼延灼那匹马太厉害了!皇帝亲赐,叫什么踢雪勿追,能飞呀,嗖——从俺头顶上飞过去了,俺们都没带马,追不上呀。"

"扈三娘后来夺了一匹马,没有去追呼延灼,又是怎么回事?"

"她单骑去追,被呼延灼抓走怎么办,我没法向他干爹爹干哥哥交代嘛!所以我拦下了。"

"你,你别糊弄我……"宋江突然停了一下,喝了一口茶,慢慢咽下去,再开口语气变柔和一些了,"本来你拦不住呼延灼,也正常,但你压根就没认真去拦!"

王矮虎心里说:"反正拦不住,还拼命去拦,那不是傻鸟嘛。"他低着头没吭声,觉得不应该多解释,闭嘴为妙。其实被宋江训斥一顿更好,心里踏实多了。

"以后不能这样敷衍了事,"宋江说,"你要帮我一个忙,给大伙做一个好榜样。"

王矮虎赶紧做羞愧状,"大哥言重了,王英知错了。"

"哎,这才是好兄弟!"宋江拍了拍王矮虎的胳膊。

宣和元年(1119)元宵节后,宋江在头领会议上宣布要打青州,照宋江的说法,是为了营救他的徒弟孔明。孔明、孔亮兄弟俩因为跟一家财主发生争执,杀了财主一家,上白虎山聚了几百名喽啰,青州知府则把他俩的叔叔抓进牢里,兄弟俩带着喽啰攻打青州城,孔明被呼延灼生擒。呼延灼被梁山打败后,跑到青州,试图通过知府的妹妹慕容贵妃疏通关系,知府却想利用呼延灼帮他扫平境内的三山强盗(二龙山,桃花山,白虎山)。孔明被擒后,孔亮最先求助的是二龙山,二龙山也攻不下青州,杨志建议孔亮上梁山求助。孔亮见了宋江,大哭一场,宋江安慰他:"此是易为之事,你且放心。"

　　王矮虎觉得宋江没说真话。也许说了一半，藏了一半，而藏起来的那一半才是最重要的。年前梁山虽然战胜了呼延灼的连环马，但梁山损失也很大，再加上上次被连环马打败的损失，梁山元气大伤。特别是招安派，承担了主要损失，宋江急需补充钱粮兵马。而打破青州，则可得巨额钱粮，若能说服三山同归梁山，则一下子多了三四千兵马。

　　在战前头领会议上，宋江点了王矮虎，没点扈三娘。点了王矮虎，王矮虎很高兴，这次若打破青州，他旗下应该能分到够用几年的钱粮。没点扈三娘，王矮虎也很高兴，他可不愿意扈三娘多冒风险。两个高兴一齐到来，王矮虎刚回住所，就要求亲自下厨。

　　王矮虎做了几样扈三娘爱吃的小菜，然后把迷情粉（据说是天竺神药）化在了酒里，他打算在去青州之前，把那件梦寐以求的好事办了。这次跟扈三娘分开，说不定就是永别。如果不把他跟扈三娘的那件好事办了，他知道自己会死不瞑目。

　　说不清为什么，每次大战前，他对扈三娘的欲望都非常强烈。也许，是希望在死前留一个后代吧。如果这次能让扈三娘怀上孕，就是死在青州也愿意。

　　王矮虎摆好酒菜，端起酒碗，对扈三娘说："今天有点冷呀，来，喝两口暖暖身子。"

　　扈三娘端起了酒碗，"你说宋大哥今天点将，为啥不点我？"

　　"咳，还想这个呀。我去就够了，不点你，你少一份危险，是关照你，犯不上为这个坏了心情。"

　　"我就是想为山寨多出力气。"她眼一红，一饮而尽。

　　王矮虎赶紧再给她添上酒，"不急，不急，以后有的是机会"。

　　扈三娘点头，似乎想起了什么，抿嘴一笑，又端起了酒碗，突然皱起了眉头，"这什么酒，怎么这样厉害？我肚子里像着了火一样！"

　　"专门驱寒的酒嘛！"

　　"好热！"她把上身的衣服脱了两件，露出一半雪白胸脯。

　　王矮虎心中暗喜，好事就要来了，"来，再喝一碗"。

　　扈三娘接过酒，却放下了，开始脱裤子。"不对！你是不是给我下了什么药?"扈三娘猛地站了起来。裤子只脱了一条腿,她摇晃了一下,扶住了桌子。

王矮虎害怕了,他承认,是加了一点料。"你没事吧,要不要躺下休息会儿?我让人去给你叫郎中?"王矮虎走过去扶她,想把她扶到床上去。

扈三娘光着一条腿,拖着裤子,往卧房里走了两步,突然大叫一声,怒目圆睁,扬手给了王矮虎一耳光。

王矮虎早有防备,但还是着了一下,扈三娘动作太快了。两人过了几招,王矮虎瞅空一闪身,到了扈三娘后面,拦腰抱住了她。"哎哎哎,这是干什么!"王矮虎一边说一边把扈三娘往卧房里拖。扈三娘双脚在门框上蹬了一下,王矮虎往后撞在了一张太师椅上,仰面翻倒了。扈三娘先爬起来,骑在他身上,发了疯似的抽他耳光,还不时拿拳头捶他。若不是两人的侍从围过来把扈三娘拉开,王矮虎说不定就被这一顿拳脚打死了。

早晨,扈三娘坐在梳妆台前涂口红,王矮虎凑过去照了照镜子,鼻青、眼乌、脸肿。

"唉,打人不打脸嘛,叫我怎么出去见人?"王矮虎嘟囔着。

扈三娘张了张嘴,想说什么,王矮虎摆手制止了她。

"你不要理会我哈,我自说自话好了。你是知道我的,给我一点颜色,我就要开染房的。让我蹬鼻子,我就要上脸的。上了脸,你又胖揍我一顿。我还是三十六计,走为上,你也别送我了。酱菜吃完了去找宋清,我跟他说好了。你的胸甲明天就修好了,别忘了叫人到汤铁匠那儿取回来。银票在床底下第四块砖下面坛子里。我要是回不来,你看见银票,好歹想一想我的好处,给我上一炷香就行了。"

王矮虎快把自己说哭了,抹了一把鼻涕,出门上马往渡口走去。

一路上,他都在琢磨,若有人问起怎么受伤了,撒个什么谎比较像真的。说酒喝多了跌下马,不合适。

幸好一路没人问这事。

上了船,王二虎撞了撞他的胳膊,说:"大伯,俺大娘来给您送行,你咋不理人家呀?"

"你哪个大娘?"

"就是扈三娘呀。"

"瞎说，在哪？"

"亭子边，挥半天手了！"

王矮虎看见了，扈三娘站在林冲和顾大嫂中间，王矮虎心中一阵惊喜。他赶紧挤到船头去使劲挥手，知道她听不见，还是大喊道：

"好媳妇，别担心，我会给你带漂亮衣服回来的！"

船上不少人捂嘴偷笑。

路上行了几日，来到青州地界，鲁智深引武松、杨志、李忠、周通、曹正、施恩等头领出营迎接。讲过礼，喝过酒，杨志介绍了这几天战况，"互有输赢。城里比较厉害的只有呼延灼一个。"

吴军师说："此人只宜智取。"

宋江问："何计可擒此人？"

吴军师附在宋江耳边嘀咕了一番，宋江眉开眼笑。当天下午，宋江交给了王矮虎两个任务，一个是在小松林的路上掘一个陷马坑，另一个是跟周通联络联络感情，联络费用到公账上支取。

周通是桃花山二当家，王矮虎以前听人说过。此人武艺平常，但心胸大，比书生王伦强多了。他原是桃花山寨主，被路过的李忠打败后，就留李忠做了老大。此人好女色，但能听人劝解。他看上了桃花山下桃花庄刘太公的女儿，送了彩礼要强娶上山，被路过的鲁智深劝解作罢。听说鲁智深为此打过他一顿，宋江这次瞄着周通做文章，应该跟这件事有关系。让王矮虎跟周通联络感情，王矮虎挺乐意。只是大冷天掘陷坑，太费劲了。

土都冻硬了，挖一个能陷战马的大土坑，不是一件容易事。

"好他娘的硬！老周有没有什么好法子？"王矮虎问。他试了一下，一镐下去，只在地上留了个白印子。

"这个天没干过这事。"周通挠头。

"俺也没干过。咱们的吴军师呀，大嘴一张，一个主意就出来了，应该让他来挖几锹试试。"王矮虎说。

周通笑而不语。

"要不咱先搭个暖篷，然后放火烧？上面一层融化了，底下就好办一些了。"王矮虎征求周通意见。

"听你的。"周通倒爽快。他马上安排手下去远处伐木，运过来搭暖篷，还有准备柴火。

　　暖篷搭起来了。柴火烧起来了。入夜，王矮虎和周通坐在暖篷里火堆边，饮酒谈笑，等着火堆下面的冻土融化。王矮虎问起青州各所妓院的近况，周通不愧也是个大色鬼，如数家珍，扳着指头一个一个说来。王矮虎如遇知音，被聊得全身发软，一处发硬，如钢凿子般硬。

　　"下辈子不做男人了，太苦！"周通说。"拼了命忙乎的几个钱，全扔进女人坑里头了。"

　　"你说得太对了！女人就不用为这个事受苦。"王矮虎说。

　　"那倒也不全对。女人过了四五十岁，也为这个坑受苦。四五十岁的大嫂很少有人花钱买男人而已。"

　　"你怎么知道？"

　　"你试试就知道了，其实比小姑娘来劲！"

　　"那大嫂们为什么不出来卖呢？卖就两全其美了不是！"

　　周通想了想，"有卖的，很少，为什么很少，我就不知道了。"

　　"我下辈子要是变个女人，兴许就知道了。"

　　"下辈子我可不愿意变女人。"

　　"我也不想……"

　　"做男人苦，做女人又不愿意，那我们做什么？"

　　"做畜牲！"两人哈哈大笑起来。

　　"对，对，还是做畜牲好，反正做什么都别做人。"

　　又一阵哈哈大笑。

　　两人相约，青州城破后，一定要一起去找所妓院好好爽一把。"既然已经做男人了，就莫要亏待自己哈。"王矮虎说。"好好交流一下技巧，带上一挂鞭炮，好好庆祝一下这大难不死的日子！"

　　"好！大难不死，必有艳福！"周通说。

　　柴火烧了一个多时辰，冻土终于松动一些了，军士们拆掉暖篷，开始挖掘，运走挖出来的土石。大陷坑挖好后，搭上细枝，铺上草席，撒上远处收集来的熟土和落叶，伪装得和周围的地面大致一样。王矮虎让王二虎报与宋江。宋江、吴用、花荣过来了，仔细看了路面和路边几棵枯树。宋江令王矮虎和周通各带本部一百挠钩手，到道路两侧埋伏，宋江反复叮嘱：

"务必要生擒呼延灼。"然后三人往青州城方向去了。

天还没亮，月色渐渐黯淡，趴在冰冷的地上，身上热气很快被吸走了。王矮虎焦急地等待着，如果军士们趴得太久，他担心他们手脚都僵硬了。王矮虎安排了哨探，让埋伏的军士们起来活动一下，但不许发出响动。

军士们正闷头搓手搓脚，哨探发来了信号：有情况。大家重新埋伏好。林间霎时安静下来，能听见微风中枯叶滚动的声音。

王矮虎把耳朵贴在地上，不一会儿，听见了马蹄声。很快，黑暗中跑过来三匹快马，前面是宋江，中间是吴用，花荣在后面。王矮虎听见自己的心脏快速跳动起来，像跑过去的马蹄一样快。又一阵马蹄声传来，越来越响，地面都震动了，这一拨人数应该有一百人左右。王矮虎望了望部下喽啰，有些担心：要是哪个不晓事的咳嗽起来怎么办？那就前功尽弃了。如果呼延灼不是跑在最前面怎么办？不说他追不追得上宋江，肯定得打起来，弄不好自己就危险了⋯⋯脑子里掠过了很多可怕念头⋯⋯直到呼延灼在初升的太阳下出现，这些可怕念头才一扫而空，谢天谢地！呼延灼跑在头里！

轰隆一声！真他娘运气！呼延灼正踏着陷坑，人马都跌下坑去了。挠钩手搭住呼延灼，绑缚了。呼延灼后面跟着的一百军士，被王矮虎和周通的人一赶，跑散了。

回到大寨，王矮虎和周通把呼延灼押到了宋江面前。宋江见了，连忙起身，喝叫解开绳索，亲自扶呼延灼坐定，宋江拜见。

呼延灼有些吃惊，赶紧跪下，问："头领为什么要这样？"

宋江说："宋江是一个罪人，被贪官污吏逼到水泊中暂时避难，等待招安，不想启动将军，敬请恕罪！将军的手下韩滔、彭玘、凌振现在都在山寨入伙，将军如果不嫌山寨寒微，宋江愿意让位与将军。"

呼延灼低头不说话。

宋江又说："其实九天玄女早就告诉过我，呼延将军是天上星宿下凡，早晚要跟其他下凡的星宿一起，做一件辅国安邦的大事。其他下凡的星宿多数聚集在这里，等着呼延将军入伙。"

呼延灼扑通跪下，降了。他当然不会去坐寨主的位子，他排在了右边最前面。

当晚，呼延灼带着秦明、花荣、王矮虎等十名梁山头领（都穿了官军士兵的衣服），来到青州城边吊桥前面。王矮虎心里非常紧张，按照计划，呼延灼骗开城门后，他们就要冲进去，一部分人控制城门，一部分人杀上城楼控制吊桥，一直要坚持到梁山大军杀进来。不用说，这是比挖坑捉呼延灼更凶险的任务。进了城门后，如果呼延灼翻脸，他们十个头领恐怕一个也别想活着出来。呼延灼不翻脸，他们这十一个人也得对付几十倍，上百倍的敌人，王矮虎有一种要把小命送掉的预感。

城门开了，吊桥嘎嘎嘎往下放着。呼延灼走在头里，秦明低着头紧跟在后面。慕容知府上前迎接呼延灼，秦明冲上去就给了慕容知府一棍，打得他脑浆迸溅。解珍解宝兄弟放起火来，瞬间烈焰冲天。花荣大喊："快上马道，拿下城楼！"王矮虎举着铁枪沿着马道往门楼冲。

守门楼的士兵密密麻麻地堵在马道上，王矮虎知道此时退下去也占不着啥便宜，大喊一声："杀！"跟孙立一起冲了过去，尸体一个接一个倒下，血如喷泉。王矮虎从尸体上踩过去，心里啥念头也没有了，只知道谁挡道杀谁。终于冲进门楼了，看见两个军官正在转动绞盘收吊桥，王矮虎和孙立一人捅倒了一个。但官兵很快又潮水般涌过来，把绞盘夺回去了。王矮虎听见城外喊声大起，往城外瞥了一眼，梁山人马正冒着箭雨呐喊着冲过来，刚刚放下的吊桥又缓缓收起来。

情急中，王矮虎想起怀里揣着一串炮竹，去灯火里点着，扔向密匝匝地围着绞盘的官军。炮竹乒乒乓乓炸响，官军纷纷躲闪，两人乘机杀过去，扳动绞盘上的机括，官军再次涌过来，孙立喊道："我掩护你，你继续放，千万别离开！"王矮虎大喊一声，绷紧双腿腰腹和双臂的肌肉，使出了浑身力气，扳开了绞盘上的机括，吊桥再次放下来了！

王矮虎顺手捡起一柄开山斧，劈烂了绞盘上的机关，现在谁也没法把吊桥拉起来了。他挺起铁枪，冲向正在往城下放弩箭的官军。城外梁山人马刚冲进来，多数守门官军就溃散了。青州城被攻下来了。

王矮虎在城里梦游似的走着，城里有十几处还在燃烧，到处都有梁山士兵和百姓一起奔跑着救火。李逵和穆弘队中有人在巷子里抢劫百姓，吕方和郭盛飞马传令，不要伤害百姓。花荣带着部下看守府库仓廒。

王矮虎找到周通，两人来到一所妓院，叫道："开门！"

里面的人不肯开。

周通吼道:"不开就放火了!"

门开了,姑娘们尖叫着四处逃窜。两人大喊一声:"不要跑!老子给钱!"

她们居然就站住不跑了。

这天晚上,王矮虎和周通把身上的血污洗干净,就在这家妓院过夜。交媾完了,老鸨和姑娘们不放他们出去,她们害怕别人进来。

等身体恢复了,王矮虎又找了一个身材高挑的姑娘,对她说:"我叫你三娘的时候,你要答应'哎'。不要说别的。"

姑娘说:"好。真是巧了,我在家排行老三。"

王矮虎三两下脱掉姑娘外面的衣服。

"三娘……"

"哎,"姑娘抓住了他的手。"等一下,等一下,还没到时候呢。"

王矮虎停了一下。

"三娘!"

"哎。"

"三娘!"

"哎。"

第十三回　三娘明送秋波　宋江暗陷史进

梁山军下山去打青州那天晚上,林冲梦见在东京时家里的丫鬟锦儿,锦儿对他说:"娘子没有死,娘子上吊是骗高衙内的!"锦儿领他去找娘子,在东京大雾中走过一条又一条巷子,那些巷子看起来一模一样,怎么走都走不出去。林冲醒来时,发现自己哭湿了枕头。他很快想起来自己身在梁山。

这个梦很可能有神秘暗示。说不定是真的。万一是真的呢?

林冲越想越觉得梦中锦儿的话有道理,妻子很可能还活着。妻子张若梅是一个聪慧的女人,高衙内逼婚这样的事情应该还不至于让她寻了短见,特别是她知道他还活着,她说过她会等他从沧州牢城营里出来……她略施小计骗过高衙内之后,很可能还在某个冷僻的地方苦苦等着他。不知道妻子求了多少回神仙,才如愿托梦给他。

　　林冲迅速穿衣,起床。

　　天刚亮,各处军营还没有上操,可以听见树枝间灰喜鹊嘎嘎地叫着,还有草丛间叽叽虫鸣。到处水汽弥漫。山脊剪影波动着。

　　林冲向公孙胜住处走去,他要找公孙胜解梦,说不定公孙胜能找出娘子藏在什么地方的线索。

　　走到公孙胜住所院门口,听见晁盖在骂什么人,看见林冲到来,晁盖和公孙胜几乎同时说:"林教头来得正好!"

　　晁盖接着说:"罗子兴来信,我们发往北方的货被褚震海劫走了,两人厮杀了一场,罗子兴在信中说:'他在我脸上来了一刀,我也没让他占着便宜,砍掉了他一根手指头,泡在酒里,不时拿出来看一看。可惜这只是一根指头,我很想砍下他的头,眼下我实力不够,希望山寨派人支援。'"

　　公孙胜说:"出事地点离河口镇不远,十几里地,按照约定,这笔损失应该由罗子兴承担。他没有异议,他说,如果梁山能帮他把货抢回来,愿以一万两银子作酬劳,我跟晁老大商量了一下,同意了。你觉得怎么样?"

　　"我同意。"林冲说。他当然不可能说别的。

　　"不完全是图他一万两银子,还打听到褚震海那厮作恶多端,"晁盖说,"若能除掉他,对我们,对百姓,都有利。"

　　林冲相信这是真话,他说:"林冲愿去走一遭,砍下这厮脑袋。"

　　晁盖说:"我本来不想让你去,可是,褚震海那厮花重金,请了一个名叫栾廷松的帮手,据说他是栾廷玉的哥哥,武艺比栾廷玉还厉害,只得有劳林教头出马了。林教头一时不能取胜也没有关系,平安回来就好,我们另想办法,千万不要硬拼。"

　　"明白。"林冲答道。他知道晁盖这么说,并不是看不起他的武艺,而是怕他有闪失。他还知道,如果他不这么回答,晁盖就不会让他下山的。

　　当天上午,林冲带了五百人下山,晁盖、宋江、吴用、公孙胜都到金沙滩送行。上船前，公孙胜塞给他一个铜球。

公孙胜轻声说："这东西名叫鬼火球，危急的时候，可以把这个球这样拧开，扔到对头的身上，对头身上就会起火。小心保管啊。"

"多谢相助！"林冲说。他知道不收下铜球，公孙胜会不放心的。

林冲收好铜球，率军渡湖北上。

一路无话。罗子兴出镇三十里迎接，几十个手下担着酒肉，吃饱喝足，林冲、罗子兴整队去攻打褚震海的仓库。

仓库设在河边小土坡树林里，据罗子兴的情报，平时守卫不足两百人，这两天加强了防护，可能有七八百人。按林冲和罗子兴商量的预案，林冲带梁山人马在前门主攻，罗子兴带他手下从后门偷袭。

进了树林，林冲停了一会儿。他能透过树枝的缝隙看见仓库，却没看见大队人马，只有几十人拿着家伙站在仓库前面。林冲相信褚震海已经知道梁山来了五百人，他怀疑褚震海在前面设了一些陷阱，附近可能还有埋伏。

林冲引军退出树林，派了十几骑进树林侦察。不久，树林里突然响起一片喊杀声，两个探子带着箭从树林里狂奔而出，看不清背后追来了多少人。

林冲再次率军后退，退到河边开阔地上，三百步军列阵防守。厮杀预案：弓箭手放完箭后，退到长枪手后面。马军在最后面，准备攻击对方侧翼。

对方人马陆陆续续从树林中冲出来了，大约六百人。马军只有五六十骑，冲在最前面，快接近林冲步军长枪阵时才改变方向，向步军左侧冲去。

林冲立即命马军在左侧迎击对方马军，很快，他发现了对方最能打的中年汉子。林冲提枪策马向他冲了过去。

中年汉子也使一杆长枪，腿边马鞍上挂着一柄铁锤。一交手，林冲便知道了对手分量。斗了五十回合，未分胜负。林冲想起了公孙胜给他的会起火的小铜球，但他觉得还不到用这一招的时候。

他深知这个汉子把武艺练到这个水平不容易，别轻易毁了人家。他寻机跳出了圈子，说了声："且住，在下林冲，请问好汉尊姓大名？"

"你就是林冲？我弟弟是不是死在你手里？"汉子问。

"你是谁？"

"我弟弟是栾廷玉，我是栾廷松。"

"失敬。"林冲收枪抱拳施了一礼。他听说祝家庄起火的时候，栾廷玉策马跑回祝家庄，在吊桥上和孙立相遇，被孙立偷袭杀死。林冲没有把这些细节告诉栾廷松，他只是说："我没有跟栾廷玉交过手。我为你弟弟的事难过。"

栾廷松犹豫了一下，"我本来应该相信你，但除了你，梁山应该没人能杀得了我弟弟"。

林冲说："我真的没有杀他，我常听人说栾廷玉是一条好汉，深为可惜。若有缘结识，定会劝和。今日得识栾兄，也是希望罢兵讲和，栾兄以为如何？"

栾廷松朝步军那边看了看。双方步军刚刚接触，打得正欢。梁山步军人数虽少一些，但阵形整齐稳固。栾廷松带领的步军有些散乱，马军已被消灭干净了，步军侧翼与后方即将受到梁山马军攻击，可以说败象已现。

"怎么个和法？"栾廷松问。

"赔给你家五十车盐，从此栾家与梁山两清，行吗？"

"敢问五十车盐在哪里？"

林冲往树林中一指，"就在褚震海仓库里"。

栾廷松把枪一摆，"莫非你要戏弄我？来来来，你我再战三百回合，见个输赢！"

"且慢！请栾兄细看，树林里是不是升起了烟子？那应该是罗子兴攻击后门得手了。褚震海作恶多端，栾兄不必过于相护吧？"

栾廷松沉默了一下："林兄此言有理！我赞同栾家跟梁山讲和。不过……"栾廷松面露难色，"跟我来厮杀的这些人，都是褚震海找来的，我让他们住手，不知道他们听不听。"

"这些人好说。你走你的路，三日内把盐送到栾家。"林冲说。

"林头领真是人中俊杰，哈哈，幸会！幸好我没拿流星锤砸你，哈哈。后会有期！"栾廷松拱了拱手，打马沿河走了。

"幸好我也没拿鬼火球伤你"，林冲在心中说。

林冲朝对方步军喊话："栾廷松走了！对面弟兄们听着，大家都住手！

别打了！别打了！"

双方分开了一些。

对面有人问："那以后褚震海找我们麻烦怎么办？"

林冲说："好办，仓库已被罗子兴攻下了，褚震海自身难保。不信大伙儿一起去瞧瞧。"

他们一起走进树林。绕过十几口陷阱，来到仓库前面，果然只见罗子兴的人在灭火，原先跟褚震海守仓库的人死的死，跑的跑了。

罗子兴说褚震海跑了。

林冲跟罗子兴商量了一下，罗子兴宣布：原先跟褚震海的人愿意跟罗子兴的，欢迎！大伙儿继续一起卖精盐。不愿意跟罗子兴的，发回家路费。

多半人都跟了罗子兴。

经此一役，褚震海在泰山以西的地盘丢了大半，手里只有河南一部分地盘，还有到漠北那条线。罗子兴就这样变成了河口镇第一大盐枭。

罗子兴虽然有点舍不得那五十车盐，但他地盘一下子扩大了很多，心情很好，还算愉快地把盐送到栾家去了。

栾廷松本来有些想干卖私盐这一行，后来被他妻子劝住了，栾廷松以市价的一半又把盐卖给了罗子兴，发了一笔横财，他索性把田宅祖产卖了个精光，举家迁往东京。金兵进入东京前几天，又举家迁往杭州。后来据说还迁了一次，但不清楚迁到哪里去了。这是栾廷松后话。

林冲回梁山后，不免有时想起栾廷松。他想，要是能让栾廷松入伙就美了。

这一天，林冲刚从聚义厅出来，扈三娘走过来拦住他，"哎，林头领好久没去我们女营教枪法了"。

林冲说："我到北方去了一趟。"

扈三娘微笑，"我们听说了，顾大嫂她们让我来看看你今天有空没有，有空就把你请过去"。

"你们运气好，今天本来打算跟柴大官人谈事情，可他没空。那我就有空了。走吧。"

两人上了马，并排骑行。两人的侍从也各骑一匹马跟在后面。林冲把前些日子去河口镇打私盐贩子的事简单说了说，末了，他问扈三娘："栾廷松，你见过吧？"

"栾廷玉的哥哥？听说过，没见过。我在江湖上认识的人很少。有一次听师父师娘说，栾廷松武艺不错，似乎比栾廷玉还好那么一点点。"

"眼光好毒！你是怎么请到这样的师父师娘的？"

扈三娘笑了，"其实，师父……不是为我请的，是父亲为我哥哥请的。本来只请了师父一位，师娘跟着来了。有一天师娘发现我在偷偷练武，指点了我几招，后来我天天缠她，缠不过，她就答应正式收我为徒了"。

"你的套索绝技是师娘教的？"

"是呀！"

"她不是中原汉人吧？"

"说对了！她是大辽幽州耶律弘家的二小姐，她家里不同意她嫁给汉人，她就跟师父跑到大宋来了。"

"他们后来去哪儿了？"

扈三娘朝远山望了一会儿，"师父师娘到处走，碰上合适的人家就住下来，教个一年半载的，他们曾打算去江南和大理国，眼下我不知道在哪儿。我好想他们。什么时候我要是能像他们那样就好了！"

扈三娘转头望了林冲一眼。

林冲心里有什么地方，被她的眼光触动了一下。

林冲说："那样的日子真不错，令人神往。可惜，我脸上有金印，不带大队人马就哪里也去不了。"

扈三娘急忙说："那不一定呀，可以去辽国、西夏、大理国呀。还可以请大夫去掉金印呀！只要有心……"她忽然不说了。

到了女营训练场营门口了。

教过枪法，扈三娘央求林冲帮女营挑选兵器，"听说令尊做过禁军甲仗库的提辖，听说你是个大行家"。

林冲说："大行家称不上，兵器还识得几样。"

是该给女营喽啰发真家伙了，老是木刀木枪的，感觉不到杀气。

梁山兵器库的兵器来源杂得很，质量参差不齐，想挑到好东西，的确要眼光。但林冲觉得这一天在女营太久了，自己营中也该去转转。他把这意思对扈三娘说了。哪知扈三娘、顾大嫂和几个女子一起围着他发起嗲来，有个胖姑娘还抱着他胳膊直摇晃，"我们知道林大哥哥最肯帮人了！"他只好答应了。

"我去我去，请放开我。"他说。

"哟嚱——"顾大嫂怪叫一声，让人去弄马车来。

到了兵器库，库兵开了库门，林冲、扈三娘、顾大嫂三人跟着几名库兵进了库，按规定，只有头领和库兵能进库，头领把挑好的兵器放在推车里，由库兵推出库门。女营的人和侍从都在门外等候。

林冲每挑一样兵器，扈三娘或顾大嫂都要打听一下理由，多数时候林冲会简单说明一下，有些得看淬火，有些得看锻工，有些得看刃面上的斑纹，有些还要把刀柄拆下来看，有些还要用卷了竹竿的草席试斩一下。估计分管验收入库的头目收了贿赂，品相低劣的兵器太多了。

不久，挑好的兵器堆满了推车。不知道顾大嫂是不是怕库兵中途调换兵器，跟着推车出了库。

库里只有林冲和扈三娘，扈三娘忽然话多起来了，她不时请教挑选兵器的知识，更多的时候是柔声提醒林冲：

"哎，小心割手。"

"哎，小心戳着。"

"哎，小心油。"

"哦哟。袖子沾上油了。"扈三娘赶紧掏出手绢替林冲揩拭。

有一会儿林冲给弄得有些恍惚。刀、枪、钩、叉……这些冰冷锋利的兵器，从扈三娘嘴里说出来，那么温软……扈三娘替他揩油的时候，他能嗅到从她领口溢出来的体香。

兵器库里突然安静下来，安静得能听见两人的呼吸。

林冲望望扈三娘的脸，发现扈三娘正大胆热烈地望着他的眼睛……她那双眼睛黑亮黑亮的，眼光直往他心里钻，钻得他心慌慌的。

林冲手上刚拿起的一支枪头掉下去了，与篓子里的枪头碰撞发出巨大的叮当声。林冲激灵了一下，觉察到自己刚才出神了。再看看扈三娘，扈三娘脸上红红的。

一阵车轴的吱呀声，顾大嫂和库兵回来了。顾大嫂望望扈三娘的脸，愣了一下。不过，顾大嫂很快恢复了正常，像刚才一样请教这个兵器怎么样，那个兵器怎么样。

林冲为自己出神感到有些惊讶。他尽量掩饰着自己，仔细挑选兵器，一直坚持到挑足了数目。出了库，他像从深水中浮出水面一样，深深地吸了一口气。

回住所路上，林冲让侍从先回去，他一个人到芦苇荡里走了一会儿。

冷风吹在脸上。

这是一年里芦苇荡最肃杀的时候，苇叶枯卷，苇秆瑟瑟发抖，风吹着芦苇梢头所剩无几的芦花，用不了多久，梢头这几缕芦花会吹得干干净净。

梁山军打破青州回山寨那天，林冲站在金沙滩接船的人群中，踮起脚尖，望着那些昂首挺胸走下船的将士，人人身上挂满了大包小包。《得胜歌》反复演奏着，锣鼓、唢呐、鞭炮和呼喊一阵接一阵响起。第一批船上头领是花荣、秦明、呼延灼、朱仝四将，等了一阵，第二批船快要靠岸，林冲一只只船看过去，还是没看见鲁智深。

他希望后面的船快快划过来。

旁边不远处徐宁、公孙胜他们跟林冲打招呼，林冲转过头寒暄了几句。林冲再把眼光转到船上去搜寻时，看到了光头，一领直裰，一条禅杖，络腮胡须……定睛去瞧，却有些模糊，林冲挥手大喊："师兄！"

他怕自己的声音被锣鼓唢呐和别人的呼喊淹没了，起劲往鲁智深那条船的跳板跟前挤。

这时鲁智深也看见了他，举手大喊："兄弟！"

林冲的手举起来使劲摇动，旁边晁盖跟过来，手也举起来摇动。

林冲大喊："鲁师兄！"

晁盖也跟着喊："鲁师兄！"

鲁智深大踏步走下跳板，不等林冲介绍，一手抓着晁盖的手，一手抓着林冲的手，他和晁盖互相端详，咧着大嘴笑，说："晁大哥好体魄！洒家带着弟兄们，跟晁大哥和林贤弟贩盐来啦，哈哈哈！"

晁盖双手握紧鲁智深的手，"欢迎！欢迎！早就盼着你来呀！平日里常听林教头夸你，夸得我好几次梦见你，今日一见，定要好好喝几坛！我有好酒,咱们坐一桌,你去别的桌少喝点,回桌咱俩多喝,哈哈哈!"

"好!"鲁智深说,"就这么着。"

林冲凑近鲁智深,"这几个月咱们贩盐生意不错,回头我跟你详细聊聊,很有趣,越干越有劲"。

鲁智深说:"好!洒家想得你苦!有件事你先告诉我,洒家自与教头别后,无日不念阿嫂,近来有信息否?"

这是知己兄弟才问得出来的话,林冲忍住泪,说:"自火拼王伦之后,使人回家搬取老小,已知拙妇被高太尉所逼,随即自缢而死,妻父亦为忧疑染病而亡。"

鲁智深双手掩脸,指缝里透出了泪光。林冲走过去,揽着他的肩,"走,师兄,大伙儿都在聚义厅等着跟你喝酒呢。"

晚间欢迎宴会上,鲁智深引杨志、武松、施恩、曹正、张青、孙二娘等二龙山头领,与晁盖、公孙胜、林冲、刘唐、三阮等相见,跟其他头领也都见了。

曹正对着林冲单磕了几个头,连声叫着:"师父!弟子想你!"

林冲虽然没有正式收他为徒,但还是答应了。曹正祖上几辈都是屠户,杀猪剥牛是把好手,林冲第一次见到他的时候,他是东京一家肉铺的伙计。曹正喜欢使枪弄棒,林冲不时点拨他几下。曹正曾打算正式拜师,后来却离开了东京,去替一位财主做生意。听说他赔了本钱,入赘黄泥岗附近一个农家为婿,开了一个小店。不久,曹正在店里结识了杨志、鲁智深。曹正用计送鲁智深、杨志上二龙山,杀了寨主邓龙,占了山寨。听说这件事后,林冲对曹正刮目相看。这天见了曹正,林冲特地跟他多喝了几碗酒。

酒宴过后,晁盖和林冲把鲁智深等原二龙山头领,送到临时腾空的营区。晁盖说:"先将就一下,头领住所和正式营区在建造,不日即可乔迁新居。"

"没事,我师兄不讲究这个,晁大哥先忙吧,我留下来再陪陪鲁师兄。"林冲说。

这天林冲跟鲁智深坐在床上,谈到深夜,林冲先谈了梁山贩私盐的情况,泰山以东六个州县的私盐由梁山的伙伴罗子兴控制,在漠北这条线上,也拿下了不少分销点,正在跟盐枭褚震海竞争。往下准备往南发展。

鲁智深说："贩盐好，很来钱，不害民，还有益老百姓。"

"对！"林冲说。接下来他介绍了梁山上招安派和反招安派不同的志向，两派主要头领有哪些，鲁智深怒骂："招安！蠢鸟才招安！活得不耐烦！"

半夜，晁盖又使人送来酒菜，两人边吃边聊，鲁智深说起二龙山周边也有几个盐贩子，哪天空了走一遭，把他们收编进来，扩大梁山精盐的销售网络。还说起华州华阴县少华山上的史进，聚了一帮人马，他哪天空了走一遭，说服他们来梁山入伙。

林冲连声叫好，这样一来，精盐市场扩大了，反招安派实力又要大增了，至少可以跟招安派抗衡了。他想起过几天，公孙胜要去找芒砀山小法师樊瑞谈判，樊瑞有入伙意向，就是价钱开得比较高，如果谈下来，反招安派就可争得梁山主导权。

二月，春风中接连吹来坏消息：晁盖派张青和杜迁去北地大辽和金人部落买马，买了五百匹好马，路过曾头市的时候，被曾家五虎抢走了，晁盖气得踢坏了摇椅，当日就要亲自带兵去打曾头市。林冲、宋江都劝他。

第二个坏消息，鲁智深和武松结伴去少华山，发现史进下了大牢，鲁智深独自去救史进，失利，也下了大牢。戴宗把这个消息带回聚义厅时，林冲刚拿起茶碗吹茶，手上晃了晃，茶水晃出来烫了他一下。

林冲问戴宗："怎么回事？戴兄，请详细说一说。"

原二龙山头领杨志、曹正、张青、孙二娘也围过来，纷纷问："怎么回事？"

戴宗说，画师王义的女儿被贺太守强抢做妾，史进去行刺贺太守被捉，鲁智深去抓贺太守，想用贺太守换史进，也被捉了。

林冲心里涌起一股内疚。鲁智深这次去少华山邀请史进来梁山入伙，林冲非常积极地推动了这件事，他后悔没有亲自陪他去。悔也无益，当务之急，是赶紧想办法把鲁智深救出来。

林冲知道此事单凭自己一个人的能力办不到。他听了听聚义厅里的议论，有人说应该去救，有人说不应该去救。

吴用叹气摇头，"太远了！梁山人马从来没有去过那么远的地方，还得从东京边上过！又怎么过得了函谷关！"

林冲知道，吴用说的是实情，并非故意推脱。鲁智深肯定也想到了这些，才不愿意在少华山坐等梁山大队人马。

林冲一边观察众头领的反应，一边在心里飞快地分析戴宗的话，他认为，戴宗说的事情还是大致可信的。

"唉，这个鲁智深，不该赌气嘛。"杨志说。

"他那不叫赌气，叫冒傻气。"穆弘说。"反正他对山寨也没啥功劳，刚来就添大麻烦，我是不想去的，谁爱去谁去。"

"你不去倒没啥，可也不该说鲁智深冒傻气嘛。"杨志有些不高兴。

穆弘撇了撇嘴，"不是冒傻气是啥，一个人跑进城去救史进，这是聪明人做的事吗？"他的弟弟和旁边几个头领捂着嘴笑。

杨志脸上现出了怒气，鼻子旁那块黑斑更黑了，杨志忽地站了起来，林冲走过去按杨志坐下，"我来跟他说"。

林冲转向穆弘："原来穆兄不太了解鲁智深，我来跟你讲讲他和杨志、曹正几个人夺二龙山的故事。政和四年（1114），鲁智深因为野猪林救我得罪了高太尉，丢了大相国寺的饭碗，无处安身立命，去二龙山投邓龙入伙。邓龙拒绝了他，还打了一架。鲁智深退走了，在二龙山下碰到了杨志，杨志引他到曹正的酒店吃饭，曹正想了一个计策，用活结绑了鲁智深，然后曹正、杨志带着几个伙家押着鲁智深，上了二龙山，对守门喽啰说：'我们是近村开酒店的，这和尚来我店中吃酒，吃得大醉了，不肯还钱，口里说道：去报梁山泊来打你山寨，连附近村坊都洗荡了。因此我们乘他醉了，把他绑缚在这里，献与大王。'喽啰开了关隘，放他们进去了。见了邓龙，两个伙家把索头一拽，拽脱了活结头，散开索子。鲁智深就曹正手里接过禅杖，杨志提起手中朴刀，曹正轮起杆棒，就这样杀了邓龙，夺了山寨。穆弘兄很难想象，他们几个人就敢上山去夺寨子吧？其实进城去救人，不一定要大队人马。关键是，鲁智深知道梁山大队人马很难通过函谷关，他不能指望大队人马。"

"夺二龙山也是几个人，不是一个人。"穆弘说，声音变小了。

林冲点头，"对，其实鲁智深也不想一个人去华州。但别人都不愿意去，他救人心切，只好一个人去了。可惜！可惜！他要是有几个帮手，在浮桥上就捉住贺太守了。但他只有一个人，所以在浮桥上犹豫不决，错失良机。他后来赤手空拳进府，也是不想放弃接近贺太守的机会"。

宋江鼓掌，"林教头说得好！看来还是咱们林教头了解鲁智深"。

林冲禀告晁盖、宋江："二位哥哥在上，请允许小可带本部几十人下山走一遭，分散过函谷关，救我师兄和史进出来。"

"我跟你一起去，"公孙胜说。

"师父，我也去！"曹正说。

厅上有三十几个头领纷纷表示愿意同去，林冲一个一个拱手致谢。这三十几个头领是：杨志、施恩、张青、孙二娘、阮小七、阮小五、阮小二、白胜、徐宁、刘唐、朱贵、朱富、李云、杜迁、宋万、李俊、童威、童猛、朱仝、秦明、黄信、李逵、李忠、周通、顾大嫂、孙新、解珍、解宝、扈三娘、王矮虎、马麟、孔明、孔亮、凌振。

"还有我！"宋江站了起来，说："既然两个兄弟有难，如何不救！不可耽搁，就依林教头之言，去几十个头领，再挑几十个精干小校，大家分散而行，到少华山集合！"

厅里轰然答道："遵命！"

这时，林冲很希望晁盖能站起来说："还有我！"但晁盖一直低头喝茶，一言不发。不知为何，他脸色非常阴郁。

按惯例，众头领下山的时候，晁盖应该到金沙滩送别，但他没有来。白胜悄悄告诉林冲，这两天晁盖跟宋江关着门吵了两架，宋江要派人去东京找一个叫宿太尉的人办招安的事，晁老大不同意。晁老大让林冲多带金银，能用金银解决的问题，不要用刀枪。白胜还说："最近二龙山那帮人由杨志当家，宋江正极力拉拢杨志。"原来如此。林冲这会儿没办法留下来劝解晁老大，他心情沉重地上了船。

不到一日，到了少华山下。武松引了朱武、陈达、杨春三人，下山拜请宋江并众头领到山寨里坐下。众人商议破城的事，朱武说："华州城郭广阔，濠沟深远，急切难打，必须里应外合，方可取得。"

吴用说："先叫十数个精细小喽啰下山，去远近探听消息。"

连着两天，没探出什么有用的消息，林冲心里非常忧虑，他担心这样耗下去，鲁智深、史进的性命真不知哪里去了。幸好第三天，忽有一人上山来报道:"朝廷差个殿司太尉,将领御赐金铃吊挂来西岳降香,从黄河入渭河而来。"

吴用听了便道:"哥哥和林教头勿忧,计在这里了。"

当天,点兵点将下山,在渭河中拦住船,把奉旨降香的太尉捉住了。

那太尉姓宿,名元景,林冲、徐宁认识他。宋江令他俩陪同宿太尉上山。

路上,宿太尉倒还镇定,聊了些故人闲话,说起高俅,宿太尉直摇头,说:"那高俅完全不懂军务,靠踢球讨好今上,爬得比猴子还快,管理禁军乱搞,尽玩些花架子,你们都参加过他主持的禁军争标赛,那啥玩意儿!把战船弄成彩舟,上有诸军百戏,什么大旗、狮豹、棹刀、蛮牌、神鬼、杂剧之类。再整两乐船,吹吹打打的。热闹倒热闹,能打仗吗?总有一天要把禁军玩完。"

"宿太尉说的是。"林冲、徐宁点头。

"最可恨的是,他一副小人得志的样子,把懂行的都逼走了。"宿太尉说。"比如你林冲吧,百年难见的人才,拜他高俅所赐,逃难上了梁山。"他站下,望着林冲,"尊夫人的事我们都听说了,难得的忠贞烈妇,如今多少下属主动把妻子女儿送往高太尉府上,排成长队了。不过,军中同情你家的人也不少。"

提起妻子,林冲心里疼痛。他知道军中同事平时是怎么议论别人的,一定是有好几种说法,但宿太尉的话还是让他略感慰藉,他不知道说什么好,只好不说了。徐宁附和了几句。

两人把宿太尉送到少华山寨中,宋江、吴用扶宿太尉到厅上当中坐定,众头领两边侍立着。

宋江下了四拜,跪着说:"宋江原是郓城县小吏,为被官司所逼,不得已哨聚山林,权借梁山水泊避难,专等朝廷招安,与国家出力。今有两个兄弟,无事被贺太守生事陷害,下在牢里。欲借太尉御香仪从,并金铃吊挂去赚华州,事毕拜还。于太尉身上并无侵犯。乞太尉钧鉴。"

宿太尉说:"不争你将了御香等物去,明日事露,须连累下官。"

宋江说:"太尉回京,都推在宋江身上便了。"

宿太尉瞅了瞅一众头领,叹了口气,应允了。

宋江把太尉带来的人穿的衣服都借穿了，从小喽啰中找了一个长得有点像宿太尉的，穿了太尉的衣服，扮作宿元景；李应扮作客帐司；解珍、解宝、杨雄、石秀扮作虞侯；小喽啰都是紫衫银带，执着旌节、旗幡、仪仗、法物，擎抬了御香、祭礼、金铃吊挂；花荣、徐宁、朱仝、李应扮作四个衙兵。宋江、吴用、朱武、陈达、杨春款住太尉并跟随一应人等，置酒款待。林冲、杨志、秦明、呼延灼引一队少华山人马，等控制城门后，冲进去取城。

都安排妥了，宋江来巡视林冲、杨志这一队人马。巡视完毕，林冲、杨志把宋江送出营门。正是初春天气，月华如昼，天上无一片云彩。

告别时，林冲抱拳对宋江行礼，说："宋大哥，林冲有一事不明，不知当问不当问。"

宋江笑了，"你看你，问都问了，还这么客气。有事请直说。"

林冲说："刚才宋大哥跟宿太尉谈起招安的事，这事跟晁大哥商量过吗？"

宋江说："下山时并没料到会遇上宿太尉，现在遇上了，是个难得的好机会，机会稍纵即逝，来不及去山寨报信，是愚兄大胆，擅作主张。以后晁大哥责怪，都在愚兄身上。"

"小可不是这个意思，只是觉得像招安这样的大事，最好还是跟晁大哥商量一下。"

宋江笑了："那是当然！请林教头放心，回去就跟晁大哥商量。若晁大哥不同意，就当宋江没跟宿太尉谈过就是了。"

宋江嘴上这么说，脸上的假笑几乎盖不住愠怒，林冲便不再说话，恭送宋江上马。

林冲觉得自己还是急了点，其实宋江跟宿太尉谈招安，只是个意向，没什么具体内容，以后还有变化的余地。此时还是先救鲁智深、史进要紧，不能跟宋江闹僵了。

第二天，假宿太尉一行，以金铃吊挂开道，进了城，杀了迎接的贺太守，控制了城门。林冲、杨志、秦明、呼延灼引少华山一队人马进城，去牢中救了鲁智深、史进。

见了林冲，鲁智深有些不好意思，说："惭愧，劳累大伙跑这么远来救我们。"

林冲说："师兄不要这样说，大伙都很钦佩你和史进的侠义心肠，都是高高兴兴来的。倒是你们俩受苦了，晚上我请师兄和史进兄弟喝酒，压压惊！"

鲁智深说："好！压惊不必，酒是要喝够的，哈哈哈，好久没喝酒了，你们先去，我随后就来，我要去衙门，找那班公人问问，他们是怎么知道史进要来衙门行刺？又怎么知道我要捉贺太守？"

林冲说："我陪你去。"

两人来到衙门，牢房里关了几个公人。鲁智深一个一个提审，其中一个说："是个南方人，让一个小孩子来衙门前告诉我们的。"

林冲问："你们怎么知道是南方口音？"

"小孩子学舌嘛。我们肯定要盘问那人长相、口音。"

鲁智深说："你去把那小孩儿找来。一炷高香烧完，找不来小孩，这几个公人，会带我去你家里找你。"

"这个不难。小孩子经常在衙前街上玩耍，我知道他住哪儿，最多再给我半炷香，我一定找来。"

"撮鸟啰唆啥，滚！"

不到一炷香，小孩来了。小孩学那个人手上拿一把糖果，让他送口信到衙门，"先给一半，送了口信回来，再给一半。"江州口音。

林冲一看一听，活生生一个小戴宗。

林冲分析，此事可能跟招安派有关，史进、鲁智深进大牢或处刑，都对招安派有利。说不定，他们提前打听到宿元景要来华州进香，想要结识宿太尉，通过宿太尉走通招安门道，才用计把史进、鲁智深送进大牢，制造调动大批头领的理由。不过，这设想没有过硬证据，林冲便压在了心底，没有说出来。

出了牢门，三人去太守府上找玉娇枝，没找到，有人说，两个时辰前，一个南方口音的人把玉娇枝接走了，不知道去了哪里。

一行人离了华州，回到少华山上。宋江领着众头领拜见了宿太尉，纳还了御香、金铃吊挂、旌节、门旗、仪仗等物。另取一盘金银，相送太尉。

送走宿太尉后，当夜大排筵席。林冲引着鲁智深、史进，给花荣秦明等头领敬酒,感谢他们援手相助。花荣似乎有些不好意思,连连说:"不用谢不用谢,都是梁山兄弟嘛。"

第二天,少华山的四筹好汉收拾山寨钱粮,放火烧了寨栅,跟着大队人马前往梁山泊。

宣和元年(1119),史进等少华山人马入伙的当月,公孙胜又收了芒砀山的樊瑞。那樊瑞很会些法术,手下有两员猛将,一个项充,一个李衮,在山寨里聚集了三千人马。樊瑞投降拜公孙胜为师的时候,还有两千多人马,战斗力惊人,能以一当十。

至此,反招安势力达到顶峰,足以压制招安派。

第十四回　李逵斧劈韩伯龙　花荣潜入曾头市

从华州回梁山的路上,笑容经常挂在宋江脸上,笑话经常从宋江嘴里飞出来,宋江的好心情感染了花荣,花荣觉得就这样陪宋江慢慢走下去挺好,他一点儿也不急于回梁山。

花荣真是非常佩服宋江,宋江想做的事情,大部分都能够按宋江的谋划做成。最神奇的是三年前,九天玄女告诉宋江:"遇宿重重喜",如今应验了!宿元景太尉在少华山上答应帮梁山办招安的事,这是招安派实现梦想很关键的一步。

上个月,戴宗打听到宿太尉带着御赐金铃吊挂到华州西岳降香,宋江双手一拍,"好!我等不可耽搁,便须点起人马,作三队而行。"他早就想见宿太尉一面,无奈脸上有金印,不便进东京,一直在等宿太尉出东京,在路上截住他。宋江点完头领和军士,突然眉头不展,面带忧容。花荣问他怎么了,他不说话,躺在床上望着房梁发呆。花荣再问,才知道是因为梁山大军很难到西岳,首先得从东京旁边经过,还得过函谷关。

"哦,我倒忘掉这回事了。"花荣说。

过了一会儿,宋江坐起来说:"有了!我们去一百人左右,可分散过函谷关，如果能用上少华山这五六百人，也够了。"

"如何能调动少华山人马呢？"

宋江说："鲁智深跟少华山史进关系好，让鲁智深去劝史进等三位少华山头领来梁山入伙，思路大致是这样，细节还要琢磨。"

花荣没想到宋江琢磨出来的方案如此复杂：从收买王义父女骗史进开始，接着告密史进要行刺贺太守，导致史进被捕，再告密鲁智深要活捉贺太守救史进，导致鲁智深被捕，接着以救鲁智深、史进为由，调动梁山头领和少华山人马，在渭河中截住宿元景，环环相扣，计算精到。

花荣问："咱们借用宿太尉的金铃吊挂，破华州，就不怕皇帝免他职吗？他要是不当太尉了，咱们岂不是白忙活！"

宋江说："不怕，宿太尉要是这么点事都扛不住，那他在皇帝眼中就没啥分量，我们不能把招安大事托付给他。"

花荣心里称奇，借用金铃吊挂破华州，居然还有测试宿太尉分量的目的。

花荣又问："你就不怕贺太守，把史进和鲁智深杀掉吗？要是把他俩杀掉，就没借口调动那么多头领和少华山人马了，就无法拦截宿太尉的船了，岂不是就见不到宿太尉了？"

宋江说："这有什么好怕的！宿太尉以后还会有机会出京的。"

花荣明白了，史进和鲁智深如果被贺太守杀掉，谁也怪不到宋江头上，对招安派也是好事。方案中任何一个环节，失败或者成功，对宋江都有益处，这太让花荣佩服和惊讶了。事成后，宋江也很得意，嘴上却说："这主要是吴用的计谋。"

宋江心情变坏，是芒砀山三千人马上梁山之后的事。

芒砀山老大樊瑞，跟公孙胜斗法失败，便拜公孙胜为师。这样一来，招安派和反招安派的实力有了差距，宋江不能单方面决定梁山方向。

近期晁盖说话声音大了，吐个痰都动静挺大，能在地上砸个坑。走路腰杆挺直了，在聚义厅里坐着，腰杆也挺得直直的。最大变化是，以前跟宋江有不同意见，他很少说话，现在开始跟宋江公开争论了。

有个叫段景住的盗马贼投奔梁山，说他把大金王子的座骑偷到了手，本来想送给宋江做进身之礼，不期路过曾头市的时候，被曾家五虎夺了去。

宋江命戴宗去曾头市探听消息，戴宗回报："曾头市誓要与梁山泊做对头，放话要捉尽梁山头领，把晁大哥、宋大哥押送东京。"

晁盖怒道："这畜生怎敢如此无礼！我须亲自走一遭，不捉此辈，誓不回山！"

宋江像往常一样劝他："哥哥是山寨之主，不可轻动，小弟愿往。"

晁盖没有像往常一样默许，他说："不是我要夺你功劳，你下山多遍了，厮杀劳困，我今替你走一遭。下次有事，却是贤弟去。"

宋江苦谏不听。晁盖点起五千人马，请启二十个头领相助下山，其余都和宋公明保守山寨。

谁都看得出来，晁盖想通过这次行动，把失去的兵权重新掌握在手里。接连两天，宋江很少说话，也没怎么吃饭。

花荣来看宋江，宋清告诉花荣，有时候宋江整夜坐在床上，有时候大白天躺在床上，望着房梁发呆。花荣有两天没看见宋江读天书了，神龛上燃着三炷香，天书静静躺在九天玄女灵位的后面。

这一天，宋清走进宋江卧房，说："接到密报，有个叫韩伯龙的好汉，到朱贵酒店里找刘唐，说是刘唐写信让他来入伙的。因为刘唐跟晁盖打曾头市去了，朱贵让韩伯龙等几天，等晁盖和刘唐回山寨后，再上山。今天朱贵在附近村中新开了一家店，他安排韩伯龙去新店中帮忙……"

宋江转过身，说："去找吴用，让他看着办！以后这样的小事不要找我。"

看见宋清很委屈的样子，花荣说："我去找吴用吧。"

花荣知道韩伯龙出道早，在太行山一带打家劫舍，使一条铁棒，武艺跟刘唐相当。现在招安派势力本来就差一点，要是晁盖破了曾头市，得了曾府钱财……花荣心里跳了一下，在这节骨眼儿上，可不能让韩伯龙入伙。

花荣来到吴用院中，听见吴用在书房劝李逵，"不要去找宋大哥，宋大哥心里正烦哪，你要是把他惹恼了，把你头割了。"

李逵说："那我该找谁呀，晁天王不带我去，你不让我找宋大哥，我自己去曾头市走一遭。"

吴用说："此番用你不着，自有良将建功。"

李逵说："兄弟若闲便要生病。若不叫我去时，独自也要去走一遭。一个鸟曾头市,何消得许多军马去征他!我先抢进曾家府,一斧一个,都砍杀了,教晁天王吃一惊,也争得一口气。"

"你等一下再说,这儿有酒,这儿有卤猪蹄,你自己先吃喝。"

"得令!"李逵说。

吴用在窗子边跟花荣打了个招呼,走出书房。花荣站在盛开的海棠树下,把韩伯龙的事,告诉了吴用,他问吴用:"依军师之见,能不能让这个人入伙?"

吴用笑道:"我知你心意了,麻烦你回宋大哥,我马上安排。"

第二天,花荣、宋清陪宋江躺在后院摇椅上,晒太阳,吴用走进来,说:"太糟糕啦,李逵私自下山去打曾头市,在朱贵新开的酒店里吃饭,没带银两,有个新来的伙计不让李逵走,李逵闹了起来,说:'老爷不拣哪里,只是白吃。'那伙计说:'这里比不得别处,我对你说时,惊得你尿流屁滚!老爷是梁山泊好汉韩伯龙,本钱都是晁盖哥哥的。'李逵没见过韩伯龙,去腰间拔出一把板斧,看着韩伯龙道:'把斧头为当。'韩伯龙伸手来接,被李逵手起,望面门上只一斧,咔嚓砍着。后来打听到韩伯龙是来找刘唐入伙的,刘唐不在,没想到被李逵误杀了。两三个伙家,只恨爷娘少生了两只脚,望深村里走了。李逵掳掠了盘缠,放火烧了草屋,望曾头市去了。"

宋江说:"太糟糕了,"坐起来,对宋清说,"快叫人把他追回来。"站起来,对吴用说:"这黑旋风又惹祸,刘唐回来要杀他,你们都别管。"

吴用说:"我肯定不管。"

花荣说:"我想管,管不了。"

宋江说:"这都是小事,现在我们到了节骨眼儿上,你去把×××,×××,×××……找过来,大家一起聊聊。"

这天,十几个招安派头领,聚在宋江家里,他们都对招安的前景有些忧虑。

宋江对他们说了几句话,主要是打气,他向众头领保证,招安一定会顺利进行。……其中一些话具体怎么说的,花荣没怎么往心里去,他喜欢看宋大哥跟他们说话的情景,他发现被头领簇拥的宋大哥,居然能对身边的每一个人都不冷落:跟某个头领说话的同时,手挽着另一头领,脚靠着又一个头领,目光又似乎让每一个人都感觉到他看到了自己……花荣全部身心都在感受从宋江胸腔深处发出的浑厚声音里透出来的那股自信劲儿，那股自信充满了整个房间，感染着众头领，让众头领深深沉浸在那股自信里。花荣想，自己什么时候有这样的自信就好了。瞧瞧，宋大哥还没讲完，刚才那些蹙起来的眉毛纷纷舒展开了，不少人长长出了一口气。

吴用带着这些头领离开，宋江让花荣留一下，光彩从宋江脸上消失了，他沉默了一会儿，抬头望着花荣说："贤弟，我想你知道，这个坎儿其实没那么容易过去。不过，也不会过不去的，只要每个人都尽自己一份力量。"

花荣立刻意识到，宋大哥有件重要的事，要他去办。

花荣说："有什么事需要我花荣去做，宋大哥尽管吩咐，花荣万死不辞！"

宋江眼睛有些红，"这件事我本来不想做，可军师说只能这样做，别无选择。我也真不想让你去做，可是，军师说，别人做不好这件事"。

"军师肯定有军师的考虑，宋大哥不用担心我，什么事，宋大哥说吧。"

宋江交给他一个锦袋，"你暗中去曾头市走一趟，到了法华寺后面树林里，打开锦袋，里面有一张纸条，你要发誓，你会按照纸条上写的去做！"

花荣用指头顶着自己脑袋，发了一个弓箭手中流行的毒誓。他把锦袋贴身收着，那是一只绣着后羿射日图案的锦袋。

宋江再三叮嘱，千万不要把锦袋弄丢了，一定要按照字条上写的去做，千万不可自作主张，误了大事。在曾头市碰到梁山人，就说是宋江叫他来追李逵的。其他细节听吴用的。

花荣点头答应了。

去吴用家，听吴用说了几句。花荣回到家中，没有打开锦袋，他觉得自己应该遵照宋江的指示，到了法华寺后面树林里再打开。他相信不用打开看，自己也能猜到锦袋里字条上写着什么。这件事的确非同小可，稍有不慎，就回不来了。回来也不一定是好事，未必不是把灾祸带回来，连累一家人。花荣心里像压着一只沉重的大铁锤。

他知道，这件事情他不得不做，他欠宋江太多了，多到这辈子不知道怎样做才偿还得完。

绍圣四年（1097），花荣的父亲花恒，授齐州兵马统制，花恒在这个位置上干了五年，因为跟新任知府许渊不和，许渊把他关进了大牢，罪名是吃空饷。军士来抄家，母亲受惊过度，痴呆了。

　　崇宁四年（1105）六月，父亲离世前几天，花荣跟着堂叔花山，到狱中探视过一次，父亲说："将来无论我发生什么，你们千万不要报仇。"父亲逼花荣用指头顶着脑门发誓后，父亲才把入狱的真正原因说了出来——他并没有吃空饷，是新任知府想把统制这个职位，送给户部尚书的一个亲戚……父亲说："人家权势大，咱惹不起，你和母亲还有妹妹最好去外州躲起来。"

　　几天后，狱里传来消息，父亲跟犯人玩"斗鸡"游戏时，被一个犯人膝盖撞中胸脯身亡。这一年，花荣十四岁，妹妹九岁。

　　把父亲的灵柩停寄在寺庙中后，花荣、妹妹和痴呆的母亲跟着花山回老家。路过郓城县时，盘缠被偷，堂叔花山让花荣和妹妹花明月在街头卖艺。

　　花明月口噙梨子，身体后仰弯成弓形，用脚尖和双手撑着条凳，花荣站在五十步开外用箭射梨。忽然来了一伙泼皮刁难搅场，用长棍绑上蒲扇，一会儿遮住花明月的脸，一会儿拿开，如此反复，等到花荣射穿蒲扇，射中了梨子，他们又嫌太近……若不是宋江及时出现喝散了泼皮，花荣和堂叔险些跟泼皮打起来。

　　后来，宋江不仅资助了花荣盘缠，还请了郎中，给花荣母亲调治。花荣大受感动。回老家安顿好母亲后，花荣决定去找齐州知府许渊报仇。路过郓城县，他将从老家带来的八十亩地契交给宋江，托宋江关照一下他母亲和妹妹。

　　宋江笑了，给花荣讲了报仇的三种境界："第一种与仇敌同归于尽，或事后亡命天涯；第二种报完仇，全身而退，无迹可循；第三种审判仇敌的罪行，凌迟斩首于街市，宣扬天下。失败的就不谈了，你选哪种？"

　　花荣低头不语。

　　宋江揽着他的肩，轻拍了几下，"明智的人当然是坐二望三，等待时机成熟，所以说君子报仇，十年不晚"。

　　花荣折服，安心在郓城县住了大半年。宋江对政策条例很熟悉，指点花荣写状申诉，为父鸣冤。大观二年（1108），父亲冤案平反昭雪，十八岁的花荣被特招到青州清风寨做押官，三年后，花荣升任副知寨。

花荣觉得自己真是太幸运了，他在心里发誓，永远跟宋大哥做生死兄弟！

政和五年（1115）八月，宋江杀死阎婆惜，去柴进庄上躲了半年多，又去白虎山孔家庄躲了半年多，第二年年底，宋江来到清风寨花荣的家里。宋江带来了后梁开国皇帝朱温的故事。

朱温最初追随黄巢当强盗，不久，朱温叛离了黄巢，被朝廷招安任命为左金吾卫大将军，朱温与朝廷合力讨灭了黄巢。几年后，朱温乘朝廷动乱，控制了皇室，接着夺了帝位。

花荣眼前一亮，一条金光大道从故事中伸出来，穿过平庸压抑晦暗的现实，直通金碧辉煌的大殿……花荣跟宋江歪在床上压着嗓子讨论了大半夜，把一生的蓝图画定了！王侯将相宁有种乎？彼可取而代也！壮士不死则已，死即举大名耳！大丈夫生当如此！事情都是人干出来的，一切都没什么了不起的，他和宋大哥只需将朱温故事中的几个人名改写一下就行了！

现在这条路磕磕绊绊走了一半，花荣却感到了厌倦。他知道，杀更多的人，当更大的官，并不会让自己更满足更快乐。相比而言，他更愿意修炼箭道。他从来没有忘记过师父的教导："弓箭不只是用来杀人的，还可以用来悟道。"

花荣站在卧室窗前，朝后院里望去，儿子花开和外甥女秦朗站在后院里，各执一张小弓，把箭射向墙上挂着的箭靶。花荣想起有很久没有指导孩子们练习射箭，也有很久没有陪他们玩耍，心中涌起一股歉疚之情。忽然，他觉得孩子们射箭的姿势有些不对劲，他走过去，把两个孩子手中的弓拿过来拉了拉，弓太软，孩子们不知不觉长大一些了，去年的弓已不合用，成人的弓还拉不开，必须重新做一张小弓。

这一天下午，太阳不错，花荣带着两个孩子去树林里转悠，教他们怎样寻找适合做弓的树枝。有一瞬间，他想起了自己小时候被父亲领着去树林里寻找做弓树枝的情景，那天太阳也不错，光斑从树枝间漏下来，他一路蹦蹦跳跳的。花荣发现自己有一点想念父亲了。

傍晚，花荣跟妻子交代了几句，说要去射箭场闭关练习五天，妻子知道他每年要闭关一次，练习一种神秘的箭道：黑布蒙住双眼，时而打坐，时而起立射箭，有时能射中百步外的箭靶，有时射不中；箭靶种类很多，有侧面靶、坐姿靶、卧姿靶，等等，都是用芦苇和马草扎成的。妻子说："记下了，你放心，不会让人去打扰的。"

妻子给他装了一袋烧饼、卤肉和水果，给皮水袋里灌满水。花荣带着包裹和弓箭，走进了北关外湖边的射箭场。射箭场旁边，有一个专供头领练习射箭的场所，射箭处有顶篷，后面有休息室。角门外是芦苇荡，他已跟水军头领张顺商量好，在汊子里藏一条小船。张顺说："过湖后，把船拖到芦苇里藏好，不要让人找到。"

花荣练习射箭，练到了天黑。天黑后，他用半透明的黑纱蒙着双眼，凭着感觉和身体记忆射了一箭，射中了靶心。他在靶前点了一支小蜡烛，闭上眼睛盲射了一箭，虽然没射中靶心，但偏得不太远。花荣相信再练习一些时日，自己就能达到《箭道悟禅》中所说的最高境界啦。这本书记载，从有了弓箭那一天算起，一直到政和元年（1111）作者写书时为止，大宋、辽国、西夏、吐蕃、大理、高句丽、日本七国，一共只有七人能够盲射靶心。他们的名字都列在《箭道悟惮》中，是受所有弓手都崇拜的大师。

花荣在休息室门上挂上"闭关"的木牌，看到这块牌子，大伙都知道花荣在里面，一般不会进入。如果偷偷进去，碰上花荣蒙着眼睛盲射，说不定就射中了进来的人。花荣关上门，点亮蜡烛，打开小包，对着镜子给自己加粗了眉毛，粘上了胡子，让额前头发垂得更低。这套用来化妆的工具，都是妻子扔掉不用的，他偷偷收集了几样。她一年要扔很多这种东西。

化好妆，花荣从包裹里找出一套画学生的衣服换上，把换下的衣服，穿在一个坐姿靶上，他把坐姿靶放在自己平时打坐的地方。

花荣背上画学生常用的背箱，等一支巡逻小队从附近走过去了，他才出门，走进芦苇荡。一条小船在港汊里等着他。

刚上船，背后有人说："胡子粘得不错，我都认不出来了。"

花荣吓得差点跳进了湖里。

"现在这么胆小，我的声音都听不出来。"原来是张顺，"想来想去，还是我亲自送你过湖把稳些。"张顺用竹篙撑开了船。

花荣没心情跟他说笑，嗯了一声，让他快划。

快到湖心的时候，忽然两条快船划了过来，拦在前面。

张顺向花荣示意，待在船舱里不要出来，也不要说话。花荣点头，把领子竖起来，用头巾包着头。

有人朝他们大喊："口令！"

张顺回答："龙王庙。"

"土地爷。原来是张头领，"对面一条船上有人笑了，"这么晚张头领到哪里去呀？"

另一条船上有人说："跟张头领瞎问什么？肯定是去村里会相好呗。"

张顺说："说对了一半。我是送相好回娘家，她娘病了。你们别过来啊，她害羞得很。"

"好，我们溜了啊，张头领！祝她娘平安！"

"好，大家小心点，溜好！"

张顺划船把花荣送过了湖。

"你回来的时候，这片芦苇里会有一条船。"张顺伸手指给花荣看。

花荣说："知道了，谢谢张哥。"

张顺笑了，"哎哟喂，谢我啥，你不怕辛苦，不辞危险，我们都应该谢谢你才对！"

上了岸，花荣看见柳树上拴了两匹马，心里没那么压抑了，他感受到有一些人在默默支持他。

花荣背着木箱上了马，牵着另一匹马，打马飞奔。一路上他重复着吴用的话："不要去酒家吃东西，不要去客店过夜，尽量不要跟人接触。"

两匹马在路上换着骑了几次。

第二天早上，花荣在高唐城外树林里休息了一会儿，吃了点烧饼和咸肉。马在河边吃草。花荣翻了翻箱子，除了吃的东西和衣服，还有笔墨纸张、拆开的弓、箭、短刀、手巾、锦袋、银子、香烛、冥钱。挺全的，看来不用进高唐城补充什么了。

下午，花荣来到曾头市西山墓园附近。吴用说："已打听到曾头市大画师李明博近日去世，埋在西山墓园东北角。很多画学生，会赶到墓园悼祭。会有人在李明博墓碑前，把梁山大军最新的口令和行踪告诉你。"

花荣朝墓园里望去，悼祭的人只有很少几个，成千上万高高低低的墓碑森然肃立，大都是穷人的丛冢，也有十几处围着矮墙的大族墓地。

花荣把马拴在树林里，背着木箱，沿着贪走便道的人踩出来的一条歪歪斜斜的小路，穿过丛冢，走到东北角辨认石碑。有几只落在石碑上的乌鸦被他惊飞了。李大师的墓果然在东北角，坟上没草，碑很高，碑上有几点白色鸟屎。

花荣跪坐在李明博碑前焚香烧纸。太阳快落山的时候，远远看见有人走进墓园，不时弯腰去辨认石碑。直觉告诉花荣，这人也是来找李大师的。走近了，发现那人戴着面具，他跪在李明博墓碑前烧纸钱。突然，一张冥币飘到他面前，上面写着："今夜劫营，途经法华寺。口令：骰子，和尚。"

花荣看完，把冥币点燃，烧化。再看那人，已走出墓园。

花荣走进法华寺后面的树林，藏好马，抬头看了看天，天空破碎，有几朵流云的边缘被晚霞照亮，雁行时隐时现。花荣想起投奔梁山那天，因为秦明和清风寨几个头领大吹特吹花荣的箭术，晁盖露出了一些不太相信的意思，花荣放下酒碗，说要射下空中正飞着的雁阵第二只雁，结果射中了，晁盖吃了一惊。事后，花荣有些后悔，不该这样锋芒毕露，毕竟是在为难之时投奔人家来的。但晁盖并没有跟他计较，相反，待他很客气。

花荣打开木箱，把弓组装起来，上好弦，拉了拉弦。他检查了一下箭。真的要这么做吗？他不觉得这是一件光彩的事。不管怎么说，晁盖也是不顾危险去江州救过宋大哥，他纵有种种不是，仅这一条，也不能心安理得地射杀他……可是，晁盖又是招安大计的最大障碍。有他在，两派友好分手都办不到，梁山归谁？谁失去梁山的地利，谁就容易被官军消灭。最重要的是，梁山名声在外，招安也是以梁山的名义跟宿太尉接洽，如果招安派离开梁山，比如，去了清风山，其分量恐怕就不足以跟朝廷重臣谈招安了。让晁盖离开梁山？想都不要想，晁盖不是傻子，死也不会放弃梁山！花荣心里横着竖着各种想法，像头顶的树枝一样凌乱交错。

林中光线迅速暗淡，数不清的乌鸦嘎嘎叫着，飞进树林。有一条小溪在看不见的地方哗哗流着。一阵狗吠从法华寺传来，接着响起了杂乱的马蹄声。

花荣拿起弓，悄悄靠过去，分开枝叶观望，月光明白，一队人马开了过来，马摘銮铃，军士衔枚疾走。

他想再靠近一些，但刚挪几步，就听见枯枝被踩断的声音，他明白自己被人发现了。这样的情况花荣有预案：如果遇上梁山人，可以用口令联络，如果遇上曾头市的人，就说自己是清风寨猎人，听说梁山强盗要打曾头市，不敢靠近。花荣紧紧贴着地面，路过的那队人马渐渐走远。树林里似乎有人正在轻轻挪动脚步向他靠近。他屏住呼吸，握紧短刀。没多久，他看见有人拿着弓箭走过，似乎是一个金族猎人。等他走远了，微风吹动树叶的哗哗声渐渐清晰，与小溪的声音混在一起。

花荣摸出锦袋，慢慢打开，拿出字条，看完字条，花荣双手捂着脸哭了。

"宋大哥……宋大哥……"声音轻得自己都听不见。

第十五回　　毒箭射中晁天王　　林冲暗访曾头市

林冲带着人马站在曾头市东口外黑乎乎的树林里，他在等晁盖夜袭曾头市的消息。天刚黑，晁盖就带着两千五百人去劫曾头市的营寨，按照计划，林冲在东口外接应他。这会儿已过去了一个多时辰，曾头市那边静悄悄的，什么消息也没有。

林冲本来不赞成晁盖亲自去劫营，他执意要去，只好维护他的威信。他理解晁盖心情，白天跟曾头市厮杀了两场，各折了些人马，算是打了个平手。这离晁盖的期望差太远了，他原指望一来就把曾头市踏个粉碎，没料到曾头市这块骨头还挺硬的。这种情况下，两名法华寺僧人突然冒出来，表示愿意带梁山人马"走一条隐秘的小路"去劫曾头市中军大营，当然对晁盖有非常大的诱惑。

林冲曾劝他："哥哥不要轻信这两个和尚，说不定其中有诈。"

晁盖却说："兄弟休生疑心，失去时机，误了大事。"

林冲说："实在要去，哥哥不要去，让我分一半人马去劫寨，哥哥在外面接应。"

晁盖说："我不亲自去，谁肯向前？今晚我亲自走一遭。你留一半军马在外接应。"

吃完晚饭，林冲为晁盖送行。晁盖一只脚伸进了马镫子，又退出来，走到林冲面前，拍拍林冲胳膊，"好兄弟，别担心，这帮泼才杂碎没啥了不起，愚兄去去就回。"

"大哥小心啊。"林冲说。

"你放心吧。"晁盖挥挥手走了。

林冲实在放心不下。这是晁盖头一回带领大队人马去劫营，如果有什么闪失，后果不堪设想。

林冲爬上一片视野开阔的高坡，目不转睛地朝曾头市方向望去。夜色渐深，曾头市那边的灯火渐渐稀疏，房屋和树影轮廓模糊，像堆积的不祥之物。太安静了。偶尔传来几声狗吠。微风吹动树上的叶子，哗哗声与小溪的声音混在一起。浓烈的花香中似乎透出了缕缕杀气。林冲的不安越来越强烈，他老感到会有什么很糟的事发生，他想阻止它，但又无能为力。这种不祥的预感他白天就有过，白天头一场厮杀，晁盖就鲁莽地冲在前面，他拦都拦不住。

林冲有些后悔不该放晁盖去劫营，他犹豫着要不要冒着违抗军令的风险，提前冲进曾头市把晁盖拉回来。就在这时，石秀爬上高坡走到了他身边。

石秀说："林头领，杨雄哥哥突然肚痛难忍，能不能打个商量，让我把他送回大营？"

林冲没有马上回答。这次晁盖去劫营，没有带杨雄和石秀同去，他弄不清这两人是在闹情绪，还是真闹肚子疼。无论真假，他们既然提出要回营，你强行留下也没什么大用。杨雄、石秀武艺不弱，两人一走，实力有些损失。林冲盘算了一下，决定放他俩回营，把守营的徐宁换过来。石秀得令去了。

这两人走了也好。在梁山，深恨晁盖的头领不多，其中就有这两个。一会儿晁盖如果中了埋伏，让这两人参加接应冲到晁盖身边不一定是好事。有时候林冲真是看不透晁盖，不知道晁盖为何同意带杨雄石秀下山。大队人马走到阳谷县的时候，林冲曾经委婉地问过他。他说："我也不喜欢这两人，没办法。"

从梁山到曾头市走了三天，这一路晁盖都很健谈。他嘲笑自己年轻时不知天高地厚，吴用忽悠他几句，他就自比什么刘邦、刘备，把吴用比作孔明，把宋江比作萧何。"吴用或许是孔明再世，但宋江绝不是萧何，我也绝不是什么刘邦、刘备，认清这一点不容易。"晁盖说。

晁盖有一夜留林冲在帐篷中长谈，林冲问："宋江在县里挥金如土，仗义疏财，钱是哪里来的？"晁盖说："他父亲在村中务农，守些田园过活，他自己的薪水，每月不过三五两纹银，你说他的钱还能从哪里来？"林冲问："莫非是受贿索贿？"晁盖说："说对了。他虽是小吏，但跟办案有关。比方说我这个保正吧，地方上每年有很多人犯案打官司，都会通过我给他送银子。"林冲明白了，如果晁盖进了大牢，很有可能供出宋江受贿的事，这就是生辰纲案发时宋江飞马报信的原因。

大队人马到达高唐州宿营的时候，晁盖在帐前生了一堆火，几个头领围着火堆烤肉吃，烫酒喝。闲聊中，晁盖问大伙考虑过将来没有。阮小七说："考虑那么多干什么！现在快活就行了。"晁盖说："要是有一天皇上下旨招安，让你们去做官呢？"刘唐说："那也不去，兄弟们自由自在惯了，谁愿意受那些窝囊鸟气！"晁盖拍着膝头大赞："壮哉！"晁盖接下来谈了谈自己的想法，他认为有一些官迷成天惦记着怎样当上帝王将相，脑筋没法保持正常，"我觉得贩私盐过一生就挺好，等银子再赚多一点，打造几艘大海船，把老弱病残还有女人孩子送到南海某座大岛上去，安享富有太平的日子。"

"南海？"刘唐白胜三阮互相看了看。

"对，南海。"晁盖笑了，"南海荒岛很多。水果多得要命，四季都有。大伙会种庄稼的种庄稼，会打渔的打渔，会织布的织布，愿意跑货运的跑货运。"

"不错啊，我就想找这样一个养老的地方。"林冲说。

"那地方这么好，想去的人应该很多吧？"白胜问。

晁盖说："当然很多，问题是他们没有大海船呀。"

"听说那地方很热，"刘唐插了一句。

"有点热，人家小苏学士，就是大诗人苏东坡，都能住，你不能住呀？怕热，天天泡海里去！"晁盖说。

大伙哈哈大笑。

林冲也笑，他很欣慰，自己当年有幸支持了一个公正、仁慈、宽厚的人当寨主。同时他发现，对一个人的过去和梦想知道得越多，就越是惦念这个人——这会儿他在哪里呢？他在做什么？他是不是带着队伍隐藏在曾头市某些房子里，等后半夜敌军都睡熟了再出击？

　　林冲在高坡上来回走着，不时朝曾头市望几眼。四更刚过，山坡突然被火把照亮了，四下里金鼓齐鸣，喊声震耳，数不清的乌鸦嘎嘎嘎惊叫着，纷纷飞向空中，遮住了星月。探子飞马来报："晁天王中了埋伏，正沿旧路杀回！"

　　"进村接应！"林冲下令。

　　林冲带着人马冲进村中，很快遇上了堵路的曾头市伏兵。在两支梁山人马的夹击下，这支曾头市的伏兵被打穿了，林冲与呼延灼会合了。火光中，林冲看见白胜牵着一匹马走过来，马上驮着一个人，脸朝下，脸上插着一支箭，刘唐和燕顺护在马的两边。一看这架势，林冲就明白中箭的人是晁盖，有个声音在他心里大喊："坏了！坏了！"他顾不上细看晁盖的伤，转身挥动长矛抵挡潮水般涌来的敌军。梁山军边战边往村外撤退，混战到天亮，双方才分开各自回寨。

　　林冲回来点军，晁盖带进村的两千五百人马，只剩一千二三百人，众头领都在。众头领都来看晁盖，晁盖昏迷了。大夫已经把箭从晁盖脸上拔出来了，晁盖脸上一个大洞，直往外淌血。林冲叫取金创药敷贴上，把箭拿起来一看，花雕翎做的箭羽，精铁打造的箭头，山茱萸木做的箭杆，箭杆上写有"史文恭"三个字。

　　大夫说："小心，这是一支毒箭！"

　　林冲耳朵里嗡了一下，"什么毒？不要紧吧？"

　　大夫把林冲拉到一边，小声说："好像是用来射老虎的一种毒，我治不了，但山寨里有人能治。"

　　林冲把箭头包起来收好，叫人把晁盖抬上车子，请三阮、杜迁、宋万先送回山寨。本来林冲想把全部人马都撤回山寨，但呼延灼说："必须等宋公明哥哥传将令来，方可回军。"大家都闷闷地坐在寨中等待。

　　林冲把白胜叫进帐中询问，白胜详细说了夜间交战的情况。进村后，那两个和尚带着他们七弯八拐走了一截，和尚忽然不见了，军士慌起来，报与晁盖知道。呼延灼说赶紧沿旧路返回。还没走到百步,伏兵四起,晁盖领着军士边杀边走,才转得两个弯,冲出一彪军马,当头乱箭射来,其中一箭射在晁盖脸上,把晁盖射下了马。说到这里,白胜哭了,"不想遭这一场,晁大哥真不该下山……"

　　林冲刚刚从震惊中恢复过来,思绪一团乱麻,他心里也很难过,还有些内疚,不知道该怎么安慰白胜。

　　天亮后,下起了小雨,林冲让刘安和侍从们牵着马,在曾头市东口外树林里等候接应,他带着白胜,穿便衣混进了曾头市。林冲把伞檐降得低低的,让白胜把他带到晁盖中箭的地方看看。

　　白胜在丁字街附近停下了,跺了跺脚。林冲原地转了两圈,这里确实是埋伏的好地方,行军到这里必然要降低速度。放毒箭的弓手应该会选择横衔当口的药铺、绸缎铺、干杂铺其中一间铺子屋脊后面。从三家铺面门口走过,看见绸缎铺地下摆了一些坛坛罐罐和盆子,正接着屋顶漏下来的雨水,叮叮咚咚。林冲示意白胜进去问问铺子里的老板娘。

　　白胜在门口收好雨伞,走进去,"哟,老板娘,怎么漏雨了?"

　　"昨晚不知哪个烂污贼,把我家屋瓦踩碎了,你要买哪种绸子?"

　　"先看看。听说梁山贼寇昨晚杀到了这里,被曾家军截住了。"

　　"可不是,我家男人去凌州进货没回来,吓得我用被子蒙着头,一夜气都不敢喘。"

　　"有没有听说谁打赢了?"

　　"当然是曾家赢了。"

　　"有没有听说打死打伤什么梁山的头领?"

　　"没听说。只知道梁山贼人退走了。"

　　"到底还是史教头厉害,一出马,谁也挡不住!"

　　"没听说史教头来这儿,他应该在曾家府,轻易不会出马。"

　　巡逻的小队走过来,林冲轻轻咳嗽了一下。

　　白胜说:"那是,那是。有剩瓦吧?我们上去帮你补一下,用盆子接水不是办法。"

　　"哟,那太好了!屋顶应该还有剩瓦,梯子在柴房里。"

　　林冲竖好梯子,爬上屋顶,除了几片碎瓦,没看见别的可疑痕迹。要是不下雨就好了，应该能留下脚印。

白胜说昨天进军曾头市之前，在法华寺里藏了两个时辰。林冲觉得，放毒箭的弓手应该也曾经到过法华寺附近。林冲和白胜去法华寺附近转悠了两个时辰，在寺后树林里，捡到了几根鸡骨头，一只酒坛子，一只锦袋。

林冲打开锦袋闻了闻，有股梅花香味。锦袋上绣着后羿射日的图案。他把锦袋收在了袖子里，回了营。

戴宗传来宋江军令，教众头领引军回寨。

走在路上，林冲垂头丧气，他努力想说服自己：上阵厮杀，中箭这种事经常发生。晁大哥能捡条命回来，已经是万幸了。既然山寨里有人能治箭毒，将养一两个月也就没事了。

可是，想着想着，林冲觉得有什么地方不对劲。射中晁盖的那支箭上清清楚楚地刻着史文恭的名字，但曾头市的人却说，那天晚上史文恭没有出现在埋伏地点。再说一个人武艺到了史文恭那种水平，一般应该不会在箭上涂毒的。以史文恭在江湖上的名气，就算被迫在箭上涂毒，也不会在箭上留下自己的名字吧？还有，如果那支拦路的伏兵是史文恭带队，梁山军怕是没那么容易冲破包围。还有，梁山军除了晁盖没别人中毒箭，别人中的箭上也没有史文恭的名字，难道史文恭放一箭就逃跑了吗？

林冲问白胜："伏兵拦住你们射箭的时候，你有没有看见史文恭？"

"没有。"

"再好好想想。"

白胜想了想，说："没有。当时到处都是火把，如果史文恭现身，我应该能认出他的大旗。不过，别人瞅见了也说不定，我去问问？"

"多打听几个人，但不要大张旗鼓。"

"我知道。"白胜说。

中午，在河边吃饭时，白胜端着碗走过来，悄声说："问过了，当时都没瞅见史文恭。"

这个答案不出林冲所料。林冲觉得，这支毒箭很可能不是史文恭射的。如果不是史文恭射的，那又是谁假冒史文恭呢？头一个想到的是花荣，花荣有可能乔装打扮，悄悄下山，然后潜伏在曾头市附近等待机会。但是，林冲想一想后，又觉得不太像是花荣。假如史文恭不太可能在箭上涂毒，花荣应该也不太可能。再想一想后，又觉得花荣不能排除，回寨后查一查花荣这几天是否下山再说。

仔细思考后，林冲认为这次跟随晁盖下山的头领，更值得怀疑。林冲三口两口吃完饭，用筷子把这次跟晁盖下山的头领的名字（除自己之外）写在河沙上，然后依次抹掉了白胜、刘唐、阮小二、阮小五、阮小七。因为那段时间黄信没离开过林冲，又抹掉黄信。白胜说晁盖中箭时，呼延灼、燕顺、欧鹏、杜迁、宋万就在跟前，应该不会是他们，也抹掉了。河沙上剩下的名字，全是跟林冲在村外接应的头领：徐宁、穆弘、张横、杨雄、石秀、孙立、邓飞、杨林。一共八人。林冲让白胜打听一下，前夜三更到四更，这八人中有没有谁离开过大队人马单独活动。

"眼下只是有些怀疑，没有证据，千万不要弄得沸沸扬扬的。一定要小心啊，只问你内线上的人。"林冲叮嘱。

白胜有些犹豫，"这个我就拿不准了，我只能说尽量小心。"

"没把握的人，就不要问他。"

"好吧。"白胜说。"过几天告诉你。"

傍晚渡水回寨，林冲看见迎接的人群中有公孙胜、鲁智深和妙琪。鲁智深请林冲去喝酒，然后到步军那边跟刘唐寒暄去了。

林冲问公孙胜："晁天王怎么样？醒过来了吧？"

正在微笑的公孙胜立刻把凝重的表情换到了脸上，摇着头，"你要作最坏的打算。醒是醒过来两次，每次醒过来都让人找你，知道你还没回来，他就把眼闭上，不再说话。我看是快不行了，他全凭意志撑着，吊着那最后一口气，要见你。"

"山寨里不是有人能治这种毒吗？"林冲心里一沉。

"这种毒是设窝弓打老虎用的，大夫能认出来，但他们说山寨里没有备解药。"

"派人下山去找没有？"

"安排解珍、解宝兄弟去了，还没回来，别指望了。"公孙胜把林冲拉到一边，"事情我大致猜到是怎么回事，没想到他们会突然对晁天王下毒手，你打算怎么办？"

"我也没料到，只是……还不能肯定是他们，得继续找证据，光猜不行。"林冲说。

公孙胜又摇头,"山寨不可一日无主,立寨主的事,不可能等到你找出证据才定。估计你短时间也找不出证据来。"

"依你之见呢?"

"先不要查了。我知道你和弟兄们的心情,但先不要查了。"公孙胜断然说。"马上想一想宋江做寨主之后,该怎么应对吧。"

林冲觉得公孙胜说得对。"你肯定想过了,你怎么想的?"

公孙胜说:"从大的方面看,我们就两种选择,一种是离开,一种是留下。现在还不清楚哪一种选择更坏。既然如此,不动为佳,先考虑留下。如果留下不走,我估计晁天王一归天,他们就会找你谈。他们会把副寨主的位子留给你,换你支持宋江做寨主。"

林冲马上说:"宋江做寨主,现在我没更多的话说。副寨主你做,我不做。"

"这正是我担心的。不是我跟你客气,我是做不了副寨主的。你若执意不做,就得从外面找一个人来做。"公孙胜说。

林冲难住了,他没料到自己一下子被抛到了旋涡的中心。他望着湖滩边正在拔节出水的芦苇,紧张权衡利弊。首先他明白,保留副寨主的位子,比不保留副寨主的位子,对反招安派更有利,对大多数头领更有利,对整个山寨也更有利。问题是,他知道自己个性不适合做副寨主。一个副寨主必须有笼络形形色色人才的手腕,有藏污纳垢的胸怀,有平衡山头派系的能力。他如果硬着头皮做了,要么不胜其烦很快退位,要么处事失当而被推倒。再说,他也不太愿意直接面对宋江的压力。但是,如果他和公孙胜都不做副寨主,从外面找一个人来做,这个人如果跟宋江一条心,主张反招安的这些人又怎么办呢?林冲想了想,只能是到时候再说了,实在受不了,他就带着弟兄们离开梁山。

林冲说:"从外面找一个人来做,也行。"

公孙胜把眉眼鼻子皱成一团,他抓着林冲的胳膊摇了摇,"还有一点时间,再想想,别忙着做决定。"

"好",林冲说。

林冲忽然觉得公孙胜什么地方有一点变化,这老先生不会是来给宋江做说客的吧？又想一想，他觉得不会。

　　林冲、公孙胜、鲁智深、呼延灼、穆弘、孙立等一行人来到晁盖屋里，晁盖正在昏睡，半边脸被药布包着，露出的半边脸肿得比原先大了一圈，很难看出病情是减轻了还是更严重。无论如何，晁盖还活着，胸脯上的被子还在微微起伏着，这对林冲就是一个安慰。屋子里有股草药味和臭味。宋江、吴用、花荣、阮小七和几个医护人员在一旁或站或坐。宋江双眼含泪，对林冲、呼延灼道了一声辛苦，说："晁天王一会儿发冷，一会儿发热，这一睡不知道什么时候醒过来，屋里也坐不下很多人，你们都累了，回去休息吧，晁天王若醒过来，就去叫你们。"

　　"好，我们听宋大哥的。"林冲说。

　　林冲的眼神主要瞧着晁盖那半张脸，实际上他也非常注意观察屋子里每个人。吴用不时拭眼角，花荣抱着臂走来走去，穆弘垂着眼面无表情……林冲有一种奇怪的感觉，宋江、吴用、花荣、穆弘、孙立似乎都在装模作样，但又说不出什么明显不对头的地方。有一会儿，他有点怀疑是自己疑心太重了，实际上毒箭跟宋江他们没什么关系。可是，毒箭上"史文恭"三个字在他心里挥之不去，史文恭在毒箭上留名实在是太说不过去了。毒箭如果不是史文恭射的，凶手就很有可能是招安派的人，这是不难想到的事。他决心继续查下去。

　　林冲在鲁智深的住所里吃晚饭。他把自己的怀疑和猜测都对鲁智深说了。

　　鲁智深压低声音说："俺也疑心是宋江那撮鸟叫人干的。刘唐也是这样想的。最好……先下手为强！不如俺现在就去找杨志、刘唐、三阮、史进、周通，今晚就调兵动手，先捉宋江！"

　　鲁智深要站起来，林冲把他按下了。

　　"师兄，不行，没有证据。若有证据，刚才在晁天王屋里，我就动手了。"林冲说，"我会继续查下去的。"

　　"等你把证据找到，恐怕好几个兄弟的命，已经没了。"鲁智深说。

　　"应该还不至于。不过，小心一些也没错。我们加强戒备就是了。相信过几天，会有一些消息的。"

　　鲁智深叹气："你这么讲规矩，他们不讲规矩，如何斗得过他们？情理上八九不离十，就行了。"

"话是这样说，但我知道，师兄心里也是有规矩的。"

鲁智深苦笑，"你不用给我戴高帽子，这事你不发话，我是不会动手的。可你太讲规矩了，你下一步怎么做，人家都算得出来，就不怕你了。你看你刚才接近宋江，宋江一点防备也没有，连门岗都没加一个"。

林冲想了想，说："这事的确非同小可，不能不搞清楚就动手。估计窝火的人不少，师兄要帮我劝劝他们。"

"你憋死我还不够，还要我帮你劝别人！免了。"鲁智深说，"你自己去劝他们吧。那刘唐早就放出话来了，若知道是谁干的，必定将其剁成肉酱！"

回寨的路上，刘唐也曾这样对林冲说过，林冲好容易劝住了。

林冲有些担心了。他觉得或许应该跟鲁智深一起，去找刘唐三阮白胜他们商议一下，找出最好的应对策略。可这个节骨眼儿上大家聚在一起会不会太扎眼？既然没有证据，不能报复，那么，给对方太大的刺激不仅没必要，反而有害。不如过些日子，他分头找他们聊一聊。

当晚林冲做了一个梦，他梦见晁天王把头上的药布一圈一圈解开来，晁天王对他说："其实我没事，跟大家开个玩笑，吓大家的。"林冲笑了。

就在这时，林冲醒了。他听见一阵敲门声，"林头领！"是侍从刘安的声音。房间里一片漆黑，林冲答应了一声。刘安说："公孙法师找你，说晁天王醒了，要你赶快去。"

林冲抱着衣服开门跑出来，边走边穿。

"晁天王怎么样？"他问。

"不行了。"公孙胜说。

林冲心里一点也没慌乱，这种镇定让他有点意外。接着，他明白了，他不相信。

这时两更过了，不到三更。一路上，林冲不时看到有人打着灯笼，往晁盖住所的方向匆匆走去，有一些人边走边压着嗓子嘀咕。进了院子，林冲发现多数头领待在小院里，东一堆、西一堆交头接耳。门廊和树枝上挂了几只灯笼，灯光里浮动着丁香花的香气。扈三娘和另外两个女将站在丁香树下，没有说话。她头顶上有一只猫趴在树杈上一动不动，透过敞开的窗子朝晁天王卧房里望着。卧房里只有宋江、吴用、花荣、刘唐、三阮等几个头领。院子里的头领纷纷让开路，让林冲走进屋里。

林冲一进卧房，吴用就招手让他靠近一点。宋江凑近晁盖耳朵说："哥哥，林冲来了。"

林冲走到床边，晁盖睁开一只眼，把屋子里每个人看了一眼，眼光定在林冲脸上。晁盖朝林冲伸出手，林冲弯腰握住晁盖的手，晁盖转头看着宋江，费劲地嘱咐道：

"贤弟保重。若哪个捉得射死我的，便叫他做梁山泊主。"

说罢，晁盖闭上眼睛，咽了气，把林冲的手抓得死死的。

宋江立刻扑倒在晁盖身上大哭，像死了亲爹娘一般，哭得发昏。吴用、公孙胜把宋江扶到一边，劝他："宋大哥不要这么伤心，人的生死是上天注定的。宋大哥应该马上处理大事。"

林冲看看这个，看看那个，一时还不能相信晁盖已经死了。晁盖还握着他的手呢，晁盖的手还是热乎的，这些人怎么就都哭起来了？屋里屋外很快哭成了一片。公孙胜走过来，把林冲的手从晁盖的手里抽出来，然后把林冲扶到外面。林冲有些明白了，他们得让出地方，多数头领在院子里等了半夜，等晁天王咽气，应该让他们轮流进卧室里哭一哭的。

林冲的悲痛来得比较迟缓。他感到胸口裂了一条细纹，然后细纹越裂越大，悲痛和往事就从那裂缝里涌出来了。他想起南山水寨火并王伦立晁盖为寨主的那天上午，他想起有一年冬天他和晁盖并排坐在摇椅上晒太阳，他想起跟晁盖比赛划船和钓鱼，他想起晁盖说的南海大岛，他想起晁盖进曾头市劫寨之前拍着他的胳膊说："这帮泼才杂碎没啥了不起的，愚兄去去就回。"……林冲坐在丁香树下的花坛沿子上，哭了，越哭越伤心。不知道是谁把一条手绢塞到他手里，他用来擦了几次眼泪，忘了还给人家。

林冲再看到晁盖时，晁盖已经被人用香汤沐浴过了，脸上盖着黄纸，装殓了衣服巾帻，停在聚义厅上。棺椁巨大，像座木头房子一样。林冲让侍从到住所，把毒箭拿来，横在灵前酒碗上供着。聚义厅不停有人戴孝来哭，僧众唱诵，让林冲有些心烦意乱，磕头祭拜后，他退到一边守灵。

第二天正午，林冲刚回住所躺下，刘安通报，李俊、孙立来访，说有要事想跟他谈一谈。

林冲跟李俊、孙立来往不多。这两个人是山寨里很有分量的人。李俊实际上是水军第一头领，孙立是登州帮的核心人物之一，两人大致算宋江的人，但跟宋江有一些距离。

林冲留意这两人很久，两次想跟他俩聊聊，想探一探口风，看有没有可能支持反招安派。

林冲留意李俊，是因为政和五年（1115）五月，宋江刺配江州，与李俊相逢后发生的故事。

当时，李俊是江州好汉老大，想见识一下让许多好汉崇拜追随的宋江，究竟有何能耐。李俊打听到宋江发配江州，将要路过揭阳，他和江州好汉给宋江设置了三次险境，等他认为宋江吓得半死的紧要关头，他再及时现身挽救，让宋江顺便欠他一点人情。

第一次险境，宋江和两个押送公人，在揭阳岭上的酒店里吃牛肉，喝白酒，宋江对两个公人说："如今江湖上歹人多，有多少好汉着了道儿的。酒肉里下了蒙汗药，麻翻了，劫了财物。人肉把来做馒头馅子。我只是不信，哪里有这话！"

那卖酒的店主笑道："你三个说了，不要吃。我这酒和肉里面，都有了麻药。"

宋江笑道："这个大哥，瞧见我们说着麻药，便来取笑。"

两个公人道："大哥，你也来趁热吃一碗也好。"

店主道："你们吃，我要去烫酒。"

店主烫热了酒，筛作三碗。宋江三人各吃了一碗下去，只见两个公人瞪了双眼，口角边流下涎水来，你揪我扯，往后便倒。宋江跳起来道："你两个怎的吃得三碗便恁醉了？"说着宋江也倒了。

店主先把宋江倒拖到山崖边人肉作坊里，放在剥人凳上，又来把这两个公人也拖了进去，叫来伙计，准备开剥。

当然不会开剥，这个店主名叫李立，是李俊的小兄弟。李俊"凑巧"带着童威、童猛兄弟出现了，解开文书袋来，看了差批，才知道是宋江，连忙调了解药，给宋江开了枷，扶将起来，把这解药灌将下去。

等宋江醒了，李俊和三个小弟拜倒在地，介绍自己，解释如何得知他是宋江，李俊问："不知哥哥为何事配来江州？"

宋江从杀了阎婆惜说起，直说到眼前，李俊等三人称叹不已。双方这就算结识了，宋江第一次险境过关。

第二次险境，是李俊让穆弘兄弟俩搞出来的。

穆家兄弟俩知道宋江有个花小钱笼络穷困好汉的套路，便让薛永在宋江必定经过的那条街上舞枪弄棒卖膏药，另让一帮人扮围观者，白看不赏钱。宋江果然赏了薛永五两银子，这时弟弟穆春分开众人冲了过来，喝道："兀那厮是什么鸟汉！哪里来的囚徒，敢来灭俺揭阳镇上威风！还有你这厮哪里学来这些鸟枪棒，来我这里逞强！俺已吩咐了众人，不许赏他，你这鸟囚犯如何卖弄有钱敢来出尖！"一番争吵，穆春要打宋江，结果被薛永打跑了。

薛永领着宋江四处找酒店，想跟宋江喝结拜酒。找了好几家酒店，都声称不敢卖给他们吃喝。薛永又领着宋江找客店，找了好几家客店，都声称不敢接待他们住宿。宋江渐渐明白了，这些人在玩他。

"当时我是这样想的，"宋江上梁山后，对王矮虎花荣几个说，"这薛永未免太不上道了，自称又不是新手，家里不少人靠使枪棒卖药度日。你去一个新地方，没拜码头，还可以解释为不凑巧没找着人，人家地头蛇都出来了，你竟敢打他。你打了他，你还不赶紧离开，居然领着我一家家找酒店，找客店，一点江湖常识没有，像个使枪棒卖膏药的吗？！"

但宋江假装没看出破绽，陪他们继续玩下去，看他们到底要干什么。

跟薛永告别后，宋江和两个公人饿着肚子走出了镇子，晚上在路边一所庄院里借宿。很快，宋江发现这所庄院凑巧正是穆弘兄弟的家。刚歇下，弟弟穆春提着朴刀领着一帮人回来了，装不知道宋江就在他家里，不停高喊着要找哥哥一起去追杀宋江。"他声音很大，"宋江说，"我们在屋里听得清清楚楚。"宋江端坐在客房里，等待两兄弟带人破门而入。如果两兄弟破门而入了，他就告诉他们："我是宋江，跟李俊等人是兄弟，那兄弟应该不会怎么样。"

但是，等了好一会儿，两兄弟没有破门而入，继续绕着客房说一些吓人的话。宋江猜想：他们或许嫌破门而入太无趣？他决定再主动配合一下，陪他们玩一把——他和两个公人一起挖开屋后一堵墙壁跑了出去，跑到江边的芦苇丛中，跟追上来的两兄弟捉迷藏。捉了半夜迷藏，一条黑船凑巧划过来了。宋江上了船，正被黑艄公张横逼命的紧要关头，李俊凑巧又赶来相救了……"哪有那么多凑巧！他娘的把我当呆鸟了，哈哈。"宋江说。

听的人都跟着哈哈，王矮虎的哈哈声特别响亮，宋江在揭阳的这段经历，此前王矮虎听穆弘说起过，大模样不差，但往细里听，压根不是一回事。在穆弘嘴里，宋江三次陷入险境，完全是因为江州众好汉不认识宋江，误会了。不过李俊运气好，最后及时解救了宋江，没让宋江吃什么大亏。

同一件事，两样说法，闲聊的时候王矮虎都告诉了公孙胜。王矮虎非常佩服公孙胜，不仅仅因为公孙胜是跟晁盖一起在黄泥岗劫蔡太师生辰纲的八个人之一，梁山元老，会法术——这些他都佩服，但更让他五体投地的是，公孙胜还是一个精通房中术的道士。他俩无话不谈。去年到江州劫法场救宋江，公孙胜没有参加，他说他很想听听宋江在江州的经历。听王矮虎说完后，公孙胜断然说："穆弘这个说法是胡编的。"

"怎么说？"王矮虎也觉得穆弘的说法有些假，但一下子说不出假在哪里，他想听听公孙胜的说法。

"想想宋江在你们清风山的经历就知道了。"公孙胜在书架上翻书找什么东西，头也没回。

王矮虎脑袋里当地响了一下，他明白了。前年冬天，宋江路过清风山，被伏路小喽啰抓住，绑在柱子上，正要取他的心肝做醒酒汤的时候，宋江叹了一声："可惜宋江死在了这里！"王矮虎一听到"宋江"两个字，耳朵里嗡了一下，问明白了他真是宋江后，王矮虎和燕顺郑天寿三个头领一齐拜倒在地，从此把宋江奉为上宾老大。

宋江在揭阳经历险境的时候，他为何不说他是宋江呢？只要说一声他是宋江就行了嘛，甚至两个防送公人说一声也行。宋江偏偏不说他是宋江，两个公人也不报宋江的大名（两个公人一同面临危险其实非常清楚宋江大名的威力），那就说明宋江知道人家是在演戏，折腾他，没什么大危险。两个公人也知道。

王矮虎正琢磨着，公孙胜突然大笑起来，"总算知道啦！哈哈哈哈！"他举着一张纸，纸上面写了几十个字。

王矮虎探头去看，公孙胜伸出一根被药水泡得花花绿绿的手指，朝其中一行字指指戳戳的，大约突然想起王矮虎识不了几个字，他收住笑，连说对不住对不住,接着解释说这就是宋江在江州浔阳楼题的那两首反诗。诗中有一句:"他年若得报怨仇,血染浔阳江口。"公孙胜说很多人觉得这句诗是个谜,不明白宋江跟江州谁有那么大的怨仇,"以前我也不明白,现在我总算是明白了,谢谢你,哈哈!"

王矮虎头皮有些发麻,有些后悔把宋江讲给他听的故事,讲给公孙胜听了。无意中知道了这么大一个秘密,可了不得了。"你可不要传出去啊。"

"传!大胆传!"公孙胜说,"宋江讲给你听,就是要你到处传的。"

王矮虎一下子没拐过弯来,"这个又怎么说?"

"他就是要掌李俊穆弘那帮人的嘴嘛。李俊穆弘本来以为把自己玩成了宋江的救命恩人,哪知道宋江比他们棋高一着。如果把宋江讲的这个故事传到江州帮的耳朵里去会怎么样?他们应该马上明白自己欠宋江很大一笔债吧?"

王矮虎头皮又麻了一下,是这么回事啊。他想到了江州劫法场那天,李俊穆弘他们是在梁山人把宋江成功救到白龙庙后,才驾船来接应的,纯属送顺水人情。打这一天起,王矮虎怀疑宋江跟李俊穆弘他们的关系并不怎么样,甚至有仇,王矮虎就放心地到处传这些事了。

林冲就是从王矮虎和公孙胜的嘴里,知道这些事的。他想把李俊争取到反招安派这一边,两次主动跟李俊搭话,李俊每次都很快找借口离开,很明显,李俊在避嫌。

林冲留意孙立,是因为孙立出卖同门师兄栾廷玉,去祝家庄卧底,帮助梁山攻破祝家庄,宋江不仅没有重用他,还在二道梁对战呼延灼时,让登州帮的实力损失了一大半。林冲没有很主动地去找孙立聊天,是因为他不太喜欢这个人。如果反招安派需要孙立,他还是会去找孙立聊的。

现在李俊、孙立都来了,虽然眼下不是争取他们支持反招安派的时机,林冲还是决定跟他们聊一聊,至少应该听一听两人来访的目的。

林冲穿好衣服走了出来。

寒暄一阵后,李俊说:"我们就不跟林头领绕弯子了。山寨不可一日无主,关于寨主的人选,不知道林头领有什么想法没有?"

"没有。"林冲说,"宋大哥接位,这个还用多想吗?"

"那副寨主呢?"李俊说,"如果宋大哥接大位,我们很希望林头领能接任副寨主。"

"对，"孙立说，"我们很希望林头领，能接任副寨主。"

林冲摇手，"不行不行，林冲何德何能，敢居高位？"

李俊说："林教头坐第二把交椅，众望所归，不必客气。如果林头领同意，我和孙头领将在会上联名推荐林头领。"

林冲拱手，"两位仁兄，饶了我吧，我是真没那个本事！"

两人又苦劝了一阵，林冲还是不答应。李俊说："林头领，这个副寨主总得有人来做吧？"

林冲点头，"这个我赞同，副寨主的位子，保留，比不保留强，应该找一个合适的人选。"

李俊说："我们还是希望林头领来坐。如果你实在不坐，谁合适？我们也想听听林头领的意见。听说有人推荐了河北的卢俊义，林头领应该听说过这个人吧？"

林冲说："卢俊义当然听说过，大名府有名的卢大员外嘛，一身好武艺，棍棒天下无对。他若能来坐第二把交椅，分量足够。可是，他是大名府第一富贵人物，怎么会来梁山落草呢？"

"这个人是吴用提出来的，吴用说，若林教头执意不肯做副寨主，他愿意亲自去大名府，赚卢俊义上山。"李俊说。

林冲说："吴军师足智多谋，既然吴军师愿意亲自出马，那是再好不过了。"

李俊、孙立起身告辞。白胜来了。白胜说几位头领请林冲去阮小七水寨商议。

林冲跟白胜去了芦苇荡，路上白胜告诉林冲："林大哥前几天要我查徐宁、穆弘、张横、杨雄、石秀、孙立、邓飞、杨林，在晁天王中箭当晚的三更到四更之间有没有单独活动过。我让人查过了，除了张横，其他七人都曾单独活动过。晁天王中箭前后几天，在梁山的头领一共有九人下山，汤隆去济州买铁，王矮虎去送盐，解珍解宝去大名府买药，韩滔去东平府买布，朱仝雷横去东昌府买粮，杨志去郓州买牛肉，李逵私自下山去打曾头市被追回，戴宗去曾头市打探消息和传军令。花荣也查了，没人看见他下山，但有两三天，没人见过花荣，听说在北关外射箭场小屋里坐禅，没出门。我想找看管射箭场的潘胡子问问，可他不在，听说拿了些银子回老家养老去了。我啥证据都没有查到，但心中有数，这事就是招安派干的。"

林冲没吭声。他在想，下山买东西的八人中，解珍、杨志、韩滔、朱全这四人箭法不错。这是偶然的吗？花荣只有三天时间没人看见过，三天时间够他从曾头市打来回再加上埋伏吗？徐宁、穆弘、杨雄、石秀、孙立、邓飞、杨林，都曾单独活动过……这么多人可怎么查？其中不少人是重要头领，没有宋江的命令，他们恐怕不会配合调查。

林冲跟白胜上了一条大船，见了刘唐、阮小二、阮小五、阮小七、朱贵、杜迁、宋万。他们几个都披甲戴盔，孝衣穿在里面。没有寒暄，一见面都跪在林冲面前。

阮小七说："回寨的路上，晁大哥说过，他若有不测，要我等多听林头领意见，现在晁大哥被宋江暗害，请林头领带我们报仇！"

其他几个头领一齐说："请林头领带我们报仇！"

林冲请他们站起来说话，他们都不肯起来，要林冲答应他们的请求。林冲只好也跪下了。

林冲问："各位有什么证据证明是宋江下的毒手呢？"

"我们虽然没抓到什么把柄，但心里知道这是怎么回事。我们决不轻饶！"刘唐等几个头领说。

林冲有些后悔了，后悔不该让白胜去查这件事。一再叮嘱白胜不要弄得沸沸扬扬，现在就差敲锣打鼓满山寨宣扬了。事已至此，责怪白胜也没有用。

林冲说："现在出手不妥！一、师出无名，我们没有证据。二、我们没有计划和准备。三、我们应该等待最合适的时机。现在这个节骨眼儿，他们对我们很防备。"

林冲停了一下，又说："只要不放弃调查，总有一天会查出真相。那史文恭还在曾头市，抓住他，至少能知道是不是他干的。若是山寨里的人干的，各位兄弟都留点心，睁大眼瞧着，他总会露出蛛丝马迹。我向各位兄弟保证，一旦查实，决不轻饶！但在此之前，我希望兄弟们不要轻举妄动，弄不好冤枉了无辜的人，放过了真凶。"

几个头领互相看了一眼，刘唐、阮小七扶起林冲。刘唐说："林头领说得有理，我们听林头领的。"

"你们要是听我的，赶紧散了。"林冲说。

众头领都散了。白胜跟着林冲走了一截，林冲本来想责他几句，一看到他泪汪汪的眼睛，揽一揽他的肩，对他说："有空查一查解珍、杨志、韩滔、朱仝这四个人，想办法弄清楚他们去过曾头市没有？"

白胜说："好，我明天就去，带上他们四人的画像，一家一家客店里问。"

林冲心里一阵感动，他知道这事难度很大，又辛苦又危险。

他又揽一揽白胜的肩："晁大哥结交了你这个兄弟，真是不枉！"

两天后，公孙胜来找林冲。

公孙胜说："吴用问我，能不能请林教头出面立宋江为寨主。"

林冲说："晁天王刚刚留下遗言，谁捉住凶手，谁做寨主。眼下晁天王还没下葬，宋江正式做寨主，恐怕有些弟兄一时难以接受。要我出来撑场面，他就只能是暂时代理寨主。否则他自立为寨主，我也没意见。"

"李俊、孙立他们也是这个意思。"公孙胜说，"行，我就这样回复他。"

第二天上午，聚义厅里摆上了香花灯烛，召开头领大会。林冲为首，请出了宋江。

吴用说："哥哥听禀：晁天王归天去了，山寨中事业，岂可无主。四海之内，皆闻哥哥大名，请哥哥为山寨之主，大伙拱听号令。"

宋江推辞了一番，说："我等不可忘了晁天王遗言，只有捉住史文恭的人，才可做梁山泊主。这话众头领都听到了。我又不曾报得仇，雪得恨，怎能居此尊位？"

林冲说："现在没有人捉得那人，若哥哥不坐时，谁敢坐此位？寨中人马如何管理？哥哥暂且坐一坐，待日后别有计较。"

宋江说："林教头言之极当。今日小可暂居此位，待日后报仇雪恨了，拿住史文恭的，不管是谁，须当此位。"

吴用说："请哥哥主张大事。"

宋江说："头一件大事，就是与晁天王报仇，兴兵去打曾头市，各位意下如何？"

吴用说："哥哥，庶民居丧，尚且不可轻动。百日之后举兵，也不算迟。"

宋江点头,"军师所言极是。"

宋江焚了香,坐了第一把交椅。上首军师吴用,下首公孙胜。左一带林冲为头,右一带呼延灼居长。众人参拜了,两边坐下。

宋江下令把聚义厅改成忠义堂,将各寨人马调整了一下。林冲、鲁智深、刘唐都被调出了关。西山立了左军大寨,寨内第一位林冲,第二位刘唐,第三位史进,第四位杨雄,第五位石秀,第六位杜迁,第七位宋万。鲁智深被调到前军,寨内第一位李应,第二位徐宁,第三位鲁智深,第四位武松,第五位杨志,第六位马麟,第七位施恩。其他还有几个寨。

林冲带着妙琪搬到西山大寨。有一天,林冲拿出锦袋发呆,妙琪走过来,问他:"这个锦袋怎么到了你手里?"

"你以前见过?"

妙琪突然捂住嘴,摇头说:"没……没见过。"

第十六回　吴用智赚卢俊义　梁山打破大名府

吴用碰到一个难题,怎样帮宋江解套?

晁盖当众留下遗言:"贤弟保重。若哪个捉得射死我的,便叫他做梁山泊主。"

摆明了,不想让宋江当寨主。

大家虽然不知道射毒箭的人是谁,但谁都知道,这人武艺高强。在梁山泊按武艺排位,宋江恐怕是最后一位。

宋江急了,出了个大昏招,改了遗言:"如有人捉得史文恭者,便立为梁山泊主。"

这样一改,吴用的脑袋顿时嗡嗡作响。猛一看,改了遗言,对宋江有利,梁山现有头领中,几乎没人能捉住史文恭,寨主位子宋江暂时坐稳了。还有,把毒箭上史文恭的名字,确认为真正凶手,给大伙一个先入为主的印象，能转移一部分人视线。

但仔细想想，对宋江不利之处更多。首先，公然篡改很多人听到的遗言，会有损宋江忠义诚信的形象，还会给人急于遮掩毒箭真相的嫌疑。还有，会增加宋江正式继任寨主的难度，本来大家不知道是谁射的毒箭，查也未必查得出来，即使能查出来恐怕也得很长时间，山寨不可一日无主，二把手宋江先顺位继承，也是说得过去的。现在宋江这样一改，史文恭作为射毒箭的凶手被宋江确认了，那宋江只能抓住史文恭，才能名正言顺地当寨主。别人抓住史文恭，起码会动摇宋江的地位。这真是自作聪明，反被聪明误，自己把自己套住了。

宋江意识到自己失误后，又急了，他要亲自带队去打曾头市解套。更明智的做法应该是，先准备好捉史文恭的人选。吴用劝住了他，"哥哥：庶民居丧，尚且不可轻动，哥哥兴师，且待百日之后。"

宋江答应在山寨居丧，从梁山周边请来了几个有名的和尚、道士，每日修设好事，追荐晁盖。其中有个和尚，法名大圆，是北京大名府龙华寺的僧人。一次斋饭后闲话，宋江问大名府最厉害的好汉是谁，大圆和尚回答："应该是卢员外吧？"

宋江听了，突然想起来了，说道："你看我们未老，却这样忘事！大名府里有个卢大员外，双名俊义，是河北三绝：首富，英俊，一身好武艺，棍棒天下无对。山寨里要是有这么一个好汉，就太好了！"

吴用说："这有何难，小生亲去大名府走一趟，劝他入伙。"

吴用觉得，卢俊义应该是捉史文恭的合适人选。卢俊义在山寨里没根基，当寨主不可能服众，抓住史文恭后，应该会做个人情，把寨主位子让给宋江。吴用推卢俊义做个副寨主，这样，勉强算得上不负晁盖遗言。

宋江说："卢俊义是大名府第一等长者，如何能够让他上山落草？"

吴用说："小生凭三寸不烂之舌，尽一点忠义之心，舍死忘生，略施一计，便教本人上山。"

吴用当然知道自己在说大话，不过，他要舍生忘死，为宋江尽一点忠义之心，倒是真的。

梁山好汉大概分两派，一派是宋江的招安派，一派是晁盖的反招安派，吴用原先算是晁盖一派的，宋江入伙后，吴用转投了宋江。

吴用和晁盖同是东溪村人，自幼结交，晁盖有事，喜欢找吴用商量，两人不止一次合谋劫财，有时难免露了破绽，晁盖就去郓城县衙找宋江打点，多年来平安无事，直到黄泥岗劫生辰纲事发，吴用亲眼看见宋江，担着血海般的干系来报信，才感觉到宋江真正值得深交。宋江因阎婆惜命案流落江湖，推荐花荣、秦明等青州好汉上梁山以后，吴用又觉得，日后宋江若上梁山入伙，对自己对晁盖的地位，都会有极大威胁。宋江刺配江州，在浔阳楼酒醉题反诗，获重罪，吴用最先的解救方案是以蔡京名义写一封假信，命江州知府将宋江押送东京，以便梁山好汉在押送途中劫走宋江。吴用故意在假信中漏了一个破绽，错用蔡京印章，被赋闲通判黄文炳看出，宋江被判死刑。

吴用这时是真想借这个机会除掉宋江，他不愿意看到宋江被救上山以后，山寨里出现二主相争，以致分裂火并的局面。

但晁盖坚持要亲自带队去江州救出宋江。吴用理解晁盖想回报宋江的救命之恩，不愿意让大伙觉得他是忘恩负义的小人。

问题是，晁盖这么在乎自己的形象，在江湖上混，会成为致命弱点！

宋江带着十几个江州好汉上梁山入伙以后，二主相争的格局不可避免，吴用认定，晁盖将来搞不过宋江，吴用果断转向，选择辅助宋江实现招安。

很多人以为，吴用支持招安是为了进入体制当官，其实不是。吴用知道。招安以后，他的日子不一定好过。但眼下不支持招安，宋江会让他的日子没法过。

吴用不怕得罪晁盖，晁盖心里会不高兴，但不会对他怎么样。得罪宋江却是令人恐惧的事情。吴用相信，宋江肯定知道他在伪造蔡京信件时，故意用错印章，他一直在担心某一天宋江会要他小命。

宋江连晁盖都敢暗杀，如果想杀他吴用，那不会是什么难事。宋江有时候会出昏招，但有时候用的计谋，又非常巧妙，吴用和几个头领参与了暗杀晁盖的计划，事后吴用只知道自己参与的那一部分，晁盖究竟是被谁射杀的，吴用不知道。吴用心惊肉跳了好几天，他下定决心，以后不再跟宋江作对。

晁盖死了，宋江代理寨主，这将是一段不确定的危险时期，吴用认为，这也是自己在宋江面前表现能力和忠心的机会，他要赌上身家性命搏一次。

吴用喜欢这个危险挑战。能亲自驯服卢俊义这样的人物，会让他有很大的成就感。

动身下山前，吴用找大圆和尚了解了一些卢俊义家里的事。大圆曾多次到卢俊义家里化缘，卢俊义家人也曾多次到龙华寺布施上香，大圆见军师吴用亲自找他打听，便抖擞精神，尽力卖弄，把卢俊义家里的大事小事说了一大堆。

吴用了解到，卢俊义家里的都管名叫李固，东京人，来大名府投奔相识没投着，冻倒在卢俊义家门前。卢俊义救了他性命，养在家中。因见他勤谨，能写能算，教他当小管家。五年之内，抬举他做了都管。在卢俊义心里，他对李固有救命情义和知遇之恩，李固应该不可能背叛自己。没想到，李固竟然会跟他老婆通奸。

自古奸情近杀。吴用认为，李固迟早会设计害死卢俊义。

这卢俊义太骄傲，太粗心了。

吴用还了解到，卢俊义有个小厮，叫燕青，跟着卢俊义练了一身好武艺，还会琴棋书画、诗词歌赋。吴用提醒自己，对这种出身底层又极其聪明的人，要非常小心。

吴用扮作算命先生，让李逵挑着行李，下山了。不一日，到了大名府，用假文引混进了城。吴用挑了一个燕青不在家的日子，去卢俊义房前屋后反复摇铃高喊："知天，知地，知命运！知生，知死，知祸福！若要问前程，先请银一两。"卢俊义把他请了进去。

卢俊义报完八字，吴用取出一把铁算子，噼里啪啦算了一回，大叫一声："怪哉！"

卢俊义失惊，问道："贱造主何凶吉？"

吴用道："员外若不见怪，当以直言。"

卢俊义道："正要先生与迷人指路，但说不妨。"

吴用道："员外这命，目下不出百日之内，必有血光之灾，家私不能保守，死于刀剑之下。"

卢俊义笑道："先生差矣！卢某生长在豪富之家，祖宗无犯法之男，亲族无再婚之女；又无寸男为盗，亦无只女为非。更兼俊义做事谨慎，非理不为，如何能有血光之灾？"

吴用改容变色,急取原银付还,起身便走,嗟叹而言:"天下原来都要人阿谀谄佞。罢,罢!分明指与平川路,却把忠言当恶言。小生告退。"

卢俊义道:"先生息怒,前言特地戏耳。愿听指教。"

吴用道:"小生直言,切勿见怪。员外贵造,一向都行好运。但今年时犯岁君,正交恶限。"

卢俊义道:"可以回避否?"

吴用又噼里啪啦算了一回,对员外说:"除非去东南方巽地上一千里之外,方可免此大难。虽有些惊恐,却不伤大体。"

卢俊义道:"若是免得此难,当以厚报。"

吴用道:"命中有四句卦歌,小生说与员外,写于壁上,后日应验,方知小生灵处。"

卢俊义对丫鬟说:"取笔砚来。"

吴用吟了四句,卢俊义去白粉壁上写道:

芦花丛里一扁舟,
俊杰俄从此地游。
义士若能知此理,
反躬逃难可无忧。

卢俊义写罢,吴用收拾起算子,作揖便行。卢俊义留他吃了午饭再走。吴用谢了卢员外好意,说不能误了卖卦。回到店中,算还房宿饭钱,收拾行李包裹,回到了梁山。

不久,从梁山西北客店传来消息,卢俊义来了,带着管家李固和十几辆车子。吴用请十几员大将,用车轮战跟卢俊义缠斗,鲁智深、林冲、武松、朱仝……分别领命下山,都是跟卢俊义斗几回合就跑,把卢俊义引到了芦苇深处。

吴用再请阮小七等水军头领,扮成渔人,去捉卢俊义。事后听小七讲,他们是这样捉住卢俊义的:先是阮小七摇着一只小船出来,看见卢俊义正站在湖滩上发呆,阮小七在船上喊:"客官好大胆!这是梁山泊强人出没的去处,半夜三更,怎的来到这里?"

卢俊义道:"我迷路了,又累又饿,寻不着宿头。你救我则个!"

阮小七说:"此间大宽转,有一个市井,走路三十多里,路杂难认。若是走水路,只有三五里。你舍得十贯钱与我,我便把船载你过去。"

卢俊义道:"你若渡得我过去,寻得市井客店,我多与你些银两。"

阮小七摇船靠滩,扶卢俊义下船。到了湖心,水军头领李俊、张顺、阮小二、阮小五都围了过来,弄翻了船,把落水的卢俊义活捉了。靠了岸,八个小喽啰抬过一乘轿来,给卢俊义换了衣服,扶卢俊义上轿便行。

宋江、吴用看见卢俊义的轿子上了山,率众头领打着灯笼上前迎接。宋江先跪,后面众头领排排地都跪下。卢俊义下轿,跪下还礼道:"既被擒捉,愿求早死。"

宋江大笑,说道:"请员外到小寨说话。"

一路敲锣打鼓,到了忠义堂,宋江给卢俊义陪话:"小可久闻员外大名,如雷贯耳。今日幸得拜识,大慰平生!却才众兄弟甚是冒渎,万乞恕罪!"

吴用上前说道:"昨奉兄长之命,特令吴某亲诣门墙,以卖卦为由,赚员外上山,共聚大义,一同替天行道。"

卢俊义说:"宁就死亡,实难从命。"

吴用说:"既然如此,先在山寨里歇一夜,喝几杯酒,明日再走不迟。"

卢俊义无计奈何,只得饮了几杯,小喽啰请去后堂歇了。

接连几天,宋江、吴用和众头领轮番设宴,款待卢俊义。住了几天,卢俊义要下山回家。

卢俊义说:"小可在此不妨,只恐家中知道这般的消息,会急坏了。"

吴用道:"这事容易,先教李固送了车仗回去,员外迟回几日却何妨。"

卢俊义只好答应。

吴用送李固和两个当值的并车仗头口人伴下山来,吴用对李固说:"你的主人已和我们商议定了,今坐第二把交椅。未曾上山时,预先写下四句反诗在家里壁上,我教你们知道,取每一句头一个字,便是:'卢俊义反!'家里不要等主人回去,照旧做你们的生意,好好过日子。"

过了一个月,卢俊义实在要下山,吴用把旧时衣裳刀棒送还员外,外加一盘金银,卢俊义只取了几十两银子做盘缠。一行众头领,都送下山。

立秋过后,戴宗去大名府探听消息,得知李固把卢俊义告发了,卢俊义被下在死牢里。宋江本来想亲自带兵去救，无奈背疮发作，请来神医安道全医治，吴用挂帅，领兵下山。

路上，吴用寻思，大名府梁中书是蔡京女婿，谁打破大名府，蔡京以后有机会肯定要报复。宋江惧怕招安后会遭蔡京毒手，所以让他出马。

吴用不在乎蔡京报复不报复，他劫生辰纲时，已经得罪了蔡京一次。他打大名府，不为钱财，不为立威，只为蔡京等奸邪，屈沉人才，能够给蔡京、梁中书这些大人物添堵，吴用心里畅快。

招安以后怎么办？梁山招安，走的是宿太尉门路，蔡京是宿元景政敌，让蔡京不舒服，就是让宿太尉舒服。在吴用眼里，宿元景也不是好东西，但相对正直一些。

元宵节这天，大名府照例举办灯会，吴用使时迁潜入大名府，去翠云阁放火，使扈三娘和王矮虎，顾大嫂和孙新，孙二娘和张青，三对夫妻扮成看灯的，混进城去，等翠云阁起火，就夺取城门。吴用统兵在城外树林里埋伏等待。

二更时分，城里火光冲天，城门大开，吴用指挥梁山军冲了进去，杀散官兵，纵兵抢劫大名府，只放过梁中书一家逃命。吴用命人从牢中救出来卢俊义，抓住了李固和卢俊义的妻子贾氏。

燕青想动手就地处决李固、贾氏，吴用急忙阻止。吴用令侍从把李固、贾氏钉在陷车内，押到梁山上。他必须让这两人活一些日子，让卢俊义看清真相，有机会问个清楚明白，搞清楚实际上是梁山人把他从险境中救了出来。只有卢俊义确认了这一点，吴用才能确认卢俊义不会对他怀恨在心。

大军回到梁山。忠义堂上，宋江见了卢俊义，纳头便拜。卢俊义慌忙答礼。

宋江道："我等众人，欲请员外上山，同聚大义，不想却遭此难，几被倾送，寸心如割！幸亏员外是天上星宿，蒙九天玄女垂佑，今日再得相见，大慰平生。"

卢俊义拜谢道："上托兄长虎威，深感众头领之德，齐心并力，救拔贱体，肝胆涂地，难以报答！"

军士把李固和贾氏绑到了忠义堂上。宋江道："员外可将这厮监在牢中，问清这厮罪恶，请员外自行发落。"

卢俊义说："不必，路上已审问清楚。"

他手拿短刀，大骂泼妇贼奴，将二人剖腹剜心，凌迟处死。从此，卢俊义在山寨里坐了第二把交椅。

不久，曾头市又夺了梁山泊马匹。宋江怒道："前者夺我马匹，今又如此无礼！晁天王的冤仇未曾报得，旦夕不乐。若不去报此仇，惹人耻笑！"

吴用道："即日春暖，正好厮杀取乐。"

第十七回　林冲四处查毒箭　法师盘问史文恭

打曾头市前，宋江在忠义堂点将，林冲主动请战，宋江当时只是微笑了一下，最后公布的名单没有林冲，林冲不明白。

公孙胜说："怕你捉住了史文恭呗。史文恭被你捉住了，他让位还是不让位？尴尬！"

林冲说："他带你去，就不怕你捉住了史文恭吗？"

公孙胜说："他当然不怕。他知道我不耐烦做寨主，知道我有机会捉住史文恭也不会动手去捉。要是我没猜错的话，宋江带我去，是想要我帮助卢俊义捉住史文恭，卢俊义在梁山根基不深，他捉住了史文恭也不会做寨主，会让宋江做。我呢，会帮这个忙，为什么？我想借此机会，搞清楚究竟是不是史文恭射出了毒箭。"

林冲点头，"搞清楚的确很重要，我也正在查。只是史文恭这人很危险，你要多加小心！"

公孙胜说："放心，我不会跟他拼刀枪的。我有我的办法。"

公孙胜走后，林冲找出毒箭，走到后山脚下的弓箭坊，请几个箭匠看看。

几个箭匠传看了，都说："这不是咱梁山的箭，梁山箭多数用的是芦苇箭杆，铤式箭头比较多，少数头领用的箭杆，是杨树和柳树。梁山的箭羽用的是雁翎和鸡翎，这支箭用的啥羽毛不认识。"

"还有呢？再仔细看看。"林冲说，"小心，箭头有毒。"

"这么长时日，没剩下啥毒了。"

有三个箭匠看了箭，都摇头。

"我再瞅瞅。"老王班头说。

老王班头把箭拿到太阳底下，又看了一会儿，说："这个箭杆好像是用山茱萸树制作的，比较少见，山茱萸树比杨树、柳树、桦树更密实，韧性更好，不易折断。箭尾夹槽里面，打磨得很光滑。箭羽好像是雕翎。材料和做工都这么讲究，价格不便宜，这应该不是一般人用的箭。"

有个箭匠说："写着史文恭的名字嘛，史文恭，当然不是一般人。"

老王班头说："写谁的名字，不一定是谁的箭。"

林冲同意，"现在还不能肯定是谁的。王师傅看得出是哪里制作的吗？"

"我看不出。"老王班头想了想，"要是我师傅还活着，他老人家肯定看得出来！兴许，我师兄能看出来。"

林冲问："请问你师兄在哪儿？"

老王班头说："在济州……兴许还在济州吧，也说不定去别的地方了。去年东京有人请他。他是有名的制箭师，请他制箭的人很多。"

"如果在济州，请教怎么找他？"

"上济州六孔桥下面的弓箭坊，找老康头，康大成，都知道他。"

林冲来到忠义堂，见呼延灼坐在值房，宋江、吴用、公孙胜都到曾头市去了，山寨里由呼延灼主持。

呼延灼见了他，屁股在凳子上扭了几下，站起来拱手打招呼。林冲故意延迟了一下，才拱手回礼。

林冲能感觉到呼延灼有些不安，呼延灼四处张望，似乎想看看侍卫都在什么地方。林冲曾经怀疑过呼延灼就是放毒箭的凶手：呼延灼是招安派铁杆骨干，他有强烈动机。林冲在射箭场见过呼延灼练习射箭，箭术跟花荣比不了，跟杨志、孙立不相上下，比他林冲可能略高一点。据白胜说，劫营人马遭遇埋伏时，呼延灼不等晁盖下令撤退，擅自大喊："原路返回！"率先冲入黑暗，消失了。不过，半刻钟不到，呼延灼又杀回来救晁盖。林冲去晁盖中箭的地方实地勘察过，他判断弓手应该是埋伏在绸缎铺屋脊后面，不到半刻钟，不够呼延灼爬上屋顶放箭又下来。林冲把呼延灼从直接凶手嫌疑名单中排除了。

等呼延灼屁股坐安稳了，林冲向他请假，说要到济州去几天，有些私盐的事需要处理。

呼延灼皱了一阵眉头，说："林教头，此事我不敢擅自做主，我叫人飞报宋大哥，请林教头稍等几日，如何？"

林冲说："对不起，事情有点急，几天太长了。"

呼延灼笑了，"这么急？脸上的金印刚抹掉了，就急着进城了"。

林冲知道他在暗示什么。神医安道全上山后，脸上有金印的头领都给抹平了，其中一些头领赶紧请假下山进城。

林冲没有理会呼延灼，他翻着桌上的登记薄，发现去年三月有一页撕掉了，时间大约是晁盖去曾头市的那段日子。林冲不动声色，拿起毛笔，填好自己下山的时间，事由，填完转身就走。

林冲把反招安派的事务交给杨志和朱武，带着白胜和刘安下了山。到了济州，去六孔桥往北的弓箭坊，打听康大成师傅。

在一家箭坊内，几个制箭师说，康师傅去东京了。林冲拿出毒箭，让几个制箭师傅辨认，他们看了都摇头，其中一个师傅说："这是高档箭，应该去找常师傅试试看，他专门制作高档箭。"

林冲连忙问："上哪儿找常师傅？"

"上他家里。他在弓箭坊没门脸。"

林冲问了地址，找到了常师傅家门口。应门的徒弟说，常师傅午睡未起，有事过一会儿再来。

林冲、白胜、刘安谢了徒弟，离开了，走进了附近的药铺，林冲拿出毒箭，让掌柜的闻了闻。

掌柜的说："时日有点久，闻不出来。你要真想知道箭头上是什么毒，拿十两银子，我把箭头取下来，放在药酒里面泡一个时辰，也许能试出来。不过泡了以后，上面就什么毒也没有了。"

林冲把毒箭交给掌柜，让刘安给了他十两银子。掌柜卸下箭头。林冲让刘安在药铺等着，他带着箭杆，和白胜一起去找常师傅。

拐过街角，看见两个黑衣人，闪进了常师傅家门口，帽子压得低低的。

林冲心里一跳，立刻飞跑冲进了常师傅家，看见常师傅的徒弟受伤倒在了院子里，林冲往里屋跑去，两个黑衣人破窗跳进了后院，翻墙逃走了。林冲追了一段，没追上，他担忧常师傅的安全，赶紧回了常师傅家。常师傅揉着眼睛走出了卧室。

"啥动静？你们是谁？小墩子！"

白胜扶着常师傅的徒弟小墩子走进堂屋，小墩子诉说他被袭击的经过，"我刚开口说师傅在午休，其中一个人的刀就刺过来了，我躲了一下，没躲开，这人功夫比我高一些。"

常师傅说："我从来不搅和江湖恩怨，是谁对我们下毒手？"

林冲说："江湖上总会有一些疯狗，我们一起把他们找出来，除掉。"林冲让白胜扶小墩子去药铺治伤。

常师傅点头，问："你们怎么这么巧？正好遇上了。"

林冲拿出茱萸木箭杆，说明了来意。常师傅接过箭杆看了看。

"这不是史文恭的箭吗？怎么到了你手里？"

林冲问："你为什么这么肯定是史文恭的箭？"

"这是我亲手做的嘛！箭头呢？箭头应该是仿铁骨丽锥。"

林冲点头，铁骨丽锥是辽人和金人爱用的箭镞，有倒刺，不到三钱重，比宋箭轻。市面上流行的箭镞形制，有五种以上，常师傅一口说准是仿铁骨丽锥，确实是高人。他告诉常师傅，箭头有毒，拿到药铺里验证去了，看看是什么毒。

常师傅皱眉，"史文恭在我这里定制箭支，有很多年了，从来没听说过他在箭头上涂毒"。

林冲相信常师傅说的是实话，他向常师傅请教了一些制箭方面的知识，临走时，订了一千支跟史文恭一样的箭。他暗暗发誓，一旦抓住射死晁大哥的凶手，就用这批箭把他射成刺猬。

林冲回到药铺，掌柜告诉他，箭头上是什么毒没查出来，但有可能是金人设窝弓射老虎的那种毒，没把握，残留的量太少了。掌柜愿意把银子退还一半，林冲没收，反而又给了他一些银子，买了一些常见毒药的解药。

回到山寨，这一天晚上，林冲坐在卧房灯下，手里拿着锦袋出神。妙琪问他，为什么经常看这个锦袋？林冲说，这是晁大哥中箭第二天，他在曾头市法华寺后面的树林内捡到的,他也说不清这个锦袋有什么问题,只是直觉告诉他这个锦袋有问题。

妙琪走出卧房门,两边看看,又走回来,关上门,走到林冲身边轻轻说:"我跟你说件事,你千万别告诉别人是我跟你说的,你要不答应,我就不跟你说了。"

林冲看了她一会儿,"行,我答应你,你说吧"。

妙琪犹豫了一下,说:"去年春天,宋清二哥的夫人,花荣哥哥的夫人,还有我,一起坐在宋大哥家后院里晒太阳,绣锦袋,两位哥哥的夫人都要我给她们的锦袋画图案,其中一只锦袋上画的就是后羿射日,跟你手上这个太像了。"

林冲把锦袋递给妙琪,"你再仔细看看"。

妙琪接过去看了一会儿,"我不敢乱说,只能说,很像。彩线绣出来的,跟笔画上去的不太一样。你知道,很多弓箭手的锦袋上都有这种图案。"

"嗯,我相信你说的。谢谢你告诉我!我不会告诉别人。"

林冲心里琢磨,这是一条重要信息,但是,能相信她吗?上次刘安告诉说,妙琪几次偷听林冲跟来客谈话,林冲要刘安装没看见。这在林冲意料之中,她来就是干这个的,不偷听才不正常。不过,也应该委婉敲打一下,让她稍微收敛一点。

那天晚上,林冲跟妙琪下了一盘围棋。猜先,林冲执黑。从开局到终盘,黑棋没吃过一颗白子,但也没损失过一颗黑子,双方各围各的空间,各守各的边界。这是一盘很奇特的棋局,妙琪显然心领神会,林冲在用棋子跟她说话,她配合默契,也用棋子说话。话都说明白了,最后没有收官,也没必要收官,目数大致差不多,算清楚谁输一目,谁赢一目,没啥意义。

林冲收拾棋子,说:"很晚了,你去休息吧。"

妙琪却坐着没动,用棋盘挡着脸哭,没哭出声,但抖动了身体,哭了一会儿,才收好棋子棋盘,走了出去。

林冲相信,妙琪看明白了他的心意。他也看明白了妙琪的回应。他当然明白她的难处,她很聪慧,想必知道今后该怎么做。

眼下她主动把锦袋的事告诉他，却不把话说死，留有很大余地，什么意思？他当然不会以为她现在跟他站一边了，但显然做出了友好的姿态。林冲坐在床头想了半夜，没猜透她（也许还有他）的真正用意。

几天后，梁山军打破曾头市归来，林冲去金沙滩迎接，挨个问候了宋江、吴用、公孙胜、鲁智深等头领。他看见囚在木笼里的史文恭，脸上神情呆滞，一副还没睡醒的样子。林冲想靠近问几句话，负责看守的吕方、郭盛，把两支戟交叉，拦在他面前。

"对不起，林头领，宋大哥和军师有令，未经批准，不得靠近。"

公孙胜走过来，拉走林冲，"算了，他又聋又哑，问不出什么来。"

"怎么会这样？"

"回去我慢慢告诉你。"

林冲晚上要参加在忠义堂举办的宴会，他顺路陪公孙胜回到宛子城小寨住所。

公孙胜说了抓住史文恭的经过。

"曾头市设了五个大寨，梁山军也分成五路人马分别攻寨，五个寨都攻破了，很多头领都围攻过史文恭，但没人敢下手抓他。大伙合力把他赶进了西山峡谷，我预先在峡谷里堆了几堆掺了迷药的干草，在两边绝壁之间牵了细线，线上挂着可以来回拉动的纸人，看见史文恭进了峡谷，我立刻下令点燃了迷烟，拉动纸人。

"史文恭抬头看了看飘来荡去的纸人，勒住了马，我模仿晁大哥的声音说：'史文恭，你射死了我，拿命来。'

"史文恭问：'你是谁？我什么时候射过你？'

"我说：'我是晁盖，四月份有一天晚上，我进曾头市劫营，你用毒箭射我。'

"史文恭说：'晁天王，你搞错了，你不要缠着我，那天晚上我在中军大寨，没有出去厮杀。'

"我说毒箭上有你的名字，你不要抵赖，拿命来！

"史文恭说：'你不要乱扯，污我清名，我从来不在箭上涂毒。你不要以为我怕你，不敢承认，你下来我们斗三百回合。'

"当时我看见史文恭在马上摇来晃去，就叫军士把史文恭赶出峡谷。

"这个峡谷只有一条路进出，史文恭进了峡谷以后，卢俊义和燕青领着五百人马在峡口等着他。正如吴用的设计，卢俊义活捉史文恭。我回到寨中，想再审审史文恭，史文恭却变得又聋又哑，痴痴呆呆的。宋江还笑着问我，'你用的啥药，这么厉害，把他迷成这样？'"

说到这里，公孙胜停住了。宋清走进来，请他们去忠义堂参加祭晁盖仪式，然后参加晚宴。公孙胜答应，换了衣服就去。

等宋清出门，公孙胜换衣服的时候，林冲把他去济州调查毒箭的事，简单说了一下。两人综合起来，初步得出了一个结论，史文恭向晁盖射毒箭的可能性很小。

"一会儿他们杀史文恭，祭晁大哥，怎么办？"林冲问。

公孙胜说："假装相信史文恭就是凶手，对我们更有利。"公孙胜停了一下，又说，"你当初不答应做副寨主，现在看来有一点失策。我揣摩卢俊义有一段时间了，原先指望他对宋江有一些牵制，现在看来他对宋江、吴用很顺从，他大概被整怕了。"

林冲说："再观察一些日子吧，实在阻止不了招安。我们另谋出路。"

公孙胜同意："也只能这样了。"

来到忠义堂上，两人跟众头领一起，参拜晁盖之灵，人人挂孝，个个举哀。宋江传令，教萧让念了祭文，将史文恭剖腹剜心，享祭晁盖。林冲等招安派头领没有提出质疑。

祭礼结束，大伙就在忠义堂上商议立梁山泊寨主。

吴用提议："宋大哥为尊，卢员外为次，其余众弟兄各依旧位。"

宋江说："晁天王曾有遗言：'但有人捉得史文恭者，不拣是谁，便为梁山泊之主。'今日卢员外生擒此贼，赴山祭献晁兄，报仇雪恨，正当为尊，不必多说。"

卢俊义说："小弟德薄才疏，怎敢承当此位！卢某愿听从宋大哥差遣，宋大哥若再谦让，卢某在山寨安身不牢。"

两人推让了一番，招安派头领纷纷表态支持宋江，林冲不说话，看他们表演。过了好一会儿，总算确定了四大头领座次：第一位宋江，第二位卢俊义，第三位吴用，第四位公孙胜。

满堂似乎皆大欢喜，在晚宴上纷纷举杯庆贺。正喝到兴头上，探子来报：朝廷因梁山打破大名府、曾头市，由太尉高俅亲自统兵十万，正朝梁山开来。

第十八回　林冲夜会扈三娘　高俅攻破梁山关

扈三娘心脏收缩了一下，从未见过王矮虎紧张成这样，她真有点给吓着了。

吃午饭时，王矮虎让侍从都出去，他关上门，把椅子挪到她旁边，坐下，严肃地说："俺要跟你说件很紧要的事，你千万听俺说完，现在到了最凶险的时候，俺们夫妻一定要同心，一步也错不得。先跟你说说为啥凶险，你知道，这次高俅带十万大军来剿梁山，水军三万，战船千条，这是从来没有过的事，说明朝廷是下了决心要搞掉梁山。梁山想打赢，肯定没——你听我说完，更要命的是，原先跟晁盖的人，表面上跟我们一起杀官军，实际上随时可能捅我们一刀！为啥？有人用暗箭搞死了晁盖——你不要问那么多，人家不是傻子，肯定知道谁干的，只是没把柄而已，表面上风平浪静，实际上肯定在等机会报复，啥时候动手不知道，先不说那些，要紧的是你怎么活下去，俺想让你带着这点家当，先回独龙岗柏树村避一避，俺留下看风头，实在不行，俺来找你，一起跑得远远的。你要是同意，天擦黑俺就去找阮小七搞条船。"

扈三娘立刻摇头："不行不行，越是这种时候，越要跟宋大哥站在一起，狠狠打官军，让朝廷知道我们的厉害，这样对下一步招安才有利。"

王矮虎连声叫苦："哎哟喂——哎哟喂——这回你千万听俺的，求求你了姑奶奶！"说着，他跪在了扈三娘面前，连连磕头。

扈三娘说："讨厌！这是搞什么鬼！起来，吃饭！胃口都被你败了，再胡闹，我告诉宋大哥去。"

王矮虎立刻爬起来，一声不吭地坐下，一声不吭地端起碗筷，一声不吭地吃起饭来。

扈三娘端起碗筷，吃了两口，轻声问："哎，那毒箭，谁射的？"

王矮虎头也不抬："不告诉你。"

扈三娘从桌子底下踢了他一脚："有什么了不得的！你不说，我晚上问宋大哥去。"

"去吧，宋大哥宋大哥，你眼里只有宋大哥，以后跟宋大哥过吧。"

扈三娘心里一亮，"你想跟我分开过？"

王矮虎冷冷地说："我知道你想跟我分开过，你想让我先提出来，对吧？你那点心思没人不知道，可惜，人家不会要你的。不信走着瞧。"

扈三娘不明白这家伙为啥突然硬气起来了，不过没关系了，她被心里那一道刚刚出现的光亮吸引住了，她笑着对王矮虎说："那你跟宋大哥说去呀，说你不要我了。"

"你说去吧。从今往后，你活你的，我活我的。你不把我拖到地狱里去，就算我上辈子积了德。你已经鬼迷心窍，我救不了你！"

"谁要你救！记着，是你不要我了，不要反悔。"

"反悔个屌！"王矮虎把碗往地上一摔，开门出去了。

小红探头进来看了一眼，缩回去，把王矮虎的侍从推了进来。扈三娘往嘴里胡乱扒了几口饭，走出来，要小红准备热水，她要洗澡。

下午要去忠义堂开头领会，她要把自己弄得干干净净的，香喷喷的，漂漂亮亮的。

洗过澡，换过衣服，梳头，描眉，画眼，涂口红，染指甲，洒香水。

一进忠义堂，扈三娘就往林冲的座位看过去，眼光黏在林冲身上。宋江吴用都说了些什么？哦，高俅兵力分布……济州集结……有大海鳅船，济州造船厂也开工了。第一道防线在水上，主要由水军负责。南湖，谁谁谁，领一千水军。西湖，谁谁谁，领多少水军。北湖，谁谁谁，领六百水军。东湖，谁谁谁，领多少水军。机动，谁谁谁，领多少水军。

第二道防线在山上：南山——徐宁、雷横，领两千人马。北山——林冲、马麟、扈三娘、顾大嫂、孙新，领一千五马军，还有救护营和家属。西山，谁谁谁，领一千五百人。东山，谁谁谁，领一千五百人。粮草——李应，领军六百。中军——宋江、吴用、公孙胜，领军两千，忠义堂小寨机动。

扈三娘听到自己跟林冲都分在北山战区，林冲是主将，她是副将，她心中一喜，双手合十，冥冥中一定有一位懂她的神仙，她许诺这两天给这位神仙焚香，烧纸钱。

在同一个战区，不一定就能怎么样，但总会多一些机会。什么机会也没有，那也没关系，见见他就很开心。如果生命注定要在这一战终结，她跟林冲一起终结，还有什么不满足的吗？

扈三娘喜欢跟林冲在一起的那种感觉。她喜欢看他走路的样子，喜欢看他骑马的样子，喜欢看他站着不动的样子，甚至喜欢看他哭的样子——晁盖死的那天，林冲像个孩子一样大哭，深深打动了她，她真想把他揽在怀里安慰他，可惜她只能塞给他一条手绢，他肯定不知道手绢是谁给他的，要知道是她，早还她了。她喜欢听他说话，随便说什么，喜欢听他表演枪法时的怒吼，也喜欢他沉默不语。她喜欢闻他的味道，喜欢把他的气味深深吸进肺里，尽可能多憋一会儿不呼出来。她喜欢写他的名字，有一次她坐在操场边看林冲教枪法，一边用树枝在雪地上写写画画，不知不觉竟写了很多"林冲林冲林冲"，见有人走过来，慌忙用脚抹掉。

有时候，她觉得他也对她有意。他冒着生命危险，保护她从连环马的铁蹄下撤出来。他仔细问她在青州的经历，不肯忽略任何细小的事，多在乎她呀。他本来不愿意谈东京樊楼里有哪些好吃的菜，她只央求了他两句"说说嘛说说嘛"，他就说了。最重要的，是他的眼睛出卖了他内心的秘密，他每次看见她，眼睛就会发亮，两只眼睛会一齐大喊："我喜欢你呀！"——可是，会不会弄错呢？他毕竟没亲口说出来呀。有时候她觉得他对她没那个意思。那次她去请他到女营教授枪法——她觉得并排骑行的那段路太短了——路上她暗示他，她希望跟他一起浪迹天涯，他竟推三阻四，一天接下来的时间对她有些冷淡。为什么为什么呢？天呀，她就是想破脑袋，也想不出他是怎么想的。真想当面问问他。可是，真见了面，难得有问这种话的机会。或许有机会，这话也很难出口呀。

扈三娘不知道林冲心里是不是有什么障碍。或许，他就是那种眼里有，心里有，口里没有的人吧。或许，还是她应该主动一点，把心事说破，说破就好了，然后两人一起商量以后怎么办，到了这一步，自然就是一步接一步水到渠成了。哪怕是他心里真没有，那也比这样卡着强。扈三娘决定找一个机会逼他表态。虽然见面不太难，但两人谈隐秘心事的机会却难得一现。慢慢等吧。等待的时间如同刑期，需要苦熬，幸好也充满乐趣。

散会后，林冲、扈三娘、阮小七乘快船，察看了水军在北湖设置的几处防守要点。水中的事，林冲、扈三娘帮不上多大忙，阮小七主要是让林冲和扈三娘心中有数。

阮小七没有跟他们上岸，他要督促把近滩的一些暗桩加固一下。芦苇还没有发芽，微风中摇曳着大片大片枯苇。扈三娘走在林冲身后，防备苇叶割伤自己。两人的侍从落后十几步跟着。这是谈论心事的时刻吗？不是。林冲需要跟她一起察看北山地形，讨论防守细节，特别是仔细推敲如何保护家属营和救护营的细节。他们马上要迎接血与火，迎接伤残或死亡，如此生死攸关的时刻，不应该让他分心。

"把家属营和救护营放在粮仓那边怎么样？"林冲问。

北山粮仓稍微多一些，在北偏东的山坳里，本来位置比较隐蔽，可惜后来砍伐了太多的树木，有几座粮仓露出来了，远远就能看见。

"不好，"扈三娘说，"粮仓易成敌军的重要攻击目标。"

"我知道。"林冲嘟哝说，"可要是把家属营救护营放别的地方，我还得再分兵守粮仓。"

扈三娘理解他的难处。"这样吧，把我们放那儿。"她指了指离粮仓六七百米远的一片缓坡，缓坡上长满了槐树。"那儿更隐蔽，可以减少保护我们的男兵。如果敌军偷袭粮仓，说不定我们女营还可以救援一下。"

"那个地方倒是不错，只是……你们千万别去救粮仓，如果敌军攻击粮仓，你们要赶快往东山转移。"

"粮仓被烧了，我们会饿死的。"

"那会晚死几天，我们还有时间想办法。记着，往东山转移的时候，从山上走，不要从坡下那些芦苇中走，那些枯苇容易着火，敌军如果放火烧芦苇，后果不堪设想。"

"好吧。"扈三娘不争论了。林冲是战区主将，她应该服从。但她心中另有主意，到时候再说吧。

扈三娘、顾大嫂在槐树林安了营，公孙胜来察看了一下，林冲陪同。寒暄过后，公孙胜通报今日敌情，他说："官军二十艘海鳅大船带着上百条小船在南湖游弋，不进不退，旌旗密布，张顺不知是何用意？这种情况下也许应该冲过去探探虚实，可惜我们的水军没有那么大的船，冲过去会吃大亏。张顺想派人泅水过去，把大船凿穿。凿穿后大船就慢了，再用小船载硫磺柴火火攻，火攻也有问题，小船不容易接近海鳅大船，因为海鳅船有一种拍杆，能阻止小船接近。再说，还有那么多小船保护大船。我建议他先接近挑战，把官军小船引开，再派出火攻的船队，一边发射火箭一边强行靠拢，只要小船够多，拍杆也许忙不过来。"

林冲说："有道理，可以试试。"

公孙胜看上去很忧虑，不过，他让他们不要担心南湖的事，他跟他们说这些主要是让他们了解一下南湖会发生什么，"你们的主要任务还是防守北边"。

"明白！"林冲、扈三娘说。

林冲送公孙胜离开，帐篷里一下子显得很空，扈三娘忽然有一种不祥的感觉。她脑海里出现了官军海鳅大船与梁山小船对峙的画面，对比太强烈了。"这一次梁山很可能真要完了。你要是就这样死了，太亏啦！至少应该跟林冲谈谈，让他知道你的心，让他说说他怎么想的。天知道你们有没有缘分，不表白，怎么知道有没有缘分呢？开口第一句话还没想好，见了面再说吧。从现在起，任何一天都可能是最后一天。等你想好了再谈，怕是没机会了。"

她换上了一套红绸衣服，外面套上金甲，这种搭配有很多人夸过她。她坐下来补妆。补好妆，贴上花黄，对镜左瞧右瞧，又取了下来。但出门的最后一刻又把花黄贴上了眉心。

帐篷外面一阵喧笑，扈三娘走出帐篷，看见几个侍从正在抢辣条。

"你们闹什么？"她问。

大娥说："我们带了些腌辣条，今天刚腌好，很好吃，你也尝尝？"

她摇头："我怕辣。你们也不要闹了。"她本来想说几根辣条有什么好抢的，忍住了。她跟大娥说，她要在附近走走，大娥带上刀，准备跟在她后面，她回头制止了她。"你离开了，她们又要疯抢，留下来好好管管她们，我不用人跟，一会儿就回来。"

扈三娘走出营地，沿林冲、公孙胜离开的那条路走，她知道林冲送公孙胜送不远，会沿这条路回来的。可是，见了面怎么开口嘛，羞死人了。

拐过小山嘴，看见林冲了，林冲从南边朝她走过来。"怎么开口嘛？要是他对你没那个意思怎么办？"眼看就要狭路相逢了。扈三娘不知道自己该站住，还是该迎上去。路边草丛里"扑扑"地飞出了一只山雀，振翅远去。她很希望化作一只山雀飞得远远的。

扈三娘停住了。

林冲走到她面前，也停住了。

"你是在这等我吧？有什么事吗？"林冲问。

她还没想好怎么开口，把心一横，低头说："你知道的。"

声音像蚊子一样细。

"你说什么？我没听清。"林冲问。

扈三娘默不作声。太阳正在下山，她望着脚边一株枯苇，枯苇在冷风中簌簌发抖。

"你知道的。"她又说。抬头望着他，想从他脸上捕捉到她想要看到的表情。没有。她感到脸上很烫。她不相信他不知道。

林冲一愣，然后点头。

"嗯，我是知道的。"他说。他停了一会儿，又说："我是知道的。这些天我心里有些乱，直到眼下，我也没理出个头绪来。这件事我挺为难的。我知道你也很为难。"他的语气很小心。

扈三娘低着头，不说话。

林冲说："我们两个站在这里，别人看了会奇怪的。这样吧，我们走走，就当是一起查哨什么的。"

扈三娘跟在林冲后面走，林冲放慢脚步，跟她并排走。

林冲说："有一件事，也许我早该告诉你。我在东京的时候，曾经跟一个女人很相爱，我有幸娶她为妻。有一天，她上岳庙进香，碰上了高太尉的儿子高衙内，高衙内看上了她，灾祸从此接二连三降到我们头上。高衙内多次和我的朋友一起设计诱骗我妻子，然后设计陷害我，将我刺配沧州还不满意，还多次谋杀我，终于把我逼上了梁山。然后，这天不盖、地不载的下流坯向我妻子逼婚，致使她上吊自尽了……"他捂着脸蹲下了。"我真是没用……自己妻子都保护不了！"

这故事扈三娘听人说过，记不清谁说的，似乎是这个人说几嘴，那个人说几嘴，零零散散拼起来的。今天再听林冲说起，她心里依然很难过，但更多的是惊恐——天哪，他为什么跟她说这个？莫非他要推诿？！果然，她清清楚楚听见林冲下面这几句话了："从此，我发誓不再连累任何一个女人！我实在是承担不了照顾女人的责任。"

四周一暗，太阳下山了，一阵狂风吹过，把芦花吹得漫天都是。

后面林冲说了些什么，她记不得了。羞辱啊，她像被他狠狠扇了一耳光。她转身朝槐树林那边走，留他一个人蹲在黄昏的野地里。她木木地走回营区，忍住泪，使劲憋着不让泪水涌出眼眶。她希望刚才的事从没发生过，希望赶紧忘掉这件事。

她看见大娥站在帐篷门口，她问："辣条还有没有？"

"有，有。"大娥进去夹了一大坨辣条出来。

扈三娘接过来，一口吃进嘴里。

"哎呀，好辣！"

扈三娘的泪水流出来了。

她走进帐篷，没有擦眼泪，就让眼泪痛痛快快地流着。

晚上，林冲来找她，告诉她南边打起来了，他说，越是这样的时刻，越要提高警惕，他希望跟扈三娘一起查一下哨。

扈三娘觉得，查哨可能是借口，林冲其实是想跟她单独谈一谈，解释几句。她觉得没必要。路上，林冲刚把话题转到这件事情上来，她就打断了他："拜托给我留点面子，不要再提这件事了。"

林冲不说话了。

出了北山关隘，两人闷闷地走在小路上，小红和刘安落在后面。扈三娘有点怀疑这两个人是故意落在后面的。秋夜月光下，虫鸣叽叽，四个人的脚步声，风吹过芦苇和树枝的声音，有时候扈三娘感觉林冲似乎想跟她说点什么，欲言又止的样子，她就稍稍走开一点。

检查了几处明哨，扈三娘领着林冲往树林中一处暗哨的位置走去。到了哨位，却没看见哨兵。林冲突然把扈三娘扑倒在地，抱着她接连几个翻滚，一阵乱箭几乎是贴着他俩的身体嗖嗖嗖射过去，钉在附近树干上。

扈三娘大吃一惊，推开林冲，拔出双刀就要跳起来。林冲拉住了她，两人滚到一块石头后面。

　　林冲小声对扈三娘说，他断后，让扈三娘跑回北山关示警，把大家叫起来，然后扈三娘带救护营和家属营向东山转移。扈三娘没同意。她说她要断后，因为林冲是北山主将，她让林冲回去。两人抢着断后。一会儿林冲冲到扈三娘与敌人之间，一会儿扈三娘冲到林冲与敌人之间，倒把十几个敌人赶出树林去了。

　　两人从树林中追出来，视野一下子开阔起来，月光下，只见湖面上密密麻麻布满了战船，又一阵箭雨当头袭来。扈三娘目瞪口呆，立即有大祸临头的感觉，她回头跑向树林。路上看见刘安抱着小红倒在树旁，两人被射成了刺猬。

　　官军紧追不舍，他俩不得不边打边往北山关跑去。没跑多远，两人被围住了，扈三娘深深望了林冲一眼，发现林冲正好也深深地望着她。她靠过去，跟他肩并肩，或者背靠背，奋力苦战。

　　两人冲开一个缺口，没跑多远，再次被围，两人背靠着一棵大树喘着气，官军举着兵器慢慢围拢过来，兵器反射着月光。

　　这时，黑暗树影中有人喊道："我们留活口，投降吧！"

　　林冲没说话，扈三娘听见他喘着粗气。扈三娘开始有些后悔没听林冲的话，如果让林冲断后，说不定两人已到北山关了。不过，现在想这些没用了，也不容多想，敌人又逼上来了。两人不免又是一番苦战。林冲突然把什么东西扔到了对方大将身上，很快燃烧起来，飘忽着蓝绿色的火焰，冒出大量白烟，散发出恶臭。这个使大杆刀的汉子怪叫一声，转身就跑，那团绿火却跟着他跑。士兵四散，有人大喊："鬼火！鬼火！"

　　林冲说："快走！"

　　林冲拖着她的手臂，一直跑到北山关，关上已站满士兵，孙新说他已派人向宋江报告。林冲让扈三娘赶紧回槐树坡营地，带着救护营和家属营往东山转移。扈三娘不愿意离开，经过这一场厮杀，她清楚地感知到，林冲把她的生命看得比自己的生命更重要。可是林冲的语气不容商量，她只好离开。

　　扈三娘跑回槐树坡营地，顾大嫂已整好了队伍。扈三娘让顾大嫂带队去东山，从志愿留下保护仓库的人中挑了一百男兵和两百女兵，这是她早就想好的主意。官军攻下北山关后，上午开始进攻粮仓。

梁山留在粮仓的守军不足千人，挡不住潮水般涌来的官兵。官军攻进粮仓后，开始放火。扈三娘和三百志愿者就是在这个时候开始加入战斗的，一波突袭把官军赶出了粮仓。志愿者和幸存的守军一起加固了防御工事，有一些人试图灭火。一开始，是席子、麻袋、木头先烧起来，再引起粮食燃烧，粮食燃烧火不大，但浓烟滚滚，烟熏得人睁不开眼。

扈三娘记得在扈家庄防火演练中，有人总结过救火经验：火灾发生后应尽量在一刻钟内灭火，如果延误了时机，小火烧成了势，就很难再扑灭了。她让监仓小校竖起救火云梯，让女营射箭掩护，男兵挑着水桶，拿着救火工具靠近灭火。要同时对付大火和官军，她有些手忙脚乱。漫长歪扭的黑烟引着火舌舔向天空，一些男兵中箭倒下了，一些女兵只好顶上。菊姐拿着唧筒，大娥抱着水囊开路，扑入大火之中，把中箭的伤员救出来。接着，又爬到仓顶，把一名被浓烟熏晕了的男子吊下来。看见她俩这样奋不顾身，扈三娘心里既钦敬，又惭愧，她惧怕大火烧毁自己的脸，她见过被烧伤的脸……起泡，纠结的瘢痕……

一个多时辰后，有两个粮仓的大火被扑灭了。有一个粮仓的火太大，扑不灭，只好让它烧着。

中午，官军又围住了粮仓。有个大嗓门喊话："里面的女人听着，我们是来救你们的，放下兵器，到我们这边来，我们会送你们回家的！"

一些女喽啰你看看我，我看看你，嘀咕着："是不是真的送我们回家呀，真的吗？"

"我好想回家！"

"别上当，他们会把我们按在地上的。"

"不会的，他说的是来救我们的。"

……

大嗓门第三次喊话，站在谷仓顶上的菊姐一箭射进了他的嘴巴。有几个官军大骂："他娘的，这些蠢婆娘疯了！"

"烧死她！"

无数支火箭再次射向谷仓，谷仓又着火了。菊姐没有下来，她镇静地站在谷仓上，一支接一支朝官军射箭。直到谷仓顶棚烧塌了，火焰将她吞没。

"菊姐！"扈三娘要冲向烈火，大娥和几个侍从拉住了她。菊姐跟扈三娘交道不多，但给扈三娘留下了深刻印象。她心中又痛又恨，指挥大家把箭雨撒向官军。箭囊里的箭射完了，他们从谷仓门上拔下箭，从同伴的尸体上拔下箭，甚至是从自己身上拔下箭，射还给敌人。

但官军实在太多了，官军又冲进了粮仓，双方挥舞刀枪，一场混战。又有两座粮仓被点燃了。幸好这时林冲带着人赶过来了。接着，公孙胜带着增援的人马也赶了过来。大伙儿一起打退了官军，扑灭了火。

见了林冲，扈三娘跺脚埋怨道："你怎么才来呀！"

林冲面色阴沉，喝道："你怎么搞的！谁让你救粮仓？"

"怎么回事？怎么回事？"公孙胜跑了过来。

林冲指着扈三娘说："你问她，问她我是怎么跟她交代的？我跟她说得清清楚楚，不要救粮仓，赶紧带着救护营和家属营，退往东山。现在死了这么多人！这么多条人命啊，不比这几座粮仓值钱吗？"

这时，大娥带着女营幸存的志愿者跑过来，跪在林冲面前，哭着说："林头领，别怪她，我们都是自愿留下来保护粮仓的。"

公孙胜跟林冲附耳说了几句什么，林冲一甩手，走了。公孙胜好言抚慰扈三娘，"一半粮仓保住了，也算有功，你将功抵过，扯平两清了。"

扈三娘说："我本来就不是为了什么功不功的，但其他志愿留下来的人，应该无过，应该给他们立功奖赏。"

公孙胜点头，"你说得对！我会给他们记功的。"

扈三娘问："官军怎么突然从北边登陆了？"

公孙胜说："这个说起来话长，简单说，就是我们上当了，我们以为会从南边登陆，发起了攻击海鳅大船的行动，海鳅大船一半被凿穿烧毁了，但死尸不太多，正在疑惑，接到报告，官军主力已移到北边。北边水寨阮小七，立功心切，想乘官军立足未稳，偷袭他一下。阮小七点了五十余只小船，每船上只有三五人，浑身都是软战，手执苦叶枪，各带蓼叶刀，想从湖荡里拐过去悄悄靠拢放火，结果发现湖荡里藏了很多官军的快船。阮小七被俘，只有十几个水军跳水泅了回来。官军从一个小校嘴里问出了口令，让几百军士换了梁山衣甲，驾着梁山的小船回到水寨，把水寨夺了。

夺水寨前，官军居然没忘了派一支精兵泅水上岸，把我们布置在岸边的哨兵也摸掉了。"

"哦，原来是这样。"扈三娘说。她本来想多说几句，又觉得说什么都没意思，似乎发生的这一切，跟自己其实没什么关系。林冲吼她时激起的情绪，还没有平复下来。

此后梁山与官军断断续续厮杀了十余天，战斗间隙，扈三娘尽量避免与林冲单独见面，她喜欢战斗，喜欢忙乱，闲下来想起林冲，心口疼痛。

第十九回　三夫妻船厂放火　三娘逼王英招安

官军攻上梁山，被打退了，退回了济州，在梁山留下了一座座尸山，把水泊每一滴水都染红了。

不到半个月，王矮虎经历了七场厮杀，每次战前，王矮虎都对自己说，"我不能死，我还没留下后人"。他不愧是滚刀肉，硬是从尸堆血泊中翻来滚去，活下来了。

他跟扈三娘不在一个战区，他不许自己去打听扈三娘的生死，跟高俅官军大战前，他跟扈三娘一起吃了顿饭，他摔烂了一个碗，他觉得，摔烂的不只是一个碗，还有他想跟扈三娘生儿育女好好过日子的愿望。

他骂自己，"我真是太傻屌了，天下又不是只有她一个女人"。洗衣营刚恢复营业，王矮虎有半个月在洗衣营里吃住，没有回过家。他经常翻付三妹的牌子，一个劲想把她肚子搞大，然后娶她做小妾。付三妹也极力迎合他，每次叫床，她都能把他睾丸里最后一个精子唤出来。

王矮虎不去想扈三娘，但有时候，跟扈三娘相关的一些闲言碎语，偏偏要飘进他耳朵里来。

这天王矮虎在包间里，跟付三妹玩了几个花样，爽了几把后，去前面酒厅里喝酒。欧鹏也在，他凑到欧鹏桌上。

刚坐下，王矮虎就感觉到不少头领在议论他，穆弘、呼延灼他们那一桌还不时爆出一阵哄笑。王矮虎听了听，却没听到什么。他觉得有些奇怪，望着欧鹏，欧鹏却躲闪着他的眼光。过了一会儿，欧鹏把他拉到一个空包间里，把酒菜也端了进去，隐约能听见隔壁一对男女在大呼小叫和浪笑。

欧鹏说："兄弟，我早就该告诉你，可是，我实在不愿意跟你说这种……狗鸡巴捣的事！"

王矮虎耳朵抖了一下，"鸟嘴，有啥话，直说！"

"这话真他娘屄的，难出口，不过，你迟早会听到的，还是由我来告诉你比较好。你进来前，狗鸡巴捣的穆弘，一直在说你老婆的事。"

"扈三娘？她有啥屁事？"

"说她和林冲……娘卖屄的，也就是一些风言风语，你就当鸟毛，莫放在心上。"欧鹏往地下吐了一口痰，还用脚擦了擦。

扈三娘和林冲……嗯，王矮虎有点感觉，他倒上酒慢慢喝着，能有啥大事？他认为，林冲不会要她的。可是，欧鹏不是那种乱嚼舌头的人，这一番话出口很不容易。兴许他知道一点啥事情？想来想去，王矮虎有些烦躁，他抓起欧鹏的一只手握着，低声说：

"兄弟，我知道你是为了我好，我谢谢你！可我两眼一抹黑，啥也不知道，你还是全都告诉我吧。"

欧鹏直皱眉头，"骡日的，其实也没啥大不了的事。就是上个月，扈三娘和林冲在兵器库里挑兵器……让人看见了。"

王矮虎松了一口气，冲到头顶的血很快退下来了。兵器库！兵器库能干啥呀！穆弘他们必定是嫉恨他，瞎编排一气，他没打断欧鹏，他不动声色地端起酒碗，喝了一口酒。

欧鹏接着说："最先传出来的人，是狗鸡巴捣的毛大嘴，就是管兵器库的那个骡日的。毛大嘴在兵器库里开了几个小暗洞，用来监视。他说那天顾大嫂刚从库里出来，扈三娘就在林冲面前发浪，把狗鸡巴捣的毛大嘴，都看硬了。"

明白了！刚刚退下去的血又冲上了王矮虎头顶，"怎么个浪法？"

"这个你就不要打听了，以后他娘的留点神就行了。"欧鹏说。

欧鹏站起身要走，王矮虎抓住他的手，使劲拉了一下，"不行，我定要知道！"

欧鹏有些不高兴了，"你个苕！说这些已经够意思了，跟我急个鸡巴毛，我要出去了，这里太他娘屁的憋闷了。"

王矮虎放开手，欧鹏端着自己的酒回到大厅里，王矮虎默默跟在他后面。

坐下不久，哄笑声又从穆弘那一桌传过来了。

王矮虎听了听，呼延灼似乎在激穆弘，赌穆弘不敢当着王矮虎的面表演一番。穆弘站起身，往胸前衣服里塞了两只酒碗，跷起兰花指，扭着屁股，用假嗓子叫道："听好了——林大哥哥，你把枪头给人家看看嘛……林大哥哥，小心戳着我下面呀……林大哥哥，小心油，哦哟，沾上油了，来擦擦，好像擦不干净呀，这可怎么办……"

王矮虎觉得喝进身体里的酒被忽地点燃了，"姓穆的，我日你娘！"他猛地扑了过去。穆弘转过身面向他，不躲不闪，一脚踢中他的膝盖，王矮虎左脚一酸，一条腿没劲了。穆弘上来一拳打倒了王矮虎，用腿压在王矮虎背上，反了王矮虎一条胳膊，抓住他的头发，往地上猛撞他的头。

王矮虎感觉到热呼呼的血流到了眼睛里，嘴巴里，他大骂："狗鸡巴捣的，有本事打死我！今天打不死我，我定要杀了你！"

有几个头领冲上来拉开了穆弘。这时候王矮虎的头被撞得有些晕乎了，他勉强听清了穆弘的话："你要杀了我？好呀，我等着你！"王矮虎眯着一只眼睛看见穆弘被人拉进了包间。

欧鹏和几个侍从把王矮虎弄到救护营洗了洗，在头上包上了药布。

宋江派人把王矮虎叫到忠义堂一间小厅里，批评了他几句，要他向穆弘道歉。

王矮虎头还有些晕，他捧着头说："他羞辱我老婆和林教头，还打伤了我，宋大哥反要我道歉，我想不通！"

宋江说："是你先动手的，这你承认吧？"

王矮虎不吭声。这次丢人丢大了！他跟扈三娘结婚三年多，没得着实惠，以为得着了面子。眼下不仅没面子，还弄了一身耻辱。他盘算着怎样出这一口恶气。

宋江又说："怎么不说话了？事情经过我大致听说了，斗殴本该严惩。念在你以前功劳上，这次就算了。冤仇宜解不宜结，我把穆弘叫过来，晚上你们俩来我家喝碗酒,就算和解了,如何?"

"喝酒……成,但我不向他道歉。"

"道个歉,能亏啥?你向他道个歉,要是亏了,回头我向你道歉。"

"那哪能呢?大哥说笑了。我听大哥的就是。"

"这才是我的好妹夫!"宋江拍拍王矮虎手臂,送他出门,在门口停了一下,他把头探到门外看了看,说:"哦,顺便说一声,扈三娘跟林冲的传言,不许你乱来。你若有真凭实据,先告诉我,我为你主持公道,听清没有?"

"听清了",王矮虎朝地上吐了口血沫。

"过几天,你又要帮林冲运盐了吧?这个月,你总共帮他运了多少车盐,有数没有?"

当然有数,每回按车次计费呢,但王矮虎不愿意告诉他准确数目。

"本来记着的,头打痛了,一时想不起来。"王矮虎说,"总归有几百车吧。"

"以后多留点心。把货运到什么地方,走哪条路线,都仔细记着。"

记着也不告诉你,谁叫你娘戾的偏心眼儿。

"知道了。"他说。

几天后,王矮虎给林冲往河口镇派了一个车队,运完精盐,他帮顾大嫂带了些女人用品。他把马车停在顾大嫂酒店后院,顾大嫂给他端来份例酒食,他伸手去摸顾大嫂奶子,顾大嫂躲闪,差点搞翻了盘子。

"要死!我告诉扈三娘去,看她怎么收拾你。"

王矮虎叹气,"她要收拾我倒好了。"

顾大嫂立刻把手肘搭在他肩上,"咋的啦?"

"不告诉你,你要取笑我。"

顾大嫂把手肘拿下来。

"其实我知道一些事,没告诉你,是怕你难过。"

"你又知道啥事?"

顾大嫂把林冲跟扈三娘夜晚相伴走进湖边树林的事,还有两个人抱在一起翻滚着避箭的事,都告诉了王矮虎。

王矮虎故作轻松,"就这点儿屁事,"他又伸手去摸顾大嫂奶子,"还不如咱俩亲热呢！"

"别乱动，我男人马上就回来了。"

正说着，一阵脚步响，她男人孙新进来了。

王矮虎跟孙新一起嫖过几次妓，喝过几次酒，打过几次麻将，孙新很少上阵厮杀，分不到啥钱财，因长相出众，在东昌、东平、济州、郓州附近几个城里都有相好，顾大嫂也不管他。顾大嫂用的粉、香、口红，都贵得要命，衣服、鞋子、身上头上饰品都很贵。这两年，酒店里一般不许谋财害命，顾大嫂捞不着大钱，跟男人交往贪小便宜，解珍、解宝兄弟，是她床上常客。跟孙立也有一腿。王矮虎给她代买东西，她从来不出钱，有时候让他摸两下奶子抵账。王矮虎想更深入一些，她不让，过一会儿，却又摸一摸他硬撅撅的鸡巴，不让他放下念想。

这天孙新、顾大嫂跟王矮虎一起，到忠义堂开头领大会，坐下后，王矮虎不看身边的扈三娘，老去看坐在前排右边的顾大嫂，顾大嫂有时晃荡一下耳朵上吊着的珍珠，转过头朝他媚一眼，王矮虎觉得头皮过了电，麻酥酥的。

王矮虎正回味着近来顾大嫂的种种暗示，忽然听见有人喊他名字，他呼地站起来，忠义堂里头领都转头看着他，原来军师吴用在安排去济州船厂放火的人手，一共六个头领，三对夫妻：王矮虎和扈三娘，孙新和顾大嫂，张青和孙二娘。还有段景住、时迁在船厂外面做帮手。张清引军在城外接应。

"得令！"王矮虎很爽快地答应下来。

对于他来说，偷偷放火这种事，比上阵刀对刀，枪对枪，危险小多了，奖金还多。况且，还能跟顾大嫂相伴几天，只要有心，肯定能找着机会，干她一家伙。

宋江宣布，王矮虎去济州期间，王矮虎的马营，由穆弘代管。

"得令！"王矮虎虽然有点不情愿，还是答应了。

宋江补充了一句，说穆弘没带过大队，要跟着王矮虎熟悉一下情况。

这个安排让王矮虎有些得意，这等于穆弘成了他老王的见习副手嘛。

他一口答应下来，"好嘞！"

声音很响亮，很乐呵。双手还莫名其妙地在胸前划拉了两下。可没过多久，他一回味，又有些后悔了。

在聚义厅喝过壮行酒后，穆弘跟着王矮虎进了马营，穆弘站在一旁，观看王矮虎怎样集合整队，怎样分配任务，王矮虎宣布他外出期间，由穆弘代管几天。

解散后，穆弘提出要去看看他出资买的那两百匹马，"那些马，最近没感冒吧？"

王矮虎没回答他，把他带到大马棚，"你自己看吧。"

穆弘笑了，对王矮虎说："你忙你的去，我自己看就行了。"

由于明天一早就要化装出发去济州，王矮虎这时候还真有不少事情要忙乎，他没细想让穆弘在营区单独活动，有什么不妥，他离开马营，回到住所小院里。

不到两个时辰，他的侄子，丁队校尉王二虎跑来了，告诉他，穆弘在营区里四处晃悠，跟一些校尉喝酒。

"大伯，有些不对劲呀！"王二虎说，"他这是要干什么？"

王矮虎正在洗脚，他本来打算早点上床睡觉的，他忽地站了起来，站在脚盆里，感到脚盆里的水在迅速变凉，他忽地坐下来胡乱擦了擦脚，袜子也没穿，光着脚套上靴子，跟王二虎走了出去。

两人找到丙队校尉郭传基的屋子里，看见郭传基和两个什长正在陪穆弘喝酒。

"哎呀，王大哥来了！"郭传基立刻站起来，递上一碗酒，"喝一碗吧！"

王矮虎没接酒，问郭传基："军士的装备都检查了没有？"

郭传基不吭声，放下酒碗，带着两个什长侧着身子从王矮虎身边溜出了门。

王矮虎转身朝穆弘笑了一下，"对不起，穆头领，按例今天晚上，他们几个都得去检查军士的装备，你要喝酒，上我屋里去，我陪你。"

"长见识啦！今天喝够了酒，再喝要吐了。"穆弘冷冷地说。他骑上马走了。

王矮虎真想给自己脑门上来一拳。真是太笨了。人家给你下套，你还叫好嘞。现在，不得不好好考虑一下该怎么应对了。

王矮虎把自己关在屋里考虑了一会儿，又觉得宋江似乎不至于要对他怎么样……"你两次参加营救宋江，哪次你不是把脑袋别在裤腰带上！上次打祝家庄，虽然战马没全出动，兵可是满员的，除了花荣，还有谁比你更舍得下老本？——不至于，不至于……可是鬼才知道宋江这人是怎么想事的，他一向心黑手毒，翻起脸来比翻牌还快"，王矮虎脑子有些糊涂了，左思右想，把自己折腾得很疲惫。脑袋忽地一团混沌，睡着了。

早上起床，化装，过渡，上路。

路上，时迁说："不行，三对夫妻，两对看着别扭。济州做公的眼尖，看你不顺眼，就要多看两眼，多看两眼还不顺眼，就要盘查你。"

王矮虎问："啥意思？"其实他心里明白，滋味不好受。

段景住哈哈一笑，"这有何难，换换就行了。王矮虎跟顾大嫂扮一对，孙新跟扈三娘扮一对。"

孙新说："我没意见。"

王矮虎说："我也没意见。"

扈三娘、顾大嫂没说话，两对夫妻就这样换过来了。

三对夫妻进了城，济州东路一带都是船厂，远远看见那些几层楼高的大船，耸立在天幕下，起码上百艘，沿阔港排列：有些船在装甲板，像个船样子；有几艘大船刚起架子，还没上船舷木板，不像船，像是巨大的海鱼搁浅，被剥光了肉，露出腹部两排光溜溜的鱼刺。

王矮虎看了有些恍惚，像走进了梦中。船厂被排栅围着，里面料堆附近搭盖着茅草厂屋，有二三百间。他们在外面观察了半个时辰，看见三五百民夫，拽着木头，拖进船厂，王矮虎、孙新、张青三人杂在人丛里，也去拽木头，混进了厂里。

厂门口有二百来个军汉，各带腰刀，手拿棍棒，打着民夫，要他们赶紧把木头拖到厂里去交纳。王矮虎三人把木头放在料堆旁，料堆旁有上百人用长锯解木板，远处水边匠人像蚂蚁一样在大船身上爬，有数千人，到处乱滚滚的。

到了吃饭时间，顾大嫂、孙二娘、扈三娘穿了腌腌臜臜的衣服，各提两个饭罐，随着一班送饭的妇人，走到饭棚前排队。

晚饭后，有个浑身酒气的军汉安排住间，单身的去住十几人大通铺，夫妻领小隔间号牌。张青、孙二娘住一间。顾大嫂拉着王矮虎的手,住一间。王矮虎回头看看,扈三娘跟在孙新后面走进了另一个隔间。

关上门,王矮虎在顾大嫂胸前摸了一把,"大馒头!"

"又找死!"顾大嫂在他手上打了一下,"这回真要告诉扈三娘,阉不了你!"

王矮虎嘻嘻地笑,"告诉她,我也不怕。"

"吹啥牛你!扈三娘在这儿,你敢说这话么?老实得跟啥似的。"

"瞎说,她不会管我的。"

"还嘴硬,小心回去又把嘴打肿!打肿几回了?"

王矮虎承认:"就一回。我一个大男人,让着她,不跟她计较罢了。"

"你啊,就是只吃不饱的大馋猫。娘子那么漂亮,还不满足啊?还要出来偷腥。"

这话说到王矮虎心酸的地方了。被扈三娘打了两次后,他对她基本上是有心无胆了。

王矮虎伸手去解顾大嫂裤带,她急忙按住他的手。"死相!在这不行。"

"你说在哪?"

"急什么?到时候你自然会知道的。"顾大嫂理了理衣服,"正经坐着说话。你要不正经,我出去了。"

王矮虎心里火烧火燎的,但他知道应该听她的。两人坐在床上闲聊,等月上中天。

"哎,庄主小姐啥味道?"顾大嫂趴在他肩头问。

"就那么回事,别问了。"

二更时分,顾大嫂装作要去茅房解手的样子,王矮虎跟在后面望风,茅房屋檐下灯笼不太亮,顾大嫂转到屋后围栅边,轻敲了几下木板,时迁从黑暗中浮出来,把引火的硫磺等物一包一包塞过栅栏,两人带走一份,留两份在粪坑旁木料堆里。按照约定,段景住在鼓楼放火,时迁在草料场放火,把水龙队吸引过去,船厂再放火。

王矮虎、顾大嫂悄悄靠近大船,有的船上还有匠人乘着月光赶工,两人摸进船舱,顾大嫂忽然轻叫:"哎哟!"趔趄了一下。

王矮虎问她怎么了,她说好像歪着脚脖子了。王矮虎走过去扶她,顾大嫂一把抓住了他的手,不再松开。王矮虎立刻被一种全新的感受弄晕乎了,身体里的血一下子燃起来,顾大嫂领着他往隐蔽处走,他踩着梦游似的步子,阳具硬邦邦的,被裤子磨擦得有些疼痛。

终于,她停下了,躺在黑暗中的地板上,两人抱在一起乱亲乱啃,呼呼直喘。第一个回合干完后,王矮虎才感觉到顾大嫂的手很凉,大腿也很凉。他有一些歉意,他知道顾大嫂还没满足,她紧紧夹着他,搂着他的腰贴着他,不让他退出来。他是不是太快了?作为一个老手,这不应该。她这样结实,他本该好好品尝一下她身上的每一寸肌肤。他往下身使了使劲,希望加快恢复。

顾大嫂呼吸的热气吹进他脖颈里,痒痒的,舌头在他耳后熟练地舔着。他再次膨胀以后,没有急于投入主力。他轻轻拍了一下她的屁股,让她换了个体位,以便他手脚嘴并用,兵分四路。不一会儿,她哼哼开了,这是即将胜利的信号。他变化着节奏攻击她,发誓决不提前收兵。

顾大嫂的高潮跟船厂的大火差不多同时展开。周围火光熠熠,映红了夜空。救火的喊声惊天动地,顾大嫂的喊叫凄厉高亢,震耳欲聋……王矮虎欲罢不能,此时两人正如痴如醉,战得难解难分,似乎被一股魔力控制着,顾大嫂肢体扭曲,拼命喊叫,抖动……他则疯狂冲刺……一阵颤抖,他软软地趴在她胸脯上。

顾大嫂掀开他,双手在地下到处乱摸。王矮虎问:"你找什么?"

她骂道:"傻货!快找引火的硫磺,不知道掉哪儿去了。"

两人刚才完全忘记了还有放火这回事,这会儿必须赶紧放火。

附近船上的火势很快蔓延开,船和船离得不远,中间木料绳索都易燃,后来大火烧了两天,把船和木料都烧得干干净净。

王矮虎他们回到梁山,宋江大喜,当晚设宴庆贺。

不久,有探报说,船厂大火把高太尉烧得心灰意冷,他上报军中有瘟疫流行,收兵回了东京。很快,探报改口,说高太尉收兵是因为江南方腊起事,方腊闹得挺大,占据了杭州周边十八个州县。不久,小道消息:宿太尉在朝廷提出,招安梁山,让梁山人马参加征讨方腊,这个方案获准。大约重阳节过后,宿太尉就会来梁山宣读圣旨。

九月初一,史进、张青、周通来找王矮虎玩骨牌。宋江曾支给王矮虎一笔银子，让他拉拢周通，这笔银子还没花完，王矮虎打算这天都输给周通。

玩着玩着，王矮虎面前的银子越来越多，三归一，他好一会儿没明白是怎么回事，上了一趟厕所，搞懂了，这三人是来拉拢他的。

此时梁山上招安派与反招安派的斗争又激烈起来了，不可开交，传说过几天要投票表决谁走谁留，得票多的留在梁山，得票少的离开梁山，自谋出路。这件事，王矮虎早就想好了，他要跟着反招安派去贩盐。既然下定了决心，就没必要在牌桌上赢他们这点银两。

王矮虎回到牌桌边，说有事，今天不玩了。他把赢来的银两都还给了他们三人。送他们离开的时候，王矮虎在僻静处拉着周通的手，把自己的决定告诉了他，让他放心，如果忠义堂真要投票，他会投反招安派一票的。

"一票？"周通问。

"是的，各投各的吧。"

"明白了。我这就回去报告。"

"好！好兄弟！我们以后可以经常在一起玩了。"王矮虎说。

表面看，王矮虎是梁山上很不重要的一个头领。实际上他影响力不小。他从清风山带到梁山的马军有两三百，现在旗下有四五百马军，但是，官军降将旗下的马军里，有不少校尉，是由王矮虎在清风山的老下属担任的。那些老下属逢年过节，都会给他送些酒肉来，互相走得挺近乎。

九月初七下午，扈三娘从宋清那儿讨了一坛酱瓜回来，准备晚餐吃酱瓜炒鸡。王矮虎本来有点担心扈三娘这次去宋江家会告他黑状，上次吵架后，两人有好多天没怎么说话，王矮虎正等着宋江训他，没想到扈三娘笑吟吟回来了，还带回一个好消息：宋江让他去忠义堂领赏金，他们几个放火烧济州船厂立了大功，每人赏二十两黄金。

"太好了！"王矮虎说，"这个月饷银又有了。宋大哥没说别的？"

"说了，他让我省着点吃酱瓜，东京玉带桥酱瓜店，每个月只做三百坛，御膳用的也是他们家的，这几坛酱瓜是翻高价买来的。"

扈三娘找来几只小坛子，一只一只刷干净。

"哎，越来越金贵了。"王矮虎凑到扈三娘身边，帮她把酱瓜分成几小坛封装。扈三娘很少跟他一口气说这么多话，两人一边聊，一边干家务的场景，让他很受用。

扈三娘说："要是住在东京，多好！将来招安了，不管你调任到哪里，我都住东京，每天去排队买酱瓜。"

扈三娘用她那双黑幽幽的眼睛瞟了他一眼。他心里跳了一下，不过他还是硬着心肠说："招安的强盗死得快哟，高俅带来的十个节度使，有五个是招安的，这次全死在梁山了。"

扈三娘摇头，"贩私盐，抓住也要砍脑壳的"。

王矮虎想了想，说："不错，但风声紧了可以不干，朝廷要你上阵厮杀，你想什么时候去可由不得你。再说，贩私盐赚够了钱，也可以开个酱瓜店。"

扈三娘微笑，"一个私盐贩子，上哪开酱瓜店？想得美！"

"上大理国，总可以吧？"

"那也不一定。谁知道大理国会不会把你抓起来，送回大宋？再说谁知道大理人爱不爱吃酱瓜。你呀，不要东想西想了，好好跟着宋大哥干，快要招安了，这个节骨眼儿上可不要出差错，帮他撑着点。招安了，我给你生几个胖小子，把他们好好养大，念书赶考，我现在就这点指望……"说着说着，眼泪大颗大颗掉下来。

这下王矮虎彻底软趴了。他宁愿被她砍一刀，也不愿看她掉眼泪。

"咿呀呀，这是咋的啦，别哭了，别哭了，俺都听你的还不行吗？"

第二十回　梁山票决菊花会　林冲抓住宿太尉

刘安死了，林冲难过了好几天。在这个危机四伏的丛林世界，对他亲近友善的人，又少了一个。

林冲记得刚上梁山时，寨主王伦不愿意接纳他，给他提了一个条件，限他三日内纳一个投名状（杀人），否则，自己下山离开。王伦随意指派了一个小喽啰给他引路，这个小喽啰就是刘安。

第一天，刘安早早备好食物，叫船过渡，去僻静小路等候客商过往。一直等到晚上，没有一个单身客人经过。林冲闷闷地回到寨中，刘安宽慰说："不要着急，明天咱们换个路线。"

第二天，吃过早饭，两个来到南山林里潜伏等候，不见一个客人。伏到午后，一伙客人约有三百余人，结伴而过，林冲又不敢动手，让他们过去。又等了一歇，看看天色晚来，又不见一个客人过路。林冲对刘安说："我怎地晦气，等了两日，不见一个孤单客人过往，何以是好？"刘安又劝解他："哥哥且宽心，明日还有一日限，我和哥哥去东山路上等候。"

这天晚上林冲睡不着，感叹自己命蹇时乖。过了一夜，天还没亮就起来，讨些饭食吃了，打拴了包裹，撇在房中，跨了腰刀，提了朴刀，又和刘安下山过渡，投东山路上来。林冲说："我今日若还取不得投名状时，只得去别处安身立命。"两个来到山下东路林子里潜伏等候，看看日头中了，又没一个人来。时遇残雪初晴，日色明朗，林冲提着朴刀，对刘安说："眼见得又不济事了，不如趁早，天色未晚，取了行李，只得往别处去寻个所在。"

刘安说："别放弃，还有几个时辰，我跑到前面去探一探。"不到一个时辰，刘安跑回来了，"好了，有一个人来！"

林冲看时，叫声："惭愧！"只见那个人远远在山坡下，挑着担子走过来。待他来得较近，林冲把朴刀杆剪了一下，蓦地跳将出来。那汉子见了林冲，叫声："阿也！"撇了担子，跑掉了。林冲没捉到挑夫，只抢到了一担财物，林冲道："你看我命苦么！等了三日，甫能等得一个人来，又叫他走了。"刘安说："虽然没杀掉人，这一担财帛可以抵当。"林冲道："你先挑了上山去，我再等一等。"刘安先把担儿挑上山去。后来林冲等到了这担财物的主人杨志，两人恶斗了一场，被闻讯赶来的王伦制止，林冲总算是留在了梁山。

林冲排在梁山第四位，王伦拨了十个喽啰给他做侍从，其中就有刘安，林冲安排刘安做了队长。

林冲火并首任寨主王伦、推举晁盖当上寨主的第二个月，林冲想念在东京存亡未保的妻子，写了一封信，叫刘安和李长吉去东京接妻子上梁山。临行前，林冲怕两个侍从糊弄他，要侍从带回一样到过岳父家的凭证（林冲被发配后，妻子一直住在娘家），林冲说："我岳父张教头家院子里有棵蜡梅树，你们到他家的时候，估计树上果子已经变黄了，可以采下来了，请两位顺手采几颗带回来。"两个月后，刘安回了寨，只带回了七颗褐红色的蜡梅种子。刘安说："我们一直找到殿帅府前张教头家，打听到林娘子被高太尉家威逼成亲，半年前上吊过世了。张教头半个月前也因病过世了。只剩下丫鬟锦儿招赘丈夫在家里过活。问过几家邻居，都是这样说的。"林冲接过蜡梅种子，盯着看了很久，好像在辨认是不是岳父家的种子，然后他转身回房，闩上门待了两天。再开门出来，喝得醉歪歪的，有好长一段时间他就像害嗓子疼似的，不爱说话。

这年冬天，林冲挑了四颗蜡梅种子，播在聚义厅西侧林冲旧居窗前院子里，林冲调任西山大营主将时，刘安把四棵已经长到筷子高的蜡梅花苗挖出来，连土一起移栽到林冲新住所窗前院子里，蜡梅花苗蔫了几天，又挺直了身子。刘安死后，妙琪主动要求照顾这几棵蜡梅，林冲同意了。

二道梁大战呼延灼连环马那次，林冲因失血过多坠马，刘安眼疾手快接住了他，如果不是刘安时刻把心放在他身上，留意他的动静，刘安不可能这样及时救护他。

还有很多日常生活中的小细节，把刘安的人生和林冲的人生连接在一起……林冲给刘安擦洗满是血污的遗体时，刘安在不同场景的不同表情，一幕幕在林冲眼前闪现。

给刘安下葬那天，妙琪跟在林冲后面参加了葬礼。梁山西岭墓园新添了很多坟包，有一些坟包来不及立石碑，就钉了木牌位。妙琪给刘安木牌套了花环，在牌位前上了香，洒了酒，烧了纸钱。妙琪低声说："刘安哥哥，你放心去吧，我会好好照顾林大哥的。我知道你不喜欢我，我不怪你，我知道那是因为你对林大哥很忠心。我发誓，我会像你一样对林大哥忠心的。"

林冲知道她这些话，不一定是真心话，但听到的时候，心里还是有些感动。几天后，公孙胜来访，两人在林冲卧房聊了一刻钟，一起去湖上划船，晚上回来，新任侍从队长李长吉向他报告，公孙胜来访时，妙琪又端着茶盘站在卧室门口偷听。林冲说："你以后就装不知道，也不要告诉别人。"

公孙胜和林冲去湖上划船，是商议头领大会投票表决招安问题。两人来到阮小七水寨，要条小船，林冲和公孙胜各操一支桨，一起把小船从港汊里划出去。

港汊两边有很多军士在收割芦苇，砍的砍，捆的捆，运的运，每年这时候，山寨里都要收割芦苇，用来盖房子、编席子、做箭杆、做燃料。这些军士显然不知道不久他们就要离开梁山，忙得很欢。

小船划到湖心，放下钓线。公孙胜说："昨夜，吴用找我，要求更改投票规则。原先准备的是，每个头领一张票，在票上勾选'招安''不招安'或'弃权'，签名画押，然后公开唱票，画正字统计。吴用要求改为：头戴菊花，黄色计为赞成招安，白色计为不赞成招安，其他颜色和不戴菊花计为弃权。不公开唱票，记录头领名字和头上菊花的颜色。日期定在重阳节，跟宴会一起进行。我说，我要跟你们商量一下。"

林冲说："这个吴用还真不是白吃饭的，很有些才智。按原方案，我们可以占点便宜，新方案，倒是能显示大伙真正意愿。"

公孙胜说："不一定是吴用的主意，也可能是宋江想到的。如果按实名投票、唱票，会有不少人抹不下面子，不肯当众承认自己赞成投降朝廷，宁愿弃权，我们赢面略微大一点。改用菊花颜色计票，投降的羞耻被菊花盖住了，结果就难说了。"

林冲说："是的，那我们也只好同意，我们没啥正当理由反对。"

"当然可以反对，坚持原方案，没啥不正当的。但我也猜到你会同意他们更改，"公孙胜叹一口气，"我们这种人，有时候败就败在这些地方，本来有机会赢的，偏偏不肯占人便宜。"

"现在也未必就一定输。周通告诉鲁智深，王矮虎愿意跟我们走。黄门山的人也不一定都愿意招安，李俊等揭阳人，孙立等登州人，也可能弃权。"

"降将太多了。"公孙胜摇头。"不过，也没什么，他们要招安，招他们的安去吧，我们又不能强扭着不让他们招安。"

"不错，我们应该考虑的问题是，假如我们输了，离开梁山，去哪儿呢？"

公孙胜说："这倒也不难办，原二龙山和桃花山人马，仍回二龙山和桃花山，原少华山人马，可上清风山，原梁山马军和步军，可上泰山。梁山水军可暂时去渤海中的十九坨岛或城隍岛。说不定这样对我们贩盐更有利。"

"有道理。"林冲说，"我没意见，但恐怕要想想阮氏兄弟、刘唐他们不愿放弃梁山怎么办。其实我也不愿意放弃梁山，我来梁山六七年了，刚来的时候，盖房子的活儿我也干过，记得我常干的活儿就是用一双筷子夹着芦苇，把残存的枯叶废皮捋干净，扎成把，然后抹上泥，苫上瓦，山上的房子都是这样一座一座建起来的。"

"明白！梁山泊是风水宝地嘛，谁都不会轻易放弃！"公孙胜说，"可该放弃的时候，还是得放弃。离开还是比火并好。"

"当然，如果一定要我们放弃，也可往好里想，用不了多久，我们还可以回梁山。"林冲苦笑一声，"离开后，我天天烧高香，求菩萨保佑宋江、吴用他们招安顺利，早点去东京。"

公孙胜说："他们在东京肯定住不久，得十万火急去江南。我曾想过，我们是不是投方腊算了？仔细一想，方腊不比朝廷好多少，刚自立为王，就招了上千宫女，这一套倒学得快。再说，我还担心，我们投了方腊，宋江、吴用征讨方腊，梁山弟兄在江南刀枪相见……要火并何必去江南火并，这么想想，投方腊的想法刚有点苗头，就掐掉了。"

林冲同意："投方腊是不妥。"

"算了，不说这个。晁大哥保佑，毒箭的事又有一点进展了。"公孙胜从包袱里拿出一支箭，递给林冲。"这是史文恭的箭。不同的是箭头没毒。"

林冲接过来一看，跟晁大哥中的那支毒箭一模一样，"哪来的？"

"上次我在峡谷里布迷烟，飘纸人诈审史文恭，史文恭胡乱射了几箭就跑了，有个军士找到了这一支，钉在一棵柏树干上，前天才交给我。"

林冲点头："这样，史文恭的嫌疑又减少一分了。"

"用脚指头也想得到，最可能是谁干的！只是没过硬的证据，要是能把他悄悄抓起来审一审就好了。"

"我知道你说的是谁，现在恐怕不能轻举妄动，等证据再多一点，让他无法狡辩，再想法悄悄抓他来审。"

"同意，他们既然动用了这么多人，总有薄弱的一环。张顺可能也参与了，听说晁大哥去曾头市的第三天晚上，他曾划船过湖，说是送情人回村子里。这件事阮小七的水军有记录。但这几名水军当时不敢靠近张顺，仔细审问张顺这个情人姓甚名谁，家住哪里，何事过湖？是假的，它就真不了，说不定是个突破口。还有，那晚张顺是在枯树滩上的岸，枯树滩往西二十几里路，有一个驿站，在张顺过湖的那天，丢了两匹马，听说六天后，那两匹马自己跑回来了。"

"两匹马，六天！"

"是啊，巧吧！"公孙胜两眼发亮，林冲知道他心里在想什么。林冲给了他一拳，"真有你的，太神了！你是怎么打听到的？"

公孙胜嘿嘿笑了，"我可没闲着。我琢磨着，如果是某人干的，他只消失了五天，就一定得有两匹耐跑的好马，那天晚上看见张顺过湖的几个水军，没看见船上有马，当晚月光好，应该不会看错，那就一定是在上岸地点附近搞到的马。最近有好马的地方就是驿站。我去驿站一问，果然！我就断定盗马的另有其人，此人经常去驿站盗马，熟门熟路，说出来会吓你一跳，暂时保密。这件事先搁着，不要惊动他们，最好让他们以为我们忘了。等适当时机再办。凡事皆有时机，不是不报，时机未到。"

"要等一个什么样的时机呢？"林冲忍不住问。

"等到抓住两个参与的人，分开突审，而且宋江、吴用，任何人，不能干涉审问。"

林冲有点泄气："老天爷，这太难等了。"

"放心，贫道相信，有那么一天！贫道相信，此生一定能为晁大哥报仇！"

林冲按捺住激动，说："好，我相信你！"

重阳节这天，忠义堂遍插菊花，老远就能闻到菊花的香气。门厅里摆放着几个大花篮，花篮里有各色菊花，供没带菊花的头领挑选。下山的头领不论远近，都招回来了，忠义堂挤得满满当当的。堂前两边筛锣击鼓，大吹大擂。席上肉山酒海，觥筹交错，语笑喧哗，各取其乐。上座宋江、卢俊义、吴用、公孙胜四人，除公孙胜头戴白菊，其他三人都戴黄菊。萧让、金大坚戴黄菊坐上座左边条桌，朱武、曹正戴白菊坐上座右边条桌，条桌上摆了笔墨纸砚，分头录名统计。

开始一个时辰，戴白菊的人占多数，其他很多人头上什么菊也没有。

傍晚，宋江浑身酒气，满面红光，走路有些摇晃，叫取纸笔来，作了一首《满江红》，令乐和单唱：

"喜遇重阳，更佳酿今朝新熟。见碧水丹山，黄芦苦竹。头上恁教添白发，鬓边不可无黄菊……"

黄菊两字没唱完，只听下面右边席上很多人，唰唰唰，一齐戴上了黄菊。放下手时，也是齐刷刷地，衣袖带风。这些人刚才要么没戴花，要么戴些黄白颜色以外的菊花，这时黄灿灿一片，林冲看得眼晕心凉。

不用统计，黄菊花比白菊花多太多了。林冲闭上了眼睛。

乐和唱到"……愿天王降诏早招安，心方足"时，只听武松叫道："今日也要招安，明日也要招安，却冷了弟兄们的心！"

李逵大叫："招安，招安，招甚鸟安！"只一脚，把桌子踢起，颠作粉碎。

宋江大喝道："这黑厮怎敢如此无礼？左右与我推去，斩讫报来！"

很多戴黄菊的头领为李逵求情，林冲这才注意到李逵满头都是白菊。林冲没为李逵求情，他知道这是骂鸡给猴听，宋江不会真杀李逵的，他懒得陪着做戏。

当日饮酒，终不畅怀，席散各回本寨。后排边厢，史进、张清、周通一人拿一小包银子，丢在王矮虎桌上，周通说："谢谢王头领，我们是讲信用的人，愿赌服输，不要你还银子。"

王矮虎哧溜钻到桌子底下去了，林冲从旁边经过时，听见桌子底下传出哭声。

当夜，不愿招安的头领，在阮小七大船上开会，商量撤出梁山。共二十七个头领：林冲、公孙胜、鲁智深、杨志、武松、刘唐、史进、阮小二、阮小五、阮小七、朱武、樊瑞、李忠、白胜、项充、李衮、杨春、陈达、曹正、周通、杜迁、宋万、孙二娘、张青、施恩、朱贵、朱富。

因为预料到会有争吵，船舱里只上茶，没上酒。会议由公孙胜主持。

鲁智深首先发言："既然宋江公开主张投降朝廷，跟我们的利益愿望相反，我们绝不能再信任他，更不能接受他的领导。我提议，由林冲担任我们私盐派的会长，公孙法师担任副会长。"

林冲极力推辞。昨夜他和公孙胜找鲁智深谈过，希望鲁智深出任会长，鲁智深不同意，坚持要林冲出任会长。鲁智深说："在这生死一线的当口，你就别退缩了！把这个鸟难关渡过了，以后你不想干了再说。"

　　大伙同意了鲁智深的提议，同时又推举鲁智深任副会长。

　　鲁智深说："行，这个副会长我干。昨夜林冲找我商量该怎么办，依我脾气，就是连夜杀将起来，先下手为强，但林冲说，杀将起来的结果，肯定是两败俱伤，可我们弟兄聚在一起，本来是想过好吃好喝自由自在的好日子，伤亡太大，不符合我们的目标。我同意林冲的说法。"

　　"我同意分开，"阮小七说，"但最好让他们滚出梁山！"

　　"我们都同意分开！"刘唐阮小二阮小五白胜都说，"让他们滚出梁山！"

　　公孙胜说："我也希望他们滚出梁山，但他们是不会滚出梁山的。也替他们想一想，招安派在这个问题上没有退路。宋江为招安奔波，一直是以梁山为名。换个地方，就得重新开始，恐怕朝廷不再给机会重新开始。失去梁山地利，招安派这些人无处立足，官军要消灭他们就比较容易。好在，他们招安去江南了，我们还可以再回来。"

　　刘唐说："公孙法师怎么老是替他们着想？难道我们离开梁山这段日子，就好过吗？"

　　公孙胜说："当然不好过。不过，我们可以分散经营私盐，分散到泰山、二龙山、桃花山、城隍岛……"

　　"城隍岛在什么鸟地方？"杨志问。

　　公孙胜说："在渤海中，为庙岛列岛最北边，有南北二岛，为辽国、大宋、金国、高丽四不管的地方，可以屯下我们的水军和家属。"

　　"我去过，"阮小七说，"那个地方倒不是个鸟不拉屎的地方，海鸟屎多得要命，比梁山差远了。凭什么要我们离开梁山？"

　　"我们不离开梁山，就只有火并。"公孙胜说。

　　"来呀，让他们来呀，谁怕谁！"阮小七说。

　　"不是谁怕谁的事，是尽量不要血流成河。"朱武说，"我赞成林会长意见，生命更宝贵，我们离开了梁山，还可以再回来。"

　　"那也不能太软弱了。"武松说，"我还是赞成小七哥意见，让他们滚下山，他们自己不滚，就把他们赶下山。我们好不容易从二龙山搬到这，把二龙山寨栅都烧了，又搬回二龙山，我不干。"

"就是，"杨志说："就算是把梁山让给他们，也不能白白让出来吧？总得给些补偿吧？"

史进说："跟恶魔谈补偿？恶魔不是能讲道理的人呀。"

曹正赞成史进的说法，"恶魔就是恶魔，能安全脱离魔爪就不错了。最好就是突然悄悄离开。"

听到这里，林冲觉察到了危险，毫无疑问，这时招安派正在一旁虎视耽耽，私盐派内部争吵起来，会给他们创造攻击的机会。这不是讨论的时候。迁出梁山的事，应该私下里一个一个单独说服不同意的头领。

林冲转过头，对公孙胜说："今天就到这吧？大伙离开军营的时间不能太长了。都回去好好想一想。"

公孙胜说："好，回去后，加强戒备，防止偷袭。若遇偷袭，迅速通知邻近友军接应。切记凡事尽量忍让，不可主动挑衅。散会吧。"

会后，林冲问公孙胜："你真的觉得他们有可能会偷袭吗？"

"不错。"公孙胜说："对招安派来说，最好的情况是私盐派什么都听招安派的，把私盐派变为奴隶。现在这显然办不到了。次等选择是，私盐派出走，净身出户。再次的选择是，较小代价消灭私盐派，将私盐派钱财据为己有。"

林冲点头，他相信如果有较小代价消灭私盐派的机会，招安派一定不会放过的。这种情况下，私盐派一定要非常团结才行，提高招安派消灭私盐派的成本。

林冲，鲁智深和公孙胜三人留下来吃饭，饭桌上又商议了一下，觉得最好是看准时机，一下子全部渡湖离开。渡湖是最危险的时候，阮氏水军，本来就比李俊等揭阳人领导的水军弱一些，还要分出一半船只运输，能保持战斗状态的水军其实还不到一半。阮氏兄弟都表示压力很大。

重阳节过后不久，探子报告，宿太尉来到了济州，不日即上梁山宣读招安诏书。公孙胜觉得，宿太尉来梁山是个值得利用的时机，乘招安派注意力都放在宿太尉一行身上，私盐派可偷偷做好撤出梁山的准备。若能劫持宿太尉，迅速集结，便可顺利离开梁山了。

私盐派离开梁山有几个风险点，一是上船和下船的时候，最怕被半渡而击。二是到了湖中港汊，怕遭遇伏击和堵截。

　　宿太尉来梁山头一天，白胜得到线报，李俊安排西南水寨的张横、张顺兄弟，负责把宿太尉一行从南湖酒店摆渡到南山旱寨。阮小七记得张氏兄弟有个习惯，喜欢从沼泽港汊里抄近路，阮小七提议在汊子里抓宿太尉。林冲、公孙胜同意，同时建议在正常路线上也设置埋伏。

　　林冲和阮小七提前去看了汊子的地形。水军在汊子里设了两道拦索，绳索沉到了水里。

　　第二天上午，迎接宿太尉的船队过来了。第一道绳索放过了张顺领队的先导船，等宿太尉的大楼船过去后，才把第一道绳索和第二道绳索都拉了起来，把两只船框住，进退不得。

　　"什么人敢在梁山泊撒野？张横、张顺兄弟在此！"张顺喝道。

　　"咋乎什么，是你阮爷爷要跟你亲近亲近。"阮小七说。

　　阮小七和林冲乘小船从汊子里划出来。两边芦苇丛里埋伏的挠钩手和弓箭手也都钻出来了，弓箭手都张弓搭箭，瞄着迎宾的船队。

　　"你找死啊活阎罗？我还以为是哪个不长眼的呢，你要干什么？"张顺拨开身前掩护他的盾牌兵，走到船头。

　　"张头领，我们只要宿太尉，识相的快让开。"阮小七说。

　　"让开？我们兄弟俩保护宿太尉过湖，担着血海般干系，怎能让开？"

　　"那还啰唆个屁——"

　　"且慢！"林冲伸手拦住了阮小七，转身对张顺说："对不起张顺兄弟，我们不愿意接受招安，所以暂时不能让宿太尉上山。你把宿太尉借给我们，等我们的人全部渡过了湖，就把宿太尉还给你，如何？"

　　"对不起林教头，恕难从命，得罪了！"张顺一挥手，先导船猛地朝林冲的小船撞过来。

　　林冲身子一歪，差点跌下了水。

　　阮小七冒着箭雨稳住船，往张顺的先导船靠过去。先导船退退进进的，想要挣脱拦河绳索。双方互相射箭、掷标枪。乘着两条船再次头对头撞在一起的机会，阮小七跳了过去，他一手执盾，一手执蓼叶枪。张顺从盾阵后面冲出来迎战，左手拿钩，右手拿刀。两人斗了十几回合，不分胜负。

林冲跳过船去助战,张顺不敌,跳进了水中。阮小七和几个手下也跟着跳进了水中。那些留在先导船上的张顺手下,有的战死,有的也跳下了水。

不一会儿,水面上冒出一串串血色水泡,尸体一具接一具浮起来了。阮小七把头露出水面,抹了把脸上的水,对林冲说:"找不到张顺,估计逃远了。"

"算了,"林冲说,"我们的目标是宿太尉。"他看见宿太尉坐的大楼船已着了火。阮小七立刻往大楼船游过去。阮小五驾船超过了他,靠上了大楼船。张横迎上来,拱了拱手,说:"我不跟你们干架,快去救宿太尉,迟了不是烧死,就是淹死了!他要是死了,我们都活不成。"说完,张横跳下水,溅起小小一朵浪花,没影了。

阮小五爬上大楼船,接着,林冲也攀上了大楼船,从舱底找到了宿太尉。他们把宿太尉押到自己船上,放下拦河绳,飞快地划向西湖水寨。

宿太尉这时镇定多了。他说:"原来是林教头,好久不见!"

林冲拱了拱手,"对不起,委屈宿太尉了!"

"好说,好说,你有什么事好说嘛。"

林冲笑了,"我们没有歹意,只想借——"

"又要借什么?好说,好说,只要不是借脑袋,借什么都好说。"

林冲有些不好意思,他把意图说了。他解释说,并不是所有的梁山好汉都愿意接受招安,不愿意接受招安的这些人,今天要借宿太尉光临的机会,安全离开梁山。"宿太尉放心,我们只借你几个时辰。等我们的人渡过湖,就送你上山,决不会少你一根毫毛。"

"原来如此,好说,好说,我会好好配合的。"宿太尉似乎真松了一口气。

"那就谢谢宿太尉了。"

林冲把宿太尉押到了西山旱寨,传令各寨私盐派人马迅速往西山旱寨和西北水寨集结。

私盐派人马陆陆续续来了。

林冲看见妙琪杂在抬箱子的侍从中往码头走,她戴着宽檐帽,背着一个小包袱。

林冲叫住了她:"你就不要跟我们走了。我们这一走,前途凶险,离你家也很远,你最好还是回宋寨主那里去吧。"

妙琪说:"我不!我要跟你一起走!回到宋大哥那里,他又要把我送给别人。"

林冲没时间多加劝解,只好由她。妙琪和几个侍从刚上船离开,吴用来了,身后十几个人挑着礼箱。

吴用说:"哎呀呀!你们这是搞什么嘛!"

林冲抱拳赔着笑脸,"抱歉啊军师,没来得及辞行,我们要走了。"

"要走提前打声招呼嘛,设宴送行,现在搞得我们一点准备也没有,临时凑了这么一点小意思,万望笑纳。"吴用指了指礼箱。

"好,连同心意一起领了。多谢吴兄!祝你们顺利达成心愿,前途无限!"林冲说。

"多谢,多谢!一起吃餐饭喝碗酒再走,如何?"

"我就不跟你客套了。"林冲说,"相信以后有机会。"

"不客套不客套,林教头能不能高抬贵手,把宿太尉留下?"

林冲想了想,说:"今日宿太尉得辛苦一下,跟我们走一趟。放心,我们不会伤害宿太尉,我们全部渡过湖后即刻送还。"

"我知你们意思了,好吧,只要不伤害宿太尉,一切都好说。"吴用拱了拱手,说他得赶紧向宋大哥报告,急匆匆地走了。

过渡时,林冲、阮小七和宿太尉坐在同一条船上。西边湖面上,大大小小的船只忙碌着。他们从一条港汊里出来时,有水军小校划快船返回报告:"李俊水军在前面堵截。"

"再探。"阮小七说。

阮小七把船从港汊里划出来,林冲看见汊口停着一只无人小船,前方不远处密密麻麻地停满了战船。

林冲让船队停下,做好战斗准备,但不要轻举妄动,看他手中旗号行事。

林冲和阮小七押着宿太尉,单船来到两军之间。不一会儿,李俊的船也划了过来,身后跟着童猛一人。

林冲跟李俊打了个招呼,问:"李大头领拦住去路,是何用意?"

李俊笑了,"没别的意思,听说林大头领要走,我特来送行,那边大船上备了一坛薄酒，请林大头领过船赏光喝一碗"。

"林大哥别去，他要摆鸿门宴。"阮小七压着声音说。

"多谢李大头领好意！"林冲拱手，"今日实在不便，等林某安顿下来，随时恭候李大头领光临，一醉方休。"

"那是后话，咱们兄弟一场，自然后会有期。可今日林大头领如果不肯赏光，我怕被人笑话我不讲兄弟情义。"李俊说。

"你究竟想干什么？"阮小七说，"吴军师已经同意宿太尉跟我们走一趟，渡过湖后即刻放还。你不要乱来啊。"

李俊又笑，"放心，我绝不会乱来。只跟林大头领喝喝酒，送送行。等你们把宿太尉送过来，我立刻把林大头领礼送上岸。"

林冲明白了，要他到李俊船上喝酒，这只是委婉说法，实际上是要他去当人质。他们怕私盐派人马渡过湖后，把宿太尉也带走了。

阮小七说："我们林大哥今天没心情喝酒。"

李俊说："那恐怕我的兄弟们不答应。看见了吗，那条空船，那条空船为界，你的船队不能越过那条空船。"

阮小七问："越过了又怎样？"

李俊后面的童猛挥了挥手中的红旗，只见一条战船上的炮架子动了一下，一块巨大的石头呼地飞了过来，越过林冲他们头顶，轰隆一声砸在那条空船上，木片和浪花高高溅起，船体被砸翻，慢慢下沉。

"奶奶的，动家伙了！"阮小七唰地抽出刀，横在宿太尉脖子上，他大喊："李俊，教你的人让开，滚远点，不然我一刀把这鸟太尉杀了！"

李俊哈哈大笑，"小七哥，你把这鸟太尉掳走，还是杀了，对我来说差别不大，都是你陷我于死罪。可是，你要真把他杀了，我就把你们的运兵船都打沉，倒说不定能将功补过，宋大哥反饶我一命。"

阮小七明显停了一下，说："打沉就打沉，你把我的船打沉，我把你的船打沉，大不了都不活了。"

李俊摇头，"小七哥，话不能这样说。你可能跑得掉，你那些运兵船、运马船、运财宝的船，都太重，跑不掉喽，对不对？你应该好好想一想，是不是一定要逼我这样干？"

阮小七放下刀，说："都是梁山兄弟，跟你无怨无仇，我不信你真干得出来。"

"不信吗？你一声不吭率军出走，陷我一身大罪，我发炮打你很过分吗？"李俊说："我下一炮就打运兵船。"

"且慢！"林冲挥手大喊，"我去！我去！"他转身安抚阮小七，"我过去跟李大头领喝杯酒，聊会儿，没事的。你们继续渡湖，注意安全。"

阮小七眼睛急红了，说："林大哥不要去……林大哥小心啊。李头领，你休耍花招，林大哥若有半点不妥，我这辈子跟你没完。"

"放一百个心，你林大哥不会有事的。"李俊说，"至于你我，肯定没完，将来总有一天要亲近亲近。"

"那好，我等着你。"阮小七说。

两船靠近，搭了块跳板，童猛搀林冲过船。

李俊还真在大船上备了一桌丰盛的酒菜，他亲手为林冲筛了一碗酒，端给林冲。

李俊说："今日一别，不知啥时候才能见到林兄。李俊此生一大遗憾，就是跟林兄共事三年，却从来没机会在一起说说心里话。有两次我感觉到林兄想跟我聊聊，可我当时太谨慎，错失了时机，事后追悔莫及。"

"遗憾没有合作，我也有同感！李兄曾经想推举我做副会长，可惜我愚顽，没有从命，"林冲说，"晁天王离世后，我一度心灰意冷，变得孤僻。若早点跟李兄多交流，梁山说不定是另一番局面。"

"正是这个意思。好在我们的路都很长，山不转水转，说不定哪天我们又聚在一起了。"

"等我们安顿下来，随时欢迎李兄！"林冲拿酒碗跟李俊的酒碗碰了一下。

"好，"李俊说，"就冲你这句话，今天得罪你也值了！"

两人哈哈大笑。

李俊又问："兄长此去，准备在哪里扎寨？"

"一部分人马打算放在泰山、二龙山、桃花山。一部分水军打算放在渤海之中的岛上。"林冲说。

李俊点头，"我有个贩私盐的旧相识，聚了三两百人在渤海中的黑山岛上，复姓慕容，双名世雄。此人跟我交道虽不深厚，但也是一条值得交往的好汉，不是狭隘之人。兄长慢慢饮酒，待我修书一封，你带与他，到了那里可以跟他认识一下。"

慕容世雄，林冲听说过这个人。他原来也是河口镇一大盐枭，跟褚震海争地盘战败了，率残部退到了城隍岛南边的黑山岛上。说起来应该是盟友，没想到李俊愿意为他们牵线，这是一个意外收获。

林冲说："真是太好了！我正愁对当地情况不熟悉呢！只知道那一带有许多无人荒岛。"

"不错，有好几十座大大小小的岛，多数都无人居住。"李俊说。他很快写好了书信，交给林冲。

林冲看见本部人马已全部渡过湖了，起身告辞。李俊送他上了一条小船，说："兄长多保重。还有一件事要跟兄长说一下，宋寨主交代，要把妙琪姑娘留下来，宋寨主说当初妙琪姑娘是去照顾梁山马军大头领的，抱歉在下不得不把这意思转告小七哥，刚才得到消息，小七哥已让人把妙琪送回山寨了。"

"你不必抱歉，这样更好，多谢了！"林冲说。

第二十一回　梁山泊宋江受招安　陈桥驿白胜诱花荣

张顺冲进忠义堂，扑通跪在地下，大哭了几声，宋江让他起来，声音很轻，"张顺兄弟，有事慢慢说。"

张顺不肯起来，哭着说："林冲、阮小七……把宿太尉……劫走了！"

宋江愣了一下，喝道："哭你娘的鸟！劫哪去了，还不快说！"

张顺赶紧止住哭，把事情经过说了一遍。宋江一直死死地盯着张顺嘴巴，仿佛要分辨张顺嘴里蹦出来的每个字是真是假。张顺说完了，宋江才把眼光移开，从忠义堂里每个头领脸上扫过去，停在身边吴用脸上。

"军师怎么看？"

吴用轻轻说："不妨事，我知他们的想法了。不过，我最好还是去找林冲谈谈，让他亲口把释放宿太尉的条件开出来。"

宋江立刻点头，"带些礼箱去。"

吴用说："这样最好！"

没多久，吴用回来了，宋江站在忠义堂门前等着他。宋江背着手，在忠义堂门前来回走着。吴用刚上台阶，宋江招手喊道："怎么说？"

吴用摇手："不妨事，不妨事。"吴用喘着气，把林冲的意图简单说了一下，又说，"为了稳妥起见，我已安排李俊，趁他们渡湖时扣下林冲，尽量不要厮杀，放其他人过湖，单扣林冲，用来交换宿太尉。"

宋江喝彩，"好！"

吴用一脸歉意，"事情紧急，没来得及请示宋大哥……"

宋江摇手，"不妨事，不妨事。你先去歇着，一会儿到我家吃饭，宋清刚从东京买回来几坛大酒，丰乐楼的和旨。"

吴用走后，宋江背着手，慢慢踱过忠义堂前刚搭的彩门，他的情绪似乎已经平静下来了，几乎看不出受到宿太尉被劫和林冲出走的影响。

这天花荣一直陪在宋江身边，在他眼里，宋江此刻又精神焕发了，浑身上下都被喜气罩着。

看见王矮虎、扈三娘从附近经过，宋江招手让他们过来。

宋江说："排队欢迎的事，得调整一下。现在情况有变，有一些人走了，你们两个的位置也要变一下。"

宋江指示了新的位置，要他们下午把队伍带过来排列整齐。人数少了些，气氛还是要搞足，"不能马虎，这是迎接宿太尉，迎接命运转折的时刻嘛！大伙日后会一遍又一遍回想这个时刻，还会讲给子孙后代听！"

扈三娘使劲点头，说："没那么多头领，空出来的地方正好另搭一座彩门和通廊，全部裹以红绸和鲜花，彩门两侧各以六根红绳跟忠义堂两侧的飞檐连接起来，红绳上缀有一串随风飘动的小彩旗。让门口的礼仪人员和守卫都着红色服装。忠义堂内也用红绸鲜花装饰一下。"

宋江听了眉开眼笑，"还是我妹子窍门多！好，就照你说的办！"

第二天上午，头领和军士们在忠义堂前列队恭候了一个多时辰，宿太尉的轿子才出现。锣鼓喧天，礼炮炸响，宿太尉手捧圣旨，走过了那道彩门和彩廊，众头领齐刷刷跪下，满眼都是欢呼的军士。

花荣跪在离宋江不远处，偷眼看去，宋江屁股翘得高高的，他从来没见过宋江下跪把屁股翘得那么高，那一刻，宋江的背影好陌生。

宿太尉到宋江跟前了，示意宋江起身，宋江才赶紧起来，在地毯边弯着腰，伸出手，给宿太尉引路。所到之处，撒花，欢呼，放鞭炮，吹号角……当宿太尉走上忠义堂里专为宣旨搭的彩台，欢迎达到了高潮，如山呼海啸，喜气冲天而起，几乎要把整个忠义堂带到云端去。

宿太尉说："宋江接旨！"

宋江立刻跪下，又把屁股翘得高高的，一众头领齐刷刷跪下。

圣旨在宿太尉手上徐徐展开，前面一大段文绉绉的话，花荣没听明白，但中间说到"朕今特差殿前太尉宿元景，赍捧诏书，亲到梁山水泊，将宋江等大小头领所犯罪恶尽行赦免，赐金牌多少面，银牌多少面，御酒多少坛，赦书到日，莫负朕心，早早归降，必当重用"，等等，都听明白了。

花荣顿时有种脱胎换骨、获得新生的感觉。爹娘和亲人们要是都活着该多好呀！就可以亲眼看看他们的儿子，是如何为祖宗争得了光彩！

后面又一段文绉绉的话，花荣听了个似懂非懂，听见宋江喊万岁，花荣跟着一起高呼万岁，再拜谢恩。

宿太尉叫开御酒，取过银酒海，都倒在里面，用勺舀酒，就堂前温热，倒在银壶内。宿太尉斟过一杯酒来，对众头领说："宿元景虽奉君命，特赍御酒到此，命赐众头领，诚恐义士见疑，宿元景先饮此杯。"众头领称谢不已。宿太尉饮过酒后，劝众头领畅饮。

当夜，忠义堂内鼓乐不停，大红灯笼点亮了，设了几十桌筵席，轮番把盏，肉山酒海。直到深夜，花荣才晕晕乎乎地回到住所。

上床前，妻子告诉花荣，妙琪回来了，在宋清媳妇面前哭了大半天。

花荣一边脱衣服，一边问："她哭什么？"

"听说，宋大哥要把她送给宿太尉，做小妾。"

"这不是好事嘛，哪辈子修来的福！"

妻子看了看他，眼里似有责怪，嘴里说："就是嘛。"停了一下，又说，"可是，跟了林冲两年多，她就是一只狗，也会舍不得跟主人分开嘛。"

早晨醒来，花荣头疼欲裂，但还是穿衣起床了，他听见院子里叮叮当当响着，把妻子喊进来一问，妻子说："钉箱子，妙琪明天要跟宿太尉进京了,得送几个礼箱。别的头领都在抢着给妙琪送礼,咱家可不能落后。"

花荣笑了,"妙琪以前巴结你,你都爱理不理的——"看见妻子脸色变了,赶紧改口,"我是夸你脑子活泛,反应快,我都没想到要给妙琪送礼,你替我想到了,谢谢贤妻!"

"贤妻,贤妻,嫌弃了吧?"

"好好的,怎么说这话!"

妻子收拾了八只礼箱,木板和封条上写着:"花荣夫妻敬献!"第二天叫上一队军士抬着,让花荣监押,去金沙滩,送上宿太尉的大船。

到了金沙滩渡口,宿太尉的随身虞侯传令,礼箱一律不得上宿太尉的大船,虞侯登记点验后,迟两日另行安排船只送到东京。所有礼箱会存放在东京指定库房,头领到东京后,分别拿着封记副本,到库房开箱检验签字。

这宿太尉还真是严谨,不愧是久经官场,花荣心里赞叹。

花荣来得迟些,前面有好多人在排队等验收。花荣站在凉亭边等候,从栈桥到半山凉亭,沿路堆满了各式各样的箱子,木板箱、牛皮箱、铁皮箱、藤条箱……想插个队,办不到。花荣瞄了几眼,礼箱上全都写着献礼头领的名字,从名字看,有的头领送的礼物超过了十箱。原先他以为自家礼箱算多的,眼下看来,也就一般般,不显眼。也好,这种时候,太显眼也不一定能谋个好职位。

宿太尉宣读的圣旨中,没有说明何人授何职位,将来或许还有变数。这么多头领,宿太尉未必有能力一下子安排很多好职位,不如以后跟妙琪多走动,多送几次,慢慢来。

夏末,招安的队伍开到了东京北门外七十里的陈桥驿,番号忠义军。他们奉命暂时驻扎在这里。这里地处黄河北岸,花荣有时候会请假,陪妻子和妹妹渡河进城闲逛,买东西,吃东西。他跟着她们去过一次宿太尉府上,礼物进了门,人却没能进去。里面传出妙琪的回话,说感谢礼物,抱歉不能相见,请以后不要再来了,如有合适机会,她会请宿太尉关照花荣的。妻子和妹子郁闷了一会儿,决定到街上去继续买东西,吃东西,好好逛遍大东京城。

立冬不久,有一天,花荣刚进门,妻子告诉他,下午有两个可疑的人,在他们家附近转悠，跟邻居打听他们家都有些什么人。

花荣问："长什么模样？"

妻子想了想，"邻居说，有一个个子不高，白净面皮，没有胡须，三十岁。跟着的那人个子也不高，稍微胖一点，紫棠色方脸。"

花荣听了，心里咯噔一下，白净面皮这个，很像白胜。如果是白胜，花荣不意外，白胜是晁盖心腹，白胜出现在他家附近，应该只是打前站的，真正动手的多半是别人。如果只是白胜和其的随从，那也很糟，白胜会选择他的孩子下手。

花荣朝院子另一头看了一眼，花开正在用一张小弓练习射箭。花荣挑了把解腕尖刀带在身上，拿了一张弓，背了一壶箭，叫上随从，在陈桥驿大街小巷寻找。

陈桥驿在东京周边小镇中驻军最多，营房密集排列着。街道两旁都是铺面，熙熙攘攘的。黄河边还有一个繁忙的货运码头，落了帆的桅杆像掉光了叶子的森林，各种货物在这里上船、下船。

花荣寻到骡马市，天黑了，没啥发现，花荣回家吩咐妻子，这几天不要带孩子出门。

妻子脸吓白了，"天哪，不会是啥仇家寻上门了吧？"

花荣没好气地说："有什么大惊小怪的！身在江湖多年，哪能没几个仇家，命就是这么个命，小心点就是了。"

晚饭后，花荣来到屋顶阁楼里，灭掉灯，坐在窗前黑暗中，弓横在膝上，箭摆在窗台上。如果有人翻院墙进来，他能看得清清楚楚。

自从参加暗杀晁盖的行动以后，花荣就在等这一天。晁盖手下的人当然不会善罢甘休，死在他们手上有点冤，但他能接受。

现在看来，招安派不一定非杀晁盖不可。林冲能带着反招安派离开梁山自谋出路，晁盖应该也能。但宋江、吴用都认为不能，他们都觉得晁盖跟林冲不同。晁盖去打曾头市之前，跟宋江吵过好几架。两个人关着门吵，吵得很凶。晁盖撂下话：谁要招安，除非从他尸体上踩过去！

这也可能是气话。过一些日子，好好劝一劝，还是有可能不以死人为代价分开。现在结下血仇了，指望人家不报仇，那对什么是血仇，可能有很大误解。

花荣希望自己没有参加过暗杀行动，这不是什么光彩的事，自己这辈子都会羞于向任何人提起。近来花荣常常想起师父的教导："使用弓箭的最好方式，不是用来射杀生命，而是用来悟道。"问题是，近来花荣内心无法澄静，每次用黑布蒙上眼睛，脑子里就浮现出晁盖用药布缠着的半边脸。

有一个梦，他做了好几次，隔十天半个月就要做一次。他梦见自己走进树林，打开木箱，找出一块布巾捂住自己的嘴巴鼻子。他把画箱里的药包和小罐子拿出来，在地上摆放整齐，先往一只药罐中倒了一些水，再往里加入两小包药粉和一些胶，用力搅拌，直到搅拌成黏糊糊的药膏才停止。他拿起一支写有史文恭名字的箭，给箭头上涂药膏，用香袋套在涂有药膏的箭头上，系紧。然后把毒箭跟其他箭一起插进箭囊里。上好弓弦后，花荣用短刀挖了一个坑，把剩下的药粉药膏都埋了。那些瓶瓶罐罐分开埋了好几个地方。箱子扔进了灌木丛里。他去泉水边洗过手，林中光线迅速暗淡，数不清的乌鸦嘎嘎叫着，在空中盘旋。他在树林里藏好马，在一条大路拐弯处，找了个地方埋伏起来。

等到月亮西斜，突然看见不远处亮起了无数火把，喊杀声马蹄声混在一起，一支人马冲过来了，他认出了队伍中的晁盖。他抽出毒箭，取下箭头上的香袋，跪立拉弓，撒箭前在心里喊了一声："惭愧！"

一支箭飞出了树丛，在火光中扭动着箭杆飞行，穿过一支火把的火焰，又穿过一支火把的火焰，终于把箭羽点燃了，那支箭拖着细小的火苗继续飞行，从一面旗帜边擦过，继续飞行——飞行——朝着晁盖的脸飞行……

每次都是梦到这里就停止了，从来没梦见过他的毒箭插在晁盖脸上。

这天花荣在窗前坐了一夜，没啥异常。他收好弓箭，沿着阁楼梯子下来，从厨房门口经过，看见里面热气腾腾的，听见妻子在安排使女做早餐，他突然觉得很饿。

早饭后，花荣来到宋江家中，花荣告诉宋江，他妻子很担心孩子的安全。

宋江呵呵一笑，"你们太不了解林冲、鲁智深、公孙胜了，他们根本不会对孩子下手。你们要是担心，我让宋清在东京给你们另外租一套房子。"

花荣谢过宋江。

大军即将开赴江南，军务千头万绪，花荣慢慢把对孩子的担心淡忘了。

有一天，花荣跟在宋江后面，去宿太尉府上签字，申领衣甲。招安后，忠义军已扩编至五万人，原有衣甲制式不统一，也不够数。宿太尉在申领表上签了字，让他们去京师甲仗库内拣选。宋江让花荣拿着表先去支领，他留下还有事跟宿太尉商量。

京师甲仗库北库就在陈桥驿，花荣带上王矮虎夫妇和车队随从，去北库关支。北库提调官接过申领表，朝王矮虎夫妇瞅了好一会儿，让王矮虎先去领铁甲、熟皮马甲、铜铁头盔、刀枪兵器，提调官想带扈三娘去另一个库房清点冬靴，花荣拦住了扈三娘，说："我跟他去，你就在外面守着，小心有人把衣甲兵器偷去卖了。"

进了库房，提调官胡乱点了点数，告诉花荣："数目不足，明日再来。今晚我和几位兄弟连夜加班补货，补完货大家得喝几碗酒，你回去问问宋先锋，能不能请刚才那位女将，来给兄弟们敬碗酒，表示一下。"

花荣心里早就明白这厮想要干什么，他不动声色地说："敬酒是应该的，我们宋先锋肯定很高兴派她来感谢诸位大人。"

"那就好！"提调官说，"她随从里有几个也长得挺好看的，都带上。"

"好嘞！"花荣说。

等宋江回到陈桥驿大营，花荣把这事给他说了。宋江把宋清叫进来，写了个清单递给他，让他带着扈三娘过河进城去采购，然后给宿太尉家的妙琪送过去，让扈三娘再陪妙琪玩一天，后天回来。

宋清走后，宋江说："扈三娘躲得过初一，恐怕躲不过十五。躲一天算一天吧。花荣你去绣春楼挑十个姑娘，穿上女兵全套，晚上跟我走一趟。"

"这种事我不干。你还是让别人去吧。"

宋江说："你不干？你不要以为这个提调官是随便什么地方钻出来的小角色，他是童枢密的外甥，下一步，很可能出任我们忠义军的监军，将来有很多地方需要他关照，咱可得罪不起。"

"管他是谁，这事我不想干。"

"这事传出去不好，还不能叫别人干。唉，你就替我分担一点吧。告诉你，我手头让我头疼的活儿一大堆，可把我愁死了。今天宿太尉告诉我，朝廷没那么多空缺给忠义军里的头领。所以，现在一个也不任命，打完方腊看表现，都表现好，最多也只能给三成名额。"

花荣吃了一惊，"那其他弟兄怎么办？"

宋江嘿嘿一笑，没有回答。

傍晚下起了小雪，街上没有存雪，都踩成了烂泥。屋顶上和树上铺了薄薄一层。

路过绣春楼，看见很多军汉在巷子里排队，至少一百人，不断有人跺脚取暖。队伍过两天就要出发了，这些男人得抓紧时间把腰包里的银两花完。

花荣挨个看过去，想看看有多少自己营里的人。就在队伍中间，他看见了白胜，白胜也看见了他，白胜立刻转身钻进了另一条巷子，花荣一把推开面前的军汉，紧追不舍。白胜不时回头用小弩射他，他躲闪了两次，白胜拐了几个弯，看不见人影。

花荣往北追出镇子，雪下大了些，花荣沿着通往草料场的大路追下去，前面有一行脚印越来越深。

花荣跟着脚印走到草料场，到了草料场大栅门，脚印突然止住了。花荣蹲下来，仔细辨认，发现草料场门里的雪被扫过。很多草垛子静静矗立着，草垛顶上盖了一层雪。片片雪花不停飘落，增加了寂静，就像是一片片寂静在堆积。

花荣推开栅栏门，往里走了几步，屏住呼吸，仔细听了听，听见了自己的呼吸。他踩着自己的脚印一步一步往后退。

第二十二回　童衙内麻倒三娘　王矮虎血拼李逵

忠义军从扬州渡过长江后，王矮虎的人马大部分不再担任后勤保障，宋江安排他参加攻打镇江。他的少部分人马留给了扈三娘，继续负责被服鞋等军需物资。战斗开始前，夫妻俩在帐篷一角行军床上性交，他一个劲想把扈三娘肚子搞大，扈三娘肚子却一直没大起的意思。王矮虎觉得，扈三娘做这事的时候，心思在别的什么地方。有一次，王矮虎正要加速冲刺，扈三娘突然对王矮虎说："这次要好好表现一下，给新来的监军留下好印象，宿太尉说，忠义军诸将的授职，皇上主要听童枢密的。宋大哥说，童枢密主要听这个监军的。"王矮虎差点软趴了，真希望这时候她说点别的。不过，说这也凑合，总比一声不吭强，有时候跟她做这事，都不知道她是不是活的。

战斗开始后，王矮虎部率先突破镇江方腊军防线，由于过分深入，退路被切断，方腊军把他们包围在浆洗街一带。他们困守了一天一夜，直到孙立、顾大嫂打开一个缺口，把他们救出来。顾大嫂双刀砍出了好几道缺口，等身边没人了，她把刀举给王矮虎看，说："你那么拼命干什么？知不知道有人惦记上你媳妇了，就等着你挺尸呢。"

"谁？"王矮虎问。

"傻瓜，大伙都知道，就你不知道，哈哈。"

王矮虎以为顾大嫂是在开玩笑，没放在心上。

经过几轮争夺，方腊军撤出了镇江，撤出时带走了大部分粮食，带不走的放火烧掉了。朝廷从北方调来了威虏军，与忠义军在镇江会合，骤然增加十几万人马，镇江的粮食补给吃紧。从附近农民家里征来的粮食，优先供给威虏军，忠义军士兵们经常吃不好，吃不饱。

王二虎告诉王矮虎，"我们有几个弟兄晚上去威虏军厨房里偷食物，看见腊肉都是一筐一筐的，他们只拿了几个馒头，就被抓住打伤了。这事我们本来不敢告诉你的，但饿得没办法。"

"他娘的，偷？你们也太没出息了，丢脸呀，丢脸呀，偷什么偷？应该去抢！我去问问情况，如果属实，太欺负人了，抢他狗日的！"

"好！"王二虎和两个小校拍手称快。"我们去准备一下，等你下令就出动！"

下属一走，王矮虎慌慌张张地跑到宋江大帐里，禀道："宋大哥，我部下都饿坏了，说要去抢威虏军的厨房，我按不住。"

宋江正在看战区地图，呆了呆，转过身，"乱来！谁敢去抢？定斩不饶！"

"对，定斩不饶，俺这就去斩他几个！"

"且慢！"宋江想了想，"我去跟监军商量一下。你们不要着急，保证今天有吃的。"

宋江走进监军大帐里，一会儿拿着一张条子出来了。他把条子递给扈三娘，让她去威虏军库房借粮，接着又安排王矮虎过江去扬州买冬靴，上次发冬靴硬是没发够数。

这一年冬天来得比较早，忠义军时常冒着冷雨行军，穿着单鞋，鞋上粘着大坨大坨泥巴，不时看见士兵把脚从鞋中拔出来，继续往前走，鞋子深陷在身后两步远的泥泞中，又返身回来找鞋。不少人双脚流血不止，冻裂口了。王矮虎了解这些情况，他说："早该去买冬靴了。"

王矮虎带着车队到港口找李俊要船，看见了花荣，花荣冒着小雨骑在马上，在栈桥上等着他。

王矮虎在清风山当强盗时，跟花荣是对头，后来花荣也当了强盗，他们一起上梁山，但两人始终不亲近。

花荣说："王矮虎，有件事，我不得不告诉你。"

"啥事？"王矮虎突然有种不好的预感。冷雨打在脸上。

花荣说："上次冬靴没发够数，是童监军故意刁难，他怪扈三娘上次没有去陪他喝酒。今天他对宋大哥说：'你们那个扈三娘傲得不行，不把本官放在眼里。你让她今晚来陪我喝碗酒。'宋大哥答应了，说：'我让她晚上来给你敬酒赔礼。'这事不是喝一碗酒么简单，还是告诉你为好。不要说是我说的。"一抖缰绳，走了。

王矮虎一只耳朵抖了一下，怒气很快填满了胸膛。他让王二虎带人过江买冬靴，他蹲在栈桥上想对策。接受招安前，他就担心过这种事，现在终于发生了。怎么办？以林教头的武艺，尚且对高衙内毫无办法……不不不，这不是武艺的事，打不打得过监军没么重要，重要的是体面地把扈三娘接出来，也要给监军一个台阶下。要是公孙胜在这里就好了，可以向他请教办法……蠢货！蠢货！现在该找谁请教帮忙呢？他知道不能找宋江吴用，他想不出来该找谁帮忙，江水滚滚，悲从中来，他抱着头哭了，开始是无声哭泣，横着手背抹过去，他以为是雨水，接着他听见哭声从他嘴里、鼻孔里冲出来。

……雨点打在油纸伞上的嘣嘣声越来越响，有人走过来，说："谁在这哭！声音有点熟，这谁啊？"

王矮虎捂着脸，不肯抬头，也不回答。

"好像是王矮虎嘛，淋得跟落汤鸡似的，你怎么啦？"另一个人走过来扳王矮虎的肩，"他娘的，还真是王矮虎！"

王矮虎认出面前这张模糊的脸，是张顺。有人在张顺身边蹲下来，同样模糊的脸，是李俊。李俊问：

"有事慢慢说，弟兄们会帮你的。"

王矮虎哇地大哭了几声，停了一会儿，才抽抽答答把难处说了。

李俊沉吟半晌，让童威、童猛给张顺、柴进、秦明、朱仝、黄信、燕顺、郑天寿、裴宣、萧让等人送话，约他们每个人凑点金银，今夜一起去给监军送点礼，敬杯酒。

这样行吗？王矮虎心里打鼓。一时想不出别的办法，只能这样试试了。谢天谢地，多数头领都拿出了一些银两，答应去敬酒，王矮虎把银两都退了，他独自拿了一百两黄金出来放在小箱子里。

十三个头领先在王矮虎帐篷里聚齐，喝了一碗酒，弄了些酒洒在身上，然后各拎一坛酒朝监军大帐走去。

门口卫兵拦住了他们，王矮虎往卫兵手里塞了几两银子，说："我夫人正在里面给监军敬酒，我们都是去敬酒的。麻烦通报一下。"

卫兵说："监军吩咐过了，今晚不再会客。"

王矮虎大怒，一把将卫兵推开了，硬往里闯。进帐篷去一看，扈三娘正趴在酒桌上，人事不醒。

监军喝道："什么人敢擅闯监军重地！来人！"

军士们涌了进来。

李俊掏出腰牌，赔笑道："别误会，别误会，我们都是忠义军将领，这位是扈三娘丈夫王英，监军应该见过。扈三娘本不善饮酒，王英怕她喝醉回不去，特来接她回去。我们都是来给监军敬酒的。另外有点小意思孝敬！"

王矮虎忍住怒，把小箱子打开，摆在酒桌上。

"哦，原来是这么回事呀。"监军笑了，挥挥手，让军士们退出去。"我刚跟扈将军商量冬靴发放的事，她突然就这样了。原来她不惯饮酒，我正要知会宋先锋呢，你们来得正好。"

李俊说："早就听说监军一直很关照我们，我们也早就想给监军敬一碗酒。王英先带媳妇回去，我们陪衙内再喝几碗。"

"好嘞！"王矮虎说。

王矮虎把扈三娘抱回帐篷，见她昏睡不醒，担心是喝了什么药。他忙去把安神医请过来。安神医把了脉，按了肚子，调了解药。灌解药之前，安神医犹豫了一下，说："尊夫人有喜，只怕这碗药下去，对胎儿有些妨碍。"

王矮虎听了，又惊又喜又恐惧又想哭。他问："老天爷呀，这可咋办？"

"这要看你是想保大人，还是想保孩子。"

"咋说？"

"想保大人，就马上灌药，孩子生下后，可能会有些痴呆。想保孩子，就灌茶水催吐，大人会有些后遗症。"

王矮虎的心提了起来，"什么样的后遗症？"

"身体会越来越衰弱，健忘。"

王矮虎抱着头蹲在了地下，"你看着办吧，我不知道。"

安神医想了想，说："实话告诉你，这个孩子要是出事了，扈三娘可能没别的孩子了。我催吐试试吧。"

王矮虎给安神医跪下了，"求求你救救我老婆孩子。"

安神医摆手，"别啰唆了，快拿凉茶水来。耽误时间越长，越糟糕。"

王矮虎让大娥去找了些凉茶，另外又新泡了些茶凉着。王矮虎把扈三娘扶起来坐着，把加了催吐药的凉茶灌进扈三娘嘴里去。灌了三碗后，安神医把手指伸进扈三娘喉咙里，不一会儿，扈三娘呕吐出来。吐过后，再灌凉茶，再催吐。扈三娘终于慢慢醒过来。

"安神医，你怎么在这儿？"扈三娘问。

安神医高兴地说："太好了，她还认识我！我再开个方子，慢慢调养，说不定她会没事的。"

"我怎么了？"扈三娘捂着额头问。

"吓死我了！你还记得昨晚的事吗？"王矮虎问。

"昨晚？宋大哥让我去给监军敬碗酒，赔个什么礼，我想喝碗酒有什么了不起，就喝了。之后的事记不得了。我怎么了？"扈三娘说。

"他给你下了药！"王矮虎说。

"啊！"扈三娘惊叫一声。她掀开被子要下床，王矮虎把她按住了。

"别乱动别乱动！幸好李俊大哥和我们到得早，你没事。现在你要好好调养。一会儿我去找宋大哥告他，我就不信他一个监军就只手遮天了。"王矮虎说。

"先好好治病吧。"安神医说。

扈三娘这才又躺下了。

王矮虎封了一百两银子送给安神医，安神医不收。安神医说："以后大人孩子都没事了，我再收不迟。"

送走安神医，王矮虎去了宋江那里。宋江听说后，很生气。宋江说："我以为就是喝一碗酒的事，哪知道他会干那种勾当！放心，我会给宿太尉写信，要他在皇上面前弹劾他。"

这就完了？王矮虎问："要不要先跟童贯大帅，王禀副帅说一声？"

"你要我去申诉也可以。但我觉得这事，最好大事化小，小事化了。你媳妇现在不是没什么大事吗？冬靴也连夜配发下来了。"

"安神医说她以后可能有后遗症。"

"大夫总是把事情往严重里说。他说可能有，其实也可能没有。等真有了后遗症，我豁出去先锋这顶帽子，坚决要求童大人为你主持公道。"

"好吧。"王矮虎有些沮丧。但暂时只好这样了。

宋江笑了，"你媳妇也真是傲性。很多将领把年轻女眷往监军帐篷里送，她偏看不上监军，好样儿的！"

王矮虎说："她怀孕了，宋大哥能不能给个假，让她回陈桥驿休息？"

"你确定怀孕了吗？"

"安神医说的。"

"那应该是真的，恭喜你。"宋江挠头，"可最近战事越来越激烈，折了不少将领，现在正缺人手呀！这样吧，先坚持两个月，局势一缓，你就送她去陈桥驿。"

王矮虎立刻跪拜，"多谢宋大哥关照！"

战事进行了一个月，忠义军攻下了苏州和杭州，方腊大势已去。这一路大仗小仗都是忠义军冲在前面，折了不少将，损了不少兵。而威虏军的将领都好好的,一个也没死,连一个重伤的都没有。到这时,王矮虎看出来了,朝廷是在利用方腊势力消灭梁山好汉。宋江则利用方腊势力清洗异己。

　　应该说很多将领都看出来了。军营里流言四起。有人说,梁山投降的头领太多,朝廷一时拿不出那么多空缺的实职来安排,必须大幅减少等待安排的名额。就算是分批授职,朝廷也不愿意把七八十支军队交到曾经起事的强盗手里。有人说,童贯跟蔡京、高俅、杨戬是一伙的,号称四大奸臣,梁山不少头领都是这四大奸臣的仇人,参加过劫江州法场的,打过大名府的,打过高唐州的,打过青州的梁山头领,都必须死。还有人说,凡是跟宋江关系比较亲近的,都不会死。还有人说,有些将领上了阵亡名单,人其实没死,逃跑了。还有人说,有些头领是装病,花钱买通宋江和大夫,留在后方医院里。

　　王矮虎听说这些流言后,心里乱纷纷的。他两次参加打青州,慕容贵妃的爹是青州知府,童贯当过太监,侍候过慕容贵妃……他还参加了江州劫法场,江州是蔡京儿子的……他们能放过他吗?说不定他已经在"阵亡"名单上了,只不过还没有公布而已。他要是被人暗算死了,扈三娘和她肚子里的孩子怎么办?

　　有一天,王矮虎去救护所看望受伤的欧鹏,他从欧鹏和几个受伤将领的嘴中得到一个惊人的消息。

　　去掉欧鹏话中的脏话,大意是,方腊失去杭州后,退到了睦州松毛岭,据险死守。童贯十万大军围而不攻,引得附近十几个州县的叛军纷纷来援,童贯命忠义军负责阻击这些援军,欧鹏就是在昱儿岭阻击受伤的。欧鹏说,当时方腊的援军有一万二,宋江却只给他两千人马去阻击。欧鹏担心人马太少,自己完不成阻击任务,宋江说后续会视情况给你增派援军。欧鹏在昱儿岭坚守了一天一夜,两千人马损失过半,眼看顶不住了,童贯手下的大将王禀率领的一万官军到了。欧鹏以为这就是援军到了,大喜。哪料到这是来督战的官军。王禀令欧鹏下山攻击方腊的援军,欧鹏要跟他论理,王禀的官军却一阵乱箭射来。欧鹏的人马只好向方腊的援军冲锋,结果几乎全军覆没。如果不是亲信侍从把受伤的欧鹏藏进一个岩洞,欧鹏也会死在昱儿岭上。其他几个受伤头领也说了自己受伤的情形,跟欧鹏的情形大同小异，基本上一个套路。他们得出一个结论：这是朝廷让忠义军与方腊军互相消耗的套路。

王矮虎回到帐篷，把这些事说给扈三娘听。

扈三娘不相信，说："别疑神疑鬼的，什么公报私仇，你那些陈谷子烂芝麻的事，说不定那些贵人早忘记了。什么消耗忠义军的套路，宋大哥他们会看不出来吗？"

"宋大哥当然看明白了，但看明白了他能怎样？再反，他不愿意，也不敢。童贯每次让梁山军去打阻击，他都执行了命令。当然，他保护了他那些心腹，从不派那些心腹去执行危险任务。倒霉的，就是核心圈外面的人。什么时候轮到咱们俩？我看快了。"

"不会的！宋大哥会保护我们的。"

"他要是真会保护你，就会让你休假。按照规定，怀了孕的人是可以不上战场的。"

"现在是关键时期。没听宋大哥说吗？这次朝廷要根据各位的表现授职。"

"我去表现就成了嘛，你在家好好养着身子，生个大胖小子，多好。"

"不成，我不能只靠你。我自己也要挣个统制什么的当当。咱们夫妻要比一比，看谁功劳大，看谁官职大！"

"比就比。"王矮虎有些生气了，说，"俺不见得输给你。"过了一会儿，发现自己上当了，又软声央求，"你挺着大肚子去打仗，很容易出事的。"

"不怕，我背着孩子也能打仗。"

第二天，王矮虎和扈三娘被召到宋江的中军大帐，宋江令他们夫妻率三千马军赶到乌龙山谷，阻击从清溪来松毛岭的方腊援军。

"从清溪来的这批援军有多少？"扈三娘问。

"两三千人吧？他们要是人多，我再请童大帅给你派兵增援。"宋江瞟了瞟扈三娘的肚皮，"本来不想叫你去的。你这个样子也不该去。但现在的情况你也知道，我实在派不出别的人了。打完这一仗，我就上奏你的功劳，给你授个实职，然后你们夫妻上任去吧。"

王矮虎进帐后一直没说话，这时鞠了一躬，"多谢宋大哥关照！"转身走了出去。

在帐篷外面，王矮虎对扈三娘说："我去办点事，麻烦你先回去让大伙儿做好出发的准备。"

"哎，你干什么去？什么时候回营？"

王矮虎没有理会她。现在时间非常宝贵，他没有时间对扈三娘多解释了。

他很快办完了这件该办的事，把队伍带到了乌龙山口。

王矮虎在山口下了寨。远远看见方腊的援军浩浩荡荡地开进山谷，至少有一万五千人。探马报告，领军大将是郑彪，擅长用毒烟。

王矮虎站上一块巨石，给部下训话。他问："敌人有多少，大伙都看清了吧？"

"看清了。"大伙整齐地回答。

"欧鹏那个营的事，大伙都听说了吧？"

"听说了。"

"我们没有抵抗毒烟的装备，能跟他们打吗？"

"不能！"

"大伙说说怎么办吧？"

"王大哥说怎么办，就怎么办！"

"别啊，大伙都说说，说说心里话。"

"我们还能怎么办？"

"你们怎么办我不知道，我说说我的想法吧，然后你们看着办。我家情况大家都看见了，这种情况下，我不想死，也不敢死，所以我想请大伙原谅我，我的确是怂了。"

"王大哥别这么说，我们都怂了。"

"那好，怂货们，动手吧。"

只听下面有十几个人抽出刀来，咔嚓咔嚓一连响了十几声，队伍中倒下了十几个人，有的是普通士兵，有的是小队长。

"哎哎，你们这是干什么？"扈三娘问。

没人理她。

王矮虎朝士兵们挥了挥手，"好，怂货们，咱们缘分到头了，分开滚吧！"

下面的人齐刷刷地跪下，磕了一个头，然后一哄而散，三千人转眼跑得干干净净。

"哎哎，王矮虎，你这是干什么？"扈三娘问。

"嘿嘿，干什么！连这都看不出来！我刚给三千人找了一条生路，也给你和俺还有咱们的孩子，咱们仨，找了一条生路。"

"胡闹！快去把他们都追回来！"

"追他们？我不敢。看来你还是没开窍。你不要以为只有方腊的兵敢杀我们，童贯的兵敢杀我们，我们带的兵一样敢杀我们。你要敢追，这些兵一定会杀了你，然后再跑。我太了解这些狗娘养的了！不如咱俩赶紧商量一下去哪里吧。"王矮虎从怀里掏出一把交子银票，晃了晃，"放心，咱们饿不死的。要不先往北，跑出战区再说？"

扈三娘抽出刀，"王矮虎，你跟我回大营去。把事情原原本本说给宋大哥听，然后求求宋大哥，再给咱们一次机会，将功补过。"

"嗨，你还真傻呀！我还以为出了这么大乱子，你只好跟我跑路了，没想到……你还真以为宋大哥会护着你！告诉你吧，就算你是宋大哥亲妹子，你回去他照样眼也不眨杀了你，然后再好好哀悼你，办一场隆重的丧事。他让我们三千人阻击一万五千人，本来就成心让我们送死的，你咋就不明白呢？"

"不是这样的，宋大哥说过，如果敌军人数太多，他就请童大帅派兵增援。"

"那是骗你的！欧鹏、邓飞他们就是这样上套的。"

"宋大哥不会骗我。"

"不会骗你吗？嘿嘿。"

"你笑什么，宋大哥从来没骗过我。"

王矮虎嘴张了张，赶紧闭上了。他扭头望着一边，突然把头转回来，望着扈三娘。

"不是那样的！有一件事，宋大哥不仅骗了你，还下令让我们都不许对你说实话。"

"什么事？快说！"

"这件事也许我早该告诉你，一直没告诉你，是我的错。不过，这件事告诉你之前,你要答应我三件事。"

"答应你个头!要说便说,不说赶紧跟我回大营去,不然我认得你,刀可认不得你。"

"哎哎哎,慢着。就三件事,不难。"

"啰唆什么,你说你说。"

"第一件,你知道这件事后,不能去找宋大哥动手。第二件,见了李逵,你先不要跟李逵动手,让我来。第三样,该不该动手,该怎样动手,你得跟我商量,不能一个人胡来。完事后,我们马上离开。"

"真啰唆,快说吧。"

"好,你答应了的哈,可不能反悔。"王矮虎深吸了一口气,然后一口气说下去,"事情是这样的。"他把李逵屠扈家庄的事告诉了扈三娘,解释了几句,"李逵屠完扈家庄后,怕林冲找他麻烦,他跑到柴进庄上避风头去了。宋江把屠庄大罪栽给祝家庄,主要是骗你为他卖命。"

扈三娘呆了一下。王矮虎退后几步,防着她发作伤人。

让他意外的是,扈三娘听完后没发作,脸上的表情不是很惊讶,也不是很愤怒,只是发了一会儿呆。难道她心里早就明白?或者气傻了?

"王矮虎,你骗人!"扈三娘突然用刀指着王矮虎,"王矮虎,你可不要骗我。"

这反应还算正常,王矮虎放心一点了,说:"我知道你不会轻易相信我。但我有一个不会撒谎的证人。"

"谁是证人?"

"黑旋风李逵。你好好问他,他会如实告诉你的。他撒没撒谎你一眼就能看出来,我的马撒起谎来都比李逵强。我知道没个证人,你是不会相信的。也知道你见了李逵,是不会放过他的。"王矮虎有些忧虑地望着扈三娘的肚子,又说,"你得答应让俺先跟他动手,俺才带你去见他。"

"好,我先不动手,他在哪里?"

"他在后山桃林中的山神庙里。"

王矮虎望望日头,"离开大营前,我约了李逵去山神庙里赌钱,我估摸着,他快到了"。

扈三娘一听,二话不说,策马往后山跑去。

王矮虎策马追上她,"记着啊,你不要急着动手。屠庄的事,俺还没弄清楚是李逵自作主张干的,还是有谁下令让他干的。咱们应该问问清楚,要是有人下令让李逵干的,以后俺再慢慢想办法收拾下令的人"。

扈三娘点头,"好"。

拐过一座小山坡,远远望见了山神庙。庙门前没有人。

王矮虎说:"别着急,他应该会来的,他有一些日子没赌钱了。现在军营中禁赌,李逵好赌,有时候会耍赖,大伙不喜欢跟他赌。他听说有山神庙这么个好地方可以赌钱,喜得直搓手。俺先过去看看,你在这等着。咱俩一起过去,俺怕把他吓走了。如果他不在庙里,你藏在山神庙里,俺坐在庙门口等他。一定要等他进了庙再动手。"

扈三娘点头,"好"。

王矮虎进庙看了看,李逵不在庙里。他让扈三娘进庙,藏在神像后面,他坐在门口,跟扈三娘聊天。

"这些日子,有不少头领跑掉了。"王矮虎说。

扈三娘问:"谁?都有谁跑掉了?"

"解珍、解宝那兄弟俩,你还记得吧?兄弟俩一起跑掉了。"

"宋大哥说,这兄弟俩掉下悬崖摔死了。"

"你相信是掉下悬崖摔死了吗?"王矮虎摇头,"摔死的尸体在哪里?谁见过?实际上是跑掉了。还有张顺、雷横、孔亮、吕方、郭盛……都跑了。"

"他们都在阵亡名单上。宋大哥不可能对朝廷撒这么大谎!"扈三娘说。

"宋大哥没办法,不得不撒这么大谎!上报他们战死,能领一笔可观的抚恤金。如果上报为逃跑,那宋大哥可负不起责任。"

"逃跑的头领要是被抓住怎么办?"

"放心,那些人被抓住也不会承认自己是忠义军将领的,这点默契没怎么成?他们都会改名换姓默默隐居的。对了,据说还真有一个被抓住了。就是那个小财主穆弘。宋大哥说他病死了对吧?那个小财主根本就没病,他不想上阵厮杀,装病,去杭州治病,装不下去,跑了。他弟弟胡乱买了一具尸体谎报病死了。结果穆弘在老家揭阳镇被抓住了。朝廷责问宋大哥,宋大哥坚决不承认，说一定是有人假冒穆弘收保护费，望朝廷严查。公文一来二去的，现在这事没了动静……嘘，来了。"

王矮虎站起身，迎接飞马而来的李逵。

"都到了吗？"李逵问。

"还没，还差两个，一会就来。你怎么才来呀！"

王矮虎和李逵走进山神庙，扈三娘提着双刀，从神像后面转出来。李逵一愣。

"你在这干什么？"李逵警惕地往门口退了一步，王矮虎堵住了门，李逵问："你们想干什么？"

"不干什么，问你点事。"扈三娘声音还算柔和，"扈家庄的人是不是你杀的？"

"是你黑爷爷杀的，怎么啦？"李逵拔出了腰间双斧。

王矮虎赶紧说："李逵，别紧张，别紧张，我们就是想问问清楚，你当年杀进扈家庄，是你自己的主意，还是有人让你杀进去的？"

李逵想了想，"是我自己的主意。吴军师说，宋大哥想娶扈三娘当压寨夫人。我觉得，把扈三娘家里人都杀了，他就不敢娶了。"李逵露出牙齿笑了笑，"后来宋大哥果然不敢娶你。怎么，你想报仇？"

"说对了，拿命来！"扈三娘大吼一声，挥刀就砍。

两人顿时打成一团。有一会儿打到神像后面去了，王矮虎看不见两人是怎么打的，只见尘土飞扬，山神爷爷的脑袋被砍没了，被蛛网罩着的山神娘娘倒了下来，差点砸着了王矮虎的双脚。

王矮虎很想上前帮忙，但山神庙里有些狭小，他长枪舞不开，有点吃亏。再说，也怕李逵夺门而出。

一会儿，李逵破窗跳出去了，扈三娘紧追不舍，两人在桃林里继续厮杀。

王英大吼一声，冲上去挺枪就刺。三人不断变换方位，缠斗不休。只见扈三娘突然舞起双刀，腾空而起，王矮虎立刻后退了半步，他知道扈三娘要使出夺命一招——蟒蛇出洞，两把刀挥舞着护住在空中翻转的身子，她打算从李逵头顶越过时攻击李逵后颈。这一招在过去的比武中胜多败少，但是这一次——扈三娘突然哎哟一声，右手捂着腹部从空中跌了下来。左手刀虽然在李逵后背划了一下，但没砍中要害。

李逵转过身，一脚踩在了扈三娘肚子上。

扈三娘惨叫一声，嘴里喷出血来，下身也流出了血。她弯着腰直喘，"不要踩我肚子。"

"我操你八辈祖宗！"王矮虎怒骂一声，眼看李逵右手举起的斧头就要砍扈三娘了，他紧接着一枪刺向李逵。李逵用左手的斧头砍向了王矮虎。这种打法，就是以攻为守，逼迫王矮虎退后自保，否则就是同归于尽。

"咔嚓！"王矮虎胸前着了一斧，几乎同时，扈三娘架开了李逵右手的斧头，李逵肚子也被王矮虎刺穿了。

李逵眼珠突起，松开了手中的斧子，抓住枪杆，连连后退。王矮虎一直不松劲，直到把李逵钉在了一棵大桃树上。李逵脑袋耷拉下来了，王矮虎才转身，像在深水中挪动双脚，走向扈三娘，"三妹你没事吧？"

"我没事，你不要紧吧？"扈三娘问。

"我不要紧。"王矮虎走到扈三娘面前，扑通跪下了，坐在了地上。他突然发现李逵不见了，桃树干上只剩下他的铁枪钉在那儿。再一转头，看见李逵捂着肚子跑往桃林深处，身后拖着一截肠子。他挣扎着爬起来要追，扈三娘喊道："王矮虎，算了，放他走吧。"

扈三娘挣扎着爬过来，试图去拔嵌在他胸前的斧子。王矮虎说："不要拔，我有几句话，等我说完了你再拔。"

"你不要说话，不要说话，撑住这口气……"

王矮虎喘息着，"不行，这几句话一定要告诉你……我突然感到好害怕，老天，你和孩子以后怎么办？怎么办……"王矮虎不停吸气，从怀里掏出一把银票，"我死后，你去梁山找林冲……千万，把孩子养大……这几年委屈你了……"

说到这里，王矮虎听不到自己的声音。他觉得浑身的力气都流失得干干净净。他知道大限就要到了。他害怕。他不知道死后会遭遇什么。但他也有一些欣慰，梁山这么多头领死掉了，都没有他死得值。他咧了咧嘴，想送给扈三娘最后一个微笑。

有一会儿，他听见扈三娘在喊他，扈三娘说："跟我说话，跟我说话呀王矮虎！"然后他又听不见了，四周一片寂静。

刚才还在风中纷纷扬扬的桃花瓣，一下子定在了空中。

第二十三回　林冲稻田访老军　朱武乡约治难民

渡过细雨抽打的湖面，林冲带着人马，从金沙滩上岸，只见：荒草落叶遍地，断砖破瓦成堆，关隘倾塌，梁山上到处都是废墟。这种情景，林冲早有预料，朝廷在宣读招安圣旨的时候，肯定会同时下令焚毁关隘和营房。残存的门窗、房梁、家具，都被附近百姓拆掉运走了。

但这一切，没有破坏掉林冲回来的好心情，真好，他们又回来了！

房子可以建，芦苇年年长，收割后，盖房的大部分材料有了，差点木料可以去买，用不了一年，就可以从帐篷里搬出来，住上新房啦。

有人提议，在原忠义堂旧址，再盖一座聚义厅，林冲跟公孙胜和朱武商量了一下，没必要，头领不多，随便弄间大点的房子就能开会。还是先建关隘、营房和库房要紧。

回梁山前，林冲他们在泰山北边和东边待了五个月。

水军刚到渤海湾城隍庙岛的时候，林冲拿着李俊的书信，去黑山岛拜会了慕容世雄。慕容世雄果然像李俊说的那样，好交结朋友，当天接风宴上，召来了十几个在附近岛上做私盐的朋友一块喝酒。大伙对林冲手上的精盐很感兴趣，希望能学习一下提纯的技术。这个公孙胜当然不肯轻易外传，不过，林冲答应，合作销售五年以上的朋友，交纳保证金，可以到精盐作坊观摩学习。

在城隍庙岛安顿好阮氏水军和部分头领的亲属后，林冲去二龙山待了半个月，鲁智深、武松、杨志、曹正、张青、孙二娘他们把二龙山周边的私盐市场也做起来了，生意挺红火。桃花山周通到二龙山来学习了几天，回桃花山后，也做得有模有样的。林冲去桃花山待了六七天，又去清风山跟史进他们待了几天。离开时，他带着朱武一起来到了泰山。林冲的马军、公孙胜的葫芦军和刘唐的步军主要驻扎在泰山。在泰山待了大半个月，探马报告说，宋江带着招安人马去了东京。林冲刘唐立刻带两千人马回到梁山。

接着，阮氏水军回来了。

这时，从莱州湾到梁山泊的运输线已经打通了，梁山向西、向南、向北，私盐网络缓缓扩张。梁山真是天生的私盐基地，在梁山生产精盐，贮存精盐，以二龙山、清风山、桃花山、泰山、芒砀山等山为节点分销精盐，非常安全。

清明节，林冲、公孙胜、鲁智深带着众头领，到西岭墓园祭拜晁盖。林冲去年离开梁山前，怕有人盗晁盖坟墓，曾挖坑埋藏了晁盖的墓碑，在晁盖坟上插了"姜来顺"的木牌。这次林冲让军士把晁盖墓碑挖出来，重新立在晁盖坟前。

林冲点燃香，洒过酒，烧过纸，对着墓碑说：

"晁大哥，托你的福，我们平安回来了！好消息是，精盐卖得很好，跟你预计的一样，盐比官盐好，价钱比官盐便宜，很受大家欢迎！将来还会卖得更好！照这样下去，我们很快就会实现你的设想，买大海船，把家属和一部分人，送到南海某座大岛上去，过平安、富有、自在的生活！"

林冲又点燃一叠纸钱，边烧边说："不好的消息是，我们还没查出是谁向你射出了毒箭，我们觉得是那个人，本想悄悄捉住他审问，在陈桥驿草料场挖了陷阱，白胜冒着危险把他诱过来，天不凑巧，下了大雪，被他看破痕迹，他退走了。不过，我们不会放弃的，总有一天，我们会抓住他，问个清楚明白，如果凶手果真是他，一定要斩首沥血，还清这笔血债！"

清明节后不久，新线索来了。

白胜带了十几个黄州籍盐贩子，去黄州大崎山，建一个私盐分销节点。白胜打听到，原先看守梁山湖边射箭场的老顾，眼下在黄州乡下一个叫竹垮的小村，跟姐姐和外甥住在一起。白胜不敢去找老顾，怕引人注意，给老顾带来危险，他派人送信到梁山，要林冲拿主意。

林冲跟公孙胜和朱武商量，决定林冲亲自走一趟。不到一日，林冲到了大崎山，带着白胜和佟大福(认识老顾的盐贩子)下了山，后面远远跟了几个侍从。路上，遇到一些背竹篓的山民，听他们交谈，他们是要去江汉平原稻田中帮人拔稗子。

林冲、白胜、佟大福和侍从们每人买了一只竹篓，扮作拔稗子的散工，来到竹塆村头大皂角树下，等着村民雇用。不久，老顾从他们面前走过，没雇他们，独自走上了田埂。林冲和佟大福跟了上去。

老顾说："莫跟着我，我冇得钱雇人。"

佟大福掀了掀帽檐，低声说，"老顾，是我。"

老顾张大了嘴，立刻用手捂住。

林冲靠过去，"老顾别害怕，我是林冲，我们不会害你的，只跟你打听点事，你帮我们早一天把凶手抓住，你早一天得平安。"

老顾四处看看，说："这个理我晓得，也晓得你们要打听么事，拜托，你们装得像一点，莫把稻子拔掉了。"老顾教他们怎样辨别稻子和稗子，两者长得挺像，不细心学习，很难分辨。

老顾指着一株长得高的禾苗，说这就是稗子，个长得高，但只会显摆，冇得实货。接着又指向一株个矮的禾苗，说稻子就不一样，总是低着头。把稳起见，再看一下叶子，叶片发毛，就是稗子。

林冲点头，把稗子一棵棵拔起来放在背篓里。拔稗子算不上是重体力活儿，但大热天顶着烈日，站在水田里，热气蒸上来，没多久，林冲衣服就汗湿了。

老顾一边拔稗子，一边低声对林冲说：

"花头领来射箭馆那天，本不该我值班。但我看到花头领来了，好喜不过，他射箭射得极好噢，好硕，我爱阴到看，有瘾，仿他，他又不多事，从来不要我们料理，他要是练箭道，会把门闩上，个人在里面待几天。我对陈胡子说，'你钓鱼去要得不？我跟你换几天'。陈胡子爱钓鱼，在别人不会去的港汊里一坐，坐到不晓得么冇早（什么时候），他带着酒，钓上的鱼立时剖开，洗干净，生火烤熟，下酒。我像往朝一样，从暗洞里阴到看花头领，第一天，花头领静坐练气，这跟往朝一样，落了，到第二天，射箭馆里该有弓弦的嘣嘣声，箭头中靶的哆哆声，冇得，见裸甩（很意外），么声气都冇得，他还坐着。见裸甩。到第三天，射箭馆里还是冇得声气，我怕花头领会出么事，但又不敢擅自拨门杠子进去，花头领以前交代过，他会蒙着眼睛射箭，要是有人阴到进来，料不到会射中。我绕着射箭馆，转了一圈，发现有一扇窗子关得不紧，我轻轻拉了一下，拉开一条缝，见裸甩，窗子该是从里面扣上的。我把窗子又开大一点，往里瞅，这一瞅，见裸甩！我又惊又悔——那坐着的，不是花头领，是一个坐姿靶穿着花头领的衣裳，他这么子做，肯定有个不情愿让人晓得的秘密。"

等几个提着饭篮的女人从田埂上走过，老顾接着说：

"我好板不过！这天煞黑（晚上），陈胡子回来，我对他说，'还是你值班要得不？我也去钓一天鱼'。他冇说么事。几天后，晁寨主被人抬回来了，听说是中箭了，就在同一天，陈胡子在汊子里淹死了，像是钓鱼时喝多了酒，滑脚跌进了湖里。我吓得半死，好得幸，请假回家探母，回了黄州，头一个月，我好灵醒，在大崎山能仁寺里头囥到（藏着），帮着种菜，有天晚上偷偷跑回家，娘告诉我，有人两次来塆里，向细伢打听我回来冇，你过点细（小心）。我连夜又跑回到能仁寺菜园子，直到听说宋江招安了，打方腊去了，好得幸，我才来到竹塆，跟女儿外甥住在一起。"

林冲从老顾的话，想到张顺夜晚过渡送"情人"，想到驿站失窃的两匹马，想到花荣的锦袋掉在曾头市法华寺后面的树林里……他觉得，没有谁比花荣嫌疑更大了。

林冲一行当天傍晚离开了竹塆，告别时，林冲给了老顾一些银子，让他搬到别处去安家。

回到梁山，林冲把自己的想法，跟公孙胜和鲁智深说了，三人决定，寻找机会，抓捕花荣，公审处决。

林冲希望花荣不要死在江南方腊军手里，他要审问清楚，射死晁盖，是谁向他下达命令，还是他自己的决定。

朝廷官军开始征剿方腊义军不久，从江南逃难来梁山泊周边的老百姓，越来越多，有不少人饿死在路边。

林冲命朱贵、张青孙二娘夫妻在原酒店的位置附近，设了几个粥店，兼着发放一些药品衣物。没料到，这些粥店附近迅速聚集了成千上万的难民，到处都是用树枝和芦苇搭盖的小窝棚，有些人结了网，到湖边捕鱼，有些人开始耕种湖边荒地，码头周边被堵得死死的，货物与人马进出不便。

头领会上，大伙摇头苦笑，连说："失算！失算！"

林冲说："这首先是我的责任，设救济点的时候没选好位置，没料到会来这么多人。"

公孙胜说："谁也料不到。我也是这几天才明白，原来梁山离江南战场这么近！先别说谁的责任了，赶紧下令把粥店搬走，离开湖边远远的。"

粥店搬走了，但只是把新来的难民吸引走了，留在码头附近的上万人，一大半没动。这些人已经搭了棚子，占了耕地，还有些人造小船，准备到湖中捕鱼。军士请他们搬走，他们反问："你是谁？"

这个问题很难回答。

难民中有些绍兴师爷，以前代人诉讼，伶牙俐齿，熟悉大宋律法和各种民约规章，他们要求催他们搬走的军士，出示地契。

军士自然拿不出来。

这些师爷摇头晃脑，说："拿不出来，说明不是湖边这片地的主人。湖边这片地，原是荒地，根据大宋律法，荒地谁耕种，谁拥有，可以上县衙重新申领地契。"

军士说："什么县衙！我们不归县衙管。"

"那你们归谁管？"

"我们归山上大王管。"

"别骗我们啦，梁山大王前几个月招安打方腊去了，我们好多人在路上见过。"

"他们招安了，我们没招安，我们也是梁山大王。"

"不像不像，莫开这种玩笑，有损梁山上各位施粥大善人声誉。"

军士回来汇报，哭笑不得。军士说："早知道这样，我们拿藤条抽，不给他们施粥，他们就该信了。"

林冲说："不行不行，那我们又成强盗了。我们得找到一种不用武力相处的方式，得跟他们长期和谐相处。"

朱武说："可以试试协约赔偿，让他们用乡规民约，组织自治，然后跟梁山签约，我们可适当赔一些搬迁费用。"

林冲说："行，你去试试。"

十几天后，朱武回来了。"我们在离湖边码头较远的地方，盖了一些房子，让码头边的住户搬迁，有一些效果，但另有一些人漫天要价，没有什么合适不合适的价格，谈不下来。钉子户。我担心给钉子户涨价太多，前面搬走的人，又会搬回来重谈。另外，造了渔船的也不肯离开湖边。"

阮小七说："有船的，可以不离湖边，但必须离开码头五百步，水军可以给每条船发打渔执照。这事要早办。不然缉私队间谍船混进来不好分别。"

林冲说："赞同阮小七意见！"

公孙胜说："我建议水军搞一次演习，分黄军和蓝军，在破旧船上竖假人，打沉几条船，烧几条船，有船的人就愿意来领打渔执照了。"

朱武说："法师说的有道理，仅是好言相劝，给补偿，效果有限，还是得胡萝卜加大棒，恩威并施。宋江招安前梁山泊湖边二十里内，谁敢建房子种地？更不要说到湖上打渔了！我们救济了一下难民，反而给自己惹了大麻烦。"

林冲说："我觉得也不能这么说。从前，梁山泊住的是攻州掠府的强盗，现在是有刀有枪的商人，除了跟官府刀枪相对，对其他人要尽量用商人的策略。我们要找到可以跟其他人长期共存的策略，要考虑我们的利益，也要考虑他们的利益，共同把梁山泊周边管理好。长久来看，对我们绝对有利。"

公孙胜说："你说得对，我们不是强盗，但也不是圣人，先演习，把钉子户吓走，让有船的人来办执照，其他慢慢建设。我们赚不到钱，耐心也耗光了，那他们更倒霉。"

林冲点头："行！我赞同这个顺序。"

水军搞了一次演习，打沉了三条船，烧了四五条船，湖边有船的人都办了执照。钉子户都同意搬走。几个码头边，划了禁区，由带刀大汉把守。

精盐销售额每月都上升。自从允许难民在禁区以外的湖边种粮种菜后，每个聚居点都自发形成了菜市场，梁山上的人买菜也方便了。

有一天，黑山岛盐商慕容世雄让一个小盐商捎来一封信，信是李俊写给林冲的。信上说："征讨方腊的战争快结束了，梁山弟兄死伤很多，装死假伤逃亡的也很多，愚弟我是其中一个，我对朝廷授我啥职位没有一点兴趣，我和新结识的几个兄弟一起，要去南海中占一个大岛，打渔或跑点海上运输，或者啥也不干，安度晚年。打下杭州后，有两个做丝绸生意的波斯商人告诉我，南海中无人大岛有很多，在海南岛最南端再往前两千里，岛上树木水果动物极多，不过只有大海船才能到达。多大的海船？我看过波斯商人的货船，比咱俩在梁山泊喝酒的那条船大不了多少，我找泉州人造了三艘。我会在岛上盼望林兄到来，相信我们会做好邻居，我们一起过快活日子！"

林冲把信读给头领们听，公孙胜说："南海中有无人大岛，我早就听说过，大宋最南端的衙门，是琼州安抚司，再往南的大岛，就没人管了。有时候会有海盗船或商船上岛补水，采集水果。小股海盗应该不足为虑。天太热，一年四季只有夏天。台风多，台风能把房子搬到另一个岛上，把大树连根拔起。我们大多数人习惯了淮河以北的气候，不清楚能不能适应去南海大岛长期居住。"

朱武说："大岛四周都是海水，按理说热也热不到哪去。台风一年就几回，也不一定从我们住的大岛上经过。我们在梁山赚钱也不会时间太久，见好就收，早去南海找个没有官府管辖的退居之所，应是上策。"

林冲说："对，可以派几个人去南海找李俊，跟他们在一起住一段时间，回来告诉我们情况。"

曹正说："弟子愿去，弟子愿带着一家人去打前站，如果我们一家能住下来，我相信大伙都能住下来。"

公孙胜说："这样最好不过。有劳曹兄弟！"

二月下旬，北方合作伙伴罗子兴那边又出了问题，罗子兴的弟弟罗子旺带着二十辆盐车，运往漠北。路过唐家寨的时候，被凌州巡检司设的巡检站没收了。罗子旺上梁山求助，林冲问他扣盐的过程，他说：

"我看路口亭子里换了人，不认识，知道有问题，赶紧准备银两。来检查的人自称姓韩，他不肯收银两，坚持要扣车。我说：'我们跟凌州王巡检很熟的。他很关照我们。'韩巡检说：'王巡检呀，他现在不是巡检了，进大牢了。'我问啥时候的事，为了啥事。韩巡检说：'你应该知道呀。你们不是很熟吗，不知道就问他去呀。前几天巡盐御史来过一趟，王巡检就进去了，我也不知道为什么。'我赶紧又掏出一包碎银塞过去，说：'这次没带太多现银，等卖完货，再来孝敬你。我们常打这条路过，今后多仰仗了。以前怎么孝敬王巡检的，今后怎么孝敬韩巡检。'韩巡检笑了：'以后的事，以后再说吧。今天对不起，一定得扣了。'我赔笑，说：'我们这些货定了日子的，不按时到，要被罚的。这样吧，这次要多少过路费，我赶紧派人去取。手头上是真没有了。'韩巡检摇头，'你这人还算实诚，我也跟你说实话，这次不是银子的事，是有人定要扣你货。我做不了主，对不起了。你们也不要为难我，你们去凌州茶盐司把凭引开出来，我保证这些盐一两不少还给你，如何？'话说到这份儿，我只好乖乖把车交了。"

罗子旺停了一下，又说："回到河口镇，我跟我哥说了，我哥赶紧派人去凌州和唐家寨分头打听。原来是褚震海使了银子，巡盐御史路过唐家寨的时候，唐家寨告下了凌州的王巡检。这次褚震海又打听到罗家这批货要路过唐家寨，唐家寨就让新任韩巡副出头扣下了。盐车眼下停在唐家府里。这种情况下，就算真的把凭引开出来了，货也难拿回来了。我哥派人去要车马，人家也不给。"

公孙胜问："你哥打算怎么办？"

罗子旺说："别的办法没有，只有先把货抢回来！"

林冲问："抢？有把握吗？"

罗子旺说："看出多少人了。这批货价值十几万两银子，就这么没了，我哥和我都不甘心。"

林冲想了想，"恐怕不只是十几万两银子的事。如果只是这一次，可以算了。往后怎么办？漠北这条线，还有河北几个州县，都得从唐家寨过呀。先别忙动手抢货，我跟你去唐家寨，看看有没有别的解决办法。"

两人来到唐家寨，远远盯着唐府大门，第二天，看见褚震海从大门出来了，带着四个随从。

林冲和罗子旺一直跟到树林，忽然跟丢了，林冲停下，寻找脚印。正找着，一阵乱箭射来，林冲拉着罗子旺到树后躲避。

对面有人喊道："你们被包围了，快说是哪路的？"

林冲答道："在下林冲，这位是罗子旺，来找褚震海褚老大谈事的。"

"原来是林会长，失敬失敬！在下褚震海，估摸着这两天你们该来人了，果然来了，哈哈！"

罗子旺说："我们只有两个人，褚老大不要再放箭了。坐下来，好好谈谈。"

"跟你有啥好谈的,你这张臭嘴,早该一箭射穿了。我们只跟林会长谈。"

林冲说:"褚老大,大家无非做点盐生意,打打杀杀没个了,那可不好。你让官府搞我们,我们也可以让官府搞你们,这只对官府有利。我们好好商量一下,怎样对我们双方都有利。"

"你先把罗家抢走的三条线还给我,才有得商量。我做得好好的,他凭什么说抢就抢,一打听,原来凭的是梁山好汉,了不起。"

罗子旺说:"那三条线,我们从前也用,你也用,是被你霸占了,不让我们用,我们现在用一用,也不能说我们抢你的。还是把兵器放下,坐下好好谈。"

"这样谈挺好的。我喜欢这样谈。这样谈,你才不会乱说话。听你刚才意思,那三条线,我们又可以用了?"

罗子旺说:"你先把二十车盐还我,我回去问问我哥。"

"问个屁,你不能做主,就不要开口说话。"

林冲说:"有些地盘共用,可以商量,不过,只能用盐来竞争客户。不能用其他手段。"

"我知道你们梁山有精盐,我们争不过。"

林冲说:"你何不从我们手里进货,我们可以给你好折扣。"

"这话听着,有些意思。可是,哪一天你们不肯把货给我,我怎么办?"

"那你想怎样?"

"我们也要制精盐。"

"我们有规矩,合作销售五年,才可以进作坊观摩学习。"林冲说。

"我们可否留下林会长做人质,以免你们反悔。"

"你想留多久?"

"至少五年。"

"五年恐怕不行,我那一摊子,事多。"

"这恐怕由不得你,你今天来了,就别想走了。"

"我去你府上拜会一下,住几天,我们好好谈一谈,这个可以。"

"那就先请林会长到我那住几天吧,请把兵器扔出来。"

"大家都放下兵器。"林冲说。

风吹着树叶,像很多人拍手的声音。

第二十四回　威虏军杀良冒功　扈三娘重回梁山

扈三娘冒着细雨,向北骑行。她讨厌细雨,让马蹄印子清晰地印在泥地上。她不时为方向的事发愁,如果迷了路,又转回战区,接下来的事她不敢想象。石头上苔藓较多的一方是北方?树上枝叶不那么茂密的一边,就是北方?

扈三娘不敢频繁打听路径,她得经常避开路人,她很少走大路,她时常走在田间小路上,山间小径上,穿过树林,涉过小溪,不时回过头确认有没有人追踪而来。

她相信肯定会有人追来。李逵捧着肚子跑回大营,肯定会告诉第一个遇上的人,然后很快就有人报告给宋江,宋江当然会下令把后山搜个遍,同时让几员大将分头追寻。最终会是谁追上她呢?卢俊义应该不会出动,秦明?关胜?呼延灼?董平?张清?徐宁?孙立?花荣……宋江身边武艺高强的不下十人,如果被他们抓——不,一定不能被他们抓住,不管是谁,追上来必须死战到底!

扈三娘马不停蹄一气跑出一百多里。眼看天快黑了,肚中饥饿,看见前面半山坡上有户人家,扈三娘牵着马来到溪边,她打算把自己好好洗一洗。跟李逵恶斗一场,扈三娘左臂和腹部受伤,她弄不清身上的血哪些是自己的,哪些是李逵的,哪些是王矮虎的……想起没有好好安葬王矮虎,扈三娘心里很歉疚。有时候她觉得自己真是铁石心肠,王矮虎为她丢了生命,她却连为他流一滴眼泪都做不到。不过,她明白,此时不是歉疚和哀伤的时候,有太多的问题需要她花心思去想。路上若有人盘问,不想好就回答,露了马脚会很麻烦的。

扈三娘撕下一角战袍,蘸了溪水,把脸上手上的血清洗干净。衣服上沾染的血抹不掉，只得由它。

扈三娘洗过后，牵了马，往半坡上的房子走去。路过一片菜地，看见一个戴斗笠的老太婆用竹条给黄瓜秧搭藤架。

扈三娘上前行礼，说道："奴家是忠义军差官，前往扬州公干，贪赶路程，错过了客店，马又累了，不肯行走。望婆婆行个方便，借宿一宵，明天一早便行，拜纳房金。"

婆婆看了看她，说："我这里不是客店，前面十五里，就是甲路镇，有几家宿头。"说完又朝她身上看。

扈三娘知道自己身上的血污有些扎眼，她解释了几句："婆婆，我在路上遇强盗打劫，拼杀一番才跑脱了，身上有伤，眼看天黑了，奴家实在不敢夜行，求求你老行个方便。"

"既是这样，你跟我来。我家有个小孙女，这几夜老是睡不安稳，我怕她会吵着你。"

"不妨不妨"，扈三娘说。

扈三娘牵着马，跟着婆婆来到门前，把马拴在树上。

这家有四口人，老太婆，跛脚儿子，儿媳，小孙女四五岁。除三间正房外，还有披屋做灶房，灶房边是猪圈和鸡笼。小孙女穿着蓑衣不时冲到细雨里摇动鸡笼旁边的海棠树，见花瓣纷纷飘落，便咯咯直笑。

婆婆把扈三娘引到自己房里，卸去盔甲，找来一套媳妇的衣裳让她换上。又让媳妇安排饭来，没多时，放开条桌，媳妇托出一个大盘，有四样蔬菜，一盘腌肉。

点上油灯，大家一起吃了，扈三娘帮忙收拾碗碟，在灶房里跟媳妇闲聊了几句，媳妇说她丈夫从小脚就是跛的，这倒好，没有跟方腊去造反，也没有被官府抓兵差，前面甲路镇，整个镇子找不到几个壮年男人，都是些老弱妇幼。

从厨房出来，扈三娘看见婆婆已在堂屋里打好地铺。婆婆要把自己的床让给扈三娘，扈三娘坚持自己睡地铺。扈三娘洗了脚，躺在铺上歇息。半夜里肚痛，忍不住呻唤了几声。婆婆掌着灯走过来，问她哪里不舒服。

扈三娘说："搅扰婆婆了，甚是不当。实不相瞒，奴家有了身孕，腹部受伤，怕是动了胎气，下身好像流血了。"

婆婆揭开被子，惊叫了一声，"哎呀呀，你怎不早说！小产了！"

一阵收拾清洗，婆婆又安慰她，"休要烦恼，你还年轻，慢慢将息，会再怀上的。"

扈三娘谢了婆婆，说："奴家记在心里。"

等婆婆走出去，关了门，扈三娘用被子捂着头哭了一阵。她一个月前做了一些婴儿穿戴的小衣服、小鞋子、小帽子，她曾经非常憧憬用一个指头牵着孩子游玩的日子……也许这样更好些，她反复对自己说，也许这样更好些，乱世里带一个孩子太可怕……但就是止不住眼泪。

扈三娘在婆婆家住了五日。正值青黄不接的时候，见这家人经常吃不饱，她把马杀了，一家人好好吃了顿肉，剩下的腌制风干。她后悔离开山神庙的时候，没把王矮虎和李逵的马带上。

五天里没有两个晴天，扈三娘躺在婆婆房里，时常无事可干，听着雨声，为自己的遭遇长吁短叹。她不时想起那个身穿锦衣，在雪地里舞着双刀，前空翻、后空翻的小姑娘，小姑娘渴望得到师娘的表扬，但师娘总是站在一旁严厉地望着她。她想起扈家庄大院回廊里那些雕刻的花纹，在傍晚光线中变幻着色彩。她想起她和祝彪在擂台上比武，想起祝家庄送来的十几担定亲礼。她想起祝家庄后门麦地里的那一场厮杀。她想起和王矮虎的第一个洞房之夜。她想起林冲抱着头在旷野哭泣。她想起在山神庙里和李逵恶战……她像从一场漫长的大梦中慢慢醒过来。她感觉黑暗中有一双眼睛在盯着她，这双眼睛的主人能够左右她的命运，她不禁出声问："我的神，你为什么要我经历这些事？我到底做错了什么？"黑暗中隐约传来一声叹息，但也可能那是窗外树梢掠过的一阵风。

有时她会想到自己浑身无力躺在这里，当官、光宗耀祖、荫庇后人的梦想又成泡影了，她就直骂晦气！她这一辈子的好运气在十九岁刚过梁山强盗打到独龙岗来的第二天全用完了吗？那一天以前，老天真是厚待她，出生在富贵的庄主之家，锦衣玉食，长相漂亮，身材又苗条又结实，学了一身好武艺，挑了个门当户对的郎君，眼看就要出嫁过上很多人羡慕的日子……突然，好运气没了。难道这就是命吗？此后，她梦想逃出梁山，为什么没逃掉？她梦想跟林冲一起浪迹天涯，林冲不答应。她梦想当个官，王矮虎也当个官，眼睁睁又破灭了。

眼下重罪在身，杀伤朝廷命官李逵以后还能怎样呢？马上成通缉重犯了，比在梁山当强盗还糟……本不想去梁山找林冲，拉不下面子，但不去梁山又去哪里立足安身？踌躇半晌，还是到梁山再说吧。合则留，不合则去。

扈三娘希望自己不要在这里躺得太久，这里比较容易被杀手找到。无论如何她要活下去，活下去才有机会找帮手为家人报仇。既然已经证实了真正的仇人是谁，这仇是一定要报的。宋江、吴用、花荣、李逵，她希望在这四个人身上戳四十个透明窟窿。她不知道林冲会不会帮她。林冲为什么不早点把李逵屠庄的事告诉她呢？哦，他正是怕她去找他们报仇。那么，此行去梁山有什么意思？扈三娘打了个冷战，她伸手找到床沿支撑着坐起来。雨声哗哗，有一会儿雨声把她脑子里洗成了空白。

第六日，扈三娘能下地行走了，但这天又下雨，她又住了一天。第七日放晴，扈三娘对婆婆说，没有马，盔甲太重，她不想穿戴了，要了一套男装，扮作男人上路。她把盔甲埋在了海棠树下，双刀有点重，也埋了。

离开前，扈三娘给婆婆留下了一锭金子，婆婆不收，扈三娘只管放在桌上走了。出门时，婆婆又往她包袱里塞了几个烧饼。

当天在甲路镇街边小店吃午饭，甲路镇果然青壮男人不多，一顿饭的工夫，小店门前过去了好几拨逃难的人，大都是些老弱妇幼，有的推着独轮车，有的挑着担子，有的背着包袱牵着孩子，个个面黄肌瘦，衣衫褴褛。

扈三娘想起这一路上见到的田地，大多撂荒了，应该是因为战乱，能走的人大都走了，现在才背井离乡的这些人，差不多算是坚持到最后的人了。

店里的伙计拿着棍子站在门前，不许这些人在门前停留。

饭后，扈三娘又要了些饭菜，结了帐，跟着一拨逃难的人走出了镇子。她把饭菜和包袱里的烧饼拿出来，分给了那些饿得直嘬手指头的孩子。

出镇走了四五里，进入了一座烟笼雾锁的树林。突然，四周冲出五六十名官军，把扈三娘和这群难民团团围住。

官兵有马军，也有步军，不少战马的脖子上挂满了人头。有个小校骑在马上喊道："我们是威虏军，奉命搜捕溃散的反贼，老实点！不要挣扎！"

难民中有人辩解："我们不是反贼，我们是逃难的良民！"

小校说:"反贼很多装扮成难民,我们会分别出来的。"

军士挨个儿捆起难民的手,捆扈三娘时,扈三娘突然抽出短刀与军士博斗,没两个回合,短刀被击落,她被踢翻,捆成了粽子。

扈三娘大吃一惊,她的力气都到哪里去了?怎么连个普通军士都对付不了!

她开始后悔没有走另一条路。婆婆说过,白洼村到扬州还有四百里,如果往西北走一百八十里,就可到老洲搭江船去扬州,可省不少脚力。扈三娘听了太多江上黑船的故事,觉得还是走路去润州然后渡江到扬州为好。没料到落到这样一个下场。

扈三娘和难民们拴成一串,被军士驱赶着往山林深处走去。有个孩子挣脱了绳子,往一旁飞跑,被军士扔出的标枪扎中了。旁边有个军士说:"杀孩子干啥!孩子的脑袋又不值钱。"

扔标枪的军士说:"这孩子要是跑掉了,走漏了风声怎么办?"

扈三娘明白了,他们遇上了一群杀良冒功的禽兽,要借他们的脑袋去领赏银。威虏军规定:阵前杀敌,一颗脑袋赏五两银子。这伙难民有二十几人,值一百多两银子。

难民们被带到一个大水坑边,水坑里有二三十具无头尸体。难民们挨个跪成一排。官军砍下一颗脑袋,就把尸体踹进水坑。尸体掉进水里,颈子还在喷血,水面上咕嘟嘟冒着血色水泡,冒泡的声音怪异瘆人。

怎么办?怎么办?扈三娘绝望地思忖着,就这般罢休?这样死掉太不甘心了。仇还没报呢。手被捆着,全身还没有力气,只剩下一张嘴了,快说点什么让自己获救?说什么说什么?脑子里突然灵光一闪,也许可以承认自己是忠义军,这样即使被他们押送到宋江面前,至少现在不用掉脑袋了——不过,也不一定。但可以试试。

她刚要开口,忽然听到一阵大喊:"住手!放下兵器,你们被包围了!"

紧接着,树林里冲出一百多人,有的张着弓箭,有的举着刀枪,有的提着锄头。这队官军的马军立刻四散逃走,步军逃不掉的,有的抵抗被杀死,有的投降也被杀死了。

这伙新来的人对他们这些被缚的人很友善,不停安抚他们,让他们不要怕,说他们是方腊旗下的义军。

他们解开了扈三娘手上的绳子，扈三娘有些蒙，她被不久前的敌军解救，不知道自己该作何反应。

"乡亲们受惊了！你们赶紧离开吧！"有个高大的汉子从她面前走过，用洪亮的声音说。他似乎是这群人的头目。

"救命恩人叫什么名字，我要让子子孙孙都记住你们。"有个难民老太太跪在地上说。

"起来吧。我叫方大春，我们就是被官军追捕的反贼。你们这是要去北方逃难吧？"

"正是。不想遇上了这帮滥污禽兽。你们义军现在怎么样了？"有难民问。

"我们被打败了，现在只好往海岛撤退，走一步算一步吧。不，你们不能跟着我们，跟着我们很危险，也没啥吃的。你们还是接着往北方走吧，好好活下去，世道不会总是这样的。"方大春说。

难民们千恩万谢地离开了。扈三娘也谢了义军。她心里觉得很羞耻，她为自己曾是镇压这些义军的官军中的一员而羞耻。

经历这一劫，扈三娘跟这伙难民中的好几个人成了朋友。有个姓何的大嫂，一路帮她缝鞋子。何大嫂的丈夫下太湖给官差捞石头，给一块大石头拴绳子时，不幸一只脚被卡住了，同伴把这只脚割掉，才救了他一命。她现在牵着一个七岁孩子逃荒。有个姓肖的婆婆，本来家境还可以，就因为庭院里有块太湖石，被官差发现了，黄纸一封，成了贡奉皇上的贡物，搬运时，大门出不去，破墙拆屋才搬走。她家老爷子不许拆屋，被当场打死。两个儿子参加了方腊的义军，一个战死，一个没有消息。还有个邓老头，他家有一棵曲折有趣的老梅树，也被征了，挖掘时碰断了根，树死了，官差说他没看护好，要赔钱，他不堪敲诈勒索，跑出来了。

"我们一个村都跑光了，不跑不行啊，农器毁弃殆尽，耕牛百无一存，谷豆杂粮种子无从觅购。"邓老头说。

此前，扈三娘听说过花石纲给江南百姓带来深重灾难，总以为是传说，没想到这些受害人现在就在眼前，她这时才相信花石纲是激起方腊等人起义的重要原因。

扈三娘没怎么讲自己的事，她觉得自己的故事太离奇，说出来人家不相信。相信你的经历又怎么样呢？对你也没啥好处：你当过强盗，你当过官军，他们反而要离你远远的。况且她还是希望一路装成男人，便说自己是一个书生，姓胡，名梦生，郓城县人，经商破了产，家里人都死了，来睦州投亲，亲戚不知道上哪去了，只好返回郓城。

一路上肚子每天饿得咕咕叫。扈三娘经常跟何大嫂和肖老太一起，趴在沿江野地，挑掘野菜草根，用树枝在雨中泥地里寻找遗漏的萝卜，河防军士却常来驱赶，说在其辖区内，"一草一木皆有税取"。扈三娘用竹子做了一把弓，太粗糙，射不准，只在水田里射中了一只鹭鸶。竹弓后来也被人没收了。

原以为到了扬州，能把银票换成银子，哪知扬州的银号都关了门。街上到处都是饥民。

刚到扬州那天，人肉三十文一斤，三天后，涨到一百二十文一斤。走出扬州城，到了淮安，人肉八十文一斤。路边难见饿倒的人，只要一倒，便被人拖到看不见的地方分食了。烤熟的死人尸体，扈三娘也吃过两次，没办法。

何大嫂的孩子饿死后，何大嫂不敢埋他，怕被人掘出吃掉了。她整天抱着个死孩子，走了很久，孩子都发臭了。后面跟着一群饥民，就等着她把孩子埋了。有一天过渡，船工不让她上船，她找了块石头系在孩子身上，抱着孩子跳进了河水里。水流湍急，没有人敢下去捞救。大家惊呼了一阵，便静静望着娘俩沉没无踪。

上了岸，扈三娘拄着一根树枝，一路强撑着不要倒下去，她怕自己会昏过去被饥民吃掉了。

扈三娘不记得自己是怎样挨到梁山泊的。到达的前一天，就听北边来人说，梁山泊边的酒店在施粥，北上难民的脚上都添了力气。

到了梁山泊边一看，跟传说有点区别，不是酒店里施粥住宿，而是离酒店几百步的槐树林里另搭了十几座帐篷，接纳难民临时住宿，帐篷外面又搭了粥篷，免费提供白粥、馒头、烙饼、咸菜。蓝色炊烟从槐树林里袅袅升起。

如果要入住帐篷，则要登记籍贯，询问村子里情况，家里还有什么人，住多久，去哪儿，等等。扈三娘没想好该怎么回答这些问题，她排了一会儿队，不排了，只是去领了一些吃的，独自去树下坐着慢慢吃下去。

扈三娘在梁山当头领的时候，南山酒店是朱贵杜兴两人负责的，现在这家酒店是拆了重建的，做事的伙计都不认识。

扈三娘在树下坐了一夜，第二天，她看见一条小船从荷叶中开过来，林冲站在船头！

林冲在酒店边的小码头下船，进了酒店。扈三娘没有喊他，怕是幻觉。过了一会儿，林冲出来了，骑上马，从她面前跑了过去。她很想扬手跟他打招呼，但她觉得应该先把自己拾掇一下。她用手指梳了梳头发，走到湖边洗脸，洗着洗着愣住了。

水面上映出的女人有几分陌生。

流产，疾病，饥饿……这一路风餐露宿，日晒雨淋，让她脸色变得蜡黄，眼窝深陷，眼皮浮肿，以前从来没有过的皱纹刻上了额头和眼角……天哪，怎么变成了这副鬼样子！她一点自信也没有，打算悄悄逃走。

忽然，她看见水中出现了另一个身影。

"扈三娘，是你吗？"背后有人问。是林冲的声音。

"林大哥……"她叫了一声，转身扑进林冲怀里，呜呜地哭起来。

第二十五回　宋江谎报阵亡头领　吴用设计围困梁山

花荣坐在镜子前，发现左脸上长出了一块黑斑。

花荣记不清有多少人夸过他长得俊美，他喜欢别人欣赏的眼光，他也喜欢坐在镜子前欣赏自己。他担心俊美的容貌从此告别镜子。他去找安神医。

安神医说："你毒气郁积体内，四处游走，不能散发，眼下停在了脸上，我给你开几剂毒清散，每日按时服用，十余日后，就会慢慢消退。"

一连十日，花荣不敢照镜子。对方腊的战争紧张激烈，他也没多少时间照镜子。每次出战，他都要戴一顶有护脸铁片的头盔。

第十一日，花荣坐在镜子前，正犹豫着要不要摘下头盔看看，宋江来了，让他即刻带人去后山庙子里看看。

宋江说："李逵在后山庙中，跟王矮虎、扈三娘恶斗，被王矮虎在肚子上戳了一家伙，强撑着跑回来了，估计活不过今夜。王矮虎挨了一板斧，不死也跑不远。你若发现王矮虎和扈三娘，就地正法。"

花荣到了后山庙前，发现了王矮虎的尸体，就地掩埋了。没看见扈三娘，估计骑马跑远了，他懒得去追。桃林里有两匹马，他带回来了。

花荣回到营中时，李逵已经死了。宋江正在发悲，对着一圈劝慰的将领说："我在江州醉酒误吟了反诗，得他气力来。他与我情分最重，如骨肉一般，因此不由得潸然泪下。"

吴用说："生死有命，哥哥何故烦恼，有伤玉体？要与国家干功，且请理论大事。"

宋江摇头，传令军士搭起祭仪，排下黑猪白羊，列了银钱纸马，宋江亲自奠酒，将近日阵亡的十五位将士一起祭祀。近日阵亡的有张清、董平、徐宁、焦挺、陶宗旺、郑天寿、韩滔、彭玘、郝思文、王定六、宣赞、孔亮、邓飞、龚旺、索超。押来生擒的敌将卓万里、和潼，斩首沥血，享祭众位亡魂。

回到帐中，宋江让萧让写了申报，将一些逃亡的将领也写在了阵亡病故名单之中。逃亡的有穆弘、穆春、雷横、解珍、解宝、张顺、孟康、孔明、扈三娘。王矮虎也加进了这个阵亡名单中。

花荣不解，请教宋江为何把逃亡的将领也写在了阵亡病故名单之中。

宋江说："给朝廷当差，最重要的，是要知道朝廷喜欢看到什么。咱们干吗给人添堵呢？"

花荣明白一些了。"要是朝廷发现了呢？"

"谁发现？发现了再说嘛。"

想想也是。如果照实申报九个头领逃亡了，两个头领打架斗殴死了，很难想象会有什么样的责备降临，弄不好此前的功劳全抹掉了，还不够平息朝廷怒气。说他们都战死掉了，朝廷会安心得多。

阵亡申报后，还附报了忠义军将领近期战功。其中，详细汇报了花荣箭射方腊大将王仁、王绩、晁中、邓元觉的经过。

花荣看着挺开心，一扫连日的抑郁。他知道这样会有一个好职位。

花荣发现自己越来越佩服宋大哥的胆大老辣。宋大哥把这个腐败官府看得太透彻了。自己能在宋大哥这样杰出人物带领下进取事业，真是三生有幸！多年前跟宋大哥一起计划的事情，现在完成了一大半。回头一看，不由人不感叹——他们一起走了这么远！

现在，方腊快完了，忠义军最重要的，就是等待时机，静静地待在朝廷体制内，等待另一个方腊起事，或者辽国南下，或者西夏东进，给大宋朝廷最后一击。

大宋远没有从前想象的那样强大，一个方腊，就让朝廷不得不把北边对付辽国的威虏军调往江南，要是再来一次猛烈撞击，大宋一定摇摇欲坠，那时只要忠义军伸出一根手指在中心柱子上戳一下，整个大宋就会坍塌瓦解。虽然不知道这最后一击来自何处，但它一定会到来！经过宋江指点，花荣明显预感到了。

到了四月，方腊无兵可调，被围在清溪帮源洞中。一丝不挂的女人成群结队从清溪大内逃出，她们在树林里上吊自尽，附近几十里的树林里，静静挂在枝头的赤裸女尸到处可见。

花荣请示宋江，将这些女尸解下来，就地焚化或掩埋，宋江摇头，说："童大帅不让我们的人靠近清溪大内。"

花荣知道这条命令。前些时朝廷悬赏，谁捉住方腊，授予节度使。因此，靠近清溪的都是童贯的亲信。其他部队，被派去追杀四散逃走的方腊余部。据说，最后入洞抓住方腊的，是童贯手下一名小将，姓韩，双名世忠。

听到这个消息，花荣有一种功劳被人抢走的感觉，很不爽。宋江倒不以为意，他说："一个节度使算不了什么，重要的是，我们在体制内待下来了，我们要的是更大的机会。"

全体人马班师回京，行至苏州城外，李俊手下报告："李俊中了风疾，倒在床上，不能行走。"

花荣陪宋江去看李俊，带着一名医官同行。李俊看上去不像有什么大病的样子，李俊从床上坐起来，对宋江说："哥哥休误了回军的期限，朝廷见责。哥哥只需留下童威童猛照顾我就够了。待病体痊可，随后赶来朝觐。"

宋江只得离开了。回京路上听说，李俊跟太湖榆柳庄的费保等人一起，驾船从太子港出海了。

花荣说："放着即将到手的官帽子不戴，偷偷跑掉，不知道这些人是怎么想的。"

宋江说："打完方腊，李俊以为朝廷会给他授个像样的实职，哪知道没有，功劳还给人抢去了，心里有气吧！"

花荣觉得可能是这样，这样想的人应该不少。但也可能还有别的原因。

"没有李俊，以后谁指挥水军呢？"花荣问。

"我也不知道。"宋江说，"这次江南作战，水军损失得差不多了，谁指挥都一样。李俊一伙走了更好，宿太尉要我们缩减任职头领名额，还差不少。"

花荣后脑勺一阵发凉。他猜想，李俊当年在江州折腾过宋大哥，这次江南战争，宋大哥没少折腾李俊，打苏州，打杭州，曾逼李俊水军主攻。这应该是李俊离开的原因之一。但他没把这个猜想说出来，他觉得自己该有点长进，还庆幸自己一直对宋大哥忠心耿耿。

回京这天，宿太尉出城迎接，宋江对宿太尉抱怨功劳被抢夺，"每一场厮杀，都是我们打头阵，最后捉方腊的时候，却不让我们靠近了"。

宿太尉拉着宋江的手，安慰他说："不要紧，建功的机会多的是，眼下就有一个。"

"宿大人可不要再把在下，放在童大人手下做事了。"宋江说。

"不会不会。这次是个肥差。"到了陈桥驿大营，宿太尉说："宋江听旨！"

宋江和身后将领们赶紧跪下。宿太尉念了圣旨，圣旨中强调盐税减少，体制将无法运转，特授宋江为清剿盐枭的大将军。

圣旨中文绉绉的话太多，花荣没听太明白，后来宿太尉解释了几句："今年朝廷拖欠辽国岁贡银十万两，绢二十万匹，拖欠西夏岁贡银五万两，绢十三万匹，茶两万斤。往年，这些岁贡的银两主要来自盐税，绢茶主要来自江南，近年江南战乱，东部、北部沿海私盐猖獗，官盐卖不出去，朝廷一直拖欠着辽国和西夏的岁贡，因此，皇上命宋江带领忠义军前往京东路剿灭林冲等盐枭。"

剿盐枭是怎么回事，花荣不陌生。他在清风寨做副知寨时，不止一次见过官军剿盐枭，参加的官军都发了财。宿太尉没说错，这是个肥差，太肥了！只要利用得巧妙，忠义军至少有一条源源不断的金河，这对于将来夺取天下太重要了！花荣跟宋江对视了一眼，他从宋大哥眼中看到了兴奋的亮光。

宋江接旨后，宿太尉又从随从中把褚震海叫出来，介绍给宋江，说褚震海原是北方第一大盐枭，与林冲、罗子兴竞争失利后，最近投降了朝廷，当了京东路茶盐司里负责打击私盐的巡检。宿太尉怕宋江对私盐情况不熟悉，特地把褚震海要过来，放在宋江手下。

褚震海拜见了宋江，与众将领都拱手相见了。

他说："上个月我还和林冲合作过，认识他们一些卖盐的人，共享过他们一部分卖盐的线路，在下愿为宋将军效力！"

宋江还礼，"好，好，军中正需要你这样的人才！"

宿太尉让宋江及众将在陈桥驿休整几天，然后启程去京东路。宋江答应了。

下午花荣回到家中，儿子花开又长高了，这一年蹿得真快，见了他有些陌生，竟然想往他母亲背后躲藏，这让花荣有些恼火。妻子让儿子搬把椅子到后院海棠树下，摆上茶几，请花荣坐下，然后让儿子对着院墙上的箭靶射了三箭，三箭都中了靶心，花荣这才高兴起来。

"儿子，有长进！"他走过去摸了摸儿子的头，夸了一句。

妻子走过来，解放了孩子，让他自己去玩。妻子对花荣说："你去江南这些日子，家里出了桩怪事。有一次我听见花开在假山后面跟人说话，可等我走过去，那人不见了。我问花开，花开说有个叔叔跟他玩了好半天，我问叔叔跟他说了些什么，花开说：'叔叔问我会不会射箭，我说会，我射给他看，他竖大拇哥夸我，还说以后还会来看我。'"

花荣心里一沉，对妻子说："我知道了。以后不要让孩子们离开你的视线。"

妻子说："不要吓我，这么久了，孩子也没出啥事。"

"这次没害花开，不等于以后不会害。"花荣有些不耐烦。

妻子不吭声了。

花荣走进卧室，摘下头盔，脸上黑斑不仅没消失，反而变大了，黑斑已经爬上了鼻梁，有翻到右脸继续扩散的趋势。他怀疑自己服用的中药，有什么毒性，决定把药停掉。

晚上，宋江做东请花荣一家聚餐。饭后，家人离开，桌边只剩下宋江和花荣两人。宋江问花荣为何心事重重的样子。

花荣说："没有啊。"

"还没有？你差点把饭吃进鼻孔里去。我本来能吃下一匹马，看你那个样子，我一条鸡腿都吃不下去。"

花荣不知道说什么好。宋江很开心，花荣怕自己说错什么话，扫了他的兴。

宋江说："我们都活着回来了，马上要发大财了，开心点！"

花荣说："我觉得这次去剿梁山盐枭，不会太顺利。"

宋江叹息了一声，"其实我也不愿意跟昔日的梁山兄弟刀枪相见，但没办法，不去，就功亏一篑了。宿太尉保证过了，这次剿完盐枭，一定会给我们授实职的。花荣，咱不差这最后一哆嗦。"

"宋大哥说得对。"

"我知道你嘴上这样说，心里不这么想。我分析给你听，你看，朝廷正在跟金国合作，准备夹击辽国。金国、辽国不管谁赢，赢家背后没有了牵制势力，都会乘势南下，大宋很快就会有天大的麻烦。我们呢？任务是剿盐枭，不会被派到北边去作战，就在梁山泊边不慌不忙剿盐枭，安全多了吧？而且，可以隔三岔五跟朝廷要钱粮，要军士，要装备。还可以跟林冲等盐枭谈判，让他们交纳金银，不交就切断他们的销售线路，补给线路。两头吃，哈哈哈，不想吃成个巨人，都不行。"

花荣心里开阔明亮一些了，但忧虑并没有完全消除。他知道，跟朝廷要装备，也没那么容易。忠义军两次要战船，重建水军，宿太尉都说写奏章申报了，高俅、童贯、蔡京都反对，理由是渤海舰队这次在江南战争中损失过半，急需补充战船，从渤海湾夹击辽国。花荣分析，高俅真实目的，是不想让宿太尉控制的军力太强，最好让宋江忠义军与盐枭互相消耗。

林冲等盐枭也不是吐金兽，在背上轻轻拍一下，就会吐一锭金子出来。

花荣把这些涌到嘴边的忧虑，都咽了下去，何必影响宋大哥好心情呢，郁闷的时候，自己郁闷郁闷就算了。

这一天，宋江在营中召开了一次重要将领会议，参加的有：宋江、卢俊义、吴用、关胜、呼延灼、秦明、花荣、孙立、柴进、李应、朱仝、戴宗、杨雄、石秀、褚震海。

会上，褚震海汇报了京东路盐枭的动态，据他了解，京东路的盐枭势力最大的当数林冲、罗子兴这一伙。这一伙最大的窝点在梁山，其他几处主要窝点在二龙山、桃花山和泰山，家属基地在城隍庙岛。

林冲又回了梁山，这没有让花荣感到意外。他发愁的是，没有李俊和水军，要攻上梁山，还真不是一件容易的事，作战方案很难策划。花荣真希望自己不用带兵攻打梁山。

不过，花荣又有一点期待跟梁山盐枭好好厮杀几场，特别是跟林冲、鲁智深、武松、杨志这几个头领，好好过几招，看看到底谁弱谁强。花荣一直想弄个清楚明白。

会上宋江提议，第一阶段，以围困为主。

吴用带头赞同，说："这样很现实，扬长避短，变不利为有利。没有很强的水军，临时征调民船强攻，水上打起来太危险。不如封锁，当年，我们还在梁山的时候，我和宋大哥最害怕的就是长久围困。沙河上拦一条铁链，铁链两端设岗楼驻军，梁山泊通往黄河的水路，就切断了。沿湖二十里内人家都搬迁，不准耕种打鱼，通往湖边的路挖断，交通要道设卡驻军。环湖一百里内庄主多练庄丁，结成联盟，参加执勤和战斗，湖边设固定哨和游动哨，建烽火台，发现盐枭运兵船要在某个地点靠岸，我们就往某个地点集结，争取半渡而击。即使盐枭强行登陆成功，我们要坚决截断他们的退路，不让他们再回到船上，逼他们来陆地决战，放心，用不了半年，他们就会上岸的。粮食可以贮存两年，肉蛋能存多久？他们吃不吃蔬菜水果？半年不上岸，林冲的私盐地盘，就被人家瓜分光了。我们不急，他们一定会上岸的。"

花荣也赞同，说："一边围困，一边重建水军，应该是上策。"

卢俊义问："当年，高俅为何不用围困之计？"

宋江笑了，答道："员外有所不知，高俅造那么多大战船，回扣费用惊人。用围困计，没啥油水。"

"原来如此。"卢俊义点头赞同。其他头领也都点头赞同。

褚震海提议，他带人在路上伏击盐枭送盐的车队，早点切断林冲的财路，林冲就睡不安稳。宋江批准。

会后，宋江留吴用、花荣吃饭。饭桌上，吴用说：

"用兵贵在奇正相生，大会上说的是正策，小生还有一条奇计，宋大哥写封信去，或者让孙立上梁山，要求林冲、鲁智深、公孙胜会谈，谈放水条件，每年不要多，十万两黄金，要多了他们不来，会谈地点就放在梁山泊边上，人马埋伏在芦苇柳林之中，他们一上岸，就可以抓住他们。这几个人一抓，剩下的事就好办了。"

"这方案不错。"宋江说："大伙还可以再想想，明天把方案细化，定下来。"

酒后，宋江把褚震海叫过来，问他："你曾说过，你跟林冲有过合作，是个什么情况？"

褚震海说："我在唐家寨使了点银子，让巡检扣了梁山和罗家兄弟合伙的二十车精盐，我猜测，梁山会派人来谈判，果然，罗子旺带着林冲来了。我的人把他俩围在树林里，谈成了一些合作条件，有一些还没谈成。我想把林冲抓到我那儿去做人质，林冲也同意去住两天，我们都放下了兵器，我带二三十个人押着他往回走，哪知道他突然扔出一个会冒烟、会起绿火的鬼东西，我手下刚散开，没看清林冲从哪儿冒出来的，他把匕首戳在我脖子上，我只好答应还他二十车盐，他答应批发精盐给我，以后共用北三线互不侵犯。但我知道，他们是不可信的，可我的人又搞不过他们，我想聪明的做法还是招安，就是这样，我们走到一起来了。我了解他们的销售路线，宋大哥和诸位都兵强马壮，相信用不了多久就能踏平他们的梁山老窝！"

宋江点头，交给褚震海一个任务，去找几个还在跟林冲合作的盐贩子，趁着上梁山运盐的机会，送几个细作去潜伏下来。

褚震海很高兴，他肯定觉得，能接到这么机密的任务，自己算是宋江很信任的人了。

第二天，要讨论把围困梁山的方案，细分成几大块，给头领们分配具体任务，花荣刚坐下，发现会议室里柴进和李应座位空着，问宋江，宋江说他俩都生病了。

花荣还想详细打听柴进、李应生了什么病，多长时间能够恢复，正常做事，因为这会严重影响他制订作战计划，调配兵力。宋江没回答他，突然问："你怎么老戴着这顶头盔？"

花荣出门都会戴着有护脸铁片的头盔。他知道宋江是故意岔开话题，不想再谈柴进、李应，他没再追问下去，他说："脸上长了一块大黑斑。越来越大。"

宋江说："让安神医好好治一下，治不好也不妨事，你又不靠脸吃饭。"

花荣笑了，"你也不靠脸吃饭，那你干嘛把脸上的金印抹掉了？"

宋江一转身，走开了。

花荣后来才知道，这天宋江为柴进、李应的事生气。柴进和李应推说身体有病，不能为官，去职还乡了。粮草这一块，只好由蒋敬暂时代理。

花荣心想，蒋敬管粮草，太弱了吧？这个弱点，将来怎么弥补？

大将中，没几个靠得住的人，花荣打算亲自监押粮草。

第二十六回　林冲会见宋公明　花荣箭射鲁智深

八月初，林冲得到消息：宋江来了，带着五万人，都是经历了江南战场考验的精兵。林冲和公孙胜都摇头叹息，到底还是避不开跟宋江火并！

此时，梁山上只有一万多人。把二龙山、桃花山和泰山的人马集中起来，依然不足两万人。

幸好李俊带着童威童猛出海了，张顺死了，宋江水军较弱，要渡过宽阔的水泊攻上梁山也不是一件易事。林冲和头领们商量，决定坚守待变，没有绝好机会，决不渡水出击。

想到梁山将有一场又一场血战，公孙胜将已经学会制作精盐的七名弟子，分头派往二龙山、清风山、芒砀山、大崎山等销售节点，就地制盐。

八月下旬，探子来报：宋江在大沙河横了一条铁链，封锁了梁山泊到黄河的水路，铁链两端建了岗楼营寨，由卢俊义镇守，副将是朱仝、黄信。梁山泊的水，主要通过济河，流入大海，其他小河是季节性的，不能通航。宋江同样在济河狭窄处横了一条大铁链子，由秦明镇守，副将是杨雄、石秀。

此后，盐不能从水路进出了。粮食、蔬菜、水果也不能从水路进来。

更糟的是，宋江把梁山泊环湖的庄丁都组织起来，参与围困梁山。通往湖边的路都挖断了，湖边二十里内的人家都迁走了，湖边设了一座座相隔十里的岗楼。还有巡逻队和游动哨。

林冲感觉到前所未有的压力。宋江一出手，就卡住了梁山要害。如果宋江打算比赛熬日子，日子显然跟宋江站在一边。

林冲明白，如果梁山军熬不住，渡湖上岸作战，那就正中宋江、吴用的圈套，宋江可避开水军弱势，发挥马军和步军优势。

明白归明白，怎么破解？

林冲召集了两次头领会议，大伙也没商量出个好对策来。正焦虑着，宋江派孙立送来口信，说是有机密要事，要跟林冲、鲁智深、公孙胜等几位头领商谈。

林冲问："宋江跟我们有什么机密要事？"

孙立支支吾吾，直到林冲让其他头领都散了，只留下鲁智深、公孙胜、朱武在身边，孙立才说："宋江不愿意上高俅的当，并不想真正与昔日的梁山兄弟为敌，自相消耗，但是，梁山也必须给他一点面子，好让他对朝廷有个交代。"

"梁山怎么做，才算给他面子呢？"公孙胜问。

"第一，梁山诈输两阵。第二，每年借给宋江黄金一万两。当然，具体条件，你们几位可与宋江、吴用面谈。"孙立说。

鲁智深大手一挥，"别听他们鸟扯淡！洒家最信不过的就是宋江、吴用，别耍这些鸟花招，有本事就攻上山来"。

孙立说："怎么会耍花招呢？宋江是想干大事的人，干大事就需要大钱，你们只要答应借黄金，相信我，什么事都好说。你们平时不也要贿赂关卡巡检放水吗？"

林冲点头，对孙立说："请孙将军回禀宋大哥，那些条件我们要商量一下，然后跟宋大哥在南边白石滩附近的湖上面谈。你们划一条小船过来，我们划一条小船过去，到开阔处相会。"

孙立走后，鲁智深对林冲说："你不要上当。"

朱武说："林大哥最好不要去。南边湖面开阔，但附近芦苇柳林密布，容易埋伏。如果双方在船上会谈，会谈结束，两船分开以后，柳林的石炮、油罐炮，可以毁坏我们的小船。实在要谈，在下愿意代林大哥走一趟。"

林冲摇头："既然宋江点了我的名，还是我去吧。我想宋江应该不至于借面谈下手。宋江要是敢那样做，我们也把他的小船打沉。去还是要去，这是一个机会。如果能用钱买通，总胜过大伙厮杀流血。"

林冲下山跟宋江见面的前一天晚上，扈三娘来找林冲，要求参加会见。林冲犯难了。

林冲知道扈三娘要找宋江等人报仇的心意很迫切。上个月，白胜得到李逵受伤不治而亡的消息，告诉了她，她跪在父母灵位前焚香祭告后，哭了一场，发誓要继续报仇。这些日子她都在努力锻炼，但力气总是跟不上，很容易累得直喘气。

"你身体行吗？"

"行呀，我是真的养好了，你看！"扈三娘在林冲面前转了一圈。

"行不行我得问问郎中。"

"你就别推三阻四的了！"扈三娘说："我保证服从军令，你不让动手，我决不会动手的。"

林冲理解她的心情。换了自己，假如有机会在战场上面见高衙内或高俅，自己也一定不愿意放弃。但是，扈三娘身体刚刚有点起色，还没有恢复到可以拼杀的状态，她这个样子上战场，恐怕自己还得分心照顾她。此外，林冲也不大信得过她。她虽然承诺了不会鲁莽动手，但这是没有面对宋江、吴用、花荣，心情没那么激动，一旦面对仇人了，恐怕没这么平静。林冲觉得，如果跟宋江存在一丝和谈的希望，他还是应该力争避免流血。扈三娘如果参加会见，坏事的可能性不小。

但拒绝扈三娘的话，也很难说出口。扈三娘要求参加会见的确是很合情理的，他还知道扈三娘这人自尊心很强，弄不好她生气了会私自下山去闯宋江大营，那时候她要是出了什么事，后悔也晚了。林冲认为自己有义务把这个可怜的女子尽量照顾好，他对她已经够内疚的了。

"明天我们不一定有机会上岸，你去了也只是待在船上转一圈。"林冲对扈三娘说。

"待在船上转一圈，我也愿意去。"

"那你只能待在后面船上。"

"我要跟你在一起。"

"我要跟宋江、吴用说事呢，你在后面船上，跟鲁智深、武松他们在一起好不好？"

"不好。你说你的事，我不说话总行了吧？"

林冲拗不过她，只得由她了。

赴约这天，鲁智深留守山寨，林冲、公孙胜、扈三娘一行上了大战船，来到南湖。阮小七派了五条小哨船前往芦苇柳林港汊那边巡查，只有三条哨船回来报告，说没有发现明显异常。另外两条哨船没有回来。公孙胜下令给战船上的炮架子装上油罐、巨石，做好战斗准备，然后下小船，往约定地点划去。

不一会，宋江带着卢俊义、吴用、花荣，划着小船过来了。船上摆了筵席，宋江请林冲和公孙胜过船饮酒，林冲拒绝了。

林冲说："我们也带了酒，道不同，各饮各的酒吧。好在相距不远，宋大哥有何教诲，我们也都听得见。"

宋江说："那好，那我也不绕弯子了。我们提的条件，你们考虑得怎么样？"

公孙胜说："一万两黄金太多了，我们也不是开金矿的，一年不吃不喝也挣不够一万两黄金。每年一千两黄金应该够了。"

吴用说："你们破坏盐务，搅乱市场，皇上很生气。宋大哥奉命清剿，但念在兄弟一场，打算放你们一马，不要不识好歹，一千两黄金打发谁呀，少于八千两黄金免谈。"

林冲说："是你们要谈的嘛。我们没那么多黄金孝敬，要打也可以，随便你们。"

宋江说："你们就这么点人，打什么打，要不还是降了吧，我们一起为国出力，不要伤了兄弟义气。"

公孙胜说："想要财就说财，何必说得那么堂皇！什么叫破坏盐务？都是煮海熬盐，凭什么官府卖得，我们卖不得？我们的盐比官盐更纯，味道更好，价钱更低，对百姓有很多好处，没有一点害处，这些你们都知道，但你们为了自己升官，来打我们，失了天道，也失了良知，还说那么一大套鬼话，脸皮得多厚呀！"

宋江说："怎么是鬼话了？普天之下，莫非王土。海里的盐，都是赵官家的，岂能随便啥人都卖得？"

公孙胜说："大海里的盐，有哪一粒写着赵字？这个世上赵家诞生之前很久很久，早就有盐了，凭什么你们嘴一张，说盐是赵家的就是赵家的了？"

林冲说："咱们都是昔日的兄弟，今日就不说难听的话了。三千两黄金！要就拿走。降是不可能的，要打便打，拜托你不要装出正义凛然的样子，实在受不了。"

阮小五说："就是，我宁愿被你戳一刀，也不愿意听你扯淡。你扯的那些淡，你自己信吗？"

吴用转过身去跟宋江嘀咕着。林冲不时留意身边的扈三娘，怕她有什么莽撞举动。还不错，她把自己嘴巴管住了，至今一言未发。但她右手一直握在刀柄上，手指关节都变白了，显然很用力。对她不可掉以轻心。

这时听见吴用说："少于七千两黄金，不谈。"

公孙胜说："不谈就不谈。"

"慢着，"宋江说，"看在昔日兄弟情分上，第一年给你们打个折，三千两，以后每年涨一百两黄金。三日内交齐三千两黄金，你们照常做你们的生意。"

公孙胜说："分三次交，每四个月交一次，第四个月底，各条贩盐线上都平安无事，补给线通畅，你们就把船划到这里来收金子。"

吴用说："地方巡检不一定听我们的，你们自己去搞通。"

林冲说："你们不在这驻军，我们可以自己搞通。"

吴用说："我们暂时不能撤走，至少要厮杀两场，让我们赢了，我们才能考虑撤走。"

公孙胜说:"我们不会假装,要打就来真的。"

宋江拭泪,"我已仁至义尽,不忍对你们刀兵相加,看你们自己能熬多久吧"。

公孙胜大笑,说:"把你全身扒光了,皮也扒掉两层,开膛破肚,也找不出一个仁字来。公明哥哥这玩笑开大了。哥哥今日酒兴似乎挺好,贫道没啥好招待的,芦苇柳林里有不少野鸭子,贫道就烤几只野鸭子给公明哥哥下酒吧。我轰几炮,哥哥派人去取。"

公孙胜挥了挥手中的小黄旗,后面的几艘大船立刻往芦苇柳林里发射了上百个火球。芦荡柳林里顿时燃起了大火,烟火中响起一片鬼哭狼嚎,身上着火的军士一个接一个地冲出芦苇丛,扑进湖水中。

公孙胜和一些水军哈哈大笑。林冲看见柳林中推出了炮架,白石滩附近堤岸上也有十几个炮架子缓缓升起,炮架子前面出现了一排巨弩车,长箭不停射过来。

看来朱武所料不差,他们果然在柳林里埋伏了炮架子。

阮小七问:"要不要给宋江的小船,来几炮?"

林冲摇头:"他们没有发炮打我们的小船,我们不要先打他的小船。"

林冲挥动绿旗,军士们竖起盾牌,船队缓缓后退。扈三娘冲到船头,把手中的刀用力投向宋江,刀在空中划了个弧线,掉进了湖水里。扈三娘又夺过身边军士手中的弓箭,一箭射向宋江,被花荣用盾牌接住了。花荣举起盾牌掩护宋江退进了侍卫群中。林冲把扈三娘拉到了盾牌阵后面,指挥船队后退。好几只船的船体插满箭镞,形同刺猬,清点下来,人员伤亡百余。

这一战过后,宋江退回了济州,梁山泊平静了一些日子。看样子宋江像是在耐心等待梁山粮草耗尽的那一天。

九月,阮小五去黄河沿岸筹集了一批粮草,是走郓州陆路运到梁山泊的岸边,还是直接从黄河经滑州大沙河运进梁山泊?颇伤脑筋。大伙讨论了好一阵子。最后,朱武提议先同时采用两种方案,如果郓州陆路上的一队人马吸引了宋江主力,就带着宋江主力在湖边兜圈子,等另一队人马把粮草运回梁山后,再找机会上船回山。另用一队人马配合水军突袭滑州沙河上的守军，毁掉铁链绞盘，放下铁链，让运粮草的船通过。如果郓州陆路上的人马不能吸引宋江的主力，那就用郓州陆路人马把粮草运到泊子边然后水运。大伙觉得这个方案不错，就分头开始行动。

这次还是鲁智深镇守山寨，朱武、刘唐、樊瑞、扈三娘、陈达、杨春、杜迁、宋万、朱贵一同留守。郓州陆路人马：武松、杨志、施恩、白胜、领马步军兵三千。滑州沙河水路一支人马：林冲、公孙胜、史进、阮小七、李忠、周通，领军三千。

郓州陆路人马先上岸。探子回报，宋江果然被武松杨志他们吸引，离开了济州，扑向郓州。林冲决定由滑州沙河运粮。林冲公孙胜带人上岸后，悄悄运动到沙河铁链北塔附近隐藏起来，打算入夜突袭守军。他们不知道卢俊义在沙河哪一边，只希望突袭的时候，卢俊义不在北塔这一边。公孙胜说："重点不是能否对付卢俊义，重点是破坏绞盘放下铁链。"林冲赞同。行动前，公孙胜让林冲带了一颗鬼火球。

半夜，阮小七率水军先泅水夺下了守军的船只。弓箭手射倒营门哨兵，两千余人扑入营中。卢俊义没来得及穿戴衣甲，指挥一些衣冠不整的士兵守在绞盘前面。林冲挺枪冲过去，卢俊义接住，两人大战了五十回合，未分胜负。公孙胜仗剑上前，与林冲夹攻卢俊义。黄信举着阔剑冲向公孙胜，公孙胜突然被一团烟雾裹住，烟雾散开时公孙胜已不见了踪影，黄信却人头落地。公孙胜再出现时，已经在卢俊义身后，他挺剑刺向卢俊义腰部，卢俊义回身与公孙胜厮杀。公孙胜再次隐身于一团烟雾之中。卢俊义有些惊慌，手中的长枪往烟雾中乱戳。林冲得到机会，在卢俊义肩头刺了一枪，卢俊义退出战圈，策马逃入了夜色。周通紧追不舍，被卢俊义回身一枪刺中了肚子。卢俊义一走，军士也一哄而散，史进找来大斧，把铁链绞盘砍了个稀烂。拦河铁链放下了，梁山的运粮船竖起盾牌，一边冒着箭雨通过，一边与南岸守军对射。等粮船都通过了，史进放火烧掉了北塔和北岸营房。

船队出了沙河口，进了梁山泊，林冲向公孙胜敬酒。

林冲说："今天头一回见识法师绝技，难怪人称'入云龙'！"

"江湖末技，何足道哉。"公孙胜说。

"哪里哪里，让卢俊义都慌乱了，这个绝招非常了不起。如果不是你这个绝招，我怎么会刺得中卢俊义？"

公孙胜说："你为何不早点使那个鬼火球呢？"

林冲想了想，"当时心急，把这事忘了！"

公孙胜哈哈大笑。

在湖中，他们与郓州那一路人马相遇了。停船清点，人员伤亡不大，粮船没什么大损失。郓州那一路施恩阵亡，被关胜砍成两段。回山后，公孙胜为周通和施恩做了一场法事，把两人葬在了晁盖墓地旁边。

不久，林冲再派人去沙河上探听，得知卢俊义回大名府养伤去了，沙河铁链由关胜镇守。关胜修复了绞盘，在营地四周挖了壕沟陷阱，防备比以前更严密了。

中秋节前，梁山上准备大排筵席，却缺少鲜肉、蔬菜。确实太久没吃蔬菜了，很多人拉不出屎来。

朱武说："原先有些江南来的难民，在泊子周边空地上种了很多菜。宋江把他们都赶走了，菜地里的菜，没人管，苋菜长得膝盖高，冬瓜长得鼓那么大，生菜有些已经烂掉了。我们可以先用一支马军把附近忠义军引开，再去一些人，摘菜装船。"

林冲说："这次可以试试。以后，我们要在梁山上种菜、养猪、养鸡，做好长期对抗的准备。"

鲁智深说："我赞同以后自己动手，解决新鲜蔬菜和肉蛋的问题。这次我带一千人，去把菜地附近的忠义军引开。"

林冲说："还是我去引开吧。"

鲁智深说："上回运粮草，你已经去过了。这回该我去。谁愿意跟我同去？"

有好几个头领站起来。跟鲁智深去的头领有：武松、史进、杨春。

去摘菜的头领有：刘唐、张青、孙二娘。

这天半夜，林冲接到了鲁智深阵亡的消息。消息是杨春送来的，林冲觉得一阵天旋地转，差点从床上摔下去，侍卫扶住了他。

林冲没有想到鲁智深会阵亡。林冲送鲁智深离开时，曾对鲁智深说过："师兄只是诱敌，不可恋战。遇敌赶紧回到湖边，自有水军接应上船。"鲁智深当时答应了呀，他怎么会阵亡了呢？

据杨春讲，鲁智深上岸不久，菜地附近的忠义军就出动了，呼延灼、花荣带着两千马军追了过来。

呼延灼大喊："鲁和尚不要跑！不要当秃头兔子。"

鲁智深说："谁当兔子了？青州城外，洒家跟你大战了六十回合，你啥便宜也没捞着。"

呼延灼骂道："不要脸！要不是宋大哥带人来帮忙，你早就成了青州城外的野鬼。"

鲁智深说："你要不是跑得快，俺早就打烂了你的鸟头！你要脸，你躲到青州城里面去了。"

呼延灼说："好，以前的厮杀不算输赢，再比拼一次，谁都不许帮忙，添一个人帮忙就不算好汉。"

鲁智深说："一言为定！"

鲁智深下令摆开阵势迎敌，史进说别上他的当，让他追好了。鲁智深不听，出阵直取呼延灼。史进也出阵在一旁接应。

鲁智深跟呼延灼斗了八九十回合，打了个平手，没提防花荣藏在门旗下施放暗箭，连珠箭将鲁智深射下了马。史进急救，来不及了，鲁智深已被呼延灼打碎了脑袋。

林冲擂墙大哭，哭昏过去两次。他觉得阵亡的人应该是自己。他用拳头擂自己脑袋。你为什么不跟鲁智深一起去诱敌？

鲁智深是这个世界上跟林冲最亲近的人，他都不敢回忆从前跟鲁智深的交往，特别是野猪林里的一幕，一想起来，林冲就会心痛得麻木……他觉得自己是灾星，谁跟他亲近，谁就要倒大霉。

林冲胃里像塞满了冰一样阵阵抽搐，吐出了苦水。周围头领和侍从都哭了起来。后来朱武劝道："鲁大师已登西方极乐世界去了，林会长莫要悲伤过度，且请理会大事！"

林冲止住哭泣，在凉水里洗了脸，极力恢复冷静。朱武说得不错，悲伤什么用也没有，当务之急，是想想怎么破解眼下这被动局面，怎样抓住花荣报仇。

几天后，林冲请铁匠给他打了两面精钢小盾牌，和铁环相连，铁环套在枪杆上，用手指扣住，要用小盾牌时，松开手指，让小盾牌滑到矛头，被套筒上狼牙蒺藜箍环挡住，搅动矛头，就可使小盾牌飞速旋转，发出呜呜响声。

第二十七回　高俅逼宋江攻山　林冲追花荣索命

花荣坐在镜子前微笑，箭射鲁智深几天后，脸上黑斑消失了。他若有所悟，似乎读懂了黑斑蕴含的密语。

好了，该来的，现在都可以来了。有仇报仇，有冤报冤。死在梁山盐枭手中，也不冤了。

鲁智深是梁山盐枭二当家，宿太尉上奏，给宋江、花荣、呼延灼请功，皇上御赐锦袍三件，御酒三坛。宋江办了一次筵席，为花荣、呼延灼庆贺，三人穿上御赐锦袍参加了筵席。花荣频频举碗，头领们来敬酒，他一个都没拒绝，都是一饮而尽，翻碗亮底。呼延灼没向他敬酒，连句感谢话都没说，但这没影响花荣好心情，他主动向呼延灼敬酒，呼延灼跟他轻轻碰了一下碗，没有喝，花荣照样爽快地把自己酒碗喝得一滴不剩。

花荣酒醒后，反省自己，他有些迷惑，不知道自己为什么要向鲁智深放冷箭。

不错，他跟鲁智深是不一样的人。鲁智深行侠仗义，潇洒自在，花荣挣的每一两银子都要交给夫人管理，吃什么穿什么也是由夫人安排。他听说过不少鲁智深的故事：救金家父女，打郑屠夫，桃花村新房打周通，相国寺拔柳树，千里护送服刑的林冲，野猪林救林冲，勇夺二龙山……都令他仰慕，他希望有这样一个朋友，有时候他甚至希望做这些事的人是自己。他不明白长这么大，学这么高武艺，为何一件见义勇为的事也没做过，到头来，竟放冷箭，把这样的好汉射下了马，导致他被呼延灼杀死。

他感觉，心中有一个不受他控制的隐秘恶魔。

他觉得宋江心中也有这样一个恶魔，他不止一次想跟宋江交流一下对这个恶魔的感受，每次都是话到嘴边，却跟口水一起咽了下去。

宋江连日来喜笑颜开，击杀鲁智深，证明他对梁山围困的策略奏效了，这样下去，梁山盐枭必然熬不住，分批上岸买粮搞菜，上岸一批，围杀一批，每次厮杀忠义军都占绝对优势。

转折发生在中秋节后的几天，童监军来了，他带来了殿帅府和枢密院联合下达的清剿意见，意见首页有御批的准字。文中，高太尉责备忠义军清剿进度缓慢，朝廷盐税没有明显增加，要求宋江征集船只，尽快攻上梁山，务必年底前彻底剿灭盐枭。附件是对童监军的任命，职责是征船，督促宋江加快进度，若延误时机，宋江以下所有头领，均革职为民。

在欢迎宴会上，童监军说："本来有个御史，弹劾宋将军和各位有给盐枭放水嫌疑，我舅舅当场就管他要证据，灭了他的口。"

宋江、卢俊义、吴用，当然立刻敬酒，赌咒发誓绝无放水这种事，把对童枢密感激的话都搁在了酒碗里。

第二天，童监军就以征船为由，让财务给他送上了一大笔金银。宋江心疼得不行，对花荣说："离开东京时，支取的军费本来就不多，我一直省着花，早知道这样，还不如给弟兄们一人分一点。"

花荣只是笑了笑，没有说话。如果只是金银有点损失，那损失还不算很大。童监军接下来的作为，很快证实了花荣的担心。

童监军收了金银后，也许是怕人议论他只拿钱，不办事，他真的让黄河沿岸几个州征集了一千多条民船，泊在黄河岸边，又征集工匠，将部分民船限期改造成战船。又令宋江给每条船配两百左右军士，每日上船操练。

宋江五万人分成六个大营，环湖封锁，本来兵力就不太够用，被监军抽走二万人，封锁线当然就稀松了。

梁山盐枭很快探出封锁的薄弱环节，攻破了几座离湖较近的大庄，将庄院中钱粮洗劫一空，庄主人家男人全都砍头。这些受害的庄主，都曾积极配合忠义军封锁梁山，他们的惨祸传开，很多中小庄主都变成了两面派，明里配合忠义军，暗里却配合盐枭。封锁线名存实亡。

宋江抑郁了好几天，没怎么吃喝，躺在床上望着房梁发呆。他忽然心生一计，往耿家庄屯集粮草，给各个大营留下很少老弱军士，把兵力悄悄集中，隐藏在耿家庄附近，等待盐枭来劫耿家庄。

这一天，潜入梁山的细作传出消息，林冲将率军在北滩登陆，攻打耿家庄。

宋江派出七支人马，去耿家庄周围要道设七面埋伏，林冲攻庄时，派一支人马袭击林冲。另派一支人马，截断盐枭回船的路，完成合围。

花荣得到的任务是截断盐枭归路，副手杨林。北滩附近无山，树林被砍光了，找不到地方埋伏。花荣、杨林带了三千人马，藏在梁山泊北边三十里处一片柳林里。

早饭刚过，探马报告，梁山先头哨船已经登陆。花荣知道梁山哨队不会巡到这片柳树林，他按兵不动，静静等待。

半个时辰后，探马又报，林冲带着三千人马上岸，正在朝耿家庄行进。花荣率军向南，后向西，远远尾随林冲这支人马。他的预案是，林冲开始进攻耿家庄时，他再加快行军速度，抵近堵截。

尾随了几里路，前哨探马飞奔回来，报告林冲后队变前队，正在返回途中。

遇到这种情况，吴用交代过：一、可以放弃堵截，撤回大营；二、也可以缠住林冲，飞报宋江，等待援军。花荣决定采用第二种方案。机会难得，岂能轻易放弃。

花荣派人飞报宋江，下令军士停止行进，当道下寨，等待林冲到来。

这里是一片平地，大麦刚刚收过，几块菜地里还有些白菜、生菜、茄子、豆角、香葱等，有几条干涸小沟渠，无险可守。军士们拼命挖沟，筑土墙。正忙乎着，远远地，林冲人马来了。

军士们立刻停止土工作业，迅速列阵，第一排，刀牌兵护着弓箭手，第二排，刀牌兵护着枪兵，第三排，马军。林冲人马隔着一箭之地列阵，阵形几乎一模一样。两阵寂静无声。

很快，对阵门旗打开，林冲单骑缓缓走到阵心，举起长矛大喊："花荣，花荣，出来受死！"

花荣理了理弓箭，提着梨花枪，放辔而出。他有意加深呼吸，抑制心跳加快，但他还是有点兴奋。他一直想知道，他和林冲，到底谁更厉害？他不止一次见识过林冲厮杀，自忖枪法也许稍弱，弓箭却很自信，一百回合内应该能打个平手。他告诫自己，不要着急，不能取胜没关系，拖到宋大哥援军到来就行了。

花荣驱马走到垓心，欠身说道："林头领，好久不见，今日一见，却在两军阵前，实非所愿。不过，俺花荣久慕林家枪法，有幸领教，虽死无憾。花荣提议，军士不必流血，你我见个输赢即可。"

林冲冷冷地说："什么时候学得这么啰唆？你要么扔了兵器，下马受缚，给你一个好死！要么快快动手，我早就等得不耐烦了！"

花荣大笑，"你当我怕你？来来来，先斗上一百合"。

两人策马接近，举器搏斗，一枪一矛，你来我往，斗到六十回合，花荣勒转马头，往西奔去，林冲纵马追上，花荣返身又斗，两马盘旋，枪矛卷舞，花荣打算脱离圈子，拉开距离，林冲却不给他机会。早知道这样，还不如不斗枪，一出阵就发箭射他。

两阵鼓声震天，喊声动地。斗到八十回合，花荣自知枪法不敌，便往东边菜地跑去，林冲紧追不舍，花荣挑起黄瓜架子，扔到林冲马前，阻了一下，终于拉开了距离，花荣在马鞍边挂上枪，取下弓，搭上箭，回身觑定林冲咽喉，嗖的一箭射过去。林冲低头，往一侧闪避，那支箭擦着林冲耳边头盔拂过了，花荣心里暗叫："可惜！"

不等林冲坐正，花荣第二支箭已射向马头，林冲伸出蛇矛荡开了这一箭。花荣有些吃惊，定睛一看，林冲蛇矛套筒处有一片金属，在疾速旋转，隐隐听到呜呜响声。

花荣没见过这种怪兵器，有些心虚。这时，他的马已跑到阵脚尽处，他把马一兜，霍地转弯，跑向了方阵东面，林冲依然不放过他，狂追不已，花荣扭过身，拽满弓，两箭连发，两箭都射向正在转弯的林冲身体一侧，一箭高，一箭低——只见林冲左手使矛，用矛头呜呜旋转的金属，打落了低飞射向马腹的一箭，右手抬臂硬接了高飞的一箭。花荣听见箭镞"当"地射在林冲右手小臂护铁上，没有射穿，掉在茄子地里。阵东一侧的军士有些看得目瞪口呆，有些摇头咋舌。

花荣心里又惊骇，又烦躁，盼着宋大哥的援军赶快到来。林冲一直紧追不舍，他拍马绕阵狂奔，不时找机会把箭射向林冲，大部分箭都被林冲用矛端金属荡开，有一箭侥幸射中林冲大腿，花荣狂喜，伸手取箭想再射他，发现箭囊空了，瞬间心脏停止了跳动，要取枪已经来不及，他大为惊恐，脑子一片空白，浑身汗水淋漓，"完了！完了！"景物模糊，清晰的只有林冲手中雪亮的矛尖，带着瘆人的呜呜声，刺向他的咽喉。

花荣不由自主用手中的弓挡了一下，只听泼刺一声，弓干断成两截，矛尖停在了咽喉处。

花荣不再挣扎，被林冲押到了梁山盐枭阵中，几个有些面熟但一下子叫不出名字的头领把他推倒在地，摁住，捆了个结结实实，老半天他还心神未定。

一阵锣响，花荣看见忠义军方阵向西缓缓移动，让开了大路，梁山盐枭的方阵变成长蛇阵，开往湖边。花荣被白胜（终于想起来了他的名字）押着走，双腿像绑上了沙袋。他坐在船上，如置身梦中。忽然，看见另一条船上的戴宗，被捆成了粽子。

肯定是戴宗来探听消息，正好落入了梁山巡哨的手中。

花荣、戴宗分别关在两间牢房中，花荣戴了枷，脚上锁了铁链。第一天没审问他，他想了一些乱七八糟的事，他忽然有些后悔，没有多陪陪儿子花开。以前觉得非做不可的那些重要的事，现在看来，都不重要。有点儿挂念花开，没有了父亲。这孩子将来会成为怎样的人？他长大了会怎样看待他的父亲？……他正沉浸在牵着花开，去树林里寻找做弓箭材料的那个阳光明媚的上午，牢门铁链发出了哗哗声。

看守进来了，要带他去问话。他慢吞吞地坐起来，似乎脑子还没有回到眼下现实中。

"动作快点！"看守踢了他一脚。

花荣没反抗，问能不能洗把脸，把头发收拾一下，看守不同意，一个劲地催他快去审问室。

从过道走过去，花荣朝两边的牢房看了看，都是一些不认识的囚犯，没看见戴宗。

他们肯定已经审过戴宗了，他想。

花荣走进审问室，看见林冲、公孙胜坐在一张桌子后面。桌子上放着一本卷宗。朱武坐在侧面一张桌旁，桌上有笔墨纸张。朱武对面有张桌子，桌后站着两个壮汉，桌子上整整齐齐摆放着钳子、钢针、小刀、锉子、锯子……桌子前方有一只燃烧的火盆，搁在火中的烙铁烧得红中透白，袅袅上升的烟气被透过窗棂射进来的光照着。

看守在花荣腿弯踢了一脚，喝令他跪下。

林冲做了个手势，止住了看守，"看座！"

看守搬来一把椅子，花荣坐下了。

公孙胜说："花荣，今天我不是来审问你的，我们想跟你做一笔交易。交易的机会只有一次，我们离开这间屋子，机会就没了。你要听仔细了。"

花荣望着公孙胜，等着他说下去。

公孙胜说："交易很简单。我问你什么，你都如实回答，我们保你家人平安。"

花荣心脏一阵发紧。他可以把自己的生死置之度外，但他不希望孩子们有事。

"你们想知道什么，我都会如实回答。"

"好。"林冲点头赞许，"第一个问题，你放暗箭射伤鲁智深，这是你自己的主意，还是有人下令？"

花荣撒谎："这是吴用的主意。我出营前，吴用交代过，如果呼延灼跟谁斗五十回合不能取胜，可放箭助他。"

公孙胜说："戴宗可不是这么说的。他说你一向眼中没有军师，他根本指挥不动你。"

花荣告诉自己，别急着开口辩解，要冷静想一想。他不知道林冲、公孙胜他们是不是跟戴宗也做了什么交易，但他相信戴宗一定会把他知道的事都说出来。鲁智深之死没什么好辩解的，真正麻烦的是晁盖之死，他跳到黄河里去也洗不清。

"我说的都是实话"，花荣说。

"好，我们姑且相信你。"公孙胜盯着他看了一会儿，"第二个问题：你放毒箭射晁天王，这是你自己的主意，还是有人下令？"

"我没有放毒箭射晁天王。"花荣立刻说，"我从来不用毒箭。"

林冲、公孙胜不动声色地看着他。审讯室里一下变寂静了，火盆中木炭烧塌的声音听上去很响。

林冲问："晁天王带队去曾头市那段时间，你下过山没有？"

花荣马上回答："没有。"

"没有？晁天王下山后第五天晚上，你跟张顺过湖去干什么？"

花荣记得跟张顺过湖时碰上了巡逻哨,他原以为对方看不清他,没想到还是有人看见了。也许,不是有人看见了,而是有人(戴宗?)出卖了他。他不知道该怎么回答。

林冲问:"原来看守湖边射箭馆的老顾作证,晁天王去打曾头市的那些日子里,你有几天不在射箭馆,你把自己的衣服穿在坐姿靶上,伪装成自己,为什么要这么做?那几天,你去了哪里?"

花荣觉得自己后背正在出汗,他绞尽脑汁想,该怎么解释。想不出来。

公孙胜说:"戴宗交代,他给你偷了两匹驿站的黑马。你去曾头市,是不是骑了这两匹黑马?"

冷静,冷静,花荣对自己说。这些事不能轻易承认。

公孙胜说:"花荣,实话跟你说,你和呼延灼杀了鲁智深,你难逃一死。我们想搞清楚用毒箭射杀晁天王,是宋江、吴用下的令,还是你自作主张。如果是你自作主张,白胜、刘唐他们会灭你满门,不该你承担的罪孽你最好不要扛着。"

"你们不是不杀降吗?"

"一般的降卒,我们不杀。罪大恶极的凶手不杀,天理公平何在?你能做的,就是不要牵累你的家人。不要把不该你背负的罪孽也扛在肩上,把元凶首恶说出来,把作恶过程交代清楚,救救你的家人孩子吧。"

花荣决定实话实说,"用毒箭射晁天王这事,确实不是我干的。"

林冲拿出一只锦袋,拍在桌子上,"你不要再狡辩了!我们在法华寺后面树林里,找到了你的锦袋。你没有射毒箭,你去曾头市干什么?"

"就是扔那个锦袋。"花荣说。

林冲、公孙胜不说话,盯着他。

花荣说:"我知道你们不相信。说实话,有好多日子我自己也不相信。离开梁山之前,宋大哥交给我这个锦袋,说锦袋里有个纸条,他要我发誓,到了曾头市,一定按照锦袋里纸条上写的去做。打开锦袋前,我一直以为,纸条上写着要我射杀晁天王,但纸条上不是这样写的,我很意外,我读了好几遍,只看见纸条上写着:把锦袋扔在树林里,速回。"

林冲和公孙胜对看了一眼,显然,他们有些意外,半信半疑。

公孙胜问:"你把锦袋扔在树林里,就回来了?"

花荣说:"不是,说不清为什么,看了纸条我哭了一会儿。"

林冲问:"回到梁山泊边,你为何把马放了?"

花荣说:"按照吴用安排,我回到梁山泊边,应该把马杀了,给马绑上石头,沉尸湖底。可我下不了手。骑了一个来回,真是两匹好马!"

林冲说:"今天就到这。最后顺便问一下,济州制箭师康师傅的徒弟,是谁杀伤的?"

花荣说:"我不知道。我知道的都说了。晁天王确实不是我杀的。请不要伤害我的家人。我射伤了鲁智深,我错了,我愿意在鲁智深灵前,下跪赔罪。"

林冲点头,"不要担心,只要你好好配合,我们会公正处罚你的。"

花荣说:"我一定好好配合。"

花荣回到牢里,一夜未眠。

他把自己的经历回顾了一遍,他想起小时候跟父亲在树林里寻找做小弓的树枝,他想起郓城街头盲射妹妹嘴中的苹果,他想起宋江秉烛夜谈未来宏图,他想起坐在囚车里路过清风山,他想起江州劫法场瞄准时箭头直抖,他想起祝家庄外的夜晚他射灭信号灯笼,他想起曾头市树林里扔锦袋,他想起杭州箭射邓元觉,他想起前几天射伤了鲁智深……回顾这一切,他觉得自己如同做了一场大梦。

这一切有何意义呢?不知道。如果能倒回去重过人生,由自己选择,他还会做那些事吗?他觉得,大多数做过的事,他不会再做。首先是不会去学射箭。他发现人生中的几个转折点,都跟弓箭有关。仿佛是弓箭把他带到一个又一个地方,仿佛是弓箭利用他杀了一个又一个人。现在有人要杀他,倒也公平。

第二天,林冲拄着拐,走到牢房里,侍卫端着酒肉,放在花荣面前。花荣知道自己大限到了,死刑犯最后吃一顿好的,这是惯例,但他确实饿了,便敞开肚皮,狼吞虎咽饱餐了一顿。他吃完后,侍卫端着盘子餐具出去了,没再进来。

林冲问他:"你怎样理解,锦袋里纸条上的命令?"

花荣想了想:"我说不好。只是觉得这事不简单。"

林冲点头,又问:"如果向晁天王射毒箭的人不是你,那会是谁呢?"

这个问题花荣想过好几次，在激烈厮杀的夜晚，射中不停移动的晁盖，还不被发现，肯定不是一般的弓手，但如果是高手，他又不会在箭上涂毒，也不会使用"史文恭"的箭，他实在想不出来。

花荣说："我发誓不是我！我也很好奇——这个人是谁？有两次我差点问宋大哥是谁，话到嘴边，还是不敢问。"花荣想了想，"我觉得，这个人，多半不是梁山头领。"

"为什么？"

"梁山头领中，宋大哥最信任的就是我。他不会让别的梁山头领，抓住这样的把柄。"

"宋江既然最信任你，又为什么不让你射杀晁天王呢？"

"这问题我想过，也许正因为宋大哥最信任我，我箭法最好，所以，宋大哥不让我动手，我太显眼了，晁天王中了箭，大家第一个猜的就是我。我又有明显弱点，很爱儿子，如果是我干的，你抓住我儿子，就能逼我说出真相。说实话，我没干，只是扔了个锦袋在树林里，我的压力就大得要命。如果是我干的，宋大哥和我关系太紧密，我一旦承认，他就脱不了干系，他没有回旋余地。"

"那又为什么让你亲自跑一趟扔锦袋，不让别人代替你扔锦袋呢？"

花荣想了想，忽然恍然大悟，激动地说："幌子！我只是个吸引你们注意力的幌子！是浪费你们时间精力调查的幌子！我是最合适的幌子！"

林冲听完，似乎一点也不吃惊。

花荣明白了，林冲早已想到了这一点。

林冲问："你听说过东京西门外，运河边，有一家专门接活儿，转给职业杀手的酒店吗？"

花荣说："好像听戴宗说过，那个酒店很神秘，只有交一笔大钱才能进去，而且，只有交钱的人才能进去，随从不准进。戴宗说，宋大哥进去过一次，戴宗一个人在旁边酒店吃酒，啃了四个卤猪蹄。"

林冲点头："你说的话，我有一些相信，有一些还需要确认。花荣啊花荣，你确实是个人才，箭术枪法练到你这水平，很不容易，杀了你确实可惜。但不杀你，天理难容，军心不平，你至少参与了暗杀晁寨主的行动，你放冷箭射伤了鲁智深，导致他被呼延灼杀死，你为了个人升官发财的私欲，杀死杀伤了梁山多名贩盐的军士，我们必须判你死罪，明日午时三刻，你和戴宗一起，当众受刑！刑前，如果你当众作证是宋江亲自策划组织暗杀晁寨主，我为你担保，你的家人不会受到梁山人伤害！"

花荣说："我服罪，我愿意当众作证。"

林冲说："好，你一路走好！但愿你下辈子不再作恶！"

林冲走后，花荣发了一阵愣，他忽然有些嫉妒晁盖，晁盖何德何能？凭什么有林冲、公孙胜、白胜这几个忠于他、挚爱他的朋友？晁盖死了几年了，他们还不屈不挠一直追查！

"我死后，谁会为我报仇？"花荣想了好一阵，他觉得除了花开，不会有人为他报仇。但他最不希望的，就是花开为他报仇。他一定要让人把这句遗言，带给花开。

刑场设在西山墓园前空地上，附近挤满了观看的军士。

看得出来，刑场提前洒扫过了。刑场四周设了警戒哨，个个手持长枪大刀，头戴钢盔，身披铁甲。

不远处，晁盖墓碑前点了香烛，摆了四面催魂大鼓，四个戴面具的法师如同在深水中缓缓舞动手中拂尘。花荣、戴宗身后，各站了一个刽子手，脸蒙黑布，手握虎头大刀。花荣向受刑位置走过去，试图跟戴宗点头示意，戴宗却都低头不看他。

押送军士喝令花荣跪下，刑场忽然安静下来，在左边高坡那儿，响起了一个声音，是林冲的声音。

林冲说："弟兄们，五年前一个夏天，我们的晁大哥在郓城县黄泥岗，劫走了梁中书献给朝廷重臣蔡京的生辰纲，为躲避追捕，来到梁山，众望所归当上了寨主。

"四年前，晁大哥冒死去江州劫法场，把因为题反诗判死刑的宋江，救回了梁山。宋江一直想推行招安战略，晁大哥一直断然拒绝合作。不久，晁大哥攻打曾头市，招安派借此机会放毒箭杀害了他。前天，我们抓住了两名参与者，花荣和戴宗，两人对所犯罪行供认不讳，确认了宋江是主谋！"

戴宗说："林头领所说，句句属实。"

花荣说："我作证，因为晁天王反对招安，宋大哥组织策划暗杀了晁天王。但毒箭不是我射的。"

很多军士怒吼:"还狡辩,就是你!就是你!"

"剐了他!剐了他!"

"用毒箭射死他!"

林冲做了个手势,大伙儿又安静下来。林冲接着说:

"今天,我们要将花荣和戴宗两犯,斩首沥血,祭奠晁大哥!将来,无论宋江在哪里任职,我们都要设法追杀,血债血偿!

"晁大哥本是郓城县富户,有田产,有大宅,不劫生辰纲,也不会为生计发愁,但他有替天行道的理想,想要帮助更多人维护尊严。面对招安派的威胁,晁大哥只要妥协一下,就不会被毒箭射杀,但他认为,由愿望主导的人生选择,比生命更重要!我们决不让晁大哥的血白流!决不向官军下跪投降,决不像宋江的忠义军那样,不分是非,听朝廷指挥去乱杀人!我们要团结一心,打败忠义军!"

军士们高喊:"我们必胜!必胜!"

林冲点燃一叠纸金冥币,往晁盖碑前泼了一碗酒,说:"晁大哥,今天,我们要在这里向你说出最深情的哀思和悼念!将来,我们要在子孙后代面前说出你短暂一生的传奇,你将永远留在我们记忆里!"

花荣每一次呼吸,都是一次煎熬,他希望这一切尽快结束,但他又希望这一刻,拖长一点,再拖长一点,好让他把这蓝天白云看个够,把这青山绿水看个够,把这些激动的面孔看个够……他加快呼吸,想尽量多吸进一些空气……身后又响起了林冲的声音。林冲在说什么?似乎是在宣布他和戴宗的罪行,他觉得不需要仔细听,他仰起头,望着一片绿树上方的蓝天,林冲说话的时候花荣一直望着那片蓝天……一行大雁远远飞来,他在意念中让自己变成了一只大雁,加入雁行,翩翩高飞……

林冲走到花荣面前,"花荣,你有没有什么遗言?"

花荣回到了现实,想了想,说:"请告诉我的孩子们,不要学射箭,不要为我报仇。"他转过身体,向围观军士们作辑,"我对不起晁天王,对不起鲁大哥,对不起梁山兄弟!"

"哗——"

顿时群情激愤,很多人又怒吼起来:

"呸！无耻小人！杀了他！"

"权迷心窍！害死我们多少兄弟！杀了他！"

"为晁天王报仇，杀了他！"

"为鲁大师报仇，杀了他！"

"血债血偿，杀了他！"

"咔嚓！"戴宗的头颅掉在了地上。

有人拎着戴宗的头，走到晁天王坟头，把颅内的热血沥在碑前。

花荣裤裆里一热，尿了。原以为自己不怕死，死到临头，他很惊惧。他知道就要轮到自己，他听见自己呼吸又急促起来，又深又急，似乎要把天地间一切都吸进身体里。他抬起头，不敢看那些怒吼的面孔，只得看天，那行大雁已经飞远，但还没有消失，变成了小黑点，几乎看不出在移动。

花荣把目光收回来，望着缩在脚前的影子，告诉自己要集中精力迎接生命的最后时刻。他听人说过，如果没配合好刽子手，一刀砍不下头，会很痛苦。

身后刽子手的影子往前挪了一步，花荣伸了伸脖子，望着地上举刀的影子，他屏住呼吸，等待虎头刀落下来。

"咔嚓！"

熟悉的梁山风景翻转了几圈，天在下，地在上，凝住了。

第二十八回　宋江强渡梁山泊　阮氏大败刘梦龙

到了中午，不见林冲军马来攻耿家庄，宋江问吴用："军师，现在该怎么办？"

吴用说："我先看看。"

吴用登上一座小山，往南望去，不见人影，心里空落落的。一个时辰前，他让戴宗飞马去南边探听消息，按理该回来了。

吴用下山，对宋江说："小生推测，花荣正在与林冲缠斗，应撤回七路埋伏，接应花荣。"

宋江同意，下完军令，对吴用说："我右手臂上的肌肉，一上午都在发麻、发颤，似乎不是好兆头。"

吴用说："花荣于兄长，好似一臂，兄长牵挂花荣心切，故有此感觉，不必多疑。"

宋江上马南行，扭头看吴用，皱眉道，"花荣真的不会有事？"

吴用也觉得不妙，他善言宽慰宋江："花贤弟骁勇过人，即便与林冲相斗，虽未必能胜，但百回合之内，断不会落败，应能全身而退，林冲忌讳他弓箭，不会纠缠，应会收兵回山。小生已派戴宗前去探听消息，再往前走一截，就能遇上。"

行了十里左右，迎面遇上了返回的忠义军。远望队伍旗帜，还算整齐，宋江似乎松了口气，看见杨林走在队前，宋江没跟他打招呼，拍马往队尾跑去。

杨林哭着告诉吴用："花荣被林冲抓走了，戴宗被梁山巡哨捉了。"

吴用心里怦怦跳了两下，正听杨林说细节，看见宋江已从队尾跑回来，他止住杨林，"你先别忙告诉宋大哥，让我想一想，怎么跟他说。"

话音未落，宋江过来了，问杨林："花荣呢？"

杨林张了张嘴，看向吴用。

宋江大骂："混账！我问你话，你看吴用干什么！"

吴用柔声说："兄长，有个不好的消息，但也不算太坏。"

宋江说："有何凶信，不要瞒我。"

吴用说："花贤弟被林冲活捉了，别太着急，小生愿亲自上梁山走一趟，跟林冲谈妥赎人条件，无非是多给金银。"

宋江闭上眼，在马上摇晃了两下，侍从赶紧把他扶下了马，坐在地上。过了一会儿，宋江睁开眼，对吴用说：

"我与花荣，誓同生死，他若有失，我不愿独活。你多带金银，速去速回，免我悬挂。"

吴用说："兄长放心，我明天就去。"

宋江说："速去支取金银，今夜就动身。"

吴用嘴上答应了，心中惊惧。他说去梁山赎人的那些话，不过是宽慰宋江，没想到宋江这样当真，可见宋江神智有些不清醒。

目前根本不存在跟林冲谈条件赎人的基础。中秋节前，花荣把鲁智深射下了马，导致鲁智深死于呼延灼鞭下，没人不知道鲁智深跟林冲是过命交情，这哪里是金银能摆平的事！

再说，花荣、戴宗很可能已经供出了参与谋杀晁天王的名单，名单上的人把自己送上梁山，这又哪里是正常人干的事！

但既然宋江这么交代了，他得做做样子，去梁山泊边营中小住几天，好好思考一下人生。

回到大营，吴用支取了一千两黄金，正要动身往梁山方向走，宋江突然来了，让他先把黄金送给黄河水寨童监军，宋江说："童监军说他急用，要付雇船费和工匠费。"

"他不是支过一次吗？"

"一次怎么会够？"

吴用肚子里有些胀气，他隔着衣服抚了两下肚皮，心里说："反正这金子也不是我的，不值得为此动怒。"

吴用从没指望招安后会有快活日子过，但过得这样憋屈痛苦，他还是有些难以接受。想想他和晁盖等兄弟在黄泥岗，劫走蔡太师的生辰纲，再想想他曾亲率大军，攻破蔡太师女婿主政的大名府，能给这些贪官显贵添堵，吴用心里畅快！

现在要赔着笑，亲自给贪官送黄金，而且，这家伙是个无底洞。

童监军住在水寨一艘画舫上，上面有歌儿舞女，说唱杂耍，投壶蹴鞠，吃喝玩乐一应俱全。一片丝竹声，嬉笑声。

吴用上船，把金子交给童监军手下虞侯，童监军留他坐下喝碗酒。

童监军说："我舅舅多次提到你吴用，说你是个人才，日后要找机会提拔你。"

吴用说："人才不敢当，多谢童大人赏识！"

童监军摇手，"吴军师不必谦虚，黄泥岗劫生辰纲，元宵灯会破大名府，还有破青州，听说都是你的杰作，佩服！佩服！"

吴用觉得童监军说的每个字，都带刺，他浑身像扎满了刺，他赶紧放下酒碗，跪下禀道："在下深知罪孽深重，庆幸各位大人许我洗心革面，重新做人！吴用愿全心为朝廷效劳，粉身碎骨，在所不辞！"

童监军轻轻笑了，"好啦，好啦，这些好听的话，留到下船再说。我提你过去杰作，不是要跟你翻旧账，是好奇，忠义军清剿梁山盐枭，几个月了，还没有攻上梁山，难道是你吴郎才尽了？"

"回监军大人，忠义军水军初建，尚欠操练，再练些时日，将渡湖攻山。"

童监军摇头，"殿帅府和枢密院给定的清剿期限，眼看就要到了，不能再等了，回去告诉宋将军，水军明日出港，进入梁山泊"。

"得令！"吴用说。

吴用走进中军大帐，向宋江转达监军命令，劝宋江想办法再拖些时日，水军这个样子开进梁山泊，两成胜算都没有。

宋江闭目静坐了一会儿，睁开眼，说："不可违命，先开进梁山泊，靠岸结寨防守，岸上把炮架子升起来护着，走一步，看一步。"

见宋江没再提赎花荣的事，吴用也不再提。

水军沿大沙河开进梁山泊，在河口结水寨，中军大营移到水寨附近岸上。第二天，戴宗副手侯飞冲进大帐，哭拜于地，向宋江报告：花荣、戴宗已被斩首。

宋江一听，昏倒在地。吴用急传郎中救醒，劝他保重身体，策划一个好方案，为花荣、戴宗报仇。

宋江不说话，只是默默流泪。一整天不吃饭，一整夜不睡觉，哭红了双眼。吴用清楚宋江跟花荣、戴宗的感情，他再三劝解。

宋江说："此仇必报，我要亲自率军渡湖攻山！"

吴用说："不可操之过急，容小生谋划三日。"

宋江摇头，"我能答应你，监军也不会答应你。最多给你一天一夜，好歹拿个方案出来！"

吴用一夜没睡，挠掉了不少头发，终于想出了一计。将水军分成两路，一路留守河口水寨，一路在湖中绕着梁山巡弋，巡弋数日后，根据梁山上细作的报告，避开盐枭防守重点，抢滩登陆。

宋江批准了方案。宋江留守河口水寨，吴用率一支水军载着一万步军，在湖中巡弋。

统领这支巡弋水军的统制,名叫刘梦龙。据说母亲怀孕时,梦见一条黑龙飞入腹中。长大后善知水性,曾在西川峡江讨贼有功,升做军官都统制,统领一万五千水军,棹船五百只,守住江南。童监军要来这支水军并船只,又差一个心腹人,唤作牛邦喜,做刘梦龙副手,乘驾船只,迤逦前投梁山泊深处来,只见茫茫荡荡,尽是芦苇蒹葭,密密遮定港汊。这里官船樯篙不断,相连十余里水面。

头两天绕大圈,没看见梁山水军出动,山上细作送来密报,吴用水军绕大圈时,盐枭马军、步军在梁山上同步行进。

吴用暗喜,"中吾计也!"

吴用巡弋这支人马,乘船绕圈,不怎么费力气,梁山马军、步军就不一样了,绕一圈很辛苦。多绕几圈,一定会疲惫不堪。

吴用率水军继续绕圈,果然,绕到第四圈时,梁山马军和步军停止了同步跟进,兵分四路,守在东、南、西、北湖边。

吴用熟悉梁山关隘,知道南山有三关,最难打。西山最险峻,也比较难打。东山和北山,相对易攻。吴用和宋江商量,宋江先渡湖攻击北山,吴用率军攻东山。

东面湖上港汊较多,船队开进去后,吴用才发现自己对这些港汊不太熟悉,他想,要是李俊或张顺在身边就好了。

正行之间,只听得半空里一声炮响,四面八方小船齐出。官船上军士,都有些惧怯,刘梦龙看了这么多芦苇深处冲出的小船,有些慌了,小船冲断了大队,官船前后不相救应,盐枭鸣鼓摇船,不断冲上来。刘梦龙下令回船时,原来经过的浅港内,都被盐枭用小船装载柴草木植,填塞断了,那橹桨竟摇不动。有些军卒,弃了船只下水,被埋伏在芦苇中的盐枭杀死多半。刘梦龙脱下戎装披挂,爬过水岸,拣小路走了。吴用不会水,只顾教水军寻港汊深处,摇过去,幸好有几名水军把船拖过芦苇丛,放入开阔水面,把吴用载回了大营。

这时,宋江一路水军也大败回营。这路水军由党世雄统领,宋江说,盐枭小船的船头上,排排钉住铁叶,船舱里装载芦苇干柴,柴中灌着硫黄焰硝引火之物,隐藏在小港内,党世雄见了,急令棹船返回,却见芦苇丛中,枯荷深处,小港狭汊,都棹出小船来,钻入大船队里,鼓声响处,一齐点着火把，引燃装载的芦苇干柴硫黄焰硝，杂以油薪。霎时间大火必燃起，烈焰飞天，官船一齐烧着。怎见得火起？但见：

黑烟迷绿水，红焰起清波。风卷枯荷满天飞，火燎芦林连梗断。昏昏然，日色无光；浩浩然，波声鼎沸。舰舫倾倒，舵橹离船。诸将魄散魂飞，军士心惊胆裂。荡桨的首先落水，点篙的无路逃生。船尾旌旗，不见青红交杂；舵楼剑戟，难排霜刃争叉。有若夏口三江，周郎火烧赤壁。千条火焰连天起，万道烟霞贴水飞。

宋江说："幸好我没有深入港汊，看见上千会水的军士朝我游过来，我怕他们都爬上船，把船搞沉了，抢先掉头，回到了水寨。这一场大败亏输，如何交代？"

吴用说："我早就提醒监军，水军训练不足，监军强令我们过渡攻山，只好向宿太尉禀告实情，全部推到童监军身上。"

"也只好如此。"宋江说。

宋江写报告，飞送宿太尉，不久宿太尉回文，说皇上已责备了童监军，可惜没撤他监军职务，嘱宋江以后小心行事。

监军把宋江、吴用叫过去，还算和气，笑着说："听好了，以后我不管你们用什么计策去厮杀，我也不帮你们去搞船了，我只管到了期限，梁山泊如果还有一个盐枭，我就要革你们的职。"

眼看这一年，只剩下两个月，就算围困有效，两个月也不能杀净梁山泊盐枭。吴用倒不是很忧虑，没有军职，多少还有些积蓄，大不了隐居林泉，寂寞难耐时，还可以去村中设馆教几个孩子。

宋江就不一样了，他这辈子就是追求实现宏图大志，你要让他去隐居，那还不如要了他的命。宋江陷入了绝境，一连几天不吃饭，不睡觉，要么躺在床上，望着帐顶发呆，要么在大帐中转圈、挠头、叹气，要么顶风冒雨站在湖边，咒骂湖水。

吴用也有些忧愁了。他不愿看见宋江这个样子，这太可怜了。

这天半夜，宋江披头散发，冲进吴用帐中，对吴用说："哈哈，我想出办法了！把湖水弄干！"

吴用披着被子，坐在床上，吓了一跳，他怀疑宋江心智可能有点儿不正常。

吴用不动声色地听完了宋江的计策，不禁大为佩服，宋江的想象气势恢宏，令他惊叹不已。

宋江的想法是，征集民工，将滑州黄河段决开的大堤，填补修复，切断梁山泊水源。再将梁山泊流出的济河，深挖一米多，用不了多久，梁山泊就可以涉水通行了。

这想法不仅惊人，最关键的是，可行。

吴用知道，梁山泊原先就是田地，四十年前滑州黄河大堤决了口，才形成了梁山泊。

吴用也兴奋起来，他飞快穿好衣服，点燃蜡烛，跟宋江一起完善方案。

方案飞报宿太尉，宿太尉上了一道奏折。殿前议事，高俅、工部和三司都说没银子，经宿太尉力争，皇上原则上同意发文征集民工，但由忠义军自筹经费。

宋江心中燃烧的一团火，像泼上了一盆冰水，吴用也暗叫可惜。忠义军上哪去筹这么多经费？跟梁山盐枭厮杀了几场，该发给死者家属的抚恤金都发不出来，下个月军饷恐怕也要欠着。

宋江又陷入了绝境，又是一连几天不吃饭，不睡觉，要么躺在床上，望着帐顶发呆，要么在大帐中转圈、挠头、叹气，要么顶风冒雨站在湖边，咒骂湖水。

吴用悄悄收拾细软，打拴在包裹里，打算悄悄溜走，他实在不忍看下去。

这天半夜，宋江又披头散发，冲进吴用帐中，对吴用说：

"哈哈，我又想出办法了！卖田卖地！"

吴用披着被子，坐在床上，认真听着。这次，他没怀疑宋江心智不正常。

宋江说，把湖水弄干后，露出的田地，可以分成一块一块折价预售。

这又是一个惊人的想法，能在绝境中接连爆发出这样的想象力，宋江真是神人！

宋江派出多路信使，将以市场半价预售梁山泊泄水后露出田地的好消息，通报给梁山泊周边的大庄主，还说，可以用民工参加修堤的劳动量抵价。

这是农闲时节，又值黄河枯水期，不到一个月，黄河大堤滑州段决开的口子，修复了！梁山泊流入济河的河口，也掘深了一米多。

没几天，忠义军水寨边露出了第一块滩涂，宋江涉水走到滩涂边，打了几个滚，跪下亲吻淤泥，随手抓住一只螃蟹，放进嘴中大嚼。

第二十九回　宋江攻上梁山　林冲退守沼泽

清晨，林冲还没起床，他被屋外一阵争吵声闹醒了。听了几句，原来是阮小七让一名小校跑来报告紧急军情，侍卫说林冲没起床，不让进。林冲推开窗，喊了一声："让他进来。"

小校冲进来报告："西南水面，出现官军马军！"

"什么？再说一遍。"林冲以为自己听错了，或者小校报错了。

"西南水面，出现官军马军！"

"马军？！"

"是的，马军！一共十三骑，不知道怎么过来的。"

林冲怔了一下，觉得应该亲自去看看。不要慌！他对自己说。他飞快穿上衣服，光着脚跑出屋，飞身上马。小校在前面领路，不一会儿来到了西关。把守西关的史进站在关上跟他打了一声招呼，他招了招手，马不停蹄地出了关。不要慌，不要慌，他对自己说。他看见关前不远处树林里有不少士兵在伐木，他们砍下树枝，削成尖桩，做成"米"字形拒马护栏，然后把拒马护栏钉在沿岸浅水中。不错，史进一点也没慌乱，知道及时调整防守策略。这两年史进长进不小。

阮小七在湖边一条小船上等着林冲。两人沿着一条港汊往前划船，一路上，可以看见芦苇下部露出一截褐黑的芦杆，跟上部的鲜绿明显不同。有些地方的芦苇甚至露出了白嫩的根须。有些小岛也变大了。

阮小七说："湖水下降了一米多，官军正在找一条可以涉水过湖的路。"

林冲就是这个时候意识到大祸临头。

他想，朝廷可能把滑州黄河大堤的决口补上了。如果滑州大堤的决口补上了，黄河水不再注入梁山泊，梁山泊的水只出不进，那么，干涸见底恐怕是迟早的事。林冲觉得自己像条离水的鱼，搁在烈日下的滩涂上。

十天前，探子报告过，滑州黄河大堤边，密密麻麻排列着工棚。一打听，原来朝廷征集了数万民工，要整修黄河大堤。朝廷每隔几年都会整修黄河大堤，从来不曾补上缺口。也许尝试过补缺口，没多久又冲垮了，干脆就让缺口缺着。林冲没有重视这条消息。

林冲没重视这条消息，还因为，他当时正在为黄河上忠义军水军发愁，为鲁智深之死哀痛，为梁山上钱粮蔬菜的问题烦恼……现在梁山泊水位不正常下降，林冲才觉得事情严重。

"他们已经探到什么地方了？"林冲问。

"荷花淀。"阮小七回答。

水军把船摇到荷花淀，林冲看见忠义军探路小队，骑在马上，拿着长竹竿，这儿探探，那儿戳戳，身后湖面上，弯折的莲蓬与枯萎的莲叶间，隔一两丈插着一面旗子，一溜旗子留下可以通行的标记，弯弯曲曲的。

"他们这样走，能走上梁山吗？"

"难说。"阮小七说。"这一带本来没有湖，听老辈讲，也就是滑州大堤决口以前，这里是大片大片的麦地和一些小丘陵。完全是因为黄河决口才形成梁山泊，前几年旱季水位下降，能看见不少小丘露出水面形成滩涂。如果水位再下降一米，他们应该能探出一条通往梁山的路。说不定，还不止一条路。"

林冲问阮小七："能不能抓住这些探路的马军？"

阮小七摇了摇头，"很难，他们待的地方水都很浅，船过去会搁浅，他们会往回跑"。

"把他们吓跑也好，尽量拖延他们探出通路的时间。"

阮小七点头，安排水军带着弓箭，冲出荷花淀。那支探路马军果然掉头就跑。有两条战船追急了，搁浅了。

阮小七让人拔掉了忠义军的标旗，能拔多少拔多少。第二天报告说，忠义军把旗又插了回来。水军还报告说，在梁山泊东边的杨家坳，宋江把梁山泊流入的济河，挖深了一米多。杨家坳位于馒头岗与柳冈之间，雨季涨水的时候，梁山泊里的水会漫过杨家坳，注入济河。现在杨家坳出口被挖深，湖水会继续下降，这就让情况更糟了。

显然，大队敌军很快就会涉水而来。林冲能想象到官军从湖面上走过来的情景，会对梁山士兵造成怎样的震撼，说不定营中每个角落已经充满流言蜚语。

他和公孙胜商议，决定让各位带兵头领回营把梁山泊的来历，还有官军能在水上行走的原因，告诉每一位军士，以免军士们误以为有神仙在帮助官军。这或许有助于挽回一些士气，但失去湖水的屏障，梁山迟早会失守。林冲觉得应该尽快转移那二十万斤盐，三百多万斤粮食，还有一些家属和伤员，转移到能通船的芦苇港汊中。为了争取时间，林冲提议在西山关前增设一道阻击线。

武松赞同："我带本部人马，在西关外湖滩设防阻击。"

林冲说："我跟你一起去。"

杨志有不同意见，他说："我就不明白，到现在还有什么好阻击的，大伙还不赶紧跑得远远的！"

公孙胜问："把这么多盐和粮食都扔下吗？先不说我们自己的十多万斤盐，可以算是这么多年白干了，但别忘了还有十多万斤盐是东京周边和两湖盐商的，丢了我们可要欠人家一大笔银子。最要命的是粮食，一万五千多人就这么跑掉，上哪儿找吃的去？多半又要变流寇，劫掠百姓，以后就被官府和百姓追着打，撑不了多久。"

林冲说："跑，我也想过，可通往黄河的水路堵死了，沙河济河上都拦着铁链，梁山泊往外走的水路没有了。只能走旱路跑，这些船都得扔下，粮草带不了多少。与其当流寇，不如就在这里跟宋江周旋，如果守不住梁山，可以退到在芦苇港汊和沼泽中跟他们干。"

刘唐说："我同意，哪有官军一来，扔下盐就跑的盐枭！在这里跟他们干，我们还有一些地利优势。"

杨志说："在这里还有啥优势？等湖水再下降一点，人家直接就走过来了。"

刘唐说："我们可以在湖滩以逸待劳，这就是优势。我们还有船，水深的地方也可通行，这就是优势。我们还有关隘，他们要攻上山，也没那么容易。"

杨志说:"人家把你围几个月,粮草耗尽了,看你还有啥优势!"

公孙胜说:"粮草快没有的时候,再突围当流寇不迟嘛。反正这些船现在不能丢,在芦苇港汊沼泽里跟宋江周旋几个月,说不定能找到机会打败济河上的守军,这样我们能退到海上,说不定还有一线生机。"

"我觉得留在这里没啥机会。"杨志嘟哝了一句,"不如回二龙山。"

林冲说:"你现在分开,很危险的。万一被围,我们可救不了你们。"

杨志说:"操心自己的事吧。"

武松站了起来,走到杨志面前,一字一句说:"要走你走,我不走!"

杨志不吭声了。会后林冲跟武松商议,让武松分兵给杨志,让杨志去守东关。这种时候,杨志不愿承担阻击任务,最好不要强迫他。林冲调原来镇守东关的刘唐,协助公孙胜主持中军转移。林冲带着一营马军驻在西关外湖滩旁的树林里,与武松的步军营相邻。

入夜,大战前的湖面一片寂静。林冲很担心宋江会趁着夜色偷袭过来,在湖上布了十几组哨兵,他和阮小七划着一艘平底船来回巡哨。湖水下降得很快,有不少地方平底船过不去,得让水军下船,连推带拖,才能过去。折腾了半夜,回营休息。

当号角响起时,林冲正试图从一个噩梦中挣脱出来。他梦见梁山泊一滴水也没有,烈日下,湖底泥土干裂,躺着很多死鱼……他在梦中对自己说,这不是真的,这不是真的……号角像一把锋利的刀,把他跟噩梦切割开了,他猛地坐起来,侍卫们一声不吭地走过来,飞快地帮他穿戴,把枪递到他手上。

外面起了雾,笼罩着黎明前的黑暗,只见人影马影来来去去,马嘶和武器碰撞的声音清晰可闻。不得不佩服宋江会选时候。马军在树林与湖水间的开阔地上整队完毕,他们将第一轮冲向浅滩放箭,然后转回步军阵地后面,如果宋江忠义军登陆,就跟忠义军面对面拼杀,如果忠义军还在湖中,就准备第二轮箭雨。林冲对射箭的效果不抱太大希望,雾中看不清敌人,射出去的箭注定多数会落空。他觉得在湖滩防线前面放一些小船,船上挂上灯笼,或许是个不错的主意。他让阮小七去布置。但真正打起来的时候,这些灯笼却用处不大,很容易被忠义军弄熄灭了。不过,那些小船也没有白费，有几只小船被抛石机射过去的油罐点燃了。马军第二轮冲向浅滩，又一阵箭雨洒过去，朦胧的光影中接连传来惨叫，声音大多了。从湖面上吹来的风带来了焦臭的气味。

忠义军在湖中停了一会儿，天亮后再次发动攻击。太阳驱散了雾，湖上旌旗密布，兵器反射朝阳。忠义军竖起盾牌，冒着箭雨逼近，能听见忠义军行进时的低吼："嗬！嗬！嗬！"涉水时的"哗哗"声，箭头钉在盾牌上"哆哆哆哆"的声音，巨石落下的轰隆声，还有一些惨叫和咒骂……近了，更近了，不要慌，在忠义军先头部队接近浅滩拒马线时，林冲大喝一声："冲！"一马当先，带领马军冲向浅滩，洒完最后一阵箭雨，亮出刀枪，冲入敌群。

马营很快淹没在敌群中。敌群漫过去，涌上湖滩，与武松带领的步军杀成一团。林冲无暇多看湖滩那边的战况，他挥动手中长枪，左挑右戳，在浅水中往来驰突，忽然看见手提大刀的关胜挡在前面。关胜吼道："姓林的贼，休要乱闯！"大刀扑面而来。林冲不躲不闪，长枪直直戳向关胜前胸。林冲知道自己的枪比关胜的刀稍长，如果关胜不退，那就只有先挨上一枪。最后关头，关胜略一偏身，用刀荡开长枪，与林冲擦肩而过。林冲掉转马头，关胜已奔上湖滩，与武松交上了手，武松也骑一匹马，挥舞双刀，被关胜杀得连连后退。林冲纵马去助武松，却被呼延灼双鞭挡住。

林冲与呼延灼大战五十余回合，未见明显输赢。林冲知道，要斗一百回合以上，呼延灼也许才会露出破绽，林冲有些心急，担忧武松撑不了那么长时间。

林冲冒险耍了个花招，那支枪在朝阳里搅起一圈银光，在呼延灼面前晃动，让呼延灼无从判断枪尖将从何处攻入，只好急舞双鞭自守，守个密不透风。林冲却从他身边冲过去，冲上湖滩与武松夹攻关胜。关胜不敌，退到浅水中。林冲追了过去，呼延灼又迎了上来。关胜回身再次与武松战在一起。武松跟关胜已斗了百余回合，依然勇猛，两把戒刀白光闪闪，关胜大刀砸在戒刀上，火光四溅，"咣当咣当"巨响震耳。林冲多次想冲过去帮忙，总是被呼延灼缠住。林冲想着法儿诱呼延灼攻他故意露出的破绽，呼延灼却不上当，林冲只有压下焦燥，规规矩矩一招一式地跟他拆解。斗到一百回合，林冲感觉压力渐渐减轻，抽空往武松那边看去，暗暗心惊。

武松已落下风，正忙着左架右挡，关胜却越战越顺手。林冲心中大急。所幸呼延灼此时已式穷力竭，林冲得了破绽，一枪从胁下戳进去，呼延灼落水而亡。

林冲策马冲向关胜，与武松双斗关胜，关胜退入盾牌阵中。武松性发，狂叫着砸开盾牌阵，朝关胜冲杀过去，林冲急叫鸣锣，全军退守西关。林冲单骑突入盾牌阵，将武松救出，返回西关。关胜没有攻关，在湖滩整队立寨，组装攻关用的器械。

林冲不知道公孙胜他们转移得怎么样，按计划，公孙胜他们应该出南关上船，把物资人员转移到南关外四十里的港汊中，港汊之间有上百里沼泽和芦苇荡，可以隐藏主力。只是船不够多，能运输的船都用上了，恐怕得运好几趟。晚上，林冲让自己的侍卫刘成骑快马去南关看看，刘成刚走，东关来人，说杨志带着部下七百人涉水离开了梁山，听说是回二龙山去了。

林冲吃了一惊，虽然不是一点预感也没有，但他还是很难相信杨志真的率部离开。林冲传令陈达，带预备队赶往东关，重新布置东关的防守。

第二天上午，忠义军主力又开始攻打西关，上百台炮架一批批发射巨石和油罐，步军越来越多。西关失守。

林冲撤往南关，沿途看见一排排营房浓烟滚滚，火光冲天。南关外码头上，有上百包盐没来得及运走。史进和部下在码头边等船。天阴沉沉的，史进一条胳膊吊着药布，哀伤和沮丧写在脸上。林冲知道史进跟鲁智深交情很深，他俩在渭州相识，在瓦罐寺合力杀掉了淫贼丘小乙和崔道成，鲁智深还孤身深入华州府中，试图营救身陷牢狱的史进……林冲想安慰史进两句，但一提起鲁智深阵亡的事，两人不免又洒了一阵眼泪。

船来了，林冲下令放弃码头上的盐包，先运军士。扔下那上百包盐，着实令人心疼。

梁山军士正在上船，关胜带着忠义军追过来了。林冲和史进断后掩护，但还是有不少军士被关胜的马军追进湖水里淹死了，有两艘船因为过载翻船沉没了，林冲永远忘不了落水的军士们被身上的铠甲拽着慢慢沉向湖底的情景……林冲要找关胜拼命，最后被史进和阮小七拖上了船。

到了沼泽营地里，林冲躺在行军床上，情绪低落。他没怎么说话，没怎么吃东西，也没怎么睡觉，有时候死死地盯着帐篷一角，仿佛那里有解决困境的答案。

他找不到答案。

水位继续下降,一条通往沼泽地的旱路露出水面。宋江的人马在沼泽地里追逐着梁山盐枭,林冲他们不时被逼入没有出口的死汊,只好下船,在芦苇地里砍出一条条通道,把船拖着走,直到另一条水比较深的港汊,再把船推进水里。

天气越来越冷,不久将会下雪,很多军士穿得很单薄,林冲正担忧怎样过冬,探子报告,忠义军有一百多车冬衣冬靴从济州运往梁山方向,由朱仝、雷横押送。

林冲提议去劫忠义军车队,头领们都很赞成,史进、刘唐、扈三娘、樊瑞纷纷要求出动。史进伤口还没痊愈,扈三娘体力没有恢复,樊瑞出动很费金银,葫芦兵贮备的药材不多,不到迫不得已的最后时刻,不能使用。林冲带着刘唐出发了,马军、步军共一千人。

阮小七水军把他们送上白沙滩,在附近等候接应。

济州到梁山泊中途有个范家庄,聚集了很多原先住在梁山泊边的难民,跟刘唐旗下很多老兵熟识。刘唐建议将人马分散隐藏在难民家中,林冲一路没看见更好的伏击地点,同意了刘唐的建议。

正午,忠义军车队进了村,朱仝骑马提枪走在队前,雷横扛着朴刀押后,护送的军士约五百人,林冲下令敲响梆子,放响箭,伏兵从各间房子里冲出,林冲率军堵住了朱仝,刘唐率军断了雷横退路。

双方刚开始厮杀,车上篷布纷纷掀开,忠义军从车上跳下来,差不多有一千人,林冲明白中了圈套,急叫撤回白沙滩。

林冲一马当先往村外冲,朱仝战了五回合,阻挡不住,让开了大路。到了村外,林冲回头看向队尾,雷横还在纠缠刘唐,刘唐一朴刀砍下了雷横左臂,朱仝赶到,长枪刺进了刘唐腹部,林冲拍马去救刘唐,刘唐已经死了。林冲寻朱仝报仇,朱仝退进了村中。林冲没有追赶,整顿队伍,只剩下七百人,其中有一百多个伤员。

林冲人马出村不到五里,小丘陵后面转出一支人马,约两千人,关胜领兵拦住了去路,背后朱仝引兵出村,袭击后军。林冲人马四散逃向田野,忠义军追杀到田野中。

林冲绕开关胜，杀出一条血路，单骑奔向白沙滩，关胜带着几百马军紧追不舍。林冲不敢停住厮杀，一路狂奔，背上中了两箭。终于奔到白沙滩，阮小七水军抛石放箭，阻止了追兵。林冲下马，要牵马上船，马突然倒下，这才发现马屁股和后腿中了几箭。

　　去劫车的人马，只有林冲单骑回到了沼泽营地，这对林冲打击很大，头领军士肃立迎接他，他一路低头走回帐篷。他一连几天不说话，有时他趴在行军床上养伤，偏着头望向帐篷窗格外面的雨夹雪，忧心一半士兵晚上睡觉连块干燥的地方都找不到，只好躺在泥泞里。没有菜吃，军士们掘芦根下饭。大伙都觉得离死不远了，绝望的情绪在营地里蔓延。毫无疑问，这都是自己的错。他把他们带到这困境里来，却想不出摆脱困境的办法。他不是一个合格的老大。

　　林冲爬起来，冒着雨雪在芦苇丛中疾走，走累了，就在泥污中躺下。他不想站起来，希望自己烂在这里，没人找得到他，让乌鸦啄出他的眼珠，让蚯蚓钻进他鼻孔里，让螃蟹从他胸腔里爬出来。

第三十回　三娘突发遗忘症　盐枭掘开黄河堤

　　忠义军攻上梁山，扈三娘似乎受了惊吓，要么缩在帐篷里不出来，一出来就睁大眼睛四处张望，几天后，平静下来，却忘记了很多事情，她的记忆似乎以林冲活捉她那一刻为界，前后非常不同，以前的事，大部分都记得。林冲捉她以后的事，有的记得，有的不记得，记忆中空白部分，她常常用没发生过的事填补。

　　比如：

1. 她不记得使女唐可儿被李逵杀害。
2. 不记得她跟王矮虎成亲，甚至说，她没见过王矮虎这个人。
3. 不记得回家葬父，不记得在二道梁跟呼延灼厮杀。
4. 不记得去济州放火烧战船。

5. 不记得宿太尉上山宣读招安圣旨。

6. 不记得参加过镇压方腊起义军。

7. 不记得她单独走进童监军大帐敬酒。

8. 不记得自己在山神庙跟李逵厮杀，不记得在农家小屋里流产，不记得被威虏军抓住捆绑，跪在水坑边，不记得难民人流中的何大嫂，抱着死去的孩子往北行走……

她有时候会对林冲说一些没发生过的事：

1. 你抓我的当天晚上，你就逼我成了亲。痛了半晚上。

2. 我父亲、母亲、哥哥，我家里人都不同意我跟你成亲，可我已是你的人了，不能再嫁给别人，只好跟你私奔，浪迹天涯。

3. 咱俩去过济州，在大瓦子看戏听歌，听说唱，去勾栏棚里看摔跤掉刀，皮影吐火，杂技斗鸡，你爱看斗鸡，我不知道那有啥好看的。不过只要跟你在一起，我就很开心。我买了好多女人用的小玩意，不知道都到哪里去了。我们一起去了一家刀店，你帮我挑刀，没想到，你还是鉴刀大行家，但你不小心，把刀上的油，擦在了身上，知道不，刀油很难洗的。

4. 记得吗？有一次我在雪地上写了很多你的名字，林冲，林冲，林冲……你走过来，我赶紧用脚擦掉，你说别忙擦，字写得挺好的。羞死人啦。

5. 记得吗？有一次，咱俩划船摘荷花。

6. 有一年咱俩没钱了，你去一个庄主家里教小孩子学武艺，那家男孩子有点笨，女孩子很聪明，我喜欢，后来我就收了女孩子做徒弟，教她双刀，还把套索窍门传给了她。

7. 有一年，我们一起去过江南乌镇，突然下雨，我们买了一把大油纸伞，走进小巷子，对面来人不收伞，就过不去。反正我不肯收伞……

扈三娘对林冲说这些没发生过的事，林冲有时候不动声色地看着她，有时嗯嗯嗯附和几句，有时候哭笑不得，有时候他没忍住，眼泪下来了。

林冲在心中对自己说："不管她变成什么样的人，此生，我一定要照顾好她！"

好在扈三娘能生活自理，对眼下发生的事，都还算明白。她一部分时间在救护营帮忙，有时候也帮白胜抄写一些情报。

有一次林冲问白胜："上百里芦苇沼泽地呀，忠义军却每次都能找到我们的营地，会不会混进了细作？"

白胜说："有可能，我们查查。"

没想到才过了几天，扈三娘就在盐枭走过的地方，发现了标记：每隔四五十步，有人用蒲草，把两根芦苇拦腰拴在一起。蒲草在芦苇荡里很常见，不细看，看不出来。

说来也巧，扈三娘是碰巧发现的。

林冲养伤期间，扈三娘常去汉子里摸湖蚌，射鱼，加菖蒲根熬汤，给林冲喝。

有两天下雨，她弄不清看中的几条汉子，是不是涨了水，她不会水，正咬着手指头发愁，她听到脑袋里有个声音说："好笨，在水中芦苇秆上做个标记，明天就知道水是涨了，还是落了。"

她扯了几根蒲草，齐水拴在几根芦苇秆上。

第二天，扈三娘看到有的标记被水浅浅淹着，有的标记却比水面高出一大截，她给弄糊涂了，她没敢下水，闷闷地来到林冲帐篷里，坐在林冲身边发呆。

林冲问她什么事儿不开心。她把自己的困惑说了。林冲立刻穿衣起床，说："你带我去看看。"

扈三娘带林冲去看了，林冲让侍卫去把白胜叫过来，几个人又在附近到处看，在没水的路边找到了好几处标记，都是用蒲草把两根芦苇拦腰拴在一起。

林冲回营，下令立刻转移。这天夜晚还在行军，回过头，能看见刚离开的那个营地，火光映红了夜空。

当天晚上，白胜就抓住了两个蹲在路边假装系鞋带，偷偷用蒲草拴芦苇的细作。经过一天一夜审问，细作供出了另外两个细作，再审另外两个细作，用刑致死，没供出新的细作。此后，盐枭的营地很少受到忠义军的突然袭击。

换了新的营地，扈三娘还是喜欢去附近的港汊里，摸湖蚌，射鱼，还是喜欢把蒲草齐水拴在芦苇秆上，做水位标记。

这一天扈三娘没有外出，她搓着细麻绳，不时望一望帐篷门外的雨帘。

一早开始下雨，她希望雨不要停，湖水继续上涨，这样沼泽地就更安全了，不会被宋江的人马追来追去。可是，湖水上涨，沼泽地更找不到一块干地方了，大伙晚上睡觉更难受。下午老天解开了她心中的纠结，她听不到雨点打在帐篷上的"哆哆"声，雨停了。

扈三娘在箭杆上拴了细麻绳，去港汊里射鱼。雨停后一个时辰，芦苇秆上的蒲草标记，又露出了水面。

雨后有的草鱼喜欢露头，吞食被雨打落在水面的虫子或芦花，扈三娘很快射中了一条草鱼。她慢慢收线，把鱼拉上岸，拔出短刀，剖开洗净，带回营地。她在帐篷外支起罐子，寻了枯芦苇加进去，先旺火煮开，撇去浮沫，转文火炖了一个时辰，加昌蒲根煲成奶白色，香气扑鼻。

傍晚，扈三娘估摸着这时候林冲帐篷里人不多，她拎着汤罐去找林冲。这些天，林冲脸越来越瘦，越来越黑，胡子拉碴，没精打采的，她心里焦急，希望他不是又生了别的什么病。

路过公孙胜帐篷门口的时候，恰好碰见公孙胜从帐篷里出来，扈三娘打了个招呼。公孙胜瞅了瞅她手上拎着的汤罐，问："扈头领这是去看林冲吧？我也正要去找他。"

扈三娘点头，"我射了条鱼，煨了半罐鱼汤，待会儿公孙先生也来一碗尝尝？"

"唉，我没口福啊，恰好这几天斋戒。林冲状态不好，是应该好好补补身子，但我看主要是心病，扈头领好好劝劝他。"

扈三娘没有马上回答，停了停，说："主要是鲁智深遇害这件事，对他打击太大了。过些日子或许会好一些。"

公孙胜点头，"还有眼下的困境，对他压力也很大。"

"难道没办法摆脱这种困境吗？"

"难啊，我们跟宋江实力相差太大。你有没有什么想法？"

扈三娘摇头，"我哪有什么想法，疑问倒是一大堆。"

"说来听听。"

"比如，我们为什么不去掘开滑州的黄河大堤呢？"

"滑州大堤，有卢俊义一万多精兵守着。我们全部出动，也只有一万多人。最麻烦的是，我们一上岸，宋江的一万多人就会跟上来，截断退路。

滑州和郓州的援军再赶来包围,那时候怎么办?恐怕回不来了。"

"这么耗着也很危险啊,耗到冬天大雪,沼泽里可没法过。"

"你说的也是。但暂时只能跟宋江耗,耗到宋江不耐烦,撤出梁山地区,那时候也许会有机会。"

扈三娘心里不以为然,但没有更好的主意,说不出什么。

两人一起走进了林冲帐篷。扈三娘找来一只碗,倒出鱼汤,林冲喝了一碗,谢了她,又要了一碗,故意喝得很香。扈三娘心里美滋滋的,有一种成就感。林冲给扈三娘倒了一碗,扈三娘不肯喝,剩下的汤她本来想留到晚上热一热再让林冲喝,但林冲一定要她喝,她只好接过碗。她喝着汤,听见林冲跟公孙胜谈起了杨志的事——杨志死了,杨志带着部下上岸后,当了一阵子流寇,没等回到二龙山,就被知府张叔夜围歼在海州了。两人长吁短叹的。

"活该!"扈三娘在心里说。她忍着没把这话说出口。

对于扈三娘来说,沼泽地里的日子并不是很难过,至少比她在逃难的路上好过多了。她不理解杨志为什么要冒险离开。

第二天一早又开始下雨。中午,雨刚停,扈三娘又去港汊里射鱼。她往水面上撒了些草叶子,等着草鱼露头。等待的工夫,她看了看她在芦苇秆上做的标记,她发现,雨停后,湖水并没有马上下降,反而微微上涨,一个半时辰后,才看得出湖水下落了。一个想法突然来到了她心里。

扈三娘不射鱼了,她找了一棵浸在水里的芦秆,再次齐水做上记号,然后坐着一边观察,一边仔细推敲那个想法。直到她相信这个想法不错,她才急忙回营,走进林冲帐篷。公孙胜也在帐篷里,正在跟林冲说什么,扈三娘打断了他们。

她说:"我有个想法,我们应该在下大雨的时候出动!"

林冲和公孙胜都转脸望着她。

扈三娘接着说:"下一场大雨,湖水会上涨一些,雨停了,湖水也不会马上下落。只要涨几个时辰的水,把宋江的人马困在梁山困几个时辰,我们就有机会突袭卢俊义,掘开滑州大堤!"

"有道理,大雨中,虽然行船不便,却能掩饰行踪。"林冲点头。

"对!"公孙胜大赞了一声,又补充说,"下雨的时候,还可以去杨家坳河口沉几条船,船上载满沙袋,虽然不能堵死河口,也会让水流得小一些。沉船用不了多少人。嗯,留下来的水军完全可以干这件事,同时对付宋江的几十条船。"

林冲想了想,说:"可以试试,别的不难,就等一场大雨了!"

林冲看了她一眼,眼中有以前看她时没有过的一种光亮,看得她耳热心跳。打这以后的几天,林冲又用这种特别的目光看过她好几次。她已经不是一个小姑娘了,当然知道这意味着什么。她很享受这种心跳的感觉,有时候他离开了好一会儿,她还能听到自己心跳的声音。有时候她真希望他不要离开,一直用那种目光看着她,直到她融化在他的目光里。可惜,这个男人只是偶尔看看她。一旦她的目光迎上去,他就躲躲闪闪的,好像她眼睛里射出了两把飞刀,他转身避开。

大伙一边等雨,一边做准备工作。林冲让军士们采集蓑草昌蒲,编制蓑衣斗笠。杜迁宋万去附近村庄收集了一些锹镐箩筐。公孙胜让葫芦兵把葫芦灌满药水,还制了几百个火药坛子。阮小五让水军给每条船准备了几副水瓢和桶。阮小七挑了几十条船,腾空了上千袋盐,将沙土装进盐袋,码在船上。后来朱武又补充了一计,让阮小七去杨家坳诈降,说是有大量私盐要交给秦明,说不定秦明允许船队进入河口,那时候再拔掉舱底塞子,沉船塞河的把握比较大。阮小七拍手连称:"妙计!妙计!"

万事俱备,只欠大雨。

偏偏一连十几天滴雨未下,每天都是艳阳天,铠甲烤得发烫,晒得人头上冒烟。

扈三娘沉不住气,找到公孙胜说:"先生不是会呼风唤雨吗?何不筑起祭坛,唤来一场大雨?"

公孙胜说:"那都是吹牛的,哪能真会呼风唤雨!不过,快下雨之前,贫道有时候倒是有些预感。"

"那你最近有没有预感?"

"我没作法就是没有预感啦。别急。最近两天可能没有,但一定会有雨的。越是长时间憋着不下雨,往往一下就是大雨,连下几天。"

这话很悦耳,扈三娘笑了,"但愿如先生所言!"

接下来几天果然没有雨,湖水又下降了一些,宋江的马军步军杀进了沼泽，追得林冲他们到处乱钻。有时候不免厮杀一番，但林冲认为这个阶段保存实力是重中之重。他们的船在芦苇丛中拖来拖去，盐和粮食跑丢了一些，火药坛子，锹镐箩筐，装满沙土的盐袋却没有丢。

月底的一天，终于，雨下来了。

扈三娘正在汊子里摸湖蚌，一滴豆大的雨点掉下来，在水面激起了水泡和波纹，吓得一条草鱼慌忙沉到了水底。雨点打在芦苇叶上的沙沙声越来越大，比弹琵琶的声音更好听。抬眼看天，雨点一滴接一滴落下来，打在脸上。

"下雨啦！"扈三娘大叫一声，跑回了营地。

"下雨啦，下雨啦！哈哈哈哈。"扈三娘看见公孙胜光着脑袋在雨中挥着剑，跳着舞，跑来跑去。林冲站在帐篷门口，把手伸到雨中，脸上浮起一缕不易觉察的笑容。

傍晚，瓢泼大雨有继续加大的势头，伴随着电闪雷鸣。在扈三娘听来，这雨声、雷声、风声真是人世间最美妙的音乐。下吧，下吧，下得越大越好！

湖水开始上涨，两支队伍互相敬了壮行酒，分头出发。

西路，林冲、公孙胜、史进、阮小二、樊瑞、扈三娘、孙二娘、张青、杜迁、宋万，带领主力九千人，还有火药坛子和锹镐箩筐。东路，武松、阮小七、李忠、朱贵带了十几条满载沙袋的船和一百多名水军。朱武、阮小五、白胜看守营地。

扈三娘紧挨着林冲坐在船头。林冲本来不要她去，让她看守救护营，她偏要跟在队伍后面，林冲只好把她拽到自己身边。

雨很大，水军一路不停往舱外舀水。进入沙河没多久，水浅不能行船，大伙下船，沿两岸继续急行军。林冲命令扈三娘留下，带五百人守船。

"守船很重要，千万不要被敌军夺走了船，没有了船，我们会被围歼。敌军如果人多，先把船开到湖上。"林冲反复叮嘱。

扈三娘虽不情愿，还是答应了。

她在船上待不住，担心林冲此行安危。守堤的忠义军有一万多人，以逸待劳。守将是卢俊义，棍棒天下第一，林冲很难对付他。见岸边柳林中有一座龙王庙，扈三娘走了进去。

屋顶漏雨，雨水偏偏落在龙王塑像面前，扈三娘摘下斗笠，脱下蓑衣，跪在小瀑布般漏下的雨水中，喃喃祷告。她祈求龙王不要收雨，雷公不要收雷，电母不要收电。她长跪不起，雨水砸在她后脑勺上，她说："天上飞过的神，地上走过的神，水中游过的神，请保佑我的林冲哥哥，他是一个好人，请保佑他完整平安回来！"

不知道在龙王塑像前跪了多久，扈三娘忽然听到庙门外轰轰隆隆的响声，跟打雷不一样，有些像战鼓擂响，有些像万马奔腾，扈三娘跳起来，怕是忠义军来劫船，她往庙门外奔去，脚步不稳，摔倒在雨地里。

水军小校扶起她，报告："扈头领，洪水下来了！"

扈三娘有些喜悦，不敢太高兴，"林会长呢？"

小校说："属下这就去探。"

扈三娘走到河边，河面宽了几倍，大浪滚滚而来，扈三娘请留下的水军检查船只，发现有两条船绷断了缆绳，被洪水冲走了。

下半夜，掘堤的人马回来了，扈三娘看见一个熟悉的身影朝她走过来，她激动得有些喘不过气来。

"你没事吧？"

"没事，我没事，你怎么都淋湿了？"

扈三娘没回答，她在林冲身上这里摸摸，那里摸摸，围着林冲转了一圈，感觉林冲确实没事，她才慢慢喘匀气。

他们不能在此久留，必须赶在滑州和郓州的官军到来之前，回到梁山泊中。

天亮时，他们出了沙河，渡过湖面，回到了沼泽营地。

湖水上涨的速度超出了预期，堆在沼泽里的盐和粮草有一些浸在了水里，得赶紧把这些物资转移到地势高的地方，或者船上。

到了中午，阮小七回来了。好消息坏消息都有。好消息是沉船塞住了杨家坜河口，阮小七和水军跳水潜回了湖里，武松朱贵带人在船上发炮射箭掩护，人员无重大伤亡。坏消息是，沉船和船上的沙袋清理起来不太难，杨家坜还需反复争夺。

幸好，大雨小雨连着下，水涨起来后，宋江的人马困在梁山上，动弹不得，忠义军剩下的水军冒险渡湖运粮草，被阮小七兄弟的水军击溃。阮氏兄弟的水军在湖上来去自如，官军清理杨家坜沉船时，阮氏兄弟的水军不时去河口发炮放箭干扰。

秦明旗下的官军也挺顽强，居然冒着梁山战船射来的石雨箭雨，背走了沙袋，拖开了沉船。阮小七只得又派了几条装满沙袋的大船冲进河口，拔掉塞子沉在那儿。

如此反复三次，十几天过去了，秦明曾派人往梁山送了两次粮草，被梁山水军夺了。

有一天，宋江派了一条小船给沼泽地送来一封投降书信。信中说，希望林冲念在昔日都是梁山兄弟的情分上，不要饿死他们，只要带粮食上梁山，宋江愿意投降，一起搞私盐生意。

"上次谈判时，他们设了埋伏，这次你还去吗？"扈三娘问。

林冲想了想，"如果可以不流血厮杀，就抓住宋江、吴用，遣散梁山一万多忠义军，那最好不要放过个机会，他们这次也有可能是真心实意想投降，宋江大军突然被困，此前对被困没做充分准备，我估计他们已经饿得发晕了，一个人饿肚子的时候，说话往往会多点诚意。"

公孙胜说："最有把握的是，多饿他们几天，饿死他们，多好！"

林冲说："不一定，也可能夜长梦多，恐生变故。他们愿意投降，我们可乘这个不受阻挡的机会，登上梁山，抓住宋江、吴用。如果卢俊义上奏朝廷，朝廷派水军来支援宋江，我们会失去眼下良机。或者卢俊义说动附近十几个州，又拘一千条船到湖上来，我们也很麻烦。"

公孙胜说："如果一定要上山，我带一半人马上山，你带一半人马，留在船上接应。"

林冲不同意，"我带一半人马上山，你带一半人马，留在船上接应。"

两人争执不下，抓阄，林冲赢了。

第三十一回　林冲决战梁山　宋江乘船逃走

连下几天暴雨，湖水上涨，这事没引起宋江、吴用注意。每次下雨都是这样，雨一停，湖水就落下去了。吴用曾经疑惑过，湖水上涨太快了。

直到雨停后第二天，湖水还没落下去，吴用感觉到事情很严重。

探子接连送来坏消息：

1. 找不到芦苇中盐枭行踪的标记。
2. 盐枭打败了镇守沙河口黄河大堤的卢俊义，掘开了黄河大堤。
3. 盐枭堵住了梁山泊流往济河的河口。
4. 盐枭水军两次劫走秦明送往梁山的粮船。

宋江一连几天不吃饭，不睡觉，要么躺在床上，望着屋顶发呆，要么在屋子里疾走、挠头、叹气，要么顶着雨雪站在湖边，咒骂湖水。

吴用满怀期待，期待宋江像往常一样，突然冲进他屋里，大喊一声："我想到办法了！"到了这光景，吴用是无计可施了。他能想到的最好办法，是偷偷逃走，不要让忠义军士兵知道。他密令水军中的心腹，在湖边射箭馆旁港汊芦苇中，藏两条小船。

宋江果然没让吴用失望，这天半夜，宋江披头散发，冲进吴用屋里，"哈哈，我又想出办法了，投降！向林冲投降！快起来写封降书，写得越诚心越好！"

吴用披着被子坐在床上，没说话，看着宋江。他不相信宋江真会投降。他在等宋江下文。

宋江说："我们现在没法追着林冲打了，水军太弱，只好用计把林冲骗到梁山上来，抓住他！你在信中写：给我们送粮，让我们吃上饭，我们就投降，一起贩私盐。"

吴用心里跳了一下："你要诈降？"

宋江瞪他，"你还有更好的办法吗？"

吴用说："林冲等盐枭是猛虎，他们上了山，发现是诈降，恐怕不容易对付。"

宋江说："军师不要长他人志气，林冲也是人，上次他劫运送冬衣的车队，不是中计了吗？被关胜、朱仝杀得仅剩单骑逃走。"

吴用想了想，"好吧，我们情况紧急，试试吧。我也没更好办法。投降就要有个投降的样子。交代军士，将好兵器埋藏起来，每人再去兵器库领一样兵器，林冲他们收缴武器时，把不好的兵器交出来。吃饱饭，听号炮动手，散开快跑，去找自己埋藏的兵器。我们人数占优，以我对他们的了解，他们只有一半人会上岸，一半人会留在船上接应，这样我们至少两个人对付一个，胜算稍大。如果集中兵力攻击林冲，抓住他，胜算更大！"

"这就对了！"宋江竖大拇指。

第二天一早，宋江召开了一次将领会议。

"谁愿去沼泽地送信？"宋江问。

吴用低着头，装没听见。他用眼角扫了一下议事室，十几个将领都低着头，不吭声。

"上次是孙立兄弟辛苦了，这次不好意思再派孙立兄弟，还有哪位兄弟愿去？"宋江问。

屋子里静了一会儿，静得吴用能听见旁边杨雄吞口水的声音。

吴用开口了："这次跟上次不一样，上次坐船就上山了，这次一定得找个会泅水的兄弟，很多芦苇丛与芦苇丛之间，横隔着很深的港汊，不会泅水过不去，过不去就找不到林冲。"

将领们纷纷附和："军师说得对，我们都不会泅水。"

吴用说："悬赏找，肯定能找到会泅水的人。"

关胜说："对，赏一百两银子，就会有人站出来。"

宋江说："赏一百两银子，不如赏一顿饱饭，外加十个烧饼。"

关胜赞道："宋大哥说得对！"

吴用点头："还是宋大哥英明。"

悬赏一公布，果然立刻有人报名当信差。忠义军缺粮近十日，前几天，为了争抢一碗用芦根和霉米煮成的粥，两个步军打破了脑袋。一听说有饱饭吃，还有十个烧饼，当天就有十几个自称会水的军士揭榜。通过下水测试，三个当场淹个半死，最后挑了两个游得快的，用小船送到芦苇深处，给了他俩一面铜锣，让他俩边走边敲边喊："我是忠义军信差，林大哥请出来收信！"

三天后，一个信差回来了（另一个留下了），回复："林头领说，投降可以接受。后天他带粮上山受降，请做好准备。"这个信差表示，要是还有信送给林冲，他还愿意去。吴用问他为什么还想去。他说："他们那吃得好，招待我吃了两碗大米饭，一碗红烧肉，一条烤鱼。还有咸萝卜白菜。"

说得吴用口水都流出了嘴角。大米饭、红烧肉、烤鱼、咸萝卜白菜，这个伙食标准宋江都达不到。十几个重要头领和侍从，每顿可以吃点鱼、烧饼，或马肉和芦根，近卫营只能吃点烧饼、马肉或芦根。普通军士只能把榆树叶子和在小米面里面做糊糊充饥，自己掘芦根煮汤。梁山上的大小榆树，叶子都被捋得干干净净的，厚厚的榆树皮也被人剥下来切碎磨成面，咽下去了。蒲公英、马齿苋、喇叭花被人挖干净了。附近湖汊里的鱼被捞干净了。山上的鸟被射干净了。湖滩上的蚌被捡干净了。马也杀得没剩下几匹。

宋江派出过三批水军去运粮，只有一名水军泗水逃回来，说他那一批六条船都被阮小七押走了。宋江剩下的船不到二十条，他不敢再派船出去搞粮了。他安抚大家说："秦明会去找济州府要船运粮的。"很多人觉得秦明不会那么主动，怀疑秦明会借这个机会报复宋江、花荣（当年宋江花荣让人假冒秦明去村庄放火，把秦明陷在一桩大罪里，不得不跟着宋江当强盗，导致青州知府杀了秦明的家人，在城墙上把头挑给秦明看）。宋江却不怀疑秦明，他把花荣妹妹嫁给秦明，够对得起秦明了。问题是，秦明搞到了粮食也很难运进梁山，梁山泊的水面，是阮氏兄弟的水面。

缺粮的情况一天比一天严重。

有个东昌籍的小校饿死后，埋进土里，第二天尸体不见了。后来这样的事又发生了几起。有个关西大汉饿急了，等不及把刚挖出来的尸体清洗煮熟，就扑到冷硬的尸体上啃掉几块肉吃下去，引起了腹泻，拉了两天肚子也死掉了。他的几个同乡吃掉了他的下半身，然后打开盐袋子，把剩下的上半身腌起来了。有个徐州人受伤还没咽气，就被人吃了。有个饿得站不住倒在草丛里嚼青草的士兵，眼睁睁地望着别人砍下他的腿，拎着他的腿跑掉了。他很快没有了呼吸，全身都被一群军士分食了。步军营中，有个瘦小士兵饿得走不动了。几个饿得头晕的军士追那瘦子，把那瘦子打死了分尸，没要头，没要脚，没要手，只留下大腿、胳膊、屁股，还有胸腔，炖熟吃了。另外一帮士兵把他们剩下的头和手脚捡回去，吃了。

毫无疑问，这样下去三军要崩溃了。士兵随时有可能造反。军士们听说明天林冲就会送粮上山，都很高兴。

第二天上午，下着小雪，宋江、吴用接到飞报：盐枭船队泊在了鸭嘴滩，林冲带着身披斗篷的五千军士上了岸，公孙胜带着五千人留在船上。盐枭抬着粮袋下了船，堆在关前，林冲命令守卫南关的军士，把兵器扔出关，出关列队，接受检查，登记姓名年龄职务籍贯。南山三关很快都换上了林冲的人，改造关防，防守方向改成向宛子城方向。

三关每关都留了五百人，这样林冲到宛子城受降的人，只有三千五百人。忠义军在梁山上的马军步军，有一万多人，有几千人在宛子城附近埋伏着。

吴用暗喜："中吾计也！"

宋江下令两千步军，去宛子城外校场列队，放下兵器，向林冲投降。命令宛子城守军严加戒备，藏在宛子城内的精兵做好厮杀准备。

林冲分兵五百，把校场上降军押到营房中关起来。

林冲单骑来到宛子城门前，大叫："为何宋江还不出来投降？"

吴用在门楼上答话："林兄，宋大哥病了，我这就去把他扶出来！"

"你和宋江应该早做准备，出来迎接。"

吴用说："按照约定，你让忠义军吃饱饭，我们才会投降！"

林冲说："只有投降，才有饭吃。"

吴用说："我们都投了降，你不给饭吃，那怎么办？我们已经有一大半人投降了，你让他们吃饱饭，再送一些饭菜，到宛子城里来，我们吃过饭，就出来投降。"

林冲说："好，一言为定。"

半个时辰后，饭菜送进了宛子城，量很足。吴用派人去关押战俘的营房察看，回报说，投降的忠义军都在吃饭。

宋江、吴用、关胜等人用餐前，先让侍卫尝过饭菜，见无异常，才端起饭碗，拿起筷子。

吴用吃过饭，走到藏兵的房子里看了看，那些军士还在拼命吃，撑得走路都不利索了，还在吃。吴用大吃一惊，小跑着来到宋江身边，要宋江赶紧下令厮杀，不然，绝大多数军士会撑得不能动弹。

宛子城三声炮响，关胜骑马挥刀，率先杀出，直奔正蹲在大校场吃饭的林冲。林冲和围在菜盆边的头领军士，慌忙扔掉饭碗，拿起兵器应战。关押在营房里的忠义军找到埋藏的兵器，毁坏门窗，纷纷杀了出来。宛子城里的伏兵也冲出了城。把大校场上林冲的人马团团围住，包围圈不断收缩。

吴用站在门楼上观战，看见林冲的三千人虽然被围，但阵形整齐。他们结成方阵，跟在林冲、史进后面冲杀。樊瑞、项充、李衮率后军掩护。吴用判断，这样打下去，不出意外的话，忠义军应该能把盐枭杀干净。忠义军人数，起码是盐枭的四倍。

几个呼吸的工夫，林冲三千人都脱掉了斗篷，露出背上葫芦，人人戴上了面具，两侧竖起盾牌，伸出长枪刺杀靠近的忠义军，中间的葫芦兵头顶盾牌，结成龟阵。盾牌缝隙里往外冒着彩烟，受飞雪压抑，彩烟低低弥漫。冲在最前面的林冲戴上了面具，狂吼震耳，长矛卷舞。

关胜也戴上面具，跟林冲斗在一起，斗至三十回合，不分胜负。关胜从宛子城里带出的兵，也都戴上了面具，替换了最里层的忠义军。比较靠近盐枭龟阵的忠义军，往外奔逃，大喊"天兵呀！鬼呀！老虎呀！爹呀！娘呀！"

吴用觉得这没有出他意料，他提前让关胜的军士准备了防烟面具，又让关胜手下的圣火将军、圣水将军，做好准备，吴用很佩服自己神算。只见手持火器的一千忠义军，冲进包围圈，将火焰抛向盐枭龟阵，手持水龙的一千忠义军，则给其他身上着火的忠义军将士灭火，给那些乱跑乱喊的忠义军也喷些水。盐枭阵形开始散乱，飞肉喷血，尸体横陈。

此时关胜与林冲已大战了一百余回合，依然未分胜负，吴用料想，斗至两百回合，关胜才能显出优势。但厮杀太久，恐怕公孙胜的人马上岸接应。吴用正焦虑着，关胜忽然拨马，拖刀逃走。吴用心中一喜，估计关胜要用祖传绝技"拖刀计"，等林冲快追上时，突然转身挥刀袭击。林冲却没有离阵追赶。关胜跑回到宛子城下，又拨马奔向林冲，两人矛来刀往，又斗了五十余回合，关胜渐渐攻多守少，林冲显露败象。

就在此时，公孙胜人马从南关冲入，人人戴着面具，手里抛出的小球落在忠义军身上，忠义军身上会起绿火，喷水也喷不灭，地上流淌的水面依然有绿火燃烧。

吴用大惊，再看关胜，关胜大刀有些犹豫，他可能听卢俊义说过公孙胜的厉害，不等公孙胜扑到跟前，关胜拨马脱离圈子，飞快逃回了宛子城。

忠义军包围圈被击溃。

林冲去追关胜，石秀拦住斗了两回合，挥刀去砍林冲马腿，那马从石秀头顶跃过，林冲转身一矛戳进石秀后腰，抽矛时带出了肠子。

吴用见忠义军纷纷倒地，校场堆满死尸，大势已去，慌忙回房背上包裹，去找宋江，有人说关胜带着宋江从隐密小门出了宛子城，吴用知道他们要去射箭馆边坐船逃走。果然，吴用赶到湖边，看见关胜和侍卫正把小船从芦苇中拖出来。吴用跑过去，大喊："等等我！"慌忙爬上船，才发现跑掉了一只鞋。

"等等我！"

"等等我！"……

溃散的忠义军纷纷涌到岸边，有一些还涉水朝小船走来。

宋江黑着脸，下令："快开船！"

吴用跪在船尾舱上，请求军士们留下，向林冲投降，林冲会善待他们，"我们几位重要将领不得不走，留下会死。"

那些军士说："我们再投降，他们不会再相信我们了。"

"我们要跟你一起走！"

吴用苦苦哀求，军士们根本听不进去，只是要求带他们一起走，侍从抽刀驱赶纷纷往船上爬的军士，军士们杀死了这些侍从，关胜下令船上的近卫们放箭阻止军士涌过来，那些近卫军士一边流眼泪一边放箭，但依然无法阻止源源不断涌来的军士。

宋江大喝一声："混账！都给我听着！"

这一喝，溃军愣了一下，竟站住一动不动。

宋江指着一个站在水中的军士说："该厮杀的时候你不拼命厮杀，往我这儿跑，你倒跑得快，按律当斩！"

宋江指着一个骑马小校，大骂："好你个卢俊义，你记恨我把你赚上梁山，不拼命守护大堤，故意放水！"

宋江又指着一个拿狼牙棒的马军，骂道："你他娘的秦明，我有什么地方对不起你？你故意把粮船送给了阮小七。"

吴用示意划桨的水军快开船，船慢慢离开了浅水区。

宋江又指着船头指挥划桨的水军小校，骂道："你他娘的李俊，也是混蛋，不为国出力，竟跑到海外去了！"

船到湖心，宋江指着湖水大骂："你，臭龙王，他娘的瞎了眼的龙王！搞这么多水到梁山泊害我，我要奏请九天玄女，扒你的龙皮，抽你的龙筋，剁你的爪子，拔你的牙！"

回到济州。吴用安顿好宋江，找来郎中为他医治。

见到卢俊义，卢俊义说了大堤失守经过，他不敌林冲、公孙胜夹攻，率军败走。他得不到宋江音讯，只好带上礼箱，去东京找宿太尉，哀求宿太尉往梁山泊调动勃海湾新组建的水军，去救宋江。宿太尉早朝上奏，高俅、童贯、蔡京照旧反对，但皇上准了。舰队驶到了黄河口，梁山失守，宋江已回济州，舰队又回到了蓬莱水寨。

当月中旬，大宋联合金国夹攻大辽的战争开始，宿太尉将宋江剩余人马调往北边，进攻云州。不到半年，大辽兵败，退往大漠西部山中。大宋依约分得燕云十六州。

忠义军幸存诸将，均授实职。

【宋江】楚州安抚，兼管总领兵马。吴用听说，高俅、蔡京等奸臣将御酒内放了慢药在里面，教天使送到楚州，毒死了宋江。

【卢俊义】庐州安抚，兼兵马统制。吴用听说，蔡京、高俅等奸臣赚卢俊义到京城，皇上赐御食与他，奸臣在御食内下了些水银，坠了他腰肾。卢俊义回庐州，腰肾疼痛，不能乘马，坐船回来。行至泗州淮河，夜里喝多了酒，立在船头上消遣，不想水银坠下腰胯并骨髓里去，侧立不牢，失脚落于淮河深处而死。

【关胜】大名府总管兵马。有一夜，也是喝多了酒，骑马回营，黑暗中射出了一支弩箭，正中马屁股，那马负痛狂奔，关胜脚蹬断掉，坠马跌断颈骨，不治而亡。

……

吴用知道，这帮奸臣不会放过他，下一个就会轮到自己。他辞掉了武胜军承宣使，带着两个心腹，上船顺江而下，在荆州上了岸。

吴用来到襄阳隆中山竹林中，建了一座茅庐隐居。竹林中东一座茅庐，西一座茅庐，大概有上百座茅庐。无论冬夏，每座茅庐里走出来的隐士，都有一柄羽毛扇。这样倒好，混迹其中，别人不易找到他。

没想到，不到一个月，吴用发现史进、白胜来到竹林中，向那些摇羽毛扇的邻居打听他。

吴用明白了，无论他躲在哪里，晁盖旧部都会追杀到底。

吴用想了一夜，辞掉两个心腹，独自来到楚州南门外蓼儿洼，见四面都是水港，中有高山一座，很像梁山泊。吴用找到宋江坟头，哭了一场。他取出绳索，系上石块，抛过坟边一棵老槐树的树杈，发了一会儿呆，站上宋江墓碑，打好结，把头伸过圈套，在脖子上套牢，脚尖在墓碑上蹬了一下，有点眼熟的风景摇晃起来。

第三十二回　东京林冲雇杀手　海岛三娘嫁林冲

依宋金"海上盟约"，金兵西进攻辽，宋军北上，自雄州至白沟一线攻辽，随后向易州、涿州方向进攻，最后攻取燕山府。但宋军多次兵败。

公孙胜老家在蓟县，蓟县先属宋，后属辽。宋、辽、金在蓟县反复争夺。公孙胜回蓟县接母亲到梁山，母亲告诉他，附近村庄壮年男人都死了，剩下几百个女人和孩子挣扎求生，公孙胜把这些女人孩子还有二仙山那些没地方可去的道士（罗真人已仙逝）都带到了梁山。

公孙胜跟林冲商量，订购大海船，把这些女人、孩子，还有梁山将士家属，送往南海。

恰在这时，曹正回到梁山，带来李俊书信。李俊此时已占南海中大岛，当了国王，和老部下童威、童猛，兄弟费保等人，管理一个海运水道补给大港，兼做一些往波斯运货的生意。李俊热情邀请林冲、公孙胜等梁山兄弟去南海定居。大伙很有兴趣，见曹正没啥大变化，除了皮肤晒黑了一些，不再觉得南海热得可怕。曹正说他和妻弟一起为梁山兄弟寻了一座无人大岛，与李俊的岛国相距不远，野生柁果很多，他取名叫柁果岛。他把家人都搬到岛上，孩子们也都很适应。"听说更南的地方，还有陆地，那儿更热，却有几十万人居住"，曹正说。

头领会议决定，公孙胜、史进、朱武、阮小五和一部分水军，带着城隍岛上的家属，还有公孙胜的蓟县乡亲，先去杧果岛，他们在杧果岛上等候林冲和盐枭主力。

这一年，林冲到东京附近收账，心想，何不趁此机会，去东京西门外运河边走一趟，打听一下专门接杀人单子的酒店？林冲和白胜带着金银，在西门外运河边打听，得到的回答都是不知道，没听说过。

这一天来到了桥头酒店，向掌柜打听，掌柜问："打听这个干什么？"

林冲说："我有个仇人要除掉。"

掌柜说："先交一百两银子，到楼上房间住下，慢慢聊。只能住一个人，谁出银子，谁住。"

林冲交了银子，到楼上房间住下。房间里很安静，门外过道里有人经过，楼板吱呀吱呀作响。床上褥子很薄，被子也很薄。一张小圆桌，椅子却有三把。白胜去隔壁店子里住下。

夜里，掌柜带着一个三角眼的精瘦汉子进屋，讲过礼，坐下，掌柜对林冲说："把人讲清楚，名字，现住哪里，长相，职务，武艺，生活习性，你有何要求，都跟他详细说说，过些时日，我们再给你报价。"

林冲问："谁都可以吗？"

三角眼看着林冲，闪了两下，冷冷说："出得起价钱，就可以。"

林冲指头蘸上茶水，在桌面写了宋江两个字，这时宋江刚到楚州上任，林冲把宋江的长相、职务、武艺等情况都说了。

其实，林冲找这些人，本意不是要他们杀宋江，他更愿意亲手斩下宋江脑袋，在晁天王坟头沥血祭奠。他相信梁山人有能力杀掉宋江。他报宋江的名，是想跟这些人混脸熟，找到是谁射杀晁盖的线索。如果追查不出来，就把掌柜和三角眼抓走，用刑逼问。

三角眼问："你有什么要求？要脑袋，不要脑袋，价钱不一样。"

林冲想了想，"不要脑袋，要把线索转移到辽人或金人身上，宋江刚刚带兵打过大辽，做得像辽人寻仇最好。"

掌柜说："这个不难，我们的职业杀手很多，有汉人，有金人，有辽人，有藏人，还有西夏人，什么人都有，你要指定什么样的人，要加价一百两银子。"

林冲说："可以加价，我指定辽人，或金人，用铁骨丽锥箭头射杀。"

掌柜说："没问题。想不到，你还是个弓箭行家。"

"在下从小好弓箭，却没啥长进，一直希望拜个金人弓箭手为师，未能如愿，掌柜若能介绍一个金人高手，愿付薄酬三百两银子。"

掌柜咧嘴笑了，"没问题，我就爱成全大方的雇主，我还真认识两个金国弓箭高手，过些时日，他要来拿酬金，我问问他俩收不收徒弟……"

三角眼打断掌柜，对林冲说："你过半个月，再来听报价。"

林冲和白胜把东京周边账都收了，差不多半个月过去了，路上看见一些逃难的百姓，说金兵南下，已攻破大名府，正在向东京进军。

白胜对林冲说："金兵要是围了东京，我们进得了城，不一定出得了城。不如林大哥回梁山，我进城去听报价，寻找铁骨丽锥毒箭线索。"

林冲不同意，他要白胜先回梁山，他去寻找铁骨丽锥毒箭线索。白胜不肯。两人一起进了城。

他俩来到桥头酒店，发现门锁上了。向隔壁孙掌柜打听，孙掌柜说："歇了，人都走了，不知去了哪里，也不知什么时候回来，临走时还劝我也歇了，说最近会有大事发生。"

"什么大事？"

"我没走，也没关门，这就是说，我不相信会有什么了不起的大事。"

林冲有些失望，在隔壁酒店住了两天，突然听说金兵正在北门外集结，两人来到东门外，打算乘船回梁山泊。

林冲正跟船主谈价，忽然看见桥上乱哄哄地挤成一团，禁军喝道："让开！让开！"禁军把桥上来不及避让的推车，连车同货物，扔进了河里。

桥下经过的船主大骂："瞎了你娘狗眼！"

禁军吼道："闭嘴！御驾南巡，禁军清道！"

桥下船主不吭声了。

白胜说："狗仗人势，恨不得给他一弩箭！"

林冲摇手，"不要乱说话"。

白胜说："我就是很生气，这些禁军，对百姓如狼似虎，见了金兵，胆小如鼠。皇上也没鸟用，只会给百姓添乱，不如给金兵抓去还好些。"

林冲说："这里做公的多，不要乱说惹事。"

回到梁山，得到消息，宋江早在半个月前，就死了，高俅在御酒中下毒，天使到楚州亲自倒酒。林冲说："便宜了他！真想把他挖出来，再杀一次！"

参与谋杀晁盖的还有吴用。白胜要求去大巴山武胜军找吴用，史进愿同去，林冲同意了。不到两个月，白胜、史进回来，说吴用在宋江坟头吊死了。

这一年，朝廷答应向金国进贡，金兵撤离东京，回到长城以北。

八月，金兵再次大举南下，两皇惊恐万状，急许划黄河为界。金不理会，继续进攻。闰十一月二十五，金军攻破东京。十二月初二，宋朝投降。第二年四月，金军抓了二帝及嫔妃，回到北方。赵构在杭州重建朝廷。

公孙胜对林冲说："杭州小朝廷还姓赵，或许拜高俅、蔡京等奸臣所赐，若不是这几个奸臣毒死了宋江，杭州小朝廷说不定就姓宋了，哈哈。"

林冲说："没想到，还真被宋江说中了，他说过，梁山兄弟的最大机会，就是北军南下。"

公孙胜说："金国以燕云十六州为诱饵，诱大宋与金国一起夹攻大辽。辽国失败后，金国失去牵制，迟早会南下。想不到的是，燕云十六州还没全部到手，大宋半个国家就割给金国了。"

"大宋这一朝只有奸佞小人，没有人才，君无君样，臣无臣样，竟然被小小金国算计欺负成这样！兵力比金国多十倍，将无将样，兵无兵样，竟然被金兵打败多次。"

林冲说："大宋背信弃义，兵败国破，也是活该，只是苦了百姓，又不知什么时候才能熬到太平！"

公孙胜说："我们都别忧国忧民了，想想我们自己，该怎么办吧？"

这两年没有官军追捕私盐贩子，梁山盐枭安安稳稳地赚了不少银两。眼看着梁山周边，金兵越来越多，宋金交战频繁，老百姓今天在这，明天就不知道他在哪里，私盐网点不稳定。想卖盐找不着网点上的人，想收货款的时候，也找不着人。而且免不了要跟金兵发生冲突，他们比宋军难对付，而金兵到处设卡，语言不通，贿赂很难。私盐生意难做了。

林冲说："我看还是收手吧。"

公孙胜同意。头领大会上，大伙商议决定，再买十艘大船，带着梁山水军船队，一起去南海。

当时杭州小朝廷，为防御金兵继续南下，水军主力分布在长江一线，海防松懈。金兵没有水军。梁山这支船队从黄河出海，一路南下到泉州，买了大船，继续向南航行，没遇到什么像样的阻拦。

林冲、扈三娘等人的船队，快到南海杧果岛时，李俊率上百艘彩船出港迎接，还用八条船在上岛的地方搭了一座迎宾门，两旁摆满鲜花水果。

这时公孙胜、史进、朱武、曹正他们在岛上盖了很多房子，阮小五等喜欢打鱼的水军继续打鱼，喜欢种地的种地，喜欢跑货运的跑货运。有事共同商议，大伙平等友爱，自由自在，过得非常快活。林冲有时候觉得遗憾，因为没查出向晁天王射毒箭是谁。他想，有机会还是要去金国走一趟。

李俊给扈三娘请了一个金发碧眼的洋大夫，经过几个月的治疗，扈三娘体力恢复了，记忆也恢复了正常。有很多事情她不愿意提起，提起就会痛哭。那些痛苦往事没谁故意问她，是她自己有时候突然想起。

李俊时常乘船来杧果岛跟林冲小聚，闲谈昔日梁山人物，他对宋江还是有点佩服，说宋江有很强的判断天下大势的能力，对豪杰有极强的吸引力。听得出来，李俊不大看得上吴用，"小聪明而已，成也小聪明，败也小聪明"。这些判断林冲不是很同意，他觉得吴用还是很有才干的，可惜心术不正，没有立场，太恶毒，这些话林冲不想说出来破坏他跟李俊相聚的气氛。

有一天，两人正在椰子树下饮酒，酒坛里的酒刚见底，扈三娘就抱着一坛酒走过来了，给他俩斟上酒，扈三娘刚离开，李俊感叹："多好的女人呀！"李俊突然问林冲："哎，你跟扈三娘是怎么回事？"

林冲直摇头，"不说也罢，说来话长"。

"我这人喜欢爽快，你要是无意于她，我可要娶她做十一太太了！"

"你当然可以娶她，你俩挺般配的。我也不是无意于她，只是，只是……算了，不说了，要不要我帮你提亲？"

"哈哈！"李俊大笑，"什么呀！我开玩笑的，看把你吓的！我会认她做干妹子。大家都看出来了，扈三娘喜欢你，只要你开口提亲，她肯定答应。是不是不好意思？我去帮你说。"

林冲觉得在这里，他也许可以为一个家庭负起责任了，但是两人之间好像有什么事情不太合适。到底是怎么回事，他也说不明白。林冲有些犹豫，李俊却大笑着出门去了。

当天夜里，李俊派人传话："亲事定了，扈三娘为王矮虎服丧期限过后，也就是下个月初五，就举行婚礼。"

到了这时候，林冲只有谢媒了。按照老家风俗，封了金银，送了问名礼、纳吉礼、请期礼。李俊收下媒礼后，却换种方式全送回来了。李俊为扈三娘置办了全套嫁妆，桌椅梳妆台帐幔床单枕头都有，还派夫人亲手为新房"铺房"。

举办婚宴这天，厅上厅下都挂灯结彩，奏动细乐，来的人太多了，屋子里坐不下，只好在门前空地上支起凉篷，摆开桌椅。李俊举起酒碗祝酒，说："林冲和扈三娘两人论人品，论武艺，论相貌，都十分般配，可真谓一对璧人也！我非常快乐地看见他俩走到了一起。大伙都知道，他俩都是承受过不幸的人，祝愿他俩互相珍惜，从此过上幸福生活。"

林冲扈三娘一一敬酒拜谢。白胜等不及了，大喊："快来给我倒喜酒，不然我要闹洞房哈！"

史进、朱武附和："闹！闹一整夜，急死他俩。"

"哈哈哈哈！"

喜宴过后，史进白胜却都醉了，趴在酒桌上睡着了。朱贵也喝多了，拎着酒坛跟进了洞房，还要灌扈三娘。公孙胜把他赶了出去。夫妻交拜后，一对新人坐在床上，行"撒帐""合髻"之礼。礼毕，都退了出去，闩了门，林冲揭了扈三娘盖头，吃了一惊。

这一天扈三娘打扮得，真是惊艳！

林冲轻轻卸下她鬓边插着的双色茉莉，卸下珍珠抹额，轻轻脱去她身上的大红对襟三蓝绣花衫，然后去脱她的百褶宫裙……扈三娘嫌他脱得太慢，她三下两下就脱得光溜溜的，她说："大嫂子（她管李俊的夫人叫大嫂子）要我穿这么多，实在太热了！"林冲哈哈大笑。他抚摸她，进入她，有节奏地冲撞她，她半睁着眼望着林冲，还不时主动勾起头去亲吻林冲……完事后，林冲非常满足，仍不退出，久久凝视着扈三娘，总是看不够，心想："我得此女为妻，真不知何世修得，定是上天怜我痛失前妻张氏，赐我这段姻缘。此生我一定要好好待她！"

　　来到杧果岛第二年，他们的孩子林海出生。林海满月那天，有几条船靠过来补充淡水和食物。把淡水和食物搬上船后，那些人却不走，在岛上这儿转转，那儿瞅瞅。直到林冲下令敲响梆子，把岛上男人集合起来，拿着亮闪闪的兵器，在海滩上整齐地操练一遍，那些人才慌忙上船，起锚开走。

　　打这以后，不安经常笼罩在林冲心头。他召集大伙商议，在岛中央建了一个大寨。寨四周挖了深阔的护寨河，引入海水。寨门前设了吊桥。立了贸易规矩：与外来人员交易只能在吊桥外面广场上进行。寨墙很高，四角起了瞭望塔，布了哨，有船靠近，早早示警，好让寨中有所准备。

　　但这一切，并没有减轻林冲心中的不安。他的忧虑与日俱增。很多个夜晚，他亲自登上瞭望塔，望向远处。在他眼里，黑色海水伸展着，黑色天空伸展着，海水与天空在远处相交，融合成黑乎乎的一大片，让人分不清哪是海水哪是天空。鬼知道那一大片黑乎乎里藏着什么！有时候月亮升起，他看见海浪从那一大片黑暗中涌出来，一道又一道海浪，缓缓耸起背脊，泛着微光，翻滚着冲到岸边。这些不停袭来的海水没有了白天的光泽，墨黑墨黑的，像一只发狂的黑色猛兽，狂暴地撞击着海岛。而那些被礁石撞破的海浪，轰然作响，如巨怪的呼噜，奇怪地加深了夜晚的寂静。四周都是茫茫一片瘆人的黑色，感觉一个巨浪打过来，整个岛就没有了。

　　巡完哨，林冲回到家里，有时候扈三娘和孩子都睡熟了，有时候能碰上扈三娘坐起来奶孩子，屋子里充满孩子身体的香味、乳香味、尿臊味，这些气味混合在一起，会给林冲带来短暂的安宁，让他沉沉入梦。

2007年春北京，开写；2019年春北京，第一稿；2020年秋北京，第二稿；2023年10月16日第三稿，成都

后 记

读者朋友，感谢阅读！

2007年，也许是2008年，我开始动手写这部小说，当时还不叫《大话水浒》，断断续续写了近十年。2018年，我突然呕吐不止，吃什么吐什么，什么也不吃，还是吐，吐苦水。

吐了几天，我妻子陪我去了医院。

医生告诉我，我得了肾衰竭，需要住院手术，插管透析，我躺在病床上，天天担心自己就这样死掉，留下半截长篇小说《大话水浒》。出院后，我在家每天做四次透析，间隙中能写作了，我拼命写，不到一个月，就把后半部分写完了。我松了口气，这好歹是一部完整的小说了。

然后我慢慢改，改了三遍，直到这部小说像个样子了，我很高兴，我终于可以去死了。

我在引子里说过，《水浒》只是施耐庵版本的宋江团伙故事，《大话水浒》是于斯版本的宋江团伙故事，你也可以根据自己的愿望和想象，写一个你自己的版本。

施耐庵的《水浒》，已成为中国传统文化的一组基因编码，哪一个基因有益？哪一个基因有毒？不同的读者有不同的判断。于斯的《大话水浒》，跟《水浒》原著建立了一种跨时代的对话关系。这可能是汉语小说史上，第一部与古典名著建立如此复杂对话关系的小说。你也可以用小说的方式，跟《水浒》对话，表达你的观点，改正你认为不合理的情节和细节，印刷成书，把你的情感、经验、智慧和想象，传给家族后人。

你还可以经过于斯授权，改写《大话水浒》，得到一个独特的版本。改写成果，欢迎向《燃冰文学》公众号投稿。其他版权公开的汉语文学名著，都可以改写投稿。

2023年10月21日　成都茶店子